·长篇历史小说·

遗爱枫亭
陆秀夫蔡荔娘传奇

朱来水 著

·北京·

图书在版编目（CIP）数据

遗爱枫亭：陆秀夫蔡荔娘传奇 / 朱来水著 . -- 北京：文化发展出版社，2025.1. -- ISBN 978-7-5142-4526-4

Ⅰ . I247.5

中国国家版本馆 CIP 数据核字第 2024N5P172 号

遗爱枫亭：陆秀夫蔡荔娘传奇

著　　者　朱来水

责任编辑：唐志峰　　　　　　责任校对：侯　娜
责任印制：杨　骏　　　　　　装帧设计：宋汝冰
出版发行：文化发展出版社（北京市翠微路 2 号 邮编：100036）
网　　址：www.WenhuafaZhan.com
经　　销：全国新华书店
印　　刷：厦门集大印刷有限公司

开　　本：710 mm×1000 mm　1/16
字　　数：278 千字
印　　张：19
版　　次：2025 年 1 月第 1 版
印　　次：2025 年 1 月第 1 次印刷

定　　价：88.00 元
ＩＳＢＮ：978-7-5142-4526-4

◆ 如有印装质量问题，请电话联系：86-592-6027335

序一

一曲耐人寻味的南宋遗唱

朱来水是我战友，曾经一起在南海舰队政治部宣传部工作。那时我们经常写调研报告、典型材料和新闻报道，后来他涉足文学创作。这次长篇历史小说《遗爱枫亭：陆秀夫蔡荔娘传奇》（以下简称《遗爱枫亭》）出版，约我写序。于是，我认真看样书、查资料，争取与老战友在语言文字上"接轨"，在历史知识上"合拍"，在传情表意上"琴瑟和鸣"。看完全书，我对陆秀夫和蔡荔娘的爱情故事、对枫亭的历史文化、对作者的着力用功颇为感触，真心觉得这部文学作品确有其独特的魅力和价值。

其一，小说写出了特定婚姻的典型意义。

《遗爱枫亭》叙述的是南宋末年乱世环境下一段特殊姻缘。陆秀夫一代才俊，蔡荔娘乡间娇娘，说起来妥妥的"才子佳人"组合。但他们与《西厢记》的张君瑞和崔莺莺、《牡丹亭》的柳梦梅和杜丽娘等古代才子佳人不一样，那些故事中，往往是男的恋其貌、女的爱其才而互相吸引，进而敢于冲击封建礼教束缚和门阀观念，追求自由自主的婚姻。而对于陆秀夫和蔡荔娘来说，维系他们的感情基础并非仅仅郎才女貌，还有救国救民的共同理想。

蔡荔娘心目中，忠诚于君国、敢于担当的陆秀夫是了不起的英雄，这样的英雄需要有人去照顾和陪伴，甚至需要有人为他延续宗支、养育后代。在这个情怀前提下，身份地位、年龄差异就不是需要克服或"冲击"的问题了。蔡荔娘以"天下兴亡，匹夫有责"的使命感自许，从崇拜英雄，到爱慕英雄，再到对英雄以身相许，并为之分忧解愁和承担一切苦难，这就是蔡荔娘爱恋情缘的路线和逻辑，也是这一桩婚姻不同于他人的特有意义。

其二，小说写出了鲜明的地域特色。

故事发生地不寻常。枫亭踞福州与泉州交通要冲，汉代因何氏九兄弟"折枫为亭"而得名，唐初设枫亭馆，宋朝建太平驿，元至清代置枫亭巡检司，自古为商贸重镇、军政要地，且人才辈出，历代进士127人，任知县以上直至尚书、宰辅的112人。孕育了女杰蔡荔娘的枫亭蔡氏家族，两宋时期就有23名进士。枫亭镇仅是所属仙游县和莆田市的一个缩影。仙游县历史上有700名进士，而整个莆田市即古代兴化府，自唐至清登进士第者达2375人，有"科举冠八闽"之美誉。除了丰厚人文，还有值得称道的山川、风俗、物产等。作者把这一系列富矿资源信手拈来，有机地融入小说之中。比如，把枫亭地标塔斗山、枫慈溪，以及溪边的活水亭作为陆秀夫和蔡荔娘的生活场所；把莆仙名胜九鲤湖、壶公山、嵩山作为蔡荔娘的避难地点；把地方特产荔枝、龙眼、枫亭糕、兴化米粉作为描绘故事场景的生活道具；把本邑名人蔡襄、蔡京、陈洪进、刘克庄、陈俊卿、陈文龙等众多状元进士、官宦贵族引入故事，与陆秀夫、蔡荔娘、文天祥、张世杰等人融合叙事；又根据情节需要巧妙嵌入了妈祖、陈靖姑、何氏九仙、祈梦仙公、端午习俗等地方神祇和民俗风物。名品荟萃，构成了七百多年前福建中部沿海恢宏壮丽的人文地理风情图，使作品呈现出轮廓鲜明的地域特色。当然，小说也同样描述了福建其他地区及江浙粤桂等地特有景物，比如榕城、刺桐城、鼓浪屿、木棉庵，以及石敢当和雷州石狗等，同样蕴含着丰富的地域风情和乡土情结。

其三，写出了传奇文学的固有韵味。

文学的传奇性是指文学作品在总体符合现实生活逻辑的基础上，通过夸张、巧合、超现实的想象等形式，适当构造离奇情节和增添玄幻色彩，形成更传神的主题表达。

《遗爱枫亭》是基于史籍记载和民间传说的艺术创作。作者将史实与传说相糅合，吸取其较为合理、较为可能的成分，以主要历史事实为梗概进行人物和事件的宏观描述，奠定作品真实性和可信度基础；同时运用丰富多彩的梦境、传闻、童谣、谶语等虚幻元素，赋予神奇色彩和历史沧桑感。诚然，作者运用现实主义和浪漫主义相结合的手法，在故事情节构建和人物形象塑造上是成功的。陆秀夫和蔡荔娘的爱恋悲剧让人扼腕长叹，宋室行朝命运让人牵肠挂肚，李春牛和真珍双双赴死令人涕泗横流，安空和尚神秘随护和英勇献身让人荡气回肠……还有大白马灵性、恶船夫报应、漂流物回归，都是传奇文学特有的玄幻叙事，韵味悠长，让人拍案叫绝！

以上是我对这本书的基本看法。愿《遗爱枫亭》一纸风行！

是为序。

（海军少将，海军北海舰队原政治部主任，海军南海舰队原副政委）

2024年8月18日

序二

战乱中的爱恋咏叹是这样写成的

我面前摆着一部书稿，是朱来水的长篇历史小说《遗爱枫亭：陆秀夫蔡荔娘传奇》。我知道陆秀夫与文天祥、张世杰并称南宋末年"三杰"，更因崖山海战中背着小皇帝跳海殉国而名留青史，但不知他与福建枫亭的民间女子蔡荔娘有一段凄美的生死恋。我怀着好奇打开书稿，随着作者婉约平实笔触的娓娓道来，不由得被吸引一页一页看下去，越看越入迷入戏，越来越觉得这本书值得一读。

小说写的是十三世纪七十年代即南宋末年，遭元军穷追猛打，宋朝皇室和勤王兵马节节败退，护送宋端宗赵昰皇帝逃难到枫亭的朝廷大臣陆秀夫，由杨太后主婚迎娶当地年轻女子蔡荔娘，而后两人惺惺相惜、殷殷思念、遥相守望、至死方休的爱恋历程。陆秀夫与蔡荔娘的爱情故事是在战乱频仍、社会动荡背景下发生的，因此作者将其放在南宋朝廷和大宋子民保土御敌的大视野下来讲述：陆秀夫面对国朝危亡，力挽狂澜、鞠躬尽瘁，赢得蔡荔娘崇敬和爱慕，而蔡荔娘心怀社稷、忧国忧民、豁达睿智、宽容博爱，也深得陆秀夫赏识和喜爱，两人虽身份悬殊、年龄差异大，却因救国救民的共同理想和奋斗目标走到了一起。此后，伴随着陆秀夫与皇室撤离枫亭并在闽南和广东南澳、香山、硇洲岛等地不断迁徙最后在崖山覆灭的整个过程，蔡荔娘都与殊死奋斗的陆秀夫一路"随行"、隔空思念，为之担忧、为之祈祝、为之鼓呼、为之悲愤。甚至在南宋灭亡、陆秀夫殉国后，蔡荔娘仍然参加地下抵抗运动，为的也是抗元复宋的一念未平。可见陆秀夫与蔡荔娘的悲欢离合是与抗元斗争的波澜起伏同频共振的。如果这场战争没有那么激烈和残酷，陆秀夫与蔡荔娘的遭遇就不会那么坎坷和痛苦；换言之，如果没有战争的煎熬和考验，特别是生死经历，陆秀夫与蔡荔娘的爱情故事就不会显得如此坚贞壮烈和凄楚感伤。

既然陆秀夫与蔡荔娘的姻缘爱情与抗元斗争紧密相连，作者在细腻刻画两人缠绵缱绻、深情爱恋的同时，也同样浓墨重彩地描绘战争的恢宏和惨烈。除了对南宋残余力量与元军三年鏖战的宏观叙事，更有莲花山伏击战、五坡岭之战、崖山海战等战斗场景的细致描写，特别是惊心动魄的崖山之战，是我所见对于这场大海战的最直观具体、最生动形象的描述。作者如此写战争，当然是要讴歌英雄及他们的坚强勇毅，同时也是要以战争的残酷去反衬和平安宁之可贵。是的，陆秀夫、蔡荔娘和书中另一对恋人李春牛、真珍，在奋斗牺牲过程中始终充满了对国泰民安的无尽渴望。

古往今来，人们无不追求美好的爱情、幸福的婚姻，但"乱世佳缘少"，战争和动乱环境下，诸多男女的爱情、婚姻之梦往往支离破碎。然而，人们的精神追求并不会因此减弱，爱情之花依然强烈绽放。陆秀夫与蔡荔娘就是在这种乱世之恋中展现出他们的忠诚和坚贞，成了一个千古传奇。

我与朱来水相识很早。1980年前后，我任南海舰队政治部宣传部新闻科长，他是部队新闻干事，工作联系较多。后来我当舰队司令部办公室主任，他是秘书科长、舰队党委秘书，一起共事几年。我知道他爱读书、爱写作，转业地方工作及退休后仍保持这个习惯。发生在其家乡的陆秀夫与蔡荔娘的爱情故事，他耳熟能详，不经意间就从笔尖下流淌出一部二十几万字的文稿。这部文稿，2009年曾经印制成书，在一定范围内交流研讨，获得当地史学界、文学界广泛认可，近来经进一步修改，将正式出版。我看到一些业内人士的评语，如"《遗爱枫亭》写得非常好，满满的家国情怀，荡气回肠，难得佳作""情节跌宕起伏,情感细腻,情景引人入胜,人物塑造丰满且个性鲜明,不愧大作""故事展示了南宋王朝最后的悲歌与绝响、流离与无奈、华夏先民的血泪抗争,叙事生动,文笔流畅,具有很强的趣味性和可读性"等。我赞同这些评价,并向作者致以衷心的祝贺!

(海军少将,海军北海舰队旅顺基地原政委,海军南海舰队原副政委,军旅作家,中国作家协会会员,出版散文集《潮痕》、政工专著《大特区军营的思考》等)

2024 年 8 月于广州赤沙

目录

001 / 引　　言

002 / 第 一 章　蔡家有女初长成

017 / 第 二 章　一代俊杰莅枫亭

034 / 第 三 章　少女倾心慕英雄

052 / 第 四 章　上苍有意人有情

068 / 第 五 章　太后证婚赐良姻

087 / 第 六 章　活水亭畔两鸳鸯

097 / 第 七 章　太平渡头怅离分

107 / 第 八 章　泉州事变揪芳心

125 / 第 九 章　千里伴驾路难行

141 / 第 十 章　一封家书任飘零

159／第十一章　闽中大地卷风云

178／第十二章　忠良得子喜盈门

192／第十三章　海国苍茫几浮沉

207／第十四章　真珍春牛终相逢

225／第十五章　崖山恶浪葬君臣

240／第十六章　枫江呜咽哭忠魂

251／第十七章　荔娘遇险守坚贞

266／第十八章　嵩山风物总关情

284／终　　章　枫亭年年唱"留春"

286／附　　录　陆秀夫与蔡荔娘相关史料

290／后　　记　关于本书的创作

引 言

据史书记载：南宋丞相陆秀夫与福建路兴化军仙游县民间女子蔡荔娘，由宋端宗赵昰之母杨太后赐婚，在仙游县连江里枫亭市枫慈溪畔的活水亭完成洞房花烛。后蔡荔娘生下一子，杨太后赐名"陆钊"。陆秀夫在广东崖山海战中背负幼帝赵昺蹈海殉国，噩耗传到枫亭，蔡荔娘携幼子陆钊遥祭亡灵，招魂归葬，其所撰《诔相公辞》，声血字泪，泣诉衷肠，凄楚悲怆，感人肺腑，成为千古不朽的哀歌。民间还有人传说：蔡荔娘哭灵的泪水浸湿的地方，后来长出一簇簇鲜艳血红的丹心枫……

陆秀夫和蔡荔娘奉旨成婚的传奇故事，发生在临安失陷后南宋残余政权辗转东南沿海的艰难岁月里，发生在陆秀夫戎马倥偬的漂泊生涯中。那是南宋末日壮烈挽歌中的一段别样的插曲、一串欢乐而凄美的音符、一曲哀婉动人的爱情之歌！

让我们掀开十三世纪七十年代这一页尘封的历史，进入改朝换代、江山易主的那一段动荡岁月——

第一章　蔡家有女初长成

德祐二年（1276年）春季的一个黄昏，福建路兴化军仙游县唐安乡连江里的山河田野被夕阳染成一片金黄色。

连江里的中心地带是一座繁华的小城，名曰"枫亭"，唐安乡署衙门就驻在这里。这一方土地山川锦绣物华天宝，遍地是奇妙的故事和美丽的传说，有深谙天文地理的大师曾经感叹："枫亭官宦辈出，女星璀璨，只是不出皇帝，诚可惜也……"

此刻，夕阳和晚霞映照下的枫亭，每一条街巷、每一个村落都是那么宁静、祥和、瑰丽，而又夹杂着几分奇幻和神秘。

咚，咚，咚咚……正在此时，枫亭城东面的塔斗山会元禅寺传出一阵鼓响，低沉而雄浑。

暮鼓之声传向四方，也传到了会元禅寺附近的会心书院。少顷，会心书院的大门打开，一班青少年学子鱼贯而出，不一会儿就散落在通往十里八村的小路上。

走在塔斗山西侧小道上的是一个壮实的小伙子和两个俊秀的姑娘。小伙子姓李名春牛，生就一张轮廓分明、光润清秀的面孔，闪亮的眼睛透露出朴实和精明。两位姑娘中，圆脸庞、大眼睛、体形略胖的那位叫真珍，个子稍高、身材匀称、长着一副纤巧瓜子脸的那位便是蔡荔娘。他们三人是最要好的同窗和朋友，都住在枫亭小城里，因此每天来往书院都是结伴而行，而且一路上总有说不完的话。

雨天路滑，他们小心翼翼地踩着石阶下山。尽管如此，三人依然是话语伴着脚步。

"今天刘勋先生讲授岳飞《满江红》，慷慨激昂，声情并茂，讲得多好啊！"真珍大声说道。这姑娘快言快语，一想起课堂情景，就不禁激动起来。

李春牛同感深切："是啊，刘先生感叹的'生子当如岳鹏举，怒发冲冠仰天啸''男儿何不带吴钩，收取关山五十州'，真是说到我心里去了。"

"我虽不是男儿，但听了刘先生的授课，也同样热血沸腾。我呀，真想拿起刀枪，上阵杀敌，保家卫国，收复失地，重整山河！"真珍说着，愈发亢奋，不禁咏诵出一串诗句：

欲诉愁人意，频怀杞国忧。

中原岂天上？尺土不能归！

十载枕边忧国泪，不堪幽梦破晨鸡。

真珍的咏诵由低缓到高亢，渐渐变得悲愤。李春牛被感染了，也激动地附和起来：

要临瀚海铭燕石，莫上新亭作楚囚。

多少新亭挥泪客，谁梦中原块土。

…………

蔡荔娘知道，李春牛和真珍咏诵的这些诗词，出自岳飞部将刘政、司农少卿王迈、状元黄公度、宗正寺簿正傅诚和工部侍郎刘克庄之手。这些名臣名将都是兴化军所辖莆田、仙游、兴化等三县人士，他们满怀深情写出这些诗词，深切怀念被敌人侵占的北方旧山河，强烈呼唤和盼望收复失地、挽救危亡。也可能是因为本乡本土的东西更能引起共鸣，刘勋先生在课堂上讲授时是含着热泪的，如今李春牛和真珍自然又是一阵激愤和感叹。而在蔡荔娘听来，那一字一句都像黄钟大吕，震荡在耳畔，敲击着心扉，把她的心都敲碎了。她拧紧眉头，紧闭双唇，似乎在竭力地隐忍，隐忍着一种痛苦。

见走在前面的蔡荔娘沉默不语，真珍扯了扯她的衣襟，问道："荔娘姐，你在想什么呢？"

蔡荔娘轻轻"嗯"了一声，并无回答。显然，她还沉浸在自己的思绪中。

其实，此时萦绕在蔡荔娘脑海里的，也正是书院课业之事。她在想：近来会心书院的教习刘勋先生常常超越教学规制，讲授了不少教案之外的课业，如大宋朝的疆域变迁、地理物产、历代英烈，还专门阐释了我们家乡这批前贤的许多爱国诗词。

"可是，刘先生此时此刻特意讲述这些课程，且又是这等殷殷切切、悲愤激烈，究竟是因为什么？你们说，刘先生会不会有什么特别的深意啊？"蔡荔娘这么问大家，也在问自己。

李春牛和真珍没有回答。他们心里也纳闷：会心书院平时大都是传授"四书""五经"，教习琴棋书画，并且几乎按部就班、循规蹈矩，很少变更课业，刘先生近日的做法确实不同寻常！莫非真的有什么缘故、什么背景？乡里间有传言——宋军又打了大败仗，朝廷都开始乱了。难道是真的吗？他俩疑惑地看着蔡荔娘，仿佛在问她答案。只见蔡荔娘轻轻地点了点头，哀切地说道："是的，时局不妙，看来这天下真的要变，要大变了呀！"

真珍和李春牛也忧郁起来，三个人都陷入沉默，脚步也变得沉重了。

拐过一个山坡，前面山脚下是一条驿道，铺头村口还有一个驿站，叫太平驿。这条驿道贯通福建路沿海地区，南连泉州、漳州，并可远达广东东路的潮州；北通莆田、福州，以及两浙东路的温州，直至京城临安。早些年月，南来北往的各色行人不绝于途，驮着粮食、干果、布匹、竹木等货物的马帮、车队，成群结队地在这条大路上流动、穿梭，叮叮当当，一派繁华繁忙景象。可是，现在驿道上冷清多了，乡亲们都觉得奇怪：商人们都不做生意了吗？

然而，出乎意料的是，今天的情况却与往日大不相同！

走在前头的真珍忽然一阵惊叫："啊啊！你们快看呐，这是怎么回事啊？"

李春牛和蔡荔娘赶紧趋步向前，往山脚下看去，眼前的情景让他们惊呆了：驿道上那么多人啊！或三三两两，或三五成群，一串接着一串，汇成了一眼看不到头的人流，马蹄踢踏、人头攒动，急忙忙自北往南涌去。啊，逃难！他们这是逃难！

"但不知他们是何方人氏？从哪里来，又将往哪里去呢？"真珍惊讶的大眼睛扫视着人群，嘴里喃喃说道。只听李春牛轻轻回话："你细听他们说话，好像是两浙东路和两浙西路一带的人！"蔡荔娘也仔细去倾听，她家里经常有淮浙客商来往，所以对他们的口音比较熟悉。她辨认了一会儿，点头答道："果然是。"蔡荔娘刚说完这话，突然像被闪电一击，猛然打了一个寒战，脸色霎时变了，嘴唇不由自主抖动，显然她心里有事！不过，她竭力平复一下心情，又抬起眼来，再往驿道上看去。

驿道上，那些操着两浙等地口音的人们，有的肩挑手提各式各样的包袱，有的用车子拉着日用杂件，男男女女、老老幼幼，从北面的梅岭头那个山坳走过来，经过太平驿站，进入枫亭小城，讨些浆食充饥或稍作休憩之后，再继续往南走，大约是往惠安县、泉州城而去，也可能他们并无特定的目标，只是一个劲往南逃，逃得越远越好。他们大多衣衫褴褛，形容憔悴。不过也有一些人衣装华丽，面色红润，并携带着大箱小匣，显见是富贵人家，其中还不乏面容姣好、体态婀娜的少妇、少女，他们坐着车子或由仆人扶着拉着，缓慢地向前移动。长长的一眼望不到头的人群里，偶尔还可瞧见几个身着袍服、头戴乌纱的官员和一些身穿铠甲、手持枪戟的军士，他们也乘车跨马夹杂其中，随着人流涌动。

蔡荔娘不忍再看了，转过头来，默默地想："这么多人逃难了，连官宦、富豪、兵士都南撤了，这时局啊，真的不妙了……"

眼前异乎寻常的景象，把三位年轻学子的心一下子揪得紧紧的。阵阵西风迎面吹来，他们霎时感到丝丝凉意。

李春牛偷偷朝蔡荔娘瞄去，只见她眉眼低垂，红唇微闭，端庄清丽的脸庞上似乎蒙着一层阴影。小伙子不觉心生怜意，潜藏心底的那股爱慕之情顿时又翻腾起来，不由得在心里默默念叨："多好的姑娘啊，你忧国忧民让我敬重，可是你如此哀伤沉郁却叫人心痛啊！"在李春牛的潜意识里，他已经把蔡荔娘看成自己的人了，虽然从来不曾也不敢公开表露什么，但他总是暗暗地把她的喜当作自己的喜，把她的忧当作自己的忧。此时看到蔡荔娘满脸忧愁，他的心里颇为不忍，看向蔡荔娘的目光也充满爱怜。他多么想牵上蔡荔娘的手，对她说几句安慰的话，他甚至更想伸出手去，为蔡荔娘抹去脸上的愁容，只是他不能这么做。他只得把心底深处的那一缕缕情丝，织成怜爱的目光，朝心上人多看几眼。不过，像是被什么东西猛然拉扯一下，他的头马上转了回来，脸上竟有些泛红了，那表情颇似老实人偷偷拿了别人东西时的忐忑和羞愧。他暗暗责怪自己：你这个书生，眼下都已经是什么时势了，竟然还有心思去瞎想这种儿女私情！

眼前，逃难的人群还在不停地涌动、流荡。李春牛昂起头，两眼直视前方，默默地迈着脚步。他强迫自己把视线从蔡荔娘身上移开，不再去看她，也不再去想她。但是，刚走出几步路，这位目不斜视的腼腆小书生，还是禁不住又朝蔡荔娘偷偷看去几眼。

李春牛不可能不牵挂蔡荔娘。对于自己的这位同窗，他太熟悉、太了解了。街坊间明里暗里有些传说，什么"虹霞缭绕"、什么"红枫相伴"，隐隐约约说的是这蔡荔娘的奇特身世，自出生之日起就如何地与众不同。李春牛并不相信那些所谓的灵异和玄幻，但他觉得蔡荔娘与其他小妮子相比，的确也有许多不同，那就是她的美貌、聪慧，以及对天下事更多的感怀和惦念。正是她的这些与众不同的气质和情怀，像磁石一样强烈地吸引着李春牛，让他萌生爱意和敬意，也让他时不时地想起她。而且，作为一个春心萌动、朝气勃发的年轻小后生，有时候难免还会胡思乱想，心猿意马……

年轻小伙子终于抑制住自己岔开的思绪。可能是为了掩饰刚才思想上的小差，也可能想要调节一下眼前沉闷的气氛，李春牛故意装着轻松惬意的样子，轻轻地吹了几声口哨。他那酷似鸟兽鸣叫的口技，平时往往逗人发笑，但此刻并没能改善众人的情绪。蔡荔娘和真珍依然一脸忧郁，双脚沉重。驿道上成百上千的人在逃难，这一幕给她们的冲击和震撼，实在太沉重了。

那轮血红的残阳，无奈地滑落，眼看着就要从大帽山和大钟山连成的那条天际线上沉下去了。湛蓝的天空上最后一片晚霞让人们感到凄凉。几只鸟儿扑簌簌飞过，急忙忙地钻进了树林。三人不禁加快了脚步，旋即来到小城北门，与一帮逃难的人群擦身而过，融入暮色的街市中。

诚如蔡荔娘所料，时局确已大变。

蔡荔娘正要迈脚踏进家门，却一眼瞧见自家的枣红马正在院子里啃吃草料，她立时两眼闪光，精神为之一振：那不是父亲的坐骑吗？啊，父亲回来了，一定是离家经商多时的父亲回来了！

这些日子她天天想念父亲，刚刚在路上看到逃难的人群，她突然联想到远在两浙地区闯荡未归的父亲，想到父亲此时此刻的安危，心里还七上八下直打鼓，好一阵哆嗦，差点在真珍和李春牛面前失态呢！现在好了，父亲回来了！她激动、兴奋，三步并作两步冲进屋里，果然看见父亲正在与母亲面对面说着话儿。蔡荔娘刚开口叫了声"父亲"，便鼻翼酸涩，哽咽住了。原来，她见到父亲神情十分疲惫，人变得苍老了，原本饱满宽阔的脸庞变得瘦削了，体形也瘦弱了，身上的衣裳显得格外宽大……父女心连心，她自是心疼不已！

蔡荔娘的父亲蔡曰忠，五十多岁，身材原本壮实，如今真的是瘦多了。看到女儿，他一边招呼"荔娘，我的好闺女！快过来！"一边伸出手，把女儿拉到身边，仔细打量着她，又摸摸她的头，捏捏她的手，还径自轻轻地点了点头。俗话说"女大十八变"，这才几个月不见，女儿显然成熟了些许，已经是个楚楚动人的大姑娘了。他越看越欢喜，也越觉得欣慰。端详了一会儿，正想开口说话却欲言又止——他是有好多话要对女儿说，而一时又不知说什么好。

蔡荔娘见父亲吞吞吐吐的样子，不知何意，便着急地拉起父亲的手，用力摇晃着，催促地问道："父亲这次出外做生意，为何时间特别长？一路上吃了很多苦吧？你快说，快说嘛！"

蔡曰忠这一趟外出经商，确实比以往任何一次都久长。早在年初，正月十五元宵节之后没几天，蔡曰忠就召集十几位青壮年伙计，带着十几辆马车，运了几万斤桂圆干和荔枝干，前往淮浙地区贩卖。这两宗货物都是好东西，特别是俗称"龙眼干"的桂圆干，具有滋阴补阳、调理元气的功效，以福建路兴化军所产为最佳，人称"兴化桂圆"，在许多地方都是抢手货。本来嘛，往淮浙一带贩运兴化特产，对蔡曰忠而言可以说是驾轻就熟，寻常事一桩。可是没想到，这一次却并不顺利。

"来，来，你也坐下。"蔡曰忠轻轻叹了一口气，缓缓说道："荔娘呀，外面的情景不妙啊，时势变化太快了！"他知道自己的女儿是个有心志的人，一向十分关注天下动向、朝廷命运和百姓生计，眼下国家发生的大事，应该让她知道得更多一些，于是便把这几个月来在外面的所见、所闻、所为，仔仔细细地告诉女儿。

随着父亲蔡曰忠的详细叙述，蔡荔娘眼前展现出一幅幅动荡繁乱的景象。

"那是在二月初旬，我们这支贩运果品的车队刚刚走到两浙东路的台州地界，就发现到处都是逃难的百姓和溃退的官军。一打听才知道，原来这时淮浙一带的战事已经发生重大变化，形势急转直下。在元军兵逼临安城的情况下，谢太皇太后带着六岁的小皇帝投降了，临安已经被元军占领了。一些不愿投降的皇室贵族和文武官员纷纷逃出临安，他们和许多逃难的百姓一道，连日连夜往南边撤退，蔓延在绍兴府、庆元府、台州以至温州等地的纵横几百里的道路上。我们一行人看到这情形都蒙了：这兵荒马乱的，生意怎么做？货物怎么办？我想了想，赶紧派人分头赶到绍兴、庆元等地，去找原先有过生意来往的老客户，可是这些商户有的逃难跑了，有的关门大吉，个别能找到的也说，'生意无法做，不敢再要货'。辗转了一些时日之后，实在没办法，我们只得掉转车头，找到台州乡下一些相对平静的地方，邀约了一些小商小贩，将这批干果廉价出手。之后，大伙儿便匆匆往回赶，归心似箭，就盼着能早日回家。就在归途中，在温州府永嘉地界，我们遇到了皇室的一批重要人马。

"那天我们马不停蹄地赶路，天已经暗下来了，只见前面有个山岗，树林茂密，就准备在那里休息一会儿。正当我们的马匹嗒嗒地就要遛进那片树林的时候，忽然听到一声喝令'站住！'冷不防把众人吓了一跳，我们只好停下不动。随之，树林里走出两个士兵，拦住了我们的车队，并把我带到林子里去。我偷偷瞄了一下四周，看到树林里已经潜藏了不少人，心里嘀咕：这是些什么人哪？后来马上就得知，不得了啊，这些可不是普通人！

"原来，就在朝廷向元军投降的第二天，小皇帝的两个同父异母兄弟——益王赵昰和广王赵昺,以及益王之母杨淑妃、广王之母俞妃,由杨亮节、俞如珪等亲戚近臣随护,连夜慌忙向婺州逃亡。这两位小亲王此前就已经被朝廷安排经略福建,益王赵昰出判福州,广王赵昺出判泉州,只是事发仓促,来不及成行。好在当天晚上他们动作迅速,侥幸逃出了虎口。礼部侍郎陆秀夫得知益王、广王逃走的消息后,立即会同一位叫苏刘义的将领,紧急提兵向南追赶,目的是要保护益王赵昰和广王赵昺这两个赵宋皇家的小'龙种',以此为旗帜号令天下,聚集力量继续抵抗元军。他们费尽周折,四处打探,一路寻找,好不容易才在婺州至温州的一条小路上追上了益王和广王一行。陆秀夫见天色已晚,众人赶路也已累了,便请二位小亲王在路边小树林暂且歇息。这小树林虽然不大,树木却还算茂密,把小亲王等人隐藏在树林里,倒也隐蔽。这不,他们刚刚安置停当,我们的车队也就不明就里地撞上来了。哨兵发现有人闯进了禁地,马上靠前盘问,并报告了陆秀夫。

"不一会儿,我就被皇室禁卫带到陆秀夫跟前。突然见到这位名闻朝野的礼部侍郎陆大人,我心里不免紧张和激动,因为我事先怎么也不会想到,自己会在这个地方见到这位闻名已久的大人物,人家可是进士及第的才子,当今的朝廷大官!仓促之间,我慌忙施礼:'侍郎大人,久仰久仰……'一句话还没说完,陆秀夫便急忙扶起我的双臂,向我询问了姓名、哪里人士、此行何事等几个简单的问题,然后说道'有扰了,请见谅',接着便拱手让路,很客气地对我说'蔡先生,您请继续赶路吧'。我本来以为会有什么麻烦,没想到事情竟这么简单!说真的,人家那么大的官,却态度和蔼,举止文雅,沙哑的嗓音中还透着亲切,这一接触,我就什么紧张都没有了,反而想和他多聊几句,把好多心里想说、想问的话都倒出来。可是,又怕打扰人家,与人不便,也就不敢开口多说什么了。但是,我还是好奇,既然益王、广王和他们的母妃均逃难在此,能不能见一见他们是什么模样儿?所以就禁不住偷偷地往树林深处多瞥两眼,黑暗里隐隐约约看到一群人或躺在地上,或靠在树干边,还听到嘈杂的声音中夹有哀哀哭泣。皇宫里的人都是金枝玉叶,如今却落难如此,让人心中颇为不忍。我猜想他们此时应该是饥饿了,因此马上跑回车队,招呼几位随行的伙计,让大家把车上的干粮、水和酒拿了一些过来，交给士兵送到树林里去。陆秀夫看到了这些，面露喜色，口中连称'谢谢'，而且快步走到我的跟前来，双手用力作揖。我怎么好意思承受他的大礼呢？就顺势拉起他的手，紧紧握着。这时我心头一热，猛然又说道：'侍郎大人，您如果不嫌弃，我愿把这个车队，连车带马全部贡献给朝廷使用！我同行的这十几位车夫，也暂时归官军调遣，以便路途上为朝廷当差服务。'我真高兴自己临时起意做出的这个果断决定，因为从陆秀夫的反应可以看出，他们确实是太需要了。只见他硬是在我面前弯下腰去，深深地鞠了一躬，嘴里连声说道：'此举甚好，陆某求之不得！多谢了，多谢了呀！'

"果然，此后几天，两位小亲王和他们的母妃等一班人，就搭乘我们的马车继续逃命。

"到达温州后，陆秀夫立即派人四处联络，请来了宰相陈宜中、检校少保张世杰等人共商大事。不日，在城里的江心寺中，众人尊奉益王赵昰为天下兵马都元帅，广王赵昺为天下兵马副都元帅。大元帅府随即成立，并做了一番部署，决定南下福建路、广南东路和广南西路，保存力量，以图进取。这时，投降后被元军掳挟和掌控的谢太皇太后派遣两名宦官来到温州，劝说益王和广王放弃抵抗，回临安向元军投降。但是，帅府众将士主意已决，不为所动，为表示抗战到底的决心，他们毅然把前来劝降的官员杀死，甚至连随行的一队军士也一个不留，全部沉尸江中。之后，迅速移师南下，往福建赶来。

"这段时间我亲眼看见并且亲身经历了这一系列事件，心里一直在翻腾着。起初见到江山沦陷、百姓蒙难的惨乱景象，真是心如刀绞，阵阵刺痛，尔后看到陆秀夫等人坚决抗战的行为，就又被一种无可名状的精神和力量所鼓舞和激励。我就想，自己应该尽快回到家乡，把这一切告诉家人和乡亲，让大家早做准备，以便一旦形势需要就可以为朝廷、为社稷出点力，尽一个臣民应尽的责任与义务。考虑到随大队人马行动毕竟太慢，我谢绝了陆秀夫的挽留，在'一路珍重'和'后会有期'的相互道别中扬鞭上路，单枪匹马、日夜兼程赶回家来……"

说罢这一路见闻，蔡曰忠又一次涌起满腔感慨："国难思良将，家贫思贤妻。如今这年头，国家有难，形势危急，多么需要敢生死、有作为的忠义之士、栋梁之材啊！"他看了看神色凝重的妻子和女儿，略为停顿了一会儿，又满怀敬意地说道："这个陆秀夫就是尽职尽忠的贤臣志士，他在这关键时刻挺身而出，迎难而上，勇于担当，实属难能可贵，难能可贵啊！"

随着父亲的陈述，蔡荔娘的心中激荡着阵阵波澜。她惊诧、悲伤、激愤、忧虑，直到父亲说完最后一句话，她依旧默然不语，只是暗暗地点了点头。显然，她沉浸在感慨和沉思之中。只见她嘴唇翕动了两下，好像要说什么，但最终还是没有说出来。

蔡荔娘想对父亲说的是：皇帝和太皇太后都投降了，益王、广王和陆秀夫他们的抵抗还有用吗？元军强悍凶狠，如今已是势如破竹，锐不可当，大宋国朝几十万军队兵败如山倒，区区温州这股仓促聚集的力量，能否抵挡得住元军的强势追击？说不定哪一天，他们也许会退却到我们枫亭这个地方来……

蔡荔娘心里还念叨着："父亲说得对，陆秀夫这样敢于担当的英雄确实值得敬重！他是个好人，但愿他有作为，还望他能平安！"当然，这些话她也没有说出口。

蔡曰忠一回家，他的大庭院里就又恢复了往日的热闹。

乡亲们听说蔡曰忠此次外出经商经历了许多大事件，都很关心和惦念，纷纷前来探访。他们还带来鸡蛋和面条，用红纸条封裹着，作为"平安礼"送给蔡曰忠"压惊、洗尘"。

蔡曰忠热忱地迎来送往，回答乡亲们的问询，向他们叙说自己的见闻和感受。同时，他也反复叮咛大家：对眼下的时局变化要有充分的应急准备，减少外出，备好粮草；加强消息通告，邻里人家要互相照应；还要注意看家护院，维护乡里安宁……

就这样连续忙乎了几天。这一日雨过天晴，蔡曰忠抽空来到卧牛岭南麓。这里有他家的上百亩果园，每年可收五六百石鲜果，是名副其实的摇钱树。因此，一家人都把它看作命根子，不但蔡曰忠自己扑下身子辛勤经营，就连妻子杨氏和女儿荔娘也会经常上果园来帮助施肥培土、剪枝修果。一到果实成熟季节，全家人吃住在果园里，连续赶工采摘。当年杨氏怀着身孕九个多月了，还上山帮助抢收，那天她还干得特别起劲，以致"惊动"了腹中胎儿，就在荔枝林里生下了小荔娘。

晚春时节，荔枝树开始秀花吐蕾，飘荡着缕缕清香。蔡曰忠满怀爱意地"巡察"每一棵果树，就像将军巡视他的阵地和士兵，不一会儿来到山顶开阔地。他抬眼四望，漫山遍野都栽满了荔枝、龙眼、柑橘、枇杷。枫亭素称"闽中大果园"，且以"十里荔荫"最负盛名，其中"陈紫""江绿"等荔枝品种天下称奇。枫亭蔡家老祖宗、本朝庆历名臣、端明殿学士蔡襄写的世间第一部荔枝学专著《荔枝谱》，曾对其赞美有加。正是这香甜可爱的荔枝，给祖祖辈辈枫亭人带来了丰衣足食和安居乐业，因此蔡曰忠每每看到它们就心生喜悦。

雨后青山分外翠绿。天空被洗得蔚蓝，云彩被洗得雪白。温暖的阳光照耀着这隅尚未被战火熏染的乡村，村民们扛着锄头，挑着担子，三三两两走在乡间小道，或上山，或下田，各自忙着农活。偶尔有谁喊了几句号子或哼起几声山歌，便有人跟着响应，在空旷的原野上此起彼伏。对面山坡上，几个放牧牛羊的顽童，一边吆喝牲畜，一边嬉笑打闹，全然不知道什么是忧愁。还有一个年约十五六岁的少年郎，身后背着砍刀和一副弓弩。看这两件对付野兽的武器，就知道他是看护果园的巡山工。只见他爬到一块大石头上，居高临下，打眼巡察四周。可能是没有发现什么异常吧，少年郎紧张的神情明显松弛下来，不一会儿，他盘腿坐下休息，从腰间掏出了一支长笛，横在嘴唇边试了试音调，紧接着，《荔园春》的悠扬旋律便在山林间飘荡。

"好一幅山村风景图，这分明是田园牧歌、世外桃源嘛！"蔡曰忠不由得心中赞叹。他正陶醉于眼前的景致，不经意一回头，恰巧瞥见一个姑娘躲在荔枝树旁，手里挥着红色的小手绢，向着田中央招手。被她招呼的是一个正在铲草翻土的小伙子，只见他一把扔掉铁锹，趁没人注意悄悄钻进树林，眨眼间两个人便手牵着手隐没到果园深处去了。"嘻嘻，如今的年轻人啊！

这大白天的，不会是……"蔡曰忠暗自笑了，转而又一想："要是没有战乱，天下永远太平，让老百姓就这么过着安生日子，那该多好啊！"他不禁又想起了动荡的时局，重重地叹了一口气。

忽然，他看见不远处有几个人在忙着什么。走过去一看，是乡亲真大庆带着几个雇工在砌石垒土，修复果园。原来，前几天的大雨又把真家的荔枝园冲垮一大片，许多树根都已裸露，有几棵已倾倒得东斜西歪，在太阳的照耀下已经蔫萎，显得奄奄一息。蔡曰忠赶紧靠了过去，和大伙一起干开了。

真大庆唉声叹气："曰忠兄，我这片果园真是风水不好啊！"

蔡曰忠抬头看了看地形，笑着说："我给你改改风水如何？"他用手比画着，"可在那道山梁边开挖一条大沟，把山顶来水引到我那边去，再下大雨，水就不会直接冲到你这里来了。"

"可是，那不就冲坏你的果园了？"

"不碍事，我那边的土质好，耐冲刷哩。"

"山洪猛如虎，使不得，使不得！再说，一条大沟挖下来，还要毁掉你七八棵果树啊！"真大庆双手齐摇，坚辞不受。他儿子真荣接着说："蔡大叔，真不知怎么感谢您！"

"莫再客气了，咱们说干就干。"蔡曰忠招呼几个人，爬上山梁，挥锹抡锄干了起来。

开挖排洪沟的劳作直到太阳下山才结束。

蔡曰忠回家路过一个糖铺，又被老朋友李永安请去吃"牙酒"。

李永安经营糖业，每年向蔗农收购甘蔗，压榨加工成红砂糖，放在自家糖铺出售，有时也贩运到外地。他和枫亭所有的工商店户一样，每月逢初二、十六，都要"做牙祭"，祭拜神灵，祈求平安和发财。今年的榨季已经结束，李永安让儿子春牛把账目细细再算了一遍，就趁今天"做牙祭"，约了山堡村的陈献义和朱寨村的朱惠民、朱惠国兄弟等几位生意伙伴，来家里结算账款并一起过节喝酒。此时正好碰上蔡曰忠，就一把将他拉进门来。

酒过三巡，大家又谈起生意上的事。李永安说："这几年乡亲们甘蔗种植越来越多,红糖产量已翻了一番,本地销量已经吃不下了,以后应以外销为主。蔡大哥你对外州外府门路熟络,要仰仗你多多指路啊!"陈献义、朱惠民等人也齐声赞同:"对啊,下一年我们也参加你的车队,把糖运到闽北和淮浙去。"

几位乡亲谈论的事情,也正是蔡曰忠近来考虑的问题。几杯酒下肚,蔡曰忠已是满脸通红,可他脑子里十分清楚:红糖扩大销路,才能增加蔗农的收入,可是眼前这时局不稳,下一年生意真不知道该怎么做,他也替大家发愁啊!但为了不扫众人的意兴,也只好安慰大家:"车到山前必有路。你们蔗苗照样栽,蔗秆照样收,蔗糖照样榨,到时候我们一定想办法把糖卖出去。"

蔡曰忠回到家已是亥时。看到女儿书房里还亮着灯,便轻轻推门进去。蔡荔娘伏在书桌一角已经睡着,桌面上、地板上摆着许多写满文字的笺纸。蔡曰忠小心翼翼地拿起来,一张一张看下去。女儿的字是写得越来越好了,特别是行楷,端庄清秀又透着飘逸自然,虽略显稚嫩但也自成一体。他再一细看,发现抄录的都是一些诗词,顺手拿过一篇《贺新郎》,轻轻吟哦起来:

> 国脉微如缕。
>
> 问长缨何时入手,缚将戎主?
>
> 未必人间无好汉,谁与宽些尺度?
>
> 试看取当年韩五。
>
> …………
>
> 自古一贤能制难,有金汤便可无张许?
>
> 快投笔,莫题柱。

蔡曰忠知道这是刘克庄与莆田前贤、参知政事龚实之的唱和之词,因龚实之的原词中有忧虑边关战事的意思,引起刘克庄的同感和共鸣,故而在词句中呼吁当政者能够不拘一格广求贤才,守边御敌,以挽救已经衰微的国脉。词人对边事的焦急和对爱国志士的渴望之情跃然纸上,不免令人感慨。

接着,他又一篇一篇地看下去,发现全是刘克庄的诗篇与辞章,如《玉楼春·戏林推》《军中乐》《苦寒行》《北来人》等，心里便想：荔娘专门抄录这些忧国忧民、感时伤世的诗词，是何用意？看来，闺女这心事还挺重呢！

蔡曰忠正这么想着，忽又见一笺，写得比前面潦草许多：

风轻夜阑。策马挽弓，千里沙场。
举目苍穹北斗星，一骑四顾茫茫。
梦断处，睁眼看，原是桌上孤灯。
唉，唉唉，灯前独自苦思量：
江山重重烽烟起，神州处处见兵戎。
…………

这首词没有署名，没有出处，究竟是谁的作品？蔡曰忠看了一半，觉得纳闷。正想询问女儿，见她睡意正酣，想必是太累了，就不忍心把她唤起。他从旁边拿起一件披风，轻轻盖在女儿身上，便又继续看下去：

国如危卵，万民倒悬，孰能无情！
听天籁时时传召唤，不知是何使命？
本有心春风写韶华，却只恨娇媚不是男儿身。
恨、恨、恨！

"哦，哦，原来如此！"蔡曰忠看到这里，顿时明白了，心中赞叹："是的，这正是女儿写作的！这口吻、这手笔，正是抒发她自己的心声啊！"

蔡曰忠正沉思着，那边蔡荔娘已经醒来。她突然发现父亲站在一旁，就要起身行礼。蔡曰忠忙把女儿肩头按住，心疼地说："女儿为何这么辛苦？读书做学问也莫要累坏身子。"

"谢谢父亲，女儿不累。"蔡荔娘细声作答，轻轻用手绢擦了一下眼睛。蔡曰忠这才注意到女儿脸上似有泪痕，惊问："荔娘你哭了？莫非有甚事体？"

"没事，真的没事，父亲请放宽心。"

蔡曰忠早已从这些文字中猜出几分，他知道女儿不愿明讲，也就暂且放下，并不追问，转而聊起诗词，问道："荔娘啊，你喜欢诗词文章，但缘何特别钟爱刘克庄？"

蔡荔娘想了想，回答道："刘克庄的诗词，刚健洒脱，气韵沉雄，与陆游、辛弃疾，同属豪放派，犹鼎三足。他生活在大宋朝廷偏安江南时期，国家先后遭遇金人和蒙古人的大肆侵扰掠夺，几十年中，生灵惨遭涂炭。这样的时局与国势，与陆放翁、辛稼轩那个年代相比，更是江河日下，亡国亡族的危险愈加逼近，因而使他愈加心痛而愤深，写出的诗词也更加悲凉慷慨。其拳拳君国之心，志在有为之意，令人感佩，催人奋起。值此国难当头，世事多蹇，女儿亦不免感时伤乱，忧国忧民。今日吟读刘克庄诗词，品味其中意气，竟感同身受，不胜唏嘘！故而抄录一二。"

蔡曰忠频频点头，又指着无署名词作故意问道："这篇可是哪位名家的大作？"

蔡荔娘稍一怔，羞怯地说："哪是什么名家，什么大作！只是女儿一梦醒来，一时心血来潮，信手涂抹，不成文章的。"

听着女儿如此说来，蔡曰忠嘴里"喔，喔"应答，心中却暗喜：女儿长大了！尽管她还差几个月才满十七岁，但她真的是长大了！女儿有此见识，有此志向，有此才学，令人高兴啊！他轻捋胡须，不自觉地点了点头。可转而又叹息：只可惜她"娇媚不是男儿身"，否则未尝不可"策马挽弓，千里沙场"！

父女俩就这么想着、聊着，不觉夜已三更。蔡曰忠又婉转地给女儿一番劝慰和勖勉，才各自回房歇息。

这一夜，父女俩都辗转难眠，思索良多。

第二章　一代俊杰莅枫亭

转眼到了五月端午节。

枫亭百姓过端午节是从五月初一开始的，连续五天，因此也叫"五日节"。童谣曰："初一糕、初二桃、初三螺、初四吃粽子、初五扒龙船。"由此可见，人们以时鲜食品和时令运动来庆祝这个一年一度的传统节日。此外，家家户户还洗床铺、晒床板；换被褥、添新衣；烧香驱蚊。大人小孩都要喝雄黄酒，并用雄黄蘸水在门扇上写"龙""虎""王"等字样。人们从田间地头采摘艾草和菖蒲挂在门边窗旁，以图消暑热、除瘴气，驱魔避邪保平安。而扒龙船，即赛龙舟活动，无疑是端午节的重头戏。

虽然时局渐紧，却不影响枫亭百姓过端午节，今年的龙舟赛事也照旧在太平大坝上举行。太平大坝位于枫慈溪下游，濒临入海口。枫慈溪亦称枫江，发源于慈岳山区，自西往东奔流而来，到了太平大坝已是下游，因此这一带水面便特别开阔。两岸夹江而建的长街，到了这里便中止了，代之以两边高大的护岸和防波堤。堤岸用花岗岩条石砌筑，从河床边呈阶梯状逐级向上延展，形成一层一层平台。这平台便成了人们观赏枫慈溪美景和休闲纳凉的好去处，遇有重大活动自然就更是热闹。

枫亭的龙舟竞渡可不简单，官府和百姓都十分看重。每年的龙舟赛，唐安乡官府都要出面组织，全乡所辖的各个里保也都毫不例外地要派队参加夺标。而这些夺标队员，又是事先通过预赛层层选拔的，可以说汇聚了全乡最彪悍、最勇敢的男子汉。每到五月初五这一天，全乡划船好手云集太平大坝，在枫慈溪这条家乡的母亲河上同池竞渡，上演一幕幕擂鼓夺标、奋勇争先、船飞浪卷、翻江倒海的壮丽景观。

今天真是好天气。老天爷善解人意，为了让人们过好端午节，连续多日一直飘洒不停的绵绵细雨，这几天也停歇了，还给人们一个晴朗的天空。乡村、田野少了许多湿气和潮气，变得干爽起来，往日泥泞的道路也渐渐硬实了。今年是闰年，三月之后又一个闰三月，以至端午节姗姗来迟。大概由于这个缘故，今年端午节的气候显得比往年热了些许。初夏的太阳早早升起，枫亭集市上的商户们，以及周边地区的农民、渔民，也早早地赶往太平大坝，老老少少都尽量穿戴得光鲜一些，许多姑娘、媳妇还特地涂脂抹粉，精心打扮。不一会儿，枫慈溪两岸就熙熙攘攘挤满了人。接着，舞龙舞狮队来了，锣鼓队来了，由各里、各保乡亲分别组成的助威呐喊的啦啦队也来了，一时之间，堤岸上江面上聚集了数千人众，红红绿绿，人声鼎沸，锣鼓喧天，煞是热闹！

李春牛今天起得早，来得快。他占据了一个视野宽阔的高处平台，安放好桌椅，摆上糕点、粽子、水果和茶水，就等着蔡荔娘、真珍来此一起观赏同乐。

"春牛呦，你不也是锦标队员吗，怎么不去下水扒船，反而跑到这里摆什么茶座？"一位邻居大嫂跟他打招呼，疑惑地问道。

"真不巧，我的腰在训练中扭伤了，被淘汰了！"李春牛轻轻拍了拍后腰，显得有些痛苦。

"说什么伤了腰，才不是呢！你没看他抢位置的动作那么麻利？人家可是要在这里招待美女的！"旁边一位女孩子知道他一定是在等待那两位漂亮的女同窗，大声不客气地揭穿了他。说着，与那位大嫂一起哈哈大笑起来。

李春牛脸红了，他揉着受伤的腰，嘴里嘟囔着："大嫂大姐饶了我吧，要不是真的受了伤，谁愿意放弃这个机会啊！"

李春牛说的是真话。龙舟竞渡比赛，是乡里男人特别是年轻后生欢呼雀跃的喜事，他们把这看作比体魄、比力量、比智慧和展示个人形象风采的大好机会。尚未娶亲的小伙子还希冀因此获得某个姑娘垂青，以赛为媒，"钓"个好媳妇回家呢！同时，许多姑娘家也特别看重这个赛事，都希望利用这个机会挑选和考察自己的意中人。多年来，因为龙舟赛事而缔就美好姻缘的成功事例并不少见。就拿蔡曰忠的婚事来说吧，当年他连续参加了三届龙舟赛，身材高大而健壮，划桨扒船孔武有力，又加上他脸上那胜利者的微笑，曾经迷倒了许多姑娘，更得到远近闻名的大美女——本乡贩盐大户杨家二小姐的赏识，最后结成了婚姻。这段姻缘一度被乡亲们传为美谈。这杨小姐也是一位大家闺秀，不仅相貌出众，也读过诗书，懂得礼节，品德端正。杨家世代半商半读，生意做得大，诚实守信、重义轻利的美名也远播邻近州县。有一年夏秋季节连续下雨和阴天，海盐产量大减，到处盐价上涨，而杨小姐的父亲不但不涨盐价，还对贫困人家减价销售或干脆免费馈送，因此被赞为"杨大善人"。人们称赞蔡曰忠与杨小姐的结合不仅是壮士配美女，从家风这一点上讲，他们也是门当户对的。正因了这种成就"绝配"的"龙舟之缘"，龙舟竞赛便多了一分含义，也让人们多了一分期待。男人们因而更加重视，个个奋勇争先，力图挤进夺标队参赛亮相，并以之为荣耀。

  李春牛今年头一回被选进了夺标队，却因受伤不能参加最后的扒船比赛，他很是懊恼。"不过，这样倒是有机会陪蔡荔娘和真珍一起观赏比赛，也是一桩幸事。"李春牛心里这样想着，眉头又舒展开了。

  这时，八个夺标队都已到齐，八艘龙舟在坝头上一字儿摆开，船头向西朝着上游，瞄着远处约三百丈开外的红色锦标线跃跃欲试。龙舟长近三丈，宽约六尺，分别漆成赤橙红绿青蓝紫白八种颜色，象征红龙、黄龙、青龙、白龙等不同"龙种"。每个队的服饰也与各自的龙舟颜色相一致，从队员头巾、短褂、筒裤到令旗全部同一种色彩，标识十分清楚，也十分醒目。现在，队员们在调试桨橹，调节鼓点，做着最后的准备。有的啦啦队已经迫不及待地摇旗呐喊，唱起《龙船调》来了：

    扒龙船啊，扒龙船呀，大桨摇啊，船似箭呀！
    细浪来啊，大浪去呀，紧紧扒啊，有赏钱呀……

  李春牛一直在翘首张望，好不容易看到蔡荔娘和真珍手挽手款款而来。只见蔡荔娘那浓密乌黑的头发高高盘起，在头顶上很随意地挽个髻儿，一颠一颠地颤动着，活泼而飘逸。她与以往一样，仍是不施粉黛，但一袭粉红色短袖紧身小袍，穿束得恰到好处，没有了冬春季节厚重衣物的束缚，顿时显得格外清爽和轻盈，尤其是平时很少显露出来的脖颈和臂膀，此刻珠圆玉润，白生生、脆嫩嫩的，闪烁出异样的光彩。李春牛看得呆了，心里说：端庄清丽的蔡荔娘，原来竟是如此妩媚！

蔡荔娘和真珍的出现，仿佛飘来了一道彩霞，让人们眼前骤然一亮，众多男女老少纷纷投以"注目礼"，并自觉地往两边让开，为她们腾出一条路。

"你看你看，那位身材苗条、面貌姣好的，就是蔡荔娘！"人群中一位婶娘悄悄对身边的伙伴说。

"哦，她就是出生时虹霞缭绕、红枫相伴的小妮子呀？"

"可不是嘛，说来真是神奇！"

旁边一位蓄长须、穿长裳的读书人模样的中年汉子，正在怡然自得地捋着他的漂亮胡须，听到几个女人的议论，冷不防开腔说道："奇则奇矣，但焉知祸福？"

众人不解，忙问："此话怎讲？"

"读书人"个子很高，他伸手向城西方向指了指，幽幽说道："你们忘了那一片紫金土？"

乡亲们知道，这个人说的那一片紫金土，指的是枫亭城外西去几里地的赤岭。这赤岭确也称奇，周环数里，土石皆紫，号称"九龙盘珠，紫泥赤石""**叠叠**七里紫金土"，天下罕有的风水宝地，据说是可以出帝王将相的地方。二百年前，这里果然出了两位宰相，即蔡京和他的弟弟蔡卞。熙宁三年，蔡家兄弟同时中了进士，后又同朝为官，蔡京成了皇帝身边的红人，蔡卞做了名相王安石的女婿。兄弟俩还先后当了宰相，尤其蔡京更是了得，几下几上，四任宰相，权倾朝野数十载。但是，蔡京到了晚年八十高龄之时，却被贬岭南，途中病困交加，衰竭而死；他的几个儿子中，除娶了皇帝女儿的驸马都尉蔡鞗之外，蔡攸、蔡翛同被赐死，蔡絛等人亦被流放，可谓大起大落，乐极生悲，显赫家族落得个满门凄凉。枫亭人每每提及这些，都不胜感慨和叹息，感叹人生难测、祸福难料。

"唉，什么风水呀、奇玄呀，都难说哪！平安就好，平安就好啊！"

"读书人"说着，漂亮胡须一颤一颤地飘忽。

"哦，哦，是啰是啰。"人们于是都默不作声了，似乎为蔡荔娘的命运担忧起来。

蔡荔娘和真珍在人群中穿行好一阵子，终于找到李春牛。

"我说春牛啊，你也太不走运啦！看看人家那些队员一个个威风威武，就你被淘汰下来，落了个这里坐冷板凳！"刚刚见面，真珍就毫不客气地嚷嚷着。兴冲冲而来的她，对李春牛不能登船参赛难免失望，她多么希望一睹春牛哥抡臂挥桨劈波斩浪的风采！

"真珍你也别太贪心了，甘蔗哪有两头甜！春牛要是去参赛了，谁来给你摆桌备茶呀？"蔡荔娘笑道。

"姐姐说得也是。谢谢春牛哥啦！"真珍双手抱拳，面对李春牛规规矩矩地鞠了一个躬。李春牛明明知道这只是真珍的一种嬉闹，但也被弄得不知所措，只能"呵呵"笑着。真珍盯着他看，心里想："你这个小哥哥，今天真要是带伤上阵，又岂能让人放心？"想到这，嘴角泛起一丝丝微笑。她这一耐人寻味的表情，李春牛和蔡荔娘两人并没有察觉。

真珍甫一落座，就忙个不停。她学着别人祭奠爱国忧民大忠臣屈原老夫子的样子，拿起粽子握在拳心仰天祷告，接着又把粽子一个一个用力投向江中。一会儿，她累了，就大口大口吃食、喝茶，引得李春牛止不住窃笑。

蔡荔娘今天一到太平大坝，就被眼前的热闹场景所感染。她不由得脱口吟起词句：

深院榴花吐。

画帘开、綀衣纨扇，午风清暑。

真珍一听，便知是刘克庄的《贺新郎·端午》。这一帮同窗学友，平时喜欢你一句、我一句地咏诵诗词文章，即所谓"对口接龙"。此时，蔡荔娘刚一开口，真珍也兴致勃勃地顺着她的句子，接着往下朗诵：

儿女纷纷夸结束，新样钗符艾虎。

早已有、游人观渡……观渡……

真珍连连念叨着"观渡"两个字，却迟迟没有下文。显然，她忘词了。

李春牛见真珍"卡壳",赶紧顺口接上:

  老大逢场慵作戏,任陌头、年少争旗鼓。

  溪雨急,浪花舞……

"错了,错了!"蔡荔娘冷不防插了春牛一杠。

李春牛一愣:没错呀,刘克庄写的正是这么几句啊!

"刘克庄是这么写的,但是……"蔡荔娘笑了,指着江边一堆人,认真而又打趣地说:"你们往那边看看,就知道真的错了。"

众人顺着蔡荔娘手指的方向看去,江边那一堆人,正是连江里龙舟队的队员们。其中一个头发有些花白的老汉,正在和人们大声争吵。

"那不是范伯吗?怎么今年又来了?"李春牛和真珍都感到惊讶,同声叫了起来。

范伯是连江里龙舟队的老鼓手,已经参加许多次竞赛了,尽管年近花甲,就是不肯放下手中的鼓槌。鼓手是龙舟队的指挥和灵魂,担负着控制比赛节奏、协调划击动作、保证冲刺成功的重任。去年连江里龙舟队夺标失利后,队员们都觉得他年纪确实大了,反应不快,鼓点不准,指挥不灵,实在不该让他再瞎鼓捣了!在各方强大的压力下他已答应交槌给自己的儿子——号称"浪中白条"的讨海能手范海龙,可事到临头又变了卦,这不,今年他又来了。

"范伯呀,求求您快把鼓槌交出来,别误事了!"

"不行!谁说我误事了?"范伯朝那人狠狠瞪着眼珠子。

"我的老大爷啊,您饶了我们吧!"

"不行!今年我一定要上,一定要夺回头标!"范伯就是不松口。

队员们还是软磨硬泡,紧紧围着范伯,逼着他"交权"。而范伯还是一个劲地说着"不行不行",手里抓着鼓槌不放。有个后生仔急了,就要上去抢夺。只见范伯把鼓槌高高举起,大吼道:"哪个兔崽子敢来,看我敲破他脑袋!"

有人把事情报告给里正,惹得里正亲自出马劝说。可这老范伯连里正的面子也不给,执意要再上一次,这会儿又跟里正吵得脸红脖子粗呢!那一副不服输、不服老的倔强相是那么憨态可掬，委实让人敬佩。

蔡荔娘笑道："你们说范伯这是'老大逢场慵作戏'吗？明明是'老当益壮争旗鼓'嘛！"

"哈哈哈"，李春牛、真珍和周围的人都会心地大笑起来。

忽然，人群一阵涌动。随着"轰隆"一声炮响，龙舟竞赛终于正式开始了。但只见：鼓手拼命擂鼓，划桨手拼命"扒船"，桨起桨落，浪花飞溅，八条彩色龙舟，像八支离弦之箭，飞一样射向远处挂着红布条的锦标线。看台上也顿时锣鼓齐鸣，"加油"呐喊声、欢呼鸣叫声响成一片，枫慈溪两岸沸腾了！

就在此时，坝头南边走来两位约莫二十五六岁的年轻人。一个体态白胖，身穿紫色府绸长衫，腰系一串碧绿的玉珠，手握一把大折扇，看似富家子弟；另一个面色微黑，身材结实，身上虽是粗布衣服，倒也整洁利落，像是走南闯北的生意人。那个"富家子弟"不看江中龙舟竞渡，却一直朝岸上的人群巡睃。忽地，他的目光定格了："真美啊，那个小妮子！""生意人"顺着他的目光看去，认得那是蔡荔娘，心想这公子哥儿眼力不错，便说："想认识她吗？请跟我来！"一边说着，一边就拉着"富家子弟"径直往这边挤来。

"哥哥，你回来了！"真珍见是真荣，兴奋地大声叫道。

"我刚从洛阳桥赶来。这是我一路同行的贵客，泉州市舶司提举蒲寿庚大人的二少爷蒲天文公子！"

来的都是客。李春牛客气地欠身行礼，真珍赶忙斟茶待客，蔡荔娘也点头致意。

蒲天文口称"幸会"，眼睛却在蔡荔娘脸上、身上不停地扫射，甚而竟大大咧咧地挤到蔡荔娘身边的椅子上，毫不客气地一屁股坐了下来。

随着溪流中的龙舟越来越接近锦标线，各队之间夺标争先的拼抢更加白热化了，鼓手们把那皮鼓擂得一阵紧过一阵，震得人们心咚咚乱跳；船桨在水中一闪一闪地跳跃翻腾，卷起的浪花像疾风骤雨，挥洒成白茫茫的一片，看得人们眼花缭乱。混乱之中，但见那八艘小船就像八只机灵敏捷的鱼鹰，使劲地伸长着它们的脖子，在一阵阵鼓点的催促和船桨有节奏的划击之下，一个窜跃又一个窜跃地竞相冲刺，"嗖嗖嗖"奔向红色的锦标带。两岸的欢呼声更是一浪高过一浪，人流也开始往终点方向移动，骚动的人群愈发拥挤。这一边，蒲天文也趁势向蔡荔娘身边靠过去，使劲往她身上挤压，肥胖的身躯眼看着就要把她挤倒了，那一双不安分的手竟然还偷偷伸向蔡荔娘的大腿！

面对这不速之客的野蛮流氓行为，蔡荔娘感到十分惊愕，并由惊愕转为愤怒，脸上早已憋得通红。但由于此人是真荣的客人，碍于情面，况且在大庭广众之下也不便发作，她只好退让一步，勉强忍着一口气。虽说忍着不发怒，但此刻她也顾不得再看比赛，倏地站起来，对李春牛和真珍说："咱们走！"

李春牛和真珍也早已感觉气氛不对，对真荣的贸然引见和蒲天文的唐突无礼颇为不快，此刻狠狠地白了他俩一眼，就左右围护着蔡荔娘，一起钻出了人群。真珍临走时还扔下一句话："呸！什么公子、少爷，原来是个臭鼻公子！"

"臭鼻公子"是流氓恶少的代名词，因为戏台上饰演抢妻霸女的反派小丑角色，鼻梁上都涂着一块白色，活像鼻子上拉了一堆臭鸟屎。

蒲天文与真荣愕然对视。真荣责怪蒲天文心急，蒲天文则大言不惭，辩称："我这是喜不自胜加情不自禁啊！"见真荣疑惑不解，他继续说道："你看那小妮子，一举手、一投足都是那么可爱，就是她生气的样子，也是招人喜欢的呀！"瞧着蒲天文一副沉醉和放肆的模样，真荣又好气又好笑。蒲天文仍是一个劲地自顾自说，末了，还抛出一句话："今日得见蔡荔娘，不虚此行；来日若能娶了她，方不枉此生！"

原来，这位蒲公子虽然年岁不小了，却并未婚娶。几年来家里也不断给他张罗，找了许多女子，虽都花容月貌，但不知为什么，一个个都对不上他的眼。这公子哥宁肯风月场中眠花宿柳，就是不愿娶亲成家。今天他刚刚走到太平坝头，就觉得眼前一亮，那闪亮之处便是蔡荔娘！他一下子被她所吸引，觉得这小妮子不仅亭亭玉立、风姿绰约，而且她身上似乎还有一种超凡脱俗的气质，具有超乎常人之美，以致他丢魂失魄，举止失措，竟然忘乎所以地挤向蔡荔娘身边……

现在，他认定这个枫亭女子，正是自己一直等待和追寻的意中之人！

蔡荔娘一行匆匆离去，一下子消失在人群中不见了，蒲天文无可奈何。但他心有不甘，又急忙向真荣打听蔡荔娘的家世、年龄，甚至生辰八字，恨不得从真荣嘴中挖出更多蔡荔娘的"内幕消息"。看这样子，他必然还要做下一步的文章。

激烈的龙舟竞赛很快结束了，乡署观礼台上正在举行颁奖庆贺典礼。蔡曰忠和乡长及各里的里正一起，忙着给夺取头标、二标和其他锦标的优胜者披红戴花，敬酒赠礼。参加庆典的各方人士，以及喜欢凑热闹的人们，像对待高中皇榜的状元郎一样，把夺头标的功臣们抬着、架着，用力抛向空中，又绕着观礼台四周"游场"夸耀，欢呼雀跃……

人们意犹未尽。而此时此刻，一位不寻常的人物，一位后来与枫亭结下不解之缘的不寻常人物，悄然来到了枫亭。

不知什么时候，满头大汗的老驿臣悄悄爬上观礼台。他把乡长和蔡曰忠拉到一边，急忙忙说道："来了来了，朝廷来人了！"

"谁来了？"

"来的什么人？"

乡长和蔡曰忠同时问道。

"朝廷大官，陆秀夫陆大人！"老驿臣紧接着说："陆秀夫大人刚刚到达驿馆，急欲召见本地吏员，并指名要见蔡曰忠先生。"

事情来得突然，乡长拿眼问蔡曰忠。蔡曰忠说："陆大人此来，必有重要使命。咱们把各里保的里正和保长们都带上，快点赶过去吧！"

陆秀夫端坐在驿馆客堂上。他年纪四十岁上下，中等身材，面色白皙，腰板挺直。他虽然一路风尘仆仆，脸上还冒着汗珠，但仍把乌纱、袍服穿戴得整整齐齐，疲惫的眼神里透露着坚毅和温和。

蔡曰忠与众人刚刚踏进驿馆大门，还没来得及叩拜行礼，陆秀夫已经站起身来，迎着蔡曰忠大步走来。他紧紧握着蔡曰忠的手，高兴地说："蔡先生，我们又见面了！"蔡曰忠忙不迭地点头鞠躬，又把乡长及各位里正、保长一一介绍，各自行了礼。陆秀夫与众人略做寒暄，便切入正题，说明来意。

陆秀夫告诉大家，虽然临安失陷，恭帝和太皇太后被拘掳，但大宋江山仍绵延千里，大宋朝廷仍政事不息。各地军民依然坚持抗战，朝廷一直图谋恢复。本月初一日，益王赵昰已在福州即了皇帝大位，改年号为景炎；册立杨淑妃为太后，与景炎皇帝一起听政。封赵昺为卫王；任陈宜中为左丞相兼枢密使，都督诸路军马；任陈文龙、刘黻为参知政事；任张世杰为枢密副使；任陆秀夫为端明殿学士、直学士院、签书枢密院事；命苏刘义主管殿前司。朝廷还特意任命李庭芝为右丞相，令其尽快从扬州突围南下，率军前来福州，共佐朝廷。景炎皇帝即位后，立即派出多路特使前往各地宣抚，诏告天下，发动军民，重整旗鼓，力图中兴朝政。他陆秀夫身为特使，就是奉命从福州、莆田一路而来。

陆秀夫说着，忽然挺身站起，整了整衣冠，小心地从怀中掏出一卷黄绢，缓缓地展开，大声地宣读起来：

"宋室有主，兴复斯时。帝星朗耀于闽都，遣秀夫先行抚安生民，同起忠义兵师，协靖国家危难，倾诚招讨，保我山河……"

陆秀夫表情庄重，声音琅琅。宣读完毕，他又双手捧着黄绢文卷，郑重地交与乡长。乡长一眼看到卷首五个大字《抚安闽民檄》，心中一震，肃然站起，双手捧着接了过来，随即向陆秀夫俯身鞠躬，一字一句说道："宋室有主，臣民有靠；朝廷中兴，社稷之福。陆大人深入乡野民间亲自召唤，我等臣民定当全力以赴，万死不辞！"

在场众人显然也都受到感染和鼓舞，突如其来的重大消息，不免让人震撼。但这毕竟是好消息，新帝的确立和朝廷使臣的宣抚、召唤，确实让大家感奋不已。只见乡绅、吏员中，有的频频点头，有的则忍不住急切地议论起来。

蔡曰忠看了看大家。他看到了群情振奋，也看到许多人的眼神中传递出来的一个信息：大伙儿与乡长一样，都有话要说，只是怕人多嘴杂，希望他蔡曰忠能代为表达。过去每逢大事，人们都要公推这个"见过大世面"的老人出面，代表大伙说说话，何况今天来的这位朝廷大官，恰好又是蔡曰忠的熟人呢！

蔡曰忠理解大家的心情，便会意地朝众人点了点头，随之站了起来，清了清嗓子，开口说道："禀告陆大人：我们闽中百姓素来深明大义，与本朝渊源最深。开国之初，就有我枫亭前辈陈洪进为国家统一做出贡献，陈洪进时任平海郡节度使，他以所辖泉漳之地凡十四县纳土归宋，而被太宗皇帝敕封为检校太师。自那时以来凡三百余年，福建士子在朝为官、领食俸禄者成千上万，仅丞相、尚书等一、二品官员就逾百人之数。特别是兴化军，科甲鼎盛又为八闽之冠，大宋朝开国以来被朝廷擢拔的进士共达一千六百余人，内有五人被皇上钦点为状元；其中仅我枫亭就有进士一百多人，文学科举之盛诚为全国所罕见。熙宁九年（1076年），国朝首开武科大考，本乡霞桥村武生薛奕一举夺得第一名，成为有史以来第一个武状元，与同时考取文科状元的莆田徐铎共同成就了'文武双魁'的佳话。当时神宗皇帝还赠诗'一方文武魁天下，万里英雄人彀中'呢！可见我们这兴化大地，真不愧是'海滨邹鲁、文献名邦'。"

蔡曰忠一口气滔滔不绝，如数家珍般把枫亭、兴化以至福建的人物故事和盘托出。陆秀夫听得专注，心里想："闽中文物兴盛，虽人皆尽知，今日一听，更得其详。这一方土地果然了得！这既是闽中之幸，也是国家之幸啊！"

陆秀夫把赞赏的目光投向蔡曰忠，就听蔡曰忠继续说道："我闽中地区除了在朝廷科举养仕制度上受惠之外，还广泛得益于朝廷的农商政策，数百年来地方开化和百姓生计有了空前的发展。只要看看我们枫亭士农工商如今的繁荣景象，就可见一斑！"蔡曰忠略微停顿一下，清了清嗓子，又接着说："有天才有地，有国才有家。我等臣民受朝廷此等隆恩，自当精忠报国。今国家有难，枫亭百姓决不会袖手旁观的！陆大人您就放心吧！"

蔡曰忠这番想法，其实在温州回来后就多次与乡长和各里保的头领们表露过，大家都觉得在理。在蔡曰忠的提议下，乡、里、保各级吏员还对如何筑营建寨拒敌入侵、如何募兵筹款支持前线等事务也都有所谋划。因而，此刻对于蔡曰忠的这番真情表白，众人纷纷表示赞同，一致附和："是啊，朝廷是百姓的靠山，安定是百姓的福祉。朝廷兴亡，匹夫有责。保皇护国，我们枫亭人绝不含糊。"

面对这些真诚忠厚的乡贤，陆秀夫确实放心了许多，也更加坚定了"经营福建、恢复大局"的信心。他紧接着便和大家一起，仔细商议了下一步募捐支前、保土安民等一系列行动计划。

为了对这一地区的抗元御敌斗争做进一步的部署，也为了更多地了解枫亭，陆秀夫第二天一大早就走出驿馆，融入街市和乡村进行考察。因为永嘉地界蔡曰忠对逃难王室的慷慨相助，昨天驿馆内乡贤们的诚挚交心，给他这个久居朝廷殿堂之上的人许多从前不曾有过的感受，他想借此机会更多地认识这个奇特的枫亭。

蔡曰忠理所当然为陆秀夫当起了向导。

这是一座年代久远、闻名遐迩的小城。自武德二年（619年）设立枫亭馆以来，中原河南等地和闽中周边地区的人们，或因躲避战乱，或为经商谋生，先后迁徙到了这里，以至枫亭人口不断增加，经济逐渐繁荣。进入宋代，这里已发展成为商贾云集、百业兴旺的大商埠，成为名闻一方的"枫亭市"。在这座城镇里，遍布着各式各样的货铺、商店、工场、作坊、茶楼、酒肆、客栈、医馆、戏棚和书院塾学，一派灯火几千家、商贾大聚集的繁华景象。宋代的福建是全国经济、文化最发达、最繁华的地区之一，而枫亭的这种繁华景象，无疑就是福建的一个缩影。

蔡曰忠领着陆秀夫在"井"字形的街区里穿行，面对一排排店铺和堆积如山的山货海产，不时地为陆秀夫指点和介绍着什么。熙熙攘攘的人群中，好多认识他的人都纷纷打着招呼：

"老乡老，您好！"

"老乡老,进来店里吃茶啊!"

"乡老"是蔡曰忠的官职。在枫亭,蔡曰忠是个知名人士,也很受人们赞誉。作为唐安乡的乡老,其职责是协助官府处理民间纠纷,因不拿朝廷俸禄,当属"编外吏员"性质。其时,乡一级政权设乡长一名、乡佐两名,负责处理辖区政务;另择乡中有威望者一人协助处理邻里关系、治安秩序等民间自治事务,称之为"乡老"。蔡曰忠因为人耿直良善,急公好义,处事公道,才德服人,便众望所归地当了十多年的乡老。时间一长,人们又在"乡老"前再加上一个"老"字。陆秀夫初来乍到,今天又是微服出行,普通百姓并不认识,人们还当他是"老乡老"带来的外地客商呢!

他俩从上街走到下街,从草市逛到鱼市,出了南门又绕经东门,之后才出北门往城外走去。

蔡曰忠告诉陆秀夫:枫亭地处福建东南沿海丘陵地带,绵延的群山中夹杂着一片片小平原,自西北而东南,一直延伸到东海之滨。境内有条河流叫枫慈溪,别名枫江,自唐安乡慈孝里的北坑岭、佳雉山滥觞,从群山中蜿蜒而出,顺着地势弯曲回旋五十里,由西往东潺潺流过,通过城区中心后在太平陂下注入湄洲湾,融入滔滔东海。因为有这山水之利,所以这片土地景色优美,物产丰富,堪称宝地!

陆秀夫站在高处放眼眺望,满目所见果然不同一般。由远到近的田野间,到处姹紫嫣红,郁郁葱葱,像一幅巨大的锦绣铺展开来;那一座座山峦似一颗颗翡翠,点缀在织锦之上;蜿蜒的溪流像一条玉带盘绕其间,闪闪发光……陆秀夫忘情地欣赏,似乎被这一切陶醉了。忽然,他的眼光落在位于城区东北、濒临湄洲湾畔的那座海螺形状的青山上。这座山虽不高耸,却因为临海而立,故也显得挺拔、巍峨,更因为葱茏青翠而平添了几分壮丽,恰似一颗硕大的钻石,恰到好处地镶嵌在这一片美景上,显得格外耀眼夺目!

陆秀夫不住地点头叫好。蔡曰忠见状,不无自豪地说:"大人是说那座山吧?那可是一座有故事的山啊!"

蔡曰忠接着说:"它就是著名的塔斗山。因其形似海螺,故亦称青螺峰。山顶有一座始建于五代末期的石塔,玲珑精致,古朴典雅,名曰'天中万寿塔',又叫'望海塔',年年日日为出海的渔民和过往商船指明航向,引导四方游子平安来归。山以塔显,人们就习惯地称这座山为'塔斗山'。"

陆秀夫越听越有兴致,全然不顾山路陡峭和曲折,甩开步子一口气登上山顶,站在塔旁,顿觉心旷神怡:大海汤汤环其左,大道平平绕其右,松涛阵阵,清风徐徐。他不觉猛吸一口气,草木的芬芳和海风的咸美顿时充盈于胸。

在塔斗山半腰,有一座金碧辉煌的寺院——会元禅寺,规模宏大,香火旺盛。陆秀夫见了,自是游览一番。

从禅寺出来,步出山门,抬头一望,便见不远处的一个山峪里,林木参天,屋宇连环,听蔡曰忠说那就是远近闻名的会心书院,便急切地说道:"走,咱们去看看!"

"这一所书院创建三百多年了,前前后后培养了众多知名人才。"蔡曰忠边说边掰着手指计算:"早年的陈洪进,以及蔡襄、蔡高兄弟和蔡京、蔡卞兄弟等人,都曾在书院就读过;枫亭及周边地区考取功名的一百多名进士中,许多是这里的学生。"他还告诉陆秀夫:理学大师朱熹曾两次到这里讲学授徒,并倡议扩建书院,还亲笔为书院书写了"敬义堂"大匾额。朱熹去世后,书院里供祀着他的肖像和牌位。如今,几十位学子在此用功读书呢!

"难得,难得!"陆秀夫口中不住地赞叹,脚下也不由得加快步伐,跟着蔡曰忠大步踏入书院。他一眼看见正堂中挂着朱熹的肖像,便俯身一拜。朱熹是他十分敬重和崇拜的贤哲,多年来他熟读朱熹的《四书集注》《通书解》《西铭解》《周易本义》,对其建立的庞大的理学理论体系,包括理气论、动静观、格物致知论、心性理欲论及美学思想,都有深入、系统的理解。陆秀夫既钦佩朱熹渊博的学识,更赞赏他力主抗金、恤民省赋、节用轻役等治国理政方面过人的胆识,特别称颂朱熹谏孝宗皇帝的"非战无以复仇,非守无以制胜"的主张,因此也时时以之为楷模,激励自己勤勉治学和勤奋治政。今日不意间竟在此地拜谒心目中的偶像,他自是一番激动和感慨。

拜毕起身,他兴致勃勃地环视书院陈设,眼光投向两边石柱上镌刻的那副对联:

书声起自天中时兴风云际会
院宇立于塔畔常同日月谈心

"写得好!立意不俗,气势不凡!"陆秀夫心中感慨,脱口称赞。

蔡曰忠还在仔细品味,指着上下联头尾四字合成的"会心书院"说道:"你看这四个字藏嵌得多么巧妙贴切!"

两人相视,会心而笑。

今天是休学日,学院里一片寂静。一会儿,从厢房里走出一人,直盯陆秀夫看着,喃喃地说:"陆……?陆秀夫!没错,你是陆秀夫陆大人!"

陆秀夫一怔,也端详对方,迟疑地问:"你是……"

"我是刘勋,我是刘勋啊!当年我们同场应试的呀!"

"哦,记起来了,你是刘勋……刘先生!兄弟啊,原来你竟在此处!"

宝祐四年(1256年),刘勋和陆秀夫同在临安参加科举考试。这一科的状元是文天祥,陆秀夫考中进士第二甲第二十七名,而刘勋因为临场病倒没有考好而名落孙山。当时体质虚弱的刘勋坚持应试,还是陆秀夫搀扶着走进考场的。经过几年的调养,刘勋才从重病和落第的双重打击中慢慢恢复过来,以后便从惠安县南埔老家来到仰慕已久的会心书院,在这里一边潜心研读,一边教书育人。他特别注重培养青年学子爱国爱民的思想情怀和安邦济世的理想抱负,其所著所述,往往能与时局共振,与学生共鸣,因而深受学子、家长和乡民的爱戴和敬重。

"好想你呀,陆大人!"刘勋紧紧握着陆秀夫的手。

"我也是,找你好多年了!"陆秀夫轻轻拍着刘勋的肩膀,对他上下端详。

宝祐四年科考之后一别多年,刘勋与陆秀夫失去了联系,但两人都在互相思念。今天,两位昔日同年的手又紧紧握在一起。整整二十年过去了,当年意气风发的少年郎,如今都已变成老成持重的中年汉,抚今追昔,不禁感慨万千。当谈到眼前时局和陆秀夫此行使命,刘勋又不免激动起来。他以茶当酒，双手捧着送到陆秀夫面前，动情地说："江山圆缺壮士补，社稷安危英雄扶。陆大人扶立新帝，运筹抗敌，将朝廷和百姓的前程、命运担于一肩，不啻于千钧压顶，万难临身，真不愧大宋朝忠义之臣！我刘勋敬你陆大人一杯！"

在陆秀夫看来，这浓茶胜似烈酒。他一饮而尽，就像是往五脏六腑投进一把火，烧得浑身热辣辣。直至跟着蔡曰忠走出会心书院，刘勋的一席话还在他脑海中萦绕和翻腾……

塔斗山步步风光，处处名胜，但最美的当属满山的枫树。每到深秋和初冬时节，染霜后的枫林格外艳红，元宝枫、鸡爪枫、三角枫争奇斗艳，灿烂若锦，赤透山野。人们传说：汉武帝时，安徽庐江有一个叫何任侠的人，带了九个儿子到江西临川淮南王刘安家去做客，夜里九兄弟发现父亲与刘安在商议谋叛朝廷，便规劝父亲要维护汉朝的统一，不要参与刘安的谋反行动。可是，何任侠不听儿子们的劝告，九兄弟因而连夜出走。他们从江西一路流浪来到这里，被满山遍野的红枫所迷，遂采折枫树的枝叶，在一个硕大的石头旁边，搭盖起了一座独具风格的亭榭，在此隐居。后来刘安、何任侠因谋反罪被诛杀，九兄弟便游移到距此几十里外的北部山区，到九鲤湖采药炼丹，得道成仙，骑鲤升天了。因为九仙曾在山上折枫为亭，后人就称这个地方叫"枫亭"，塔斗山下的这座小城及周边地区便有了这个美丽的名字。枫亭所在的清源县，后来也因何氏九仙曾经游历的缘故而改名为仙游县。

行走在如画的风景中，又听着蔡曰忠将那神话故事娓娓道来，陆秀夫不觉兴致大增。他要蔡曰忠带他去寻觅枫亭遗址，去追寻那美丽的仙踪神迹。他俩刚刚爬上一道山峦，就看到一群牛羊散落在林木花草之间，几个孩童围绕在一块巨石前嬉戏。那块石头前的草坪上，据说当年就搭建着那座枫亭。大石头周遭，几株枫树在初夏的阳光雨露里恣意生长，繁茂的枝叶相互交织，在石头上空形成一个大伞盖。蔡曰忠指着它，故作神秘地对陆秀夫说："大人请看那边！"

"枫树繁密，枝干交叉，枫叶如盖，宛如一个亭子，哦，是'枫亭'嘛！"陆秀夫豁然顿悟，笑了。

"略同而已，巧合而已，哈哈！"蔡曰忠也笑了，又说："要是枫叶如丹、层林尽染的时节，就更有当年仙人搭建枫亭的韵味了。"

两人正说笑着，忽听一阵歌谣随风飘来：

>何氏飘然早成仙，
>
>空留枫亭在梦间；
>
>巍峨新筑几时有？
>
>再等七百三十年。

陆秀夫听得真切，感到奇怪，忙唤一名年岁稍大的牧童过来询问。牧童警惕地看了看他们两个陌生人，只说了一句"安空和尚教我们唱的"，就一溜烟跑开了，那群牧童也一哄而散，一会儿就跑得无影无踪。一大群牛羊大概是受了惊吓，纷纷叫嚷起来，"哞哞""咩咩"之声此起彼伏。两人被逗乐了，都微微一笑。

从塔斗山南麓下来，两人又顺路来到太平港。只见宽阔的港湾内和附近的海面上，三三两两地停泊了几十艘船只。码头上有一些人在忙碌着，或往船上搬货，或从船上卸载，宽阔的堆场上，堆放着一垛一垛各种各样的货物。蔡曰忠告诉陆秀夫，太平港自本朝太平兴国四年开港通航以来，货运十分繁荣，舟船近通福、泉、漳、汕，远达江浙淮湖，甚而可抵暹罗、日本、流求、大食等地。运出货物主要有红糖、海货，和荔枝、龙眼等干果；而输入的则以棉布、铁器、木料为主。前些年月鼎盛之时，有人形容这太平港"舳舻衔尾，千艘挂楫，风涛架空，人声鼎沸"。太平港虽然这几年状况大不如前，但仍然是闽中沿海一个屈指可数的大口岸。海上运输业的繁荣带动了造船业的发展，太平港周围遍布着几十个造船的场坞，工匠约有千人。陆秀夫看着、听着，默默地点着头，那神情恰像是得到了宝贝或有了什么重要的发现，既惊奇、欣赏，又似若有所思……

第三章　少女倾心慕英雄

灯火阑珊，夜已寂静。位于枫亭小城西街尽头的一所宅院，今晚院门前点亮了大红灯笼，灯笼上映出两个描金大字"蔡府"。

在蔡家的厅堂里，陆秀夫与蔡曰忠灯下对饮，意兴正酣。陆大人这次莅临枫亭，两人有幸再度相会，使得他们彼此增进了解，已由官民关系变成为可以交心的朋友。菜上四道，酒过三巡，此刻，他们全然忘记了自己的身份和对方的身份，像多年的至交好友一样，推心置腹地促膝长谈。两个人从时局变化谈到朝政得失，从经营福建谈到枫亭布防，又从国力国运谈到民情民心，探讨广泛且深入。

酒逢知己千杯少。不一会儿，一壶荔枝蜜酒已经见底。

趁着蔡曰忠离席添酒的当儿，陆秀夫借着灯光，仔细环顾四周。这是一间宽阔的客堂，布置得简洁而雅致。但见：那青石大门柱镌刻着一副对联"荔谱流芳声名远，耕读人家世泽长"。厅堂的四个角落，分别摆着黄菊、茉莉、玫瑰和山茶花，静静地散发着清香。书桌上摆列着笔墨纸砚，还叠放着朱熹编著的《四书集注》和蔡襄著作的《荔枝谱》《茶录》等书册。四面墙上用石灰刷得雪白，张挂着许多书画，其中有一幅是题名"壶兰长春"的兴化地方山水图。正面中央是一幅人物肖像，两边的对联写着"精神高远照日月，势力雄健生风云"，这是一幅楷书真迹，其字体端庄，点画不苟，笔力遒劲，功夫着实，颇有典型和法度，一看便知是出自"本朝法书第一"的蔡襄之手。

陆秀夫庄重地仰视着画中人物，知道这正是蔡襄。待蔡曰忠提酒回座，他们的话题自然就转移到议论蔡襄上面来。

陆秀夫对蔡曰忠说："你们枫亭蔡家声名远播，蔡襄、蔡京、蔡卞等几位先祖更是世人皆知。但我素来尤为敬重蔡襄君谟公。蔡君谟公忠国惠民，刚直无私，其书法、文章与道德、政声，均属我朝一流，为国人所共识。正如朱熹老先生所评介，乃'前无贬词，后无异议，芳名不朽，万古受知'。而蔡京、蔡卞兄弟，才学突出，颇多建树，更精通书画戏曲，堪称一代风流，人们历来赞誉有加，且'兄弟两宰相'之荣耀，往往令世人羡慕不已。但其心术品行，亦常常为人们所议论。特别是蔡京，八十高龄之身被放逐岭南，客死潭州，诚为可惜又可叹也！对你的这个先祖，秀夫实在不知如何置评。"

蔡曰忠连忙解释："陆大人有所不知，我们与蔡京、蔡卞兄弟俩，虽是同姓同宗，但彼此却不尽相同。我一家族以先祖蔡襄及其弟蔡高两公为楷模，懿德相传，世代忠良，诚不忘本也！"说着，他又将蔡襄的子孙后裔，比如蔡佃、蔡伸、蔡传、蔡枢、蔡楙、蔡洸、蔡戡等本家历代先贤的身世、品德和事迹，如数家珍般向陆秀夫一一作了介绍。末了，他取过纸笔，工工整整地写就几行字，递与陆秀夫。

原来是一首诗：

> 族与权臣京卞别，聿修厥德念先人；
> 遐思当日端明志，荔树棠荫赤岭春。

"先生这是以诗明志啊！"陆秀夫笑着说。至此，他明白了蔡曰忠不平常的家世，也更明白了蔡曰忠这位忠良之后的心迹。这是一位多么开明忠贞的乡贤，这是一位多么耿直忠厚的长者！他知道，要想扭转乾坤，振兴朝廷，如此忠良之士，正是可以信赖和倚靠的！

陆秀夫激动不已，起身亲自执壶，给自己和蔡曰忠各斟了满杯，说道："来吧，干了！"

伴随一声清脆的杯响，两人哈哈大笑，一饮而尽。

笑声传到了内室闺房。蔡荔娘不禁放下手中的绣篓，又一次挨近门边，探头向厅堂看去。今晚蔡曰忠设家宴为陆秀夫饯行，使得蔡荔娘得以在家中见到这位景仰已久的朝廷大官。不过，她只能躲在暗处，偷偷地"私见"。

现在，她已是无数次在门内悄悄窥视了。每每瞧见陆秀夫那张轮廓分明的"国"字脸，和他那坚毅又不失温和的神态，她的心就莫名地激动，脉搏加速，呼吸也变得急促起来。她用手抚着胸口，心里说："我这是怎么啦？这心脏像个做贼似的扑通扑通乱跳！"但稍待平静后，她又忍不住探头再望。如此反复，以至近一个时辰工夫，手中虽捏着绣花针，可那幅《牡丹双蝶图》也未绣上几线，倒是手指被扎了好几针。

自从蔡曰忠温州回来谈了对陆秀夫的感知印象后，"陆秀夫"这个飘逸的名字，便由陌生到熟悉，常常闪现在蔡荔娘心头。怀着崇敬，也带着好奇，蔡荔娘开始关注起这个名字，并留心从刘勋先生的授课中、从街谈巷议中，以及其他可能的场合，搜寻一切与这个名字有关的信息。由此她渐渐知道了他——

陆秀夫，字君实，淮安州盐城县长建乡人。生于嘉熙二年（1238年）十月初八，今年正是虚龄三十九岁。他幼时随父母避兵荒，迁居润州府镇江，在朱方镇的鹤林寺读书。当时曾题一诗，描述自己的生活场景，也表达了他同情劳动人民的感情：

> 岁月未可尽，朝昏屡不眠。
> 窗前多古木，床上半残编。
> 放犊饮溪水，助僧耕种田。
> 寺门外断扫，分食愧农贤。

少年陆秀夫性情文静，不喜张扬，但爱思考，聪明颖悟，功课一等。其塾师孟逢原先生乃润州名儒，他对陆秀夫颇为赏识，常常称道："这百余蒙童之中，独秀夫为非常儿，将来前程必定不可限量！"

陆秀夫年岁稍长便喜读宣扬爱国惠民的各类书卷，也更广泛地涉猎天下知识。十五岁应乡试得贡生，补太学牒，十八岁魁省元。到了理宗宝祐四年，十九岁的陆秀夫进士及第，与文天祥、谢枋得同榜。该榜进士及第共六百零一人，文天祥是第一甲第一名，即状元；谢枋得为第二甲第一名，陆秀夫是第二甲第二十七名。中榜后他曾与几位同年赠言共勉："今日皇恩渥重，吾侪当思报国，相勉为天下第一等人物，方不负此举。"考试官王应麟听闻此言，十分高兴，召而慰之曰："阅卷得文天祥，予不胜喜。今闻贤论，何让天祥？可喜可贺！"

陆秀夫步入仕途后，起初被坐镇扬州的朝廷重臣李庭芝聘为幕僚，主管机宜文字，因"才思清丽""至察其事"，深为李庭芝器重。咸淳十年（1274年）李庭芝调任淮东制置使，又将陆秀夫提拔为制置司参议官。第二年起受李庭芝推荐到朝廷中央任职，被任命为司农寺丞，旋即又提升为宗正少卿兼权起居舍人。德祐二年（1276年）初任礼部侍郎，代表朝廷与元朝谈判，因对方得寸进尺，而他恪守底线，坚不退让，终未能达成和议。临安陷落后，陆秀夫与苏刘义等人护卫益王赵昰、广王赵昺自温州入闽。益王赵昰在福州即位后，陆秀夫任端明殿学士、直学士院、签书枢密院事，与左丞相兼枢密使陈宜中、枢密副使张世杰等人构成了新朝廷的权力中枢，成为赵昰皇帝和杨太后身边出谋划策、运筹帷幄的一名不可或缺的重要大臣，担负起了抗元御敌、中兴朝政的重大使命。

得知了陆秀夫的身世经历，特别是他拥立新帝抗元御敌的事迹与功绩，蔡荔娘对陆秀夫自然是尊崇有加。她记得父亲给自己讲过的尊才敬德的古训，而陆秀夫这样诗书满腹且又忠君爱国的有才有德之人，正是值得敬重的！难怪父亲温州回来后谈起陆秀夫之时会那么感慨和激动，也难怪此时父亲与他会那么亲密地推盏交杯、相谈甚欢！"人之相敬，敬于德；人之相交，交于情；人之相随，随于义；人之相处，处于心……"这是父亲常说的话，眼前这情景，那两个人互尊互敬、亲近融合的样子，不正是父亲这句"至理名言"的真实写照吗？想到这里，蔡荔娘无声地笑了。窃笑之后，她转而又想：我与那个他，若是相处，会是一种什么关系呢？应该也是情意相投、心思相通、水乳交融、亲密无间吧？"不，不，真荒唐！荔娘你在胡思乱想一些什么呀！"她扯了扯头发，好像那长长的发丝是控制思绪的缰绳，揪住它就可以把自己游移的思绪给揪了回来似的。

蔡荔娘还是时而举目窥视，时而低头凝思。陆秀夫忠心赤胆，敢于担当，不愧为朝廷的顶梁柱，不愧为抗元斗争的中流砥柱，蔡荔娘和父亲一样，打心眼儿里敬重他、信赖他，但是救国救民任重道远，陆大人能承担得了如此千万斤重担吗？毕竟国势已经衰败至此，毕竟他也是世间普通之人啊！蔡荔娘想到这些，又不免为之担心。

烛光摇曳着，蜡烛一点一点地熔化，变得越来越短。蔡荔娘拨了拨灯芯，又抬眼向厅堂望去，看到他俩还是端坐灯前，你一言，我一语，依然谈兴甚浓。明天陆秀夫就要离开枫亭，前往周遭地区继续进行宣抚和巡察。今晚，他莅临蔡家，与蔡曰忠促膝长谈，荔娘虽然听不清什么内容，但她猜得出他们谈的必定都是时政大事。他俩时而神情肃然，时而欢颜开怀，引得她也不断遐想和猜测，挂念的心情也跟着不时转阴、转晴，又晴转多云。

"是啊，天下兴亡，匹夫有责，父亲你应该为他分忧，我也应该为他分忧，天下人都应该为他分忧，万众一心，同赴国难，共体时艰，再兴国朝！"蔡荔娘在心里自言自语。

忽然，院子里传来一阵嘈杂的脚步声，有人走进了厅堂。原来是那位年老的驿丞带着驿卒和卫兵，前来迎护陆秀夫回返驿馆。

陆秀夫起身与蔡曰忠告别。蔡荔娘也不禁站了起来，她真想跨出门去，抵近看一眼陆大人，并亲口向他道一声"珍重"。可是，作为一个小妮子，她不能啊，因为她不便。女孩子家本来是养在深闺的，她虽然生长在开明家庭，父母亲没有给她什么约束和禁忌，还送她上学堂去读书，但毕竟男女有别，更何况是陆大人这样的陌生男人！因此，她只能悄悄地把"珍重"藏在心底，只能轻轻地躲在大门后面，只能默默地目送陆秀夫离去。

就在一行人渐渐远去的当儿，蔡荔娘突然看见墙角闪过一个人影，黑暗中看不清嘴脸，但从那肥胖的身材，依稀可辨认出这个人很可能就是那个浪荡公子蒲天文，心里顿生疑惑：他怎么会在这里？他要干什么？

黑暗中的那个人正是蒲天文。这位不速之客两天来一直在关注着陆秀夫的行踪。

原来，蒲天文这次受其父蒲寿庚委派，打算北上福州打探赵宋新朝廷建立后的情况以及附近各州县的动态。蒲寿庚并不知道赵昰皇帝派出的特使即将到达泉州，当然即便知道他也等不得，因为作为一方长官，在这瞬息万变的纷乱局势下，他要随时随地保持高度警觉，做到眼观六路、耳听八方、广纳信息、多方权衡，以便把握方向，决定自己下一步的行动。

事有凑巧，蒲天文那天刚出泉州城不久，便遇到一起拦路抢劫的案件，并且不费吹灰之力便赶跑了打劫的恶贼，轻而易举地成了真荣的"救命恩人"。

蒲天文那天很早就策马驱车，急急上路，走到洛阳江边才见晨曦微露。忽见洛阳桥上有人在争吵打斗，好像是几个人围着一个人拉扯着什么物件，而那个人却紧紧捂着不放松。蒲天文猛一甩鞭子，马儿一挺身，拉着车子骨碌碌就上了大桥，冲到那伙人跟前。见蒲天文走近，大概其中有人认得是泉州长官的公子，就喊了一声"官府的人来了"，便呼啸着四散逃去。剩下的那个人从地上刚爬起来，又忙着跪将下去，口中连连称谢。他告诉蒲天文：自己叫真荣，是仙游枫亭人。这次到泉州做苎麻生意，刚刚把货物出手，身上带着几十贯货款。因为要赶回老家过端午节、看龙舟赛，今天起早赶路，不料碰到三四个拦路贼，又打又抢，幸得贵公子相救，保住了钱财和性命。

"你真是我的救命恩人哪！"真荣说着，就又要跪拜下去。

蒲天文忙说："免了，免了。"又问他："回你老家过端午节、看龙舟赛有那么重要吗？"

"太重要了！不单是我，好多人都等着这一天啊！"

"为什么呢？"

"有看头呀！"

蒲天文见他说得玄乎，感到奇怪。"既然如此，就一起上车走吧。"

真荣扎紧装着货款的包袱，跳上了马车。一路上，他详详细细、绘声绘色地介绍枫亭的龙舟赛如何好看，这一天的小妮子如何漂亮，又说"枫亭自古美女多，端午节更是美女云集"，说得蒲天文心里痒痒的，觉得自己今天也赶上了好时机，可以大饱一回眼福，说不定还能相中一个娶回家当老婆呢！心里这么想着，蒲天文手上那根马鞭也自觉不自觉地频频甩了起来。

所以，他们那天上午急忙忙赶到了太平坝，又急忙忙挤到了蔡荔娘身边……

陆秀夫来到枫亭，给了蒲天文观察福州新朝廷动向的好机会，他自然紧紧抓住，不失时机。陆秀夫与当地吏员的会晤内容，以及对枫亭山川的考察情况，蒲天文已经了如指掌；今晚陆秀夫造访蔡家，他又跟踪而来，陆秀夫下一步的行迹，他也还要跟踪而去。

赵昰即位称帝和他的小朝廷在福州的建立，极大地鼓舞了正在浴血奋战的千百万军民。朝廷檄文和宣抚使臣所到之处"蜂屯蚁附"，重新动员和集合了巨大的抗元力量，两浙、福建、江西、两广、四川等地抗元斗争形势有了新的转机，官兵、义军主动出击，广大民众积极配合，收复了不少失地。一些原已降元的州县重新归顺赵昰行朝。好消息不断传到福州，小朝廷洋溢着一派紧张、振作和兴奋的气息。

在一个叫"平山堂"的临时皇宫里，赵昰皇帝端坐在小龙椅上，他的母亲杨太后，即已被尊为皇太后的杨淑妃，就坐在他的身边。一班文武大臣分列两旁，按部就班举行着每天的朝议。他们照例是向皇上和皇太后请安，照例是各自禀报掌握的情况和对于时局与朝政的对策与建议。

左丞相兼枢密使陈宜中自然是首先出列禀奏。只见他站前一步，大声说道："臣启禀皇上、太后：江西方面传来消息，我大宋朝挺进江西的几路兵马均获大捷，吴浚克复了南丰、宜黄、宁都三县，翟国秀打下了秀山，傅卓占领了衡、信数县，县中百姓纷纷响应，抗元队伍迅速扩大。"杨太后刚说了声"好"，就听陈宜中继续往下讲，"广东经略使徐直谅，派兵阻击了准备投降元军的一名部将梁雄飞，大家决心回归宋室，为国效劳。"杨太后听了，迟疑了一下，说道："听说梁雄飞去找元军洽谈献城投降，原本还是徐直谅自己派他去的呢！这徐直谅、梁雄飞嘛……"

"哦哦，是是。"陈宜中不知太后本意，支支吾吾应答。

只听杨太后继续说道："不过也难怪，当初临安失陷了，皇上也被掳了，他徐直谅大概也是心灰意冷，觉得没指望了，所以才派梁雄飞去洽谈投降。而现在他毕竟醒悟了，回心转意，回归宋室了。回归就好，说明我大宋朝还是得人心的嘛！"陈宜中松了一口气，众人觉得杨太后这番话有道理，也都点头称是。

参知政事陈文龙接着奏道:"四川方面也有好消息,四川制置副使兼重庆知府张珏屡次拒绝元军的招降,一心一意坚守苦守,新朝建立以来,他抓住时机主动出击,先是袭击了元军的军事基地青居城,俘虏了元军的安抚刘才、参议马嵩;接着又收复泸州,进军重庆,占领涪陵。元军进攻巫溪,他又派部将张万前往救援,连破元军十八座营寨,保住了巫溪。这几仗打下来,大大提振了部队士气。张珏现决定集中兵力固守重庆,以重庆为大本营,稳住周边,伺机发展。他还打算派兵来请皇上到重庆去居住,认为那边安全呢!"杨太后笑了,她拉起赵昰皇帝的小手,一边抚摸一边说:"叫他守好四川就行了,请皇上去重庆不方便,此举就免了吧!"说完,又感叹地补充了一句:"难为他一片忠心!"

陆秀夫接着奏道:"张世杰将军进攻邵武也获得胜利,他趁势追击,扩大战果,现已收复了闽北大部地区。"闽北是福州的门户,这个胜利对拱护行朝安全十分重要,因此大家都齐声叫好。

陆秀夫转而说道:"只是淮东方面,李庭芝将军还陷于苦战。那里现在已变成一片孤立之区,李将军四面受敌,粮草不济,却至今仍然能够牢牢扼守扬州一带,难能可贵啊!只可惜我们无法给他什么支援!"

杨太后听到这里,也叹了一口气,说:"李将军是个人才,坚毅果敢,多谋善战,可惜无法接济他,还可惜他不能抽身到福州来,担任他的右丞相一职呢!"对杨太后这话,陆秀夫、陈文龙、刘黻、苏刘义等一干人等都表示认同,且露出惋惜之色,因为大家都知道李庭芝富有治军治政经验,朝廷需要他来参与抗元保宋的全局性的领导和指挥。唯有陈宜中没有回应,虽然他默不作声,人们还是知道他心里打的是什么小算盘。

就在这次朝会之后没几天,行朝又出现了一件人们意料之外的好事:文天祥回来了!

五月二十六日,落入敌手颇多时日的文天祥,带了巩信等几个手下,来到了福州。

文天祥在临安陷落之前被太皇太后谢道清委以右丞相兼枢密使之职,并被派去元军大营谈判讲和，因他不肯答应元朝丞相伯颜的苛刻条件，而被其扣留。伯颜派人将文天祥押送前往北方，欲将他交给忽必烈亲自处置。文天祥一路上谋求出逃，终在行至镇江之时，精心设计，冒险逃脱，经过几十天的夜行日藏，水陆辗转，这一日终于回到魂牵梦绕的"大宋老家"。

文天祥脱险归来，行朝上下都十分高兴。陆秀夫马上向赵昰皇帝和杨太后呈上奏章：鉴于李庭芝需要扼守淮东，未能前来福州履职，建议改由文天祥出任右丞相，并兼任枢密使。这一奏议颇有建设性，因此也得到了众多大臣的附议。

杨太后深知文天祥忠心耿耿，又是文武全才，认为这是好主意。但这是大事，她不敢贸然表态，就拿眼朝陈宜中望去，想听听他的意见。此时的陈宜中，心里直嘀咕："陆秀夫啊你真行！竟然提了这么一个奏议！李庭芝来不了福州就职，我正要高兴呢，可现在文天祥凭空而降，既要当那个右丞相，分享宰辅大权，还要兼枢密使，把我的这一份军事指挥权也拿了去……"

陈宜中是个崇尚权位的人，要他让出职位，他哪能情愿？但是他又不能不同意，因为他知道陆秀夫的提议得到了张世杰等一班朝廷重臣的支持，而且杨太后也有此意，自己不同意又有什么用呢？不过，事情也没那么简单。陈宜中脑子一转，计上心来。

"启禀太后：文天祥的职务安排，我本来也正有此意。文天祥的才能和名望，堪当此任。"陈宜中装着高兴的样子，大声说道。接着，他话锋一转，面对文天祥说着："不过，恕我冒昧问一句文丞相，伯颜派兵押送你去北方，你是我大宋朝重要人物，他们对你一路看管不会就那么稀松吧？你又如何能够逃脱得了呢？该不会是……"

陈宜中故意说了半截话，剩下的话不言自明，即怀疑文天祥是变节投降，之后又被元军放回来当奸细的。

陈宜中此言一出，全场震动。先是鸦雀无声，众人面面相觑，接着马上嗡嗡嗡响起了一片议论的声浪：

"这事蹊跷，其中也许有诈！"

"是啊，我也觉得不大对劲。"

台谏官余一年是陈宜中的亲信，只听他大声说道："陈丞相说得有理，这事应该查清楚。"

陈宜中这一招果然厉害，很多人开始怀疑文天祥了，就连杨太后脸上也现出迟疑的神色。

文天祥知道陈宜中是个阴险小人，但他并没有料到陈宜中会在这个场合如此说话。"不过，话说回来，这事也难怪别人怀疑。"文天祥心里想，"要说怀疑，自己和几个手下在敌人严密守押之下，用计杀死看守、冲破围捕，费尽周折，九死一生，其中艰辛险阻确实让人难以置信。那几日路过淮东地界，李庭芝不是也不信任，还下令要让真州安抚使苗再成杀掉我们吗？但是，事实毕竟是事实，自己堂堂正正，光明磊落，有什么可诬陷的！"

于是，他坦诚说道："陈丞相所疑虽然有理，但文某经得起查验。"

陈宜中问："怎么查验？"

文天祥答："可派人去扬州、真州，找李庭芝、苗再成啊！他们可做鉴证！"

陈宜中说："路途遥远需多少时日？况且能否如文丞相一般安全回来也很难说啊！"

看到两人争执不下，陆秀夫自是焦急。他相信忠贞、坚毅的文天祥是清白的，但凭什么去说服杨太后和众大臣呢？

恰巧，正在此时，淮东信使到，送来了一封加急的密件。

信件正是苗再成写来的，也正是报告文天祥之事。信中说：文天祥自镇江潜逃到真州之时，李庭芝在扬州城里听到传言，怀疑文天祥是元军奸细，密令我伺机将其杀掉。文天祥是否降元，我苗再成不相信也不敢否定，只是不忍心亲自下手，就悄悄放他走了。可我又不敢违抗李将军命令，就派陆良、王化两位都统带兵一路尾随，观察其动静，如辨别文天祥确系叛徒，就地诛杀。两位都统设计试探，多方考察，确信文丞相本色未改，依旧忠诚宋室，并急于重返抗元前线，都很受感动，就帮助他安全通过元军封锁线，回到了南方。后来，我们在扬州抓获一个元军派来散布谣言的无赖，李庭芝才相信文天祥真是清白的，自己差点中了敌人借刀杀人的反间计。

原来，苗再成这个有心人，担心会有人怀疑文天祥，更担心朝廷对文天祥不信任，就写下他所知道的这些情况，向皇上和太后禀报。

杨太后看了来信，疑云顿消。她把内容跟大家说了，众人也消除了疑虑，陈宜中和余一年也是哑口无言。杨太后又面向儿子，将文天祥之事与小皇帝商议。说是商议，其实是把她的意图向赵昰皇帝尽量说得明白一些。只见小皇帝不住地点着头，看来他们对陆秀夫的奏章是准备予以照准了。

但是，文天祥不愿意了。因为他看不惯陈宜中的言行，更鄙视他在临安危急之时曾经临阵脱逃的行径，他不愿意与这样的人共事，就向皇上和杨太后陈情，借故推掉右丞相等职务，只同意就任枢密使同都督一职。枢密使同都督是个军事职务，官职比右丞相小得多，但可以带兵打仗，直接到前线开展抗元御敌斗争，他文天祥需要的正是这一点。

对这个结果，陆秀夫多少有些遗憾，但他尊重文天祥的意愿，也理解他的选择。只是，对于文天祥的耿介和陈宜中的阴邪，他想得更多、更远。"看来，把各色人等的心和力凝聚在一块，存异求同，携手奋斗，是多么迫切的事情！毕竟这是非常时期，正是用人之际。可是，如何能做得到呢？"陆秀夫想到这里，眉头紧锁，久久舒展不开。

随后，文天祥很快就离开福州，到南剑州建立都督府，靠近前线指挥抗元斗争。不久，他又先后转移到汀州、漳州、龙岩、梅州等地，联络各地的抗元武装，点燃起保土救国的熊熊大火。

浩浩东海潮涨之际，太平港同样白浪滔滔。此时的枫亭，虽仍处于暂时平静的后方，也已是一片热火朝天。按照陆秀夫和乡长、里正商讨制订的计划，乡民们一方面积极筹款、造船、献粮，支持朝廷和前方将士；一方面赶制土枪、土炮等武器，分发到各里、各保，以备保家自卫之用。广大青壮年也按行伍形式组织起来，成立许多乡勇队，开展练兵习武、保境安民活动。

这一天，唐安乡在塔斗山东南坡举行乡勇队攻防演练，蔡荔娘也跟随父亲及众多乡亲来到现场观看。

近两个月来，各里、各保青壮年练兵习武热情日益高涨，有的请来南少林寺武僧传授拳法、棍术；有的从莆田、泉州延聘镖师教习擒拿格斗；官府也派人携带突火枪、轰天雷、三弓弩等各式武器下乡，前来现场演示施教。由于邻近州县也同样都在大练武，大家争着抢"教头"，抢不到的地方就把老辈的武艺人请出来，拜为师傅，以至许多人家本来久不示人的祖传秘技，如五步拳、九节棍、三响鞭、连环锤等也都纷纷亮相，林林总总，十八般武艺应有尽有。因此，今天的全乡集中演练，实际上是一次大阅兵。

塔斗山麓广阔的山峦田野中，几十支乡勇队、几百名乡中健儿，按着号令分别施行单人、双人对抗和组队攻防等演练课目。只见树林里、沟壑间、田畴上，操刀使枪的勇士们一个个生龙活虎，时而纠缠搏斗，时而跳跃冲击，把一个平静的山林搅得烟尘滚滚、杀气腾腾。搏斗、追击发出的怒吼，和刀枪撞击发出的铿铿锵锵的激烈声响，汇成了一曲雄浑而激昂的交响乐。

蔡荔娘看得眼花缭乱，目不暇接。面对眼前的激烈场面，她心中像翻倒了五味瓶，酸甜苦辣咸俱全，却说不出究竟是啥滋味。一方面，她为乡勇们的奋勇精神和出色技能感到欢欣鼓舞，时不时和大家一起击掌叫好；另一方面，她又感慨不已，暗自忧伤心酸。她想：这是什么世道，又是谁，让这些普通的农家、渔家、商家子弟，还有李春牛等许多和自己同龄的莘莘学子，竟然弄起了刀枪，喊打喊杀？是那侵掠成性的元军！正是他们，践踏我大好河山，蹂躏我善良百姓，破坏了我们这东海边陲平和宁静的生活！如今，保家卫国的责任，已落到了每一个平民百姓的身上，而首当其冲的自然是青壮男丁了。"多谢你们了，我的年轻的邻里兄弟和同窗学友！但愿有机会，我能与你们一起来担承……"

正当蔡荔娘独自遐思的时候，不知什么时候，乡长从操令台上走下来，急急来到蔡曰忠身旁，轻声说着什么。荔娘瞧见父亲神情立马变得十分严峻，她心里也骤然紧张起来，变得忐忑不安。她猜想：乡长传达的讯息该是什么大变故呢？不会是朝廷或者陆秀夫陆大人出了什么事？想到这里，她双手合十，默默念叨："老天爷啊，但愿朝廷安然无虞，但愿陆大人平安无事！"

事情果然不寻常。乡长告诉蔡曰忠，刚刚接到兴安州衙门传递过来的加急文书，命令他们抓紧做好迎接福州赵宋朝廷南下，以及大队人马进驻枫亭的准备。景炎元年（1276年）宋室朝廷把兴化军改设为兴安州，虽然行政级别一样，但地位更显突出了。兴安州治所依旧设在莆田，这份文书从州署莆田城里紧急送来，墨迹未干，纸上尚带着湿气！

突如其来的消息，犹如一声响雷，自是把大家震得一愣一愣的，有的人还惊得发呆。赵昰皇帝和朝廷中枢要南下枫亭？莫不是时局又出现不利？虽然人们都知道当前时局依然艰难，对抗元兴宋的大局本来就不敢过分乐观，但在新帝初立、形势已有转机的情况下，大家对于斗争前景还是怀有相当的希望和信心的，反而对"恶化""逆转"等不利的变故缺乏足够的思想准备……

乡长把兴安州的命令迅速传达给在场的吏员和乡绅，众人思忖和议论了一番，但还是不解原委。不过事不宜迟，无论什么情况，州衙的命令都要严格执行，他们立即进行了周密的部署。

盛夏六月，热浪蒸腾。不知为什么，这一年的夏天比往年又热上几分，天空是热的，地面是热的，空气中也充斥着滚滚热浪。许多人身上一天到晚都是汗涔涔的，连呼吸都是一种折磨。在赵昰小朝廷的行都福州，在庄严肃穆的平山堂和濂江书院里，景炎皇帝和他的朝臣们极力忍受着江城酷暑的煎熬。

平山，地处福州城东南二十余里，北临闽江，南靠九曲山，隔滔滔闽江与鼓山相望。这里水抱山环，风光无限：远处青山延绵、层峰叠翠，江面沙鸥翔集、渔舟穿梭，碧水连天，直达大海，颇能体现福州"三峰鼎峙、一水长流"的胜景神韵。陆秀夫、张世杰等人护卫益王赵昰、广王赵昺和杨淑妃从温州南下到达此地，一眼看中这里的风水蕴含帝王气象，即在此开山建堂，号为"平山堂"，陈宜中手书"平山福地"大幅匾额，悬于平山堂大门之上。众大臣在此地将益王赵昰扶上帝位，这里便成为大宋行朝君臣们商议朝政、发号施令的行在。而临近的濂江书院，则是小皇帝和杨太后生活起居之所。

晌午一场暴雨倾盆而泻，刚刚带走连日的闷热，午后的太阳又开始火辣辣地炙烤。幸而几株苍老的古榕，以其巨大的伞盖般的茂盛枝叶，遮阴着濂江书院和它周围的一片空间。树荫下，正端坐着景炎皇帝赵昰和他的母亲杨太后，还有陈宜中、陆秀夫等几位官员。一班宫女和侍卫站列在他们身后，不断地摇着大蒲扇。俗话说"大树底下好乘凉"，少帝、太后与大臣们齐聚在这里，他们是在纳凉吗？

现场静悄悄的，他们并不多说话。许久，才听杨太后"唉"了一声，重重地叹了一口气。在场的人们个个神情黯然，气氛异常凝重，只是偶尔有人抬起头偷偷看看别人，或者互相对看一眼，就又低下头去，忍受着，或者沉默地思考着什么。

其实，近一段时间来，让行朝君臣饱受煎熬的，不仅是罕见的酷暑，更是那又趋于恶化的时局——

在江西，刚刚打开局面的吴浚、翟国秀、傅卓相继兵败，婺州、衢州和南丰、宜黄、宁都、秀山等一批州县又被元军攻占；

在广州，元军大肆反扑，徐直谅苦战不敌，兵败出走；

与此同时，赵㬎皇帝投降、临安沦陷之后还由宋将坚守的江北重镇扬州以及潭州、重庆府、真州和淮东各州县也先后失守，李庭芝、姜才、李芾、赵孟锦等一批得力干将相继战死，或被俘虏后遭到杀害。

形势再度紧张起来，行都福州变得不安全了！在有赵昰皇帝和杨太后临朝参加的小朝廷御前会议上，文武官员经过激烈争论，做出两项重大决策：一是调兵遣将，加强防卫，派遣秀王赵与择出兵浙江，防卫行朝的北面门户；任命王积翁为福建招抚使兼知南剑州，防御上三州；任命黄全为福建招抚副使兼知漳州，防御下三州。二是预做准备，伺机"迁都"，转移的方向就是退往南边或撤到海上。具体方案是：一旦福州形势吃紧，朝廷中枢率领部分精兵先行从陆路南下，争取在枫亭、惠安、泉州一带立足，而军队主力则暂在原地坚持，根据北边战事情况而伺机从闽江乘船入海，在闽东南海面集结，与莆田、泉州、漳州等大陆沿岸各州县相互呼应，守望相助，从而形成进可攻、退可守的有利态势，继续与敌人周旋。这个方案是陆秀夫巡察莆田、枫亭等地之时，就已开始谋划运筹并了然于胸的。在御前会议上，他的建议得到杨太后的同意和众多官员的赞同，变成了朝廷的决策。

现在，古榕的绿荫之下，陈宜中、陆秀夫等人就是在和赵昰皇帝、杨太后商议行朝动迁之事。与其说是君臣商议，毋宁说是陈宜中、陆秀夫等臣僚和杨太后一起在劝说赵昰小皇帝，让他点头同意南迁。

赵昰皇帝其实并没有一定之见，他还只是一个九岁的孩子。当上皇帝两个月来，尽管他也常常临朝议政，但他只是坐在高大殿堂里指定的位置上，迎受着文武朝臣的膜拜和尊崇。至于军队调动、官员升迁、钱粮安排等一应事宜，他一概不懂，也不多说。他只是耐心地听着大家说说吵吵，然后由他那参与听政的母亲、令朝臣们尊敬的杨太后，以及陈宜中、陆秀夫、张世杰、苏刘义等一班重臣拍板定案，最后以他的名义草拟诏书，盖上玉玺，宣告天下，颁布施行。他十分尊重他的母亲，每每遇到什么事情，他都会很注意地看着母亲，看到母亲点头他也点头，看到母亲摇头他亦摇头，看到母亲欣喜他就高兴，看到母亲伤悲他也忧愁。而这次他之所以不愿动迁，并非他有什么不同政见，而是因为他惧怕迁徙颠簸的苦楚，担心新的去处没有好的环境，换言之，他希望过稳定一点的生活，不再流离颠沛，不再担惊受怕。或许，他已习惯了这里的生活。虽然这里冷清一些，天气也要比临安炎热，但他和弟弟卫王两人都还喜欢这里，因为可以在侍卫随护下，一起下到江里泡水和游泳，也可以上树捕捉鸣蝉和捣鸟窝儿。他还喜欢平山堂墙壁上那一幅幅精美的浮雕壁画、大门前那一群活泼可爱的石狮和大石柱上蔚为壮观的雕刻。那些石狮子，那些画图中的花鸟虫鱼，一个个栩栩如生、活灵活现，都会对他点头微笑，比临安城益王府里的雕梁画栋还要好看。特别是大柱子上那紧紧盘缠的九条青石飞龙，大小不一，形态各异，有的昂头向天，有的见首不见尾，有的互相缠绕，有的则相互嬉戏，每一条都那么逗人喜欢。他每天都要去摸一摸、数一数，有趣的是他和弟弟卫王常常数不清，一会儿少了一条，偶尔又会多出两条来，好像这飞龙们也有意跟他俩捉迷藏。有一回又是数少了两条，正在纳闷，宫女说：那两条龙很调皮呢，跑到地上玩耍啦！卫王抢先急问："在哪里？"宫女笑答："就是你们两个啊！"兄弟俩听了，也咧开嘴笑了……要是搬到别的地方，还能有这么多好看的大龙小龙吗？这，也是小皇帝不愿动迁的缘由啊！

当然，小皇帝是冰雪聪明的。他喜爱学习，小小年纪已经读完了《百家姓》《千字文》，以及《礼记》中的《大学》《中庸》等篇章；濂江书院文昌阁的石栏上，有许多碑刻，他刚来没几天就把那上面的"濂水龙腾""文光射斗"等文字临摹得惟妙惟肖。他还喜欢动脑筋想事情，常常于退朝之后，一个人静坐一旁，慢慢回味母亲和朝臣们对军国大事的议论和决策，虽然对其中的大部分事情还是懵懵懂懂，但经过一段时间的耳濡目染，他也能知晓其梗概和利害。对于朝廷南迁，他知道这是关系朝廷和自己安危的大事，也知道陆秀夫和各位大臣的良苦用心。而且，这也是母亲杨太后都已经点过头表示同意了的事情。不舍得离开平山堂和濂江书院，只是其童心使然，耍点小性子罢了。

杨太后和陈宜中、陆秀夫等人当然了解小皇帝的秉性，所以他们并不多说什么，只是静静地等着他的表态。

其实，小皇帝的态度也并非十分重要。就像大人们拿已经决定的事情去征求小孩童的意见，只是怕他不高兴闹情绪，如此而已。

"皇儿啊，你就说说吧！"

小皇帝依然沉默。忽然，头顶的榕树上响起了一阵"知了，知了"的叫声。这一群蝉儿不知什么时候悄悄聚集到一起，又突然齐声叫了起来，给本来就心里烦闷的人们增添了许多烦恼。小皇帝本来也是喜欢这些小东西的，常常会爬上树去捕捉它们，然后放到水里漂流，让它们"洗澡"。可是现在，听到这小东西们不合时宜地在高高的树梢上自鸣得意，他生气了，抬头说道："知了，知了！别瞎吹了，你们究竟知道了什么呀？难道你们这些小东西，能够知道我大宋朝应该往哪里走吗？"

此话刚说完，一群蝉儿大概知道了羞愧，"吱呀"一声，全飞走了。

"这有趣又知趣的小东西！"不知谁嘀咕道，众人轻轻笑了。

杨太后平静地注视着儿子，眼神里充满了怜爱，心里想："这孩儿虽贵为皇上，其实也蛮可怜的，小小年纪就要受苦受难，千里万里奔波逃命，也不知道哪里是个尽头呢！"少顷，悲愤满腔的她仰头向天，满目所触，是榕树那高大的躯干和密实的枝叶。这些百年古榕并不因为虬干盘缠、根须飘拂而老态龙钟，反而益发繁荣滋长，生机勃勃，形成一片巨大的树荫。榕树堪称福州的招牌树，自治平年间（1064—1067年）福州太守张伯玉倡导"编户植榕"，以应对夏季的炎热和台风暴雨的侵袭。几经寒暑，渐渐便"榕荫满城、暑不张盖"。偌大的福州城，街旁路边、山坡水畔，随处可见郁郁葱葱的大小榕树，或高昂挺拔，或突兀斜张，或单株独立，或连绵成林，春遮雨，夏蔽荫，秋冬挡大风。它融入了福州的山水，为这片江南胜地平添了一道亮丽的风景。福州，从此也就有了"榕城"的美称。杨太后心有所感，不禁随口叹曰："道是福州山水好，养育榕树竟参天！可这么好的山水啊，怎么只是容树而不容人呢？"

"唉！人们不是还常说'福州福州，有福之州'呢？"曾经在福州担任过一年多知州职务的陈宜中也感慨系之，在一旁悻悻然感叹。杨太后听了，就又是一声哀怨："那么，我等正是无福之人，竟成了匆匆过客！"寥寥数语，却满含悲愤和无奈。

众人听了黯然神伤，一阵唏嘘。

大家又不再说话，仍然平静地等待着。

果然，小皇帝紧闭的嘴儿终于张开了。他清脆地吐出几个字："那就南迁吧！"

小朝廷南撤行动是轻车简从的。赵昰小皇帝和杨太后、卫王一行，由陆秀夫等一班近臣和数千精兵护驾，以及部分官吏眷属和宫廷人员随行，登船出闽江口入海，顺岸南下，沿福清湾水道航行，在兴化湾汀港一带登岸后，经埭头、东峤、笏石及壶公山麓，一路晓行夜宿，渐次移动，不日便来到了枫亭。

枫亭是陆秀夫熟悉的地方，他来到这里，就像回到了家里。枫亭百姓也像迎接亲人一样，把君臣们迎进乡间。大家配合陆秀夫，很快把大队人马安顿下来，赵昰小皇帝和杨太后就驻跸在锦屏山仁王院。

从此而后的一段光阴，景炎小朝廷就在这里指挥各地军民的抗元斗争。不长的时间里，赵昰皇帝共在此发出了四道圣旨。枫亭，俨然成为南宋末年特定时期的一个临时政治中心。

在普通百姓心目中，帝王是至高无上、神圣无比的。枫亭的乡亲父老也把赵昰小皇帝视为真命天子，把他的一言一行看作那么神圣和神秘，以至演绎出一连串神奇的传说。

传说一：赵昰皇帝驻跸仁王院的当夜，正想入睡，忽闻屋外到处都是哗哗剥剥的声音，夜深人静，这声音虽然不大，却也清晰可闻。小皇帝起身出门，循声找去，发现竟是地里的花生叶瓣开合所发出的声响。原来是因为今天真命天子大驾光临仁王院，所以这里的露水特别浓润和甜蜜，周遭大片田园里的花生都打开叶子，酣畅地饮吸这宝贵的甘露。正当它们乐此不疲陶醉不已之时，小皇帝突然出现，令贪吃的它们又紧张又羞愧，赶忙把叶子紧紧地关闭起来，整夜都不敢再张开。从此以后，全天下的落花生，到了夜间叶子都是紧紧闭合的。

传说二：小皇帝后来移驻塔斗山北面的莫厝埔，刚来的第一天夜里，天气特别闷热，四周蛙鸣不止，吵得他烦躁不安，深夜仍不能寐。小皇帝只得朝窗外大叫一声："蛙儿不要叫了！"这众多的青蛙原是为了恭迎小皇帝而专门聚集而来，又特地卖力大声鸣叫的，大概是高唱《欢迎曲》吧，没想到反而惹得皇上生气，顿时吓坏了，一个个骤然屏声静气，再也不敢鸣叫。也有的说是青蛙们惊呆了，从此以后想叫也叫不出来了。不管哪种说法，反正这个村庄从此称作"静蛙村"。

传说三：有一天小皇帝与一班文臣武将在太平港外海面检阅水师，忽然一阵大风把他的皇冠吹落海里，眼看就要沉到海底。说时迟那时快，一条大虾蛄跃出水面，用头扛起那顶金光灿灿的皇冠，游到船边送返给小皇帝。赵昰皇帝又惊奇又欣喜，要赏赐它礼物，但皇冠是万万不能送给别人的，就顺手把身边一位大臣的帽子摘下来赐给虾蛄。可这虾蛄根本不懂官场礼仪和装扮，将官帽一把套在尾巴上，点头哈腰地谢了恩，回龙宫向海龙王和同类们报喜去了。从此，大海里的虾蛄统统长出了一个类似官帽的尾巴，而沿海百姓则取笑它们："虾蛄𫘤做官，官帽倒头戴"。"𫘤"乃当地方言，是"不会"的意思。

第四章　上苍有意人有情

　　枫慈溪上横卧着一座木石结构的大桥，连接着两岸的街市，是人来车往的交通要道。西边桥头建有一座高大的亭子，庄严古朴。亭子里供奉着观音菩萨，香烟缭绕，路过的人们都会自觉不自觉地心生敬畏之意。传说这座大桥几经修建，但每逢春夏季节暴雨频发之时，往往耐不住洪水冲击，乡亲们几乎每过三五年都要集资重修一次。而自从在桥头筑亭供奉观音菩萨之后，多年来任凭山洪暴发、江水泛滥，大桥总是岿然不动，完好无损。人们感念菩萨恩德，就把这座亭子称为"观音亭"，大桥则叫作"观音桥"或"太平桥"。

　　这天一大早，不知出了什么事，观音亭前一下子聚集了一大帮人，其中一高一矮两个青年男子被众人反手扭着押在那里。除了围观者之外，引人注目的是那个年轻且十分漂亮的小妮子，还有一个拄着拐杖的上了年纪的老阿婆。人们争着与小妮子说话，大约是一致推举她这个识字知理的人出面来管管这事，主持公断。

　　陆秀夫和蔡曰忠要到太平港检视兵船建造和水师训练，正好路过此地。蔡曰忠正要走近前去看个究竟，陆秀夫却一把将他拦住，努努嘴示意他往边上退去。两人在近旁找了个不为人注意的位置，不动声色地悄悄观望。

　　那小妮子打出手势，示意大家安静下来。接着，她把老阿婆扶到身边，朗声问道："阿婆您是丢了什么东西吗？"老阿婆显然耳背，小妮子又附耳再问了好几次，才听她老人家大声说道："是啊，我刚刚走在那条巷子里，突然有人拦住我，用力拉我的手臂，一下子把银镯子撸掉了。我连忙大叫，那人把我推倒就跑走了！"阿婆停顿了一会儿，又说："小菩萨你大慈大悲，要为我做主啊！"一边说着，一边用拐杖连续敲打地面，显得着急和激动。

"您认得是哪个人吗？"小妮子问她。

老阿婆又不说话了，呆呆地摇了摇头。

小妮子接过人群中递来的银镯子，仔细看了看，又把它重新套回到阿婆手腕上。然后，她猛一转身，狠狠盯着那两个被扭押的青年男子，厉声喝问："是谁做了这没廉耻的事情！"

那两人浑身一震，但都极力否认和辩解。他们都说是对方抢劫犯案，自己是听到阿婆呼救之后，赶过来帮她捉贼的。其中一个说："你是被我抓到的，还敢抵赖！"另一个则说："胡说，明明是我追上你并把你抓住了。"两个人都理直气壮地指天发誓。

小妮子并不慌乱。她略微想了想，镇静地说道："既然你们两个争辩不清，那就来一场奔跑比赛。你们一齐从桥的这头跑到那头，再折回来跑到这里，谁先到达我就判他是好人。"

不一会儿两人先后跑回。小妮子指着稍后到达的高个子，果断地说："你就是抢犯！还敢抵赖吗？"

高个子青年"噗"的一声跪倒，磕头如捣蒜，嘴里一迭连声："小的鬼迷心窍，小的一时糊涂，小的不敢抵赖，小的向各位请罪……"

有人惊呼"神奇"，有的尚存疑惑。小妮子解释道：他们两人中，一个是抢犯，因为跑得慢而被抓；一个是侠义之士，因为跑得快而将抢犯抓获。这人奔跑本领差，自然就是抢犯了！

那抢犯还在地上磕头不止。他身材瘦长，面色黧黑，衣裳也破旧肮脏，一看便知是个穷苦人。料想也是饥饿所逼迫的，所谓"饥寒起盗心"吧。众人一问，他果然是逃难路过此地的，现如今已是身无分文、衣食不继了。

小妮子显然起了恻隐之心，因为她的眼神已经不再严厉，而是恢复为清澈、温和。她把那人扶起，对他说："你，走吧。"忽然又把他叫住："哦，请等一等！"只见她捋起自己的衣袖，将手上的玉镯摘了下来，轻轻抚摸着，又上下翻转看了看，眼神里充满了对它的珍爱，又似乎隐含着些许留恋。随即，她抬起头，将玉镯双手递给了逃难青年，对他说道："这个玉镯还能值点钱，你拿去换些食物路上充饥。今后你可要好自为之！"那人迟疑了一会儿，见蔡荔娘执意推送，他还是收下了，而眼里已是噙满了泪花。他向小妮子、老阿婆和围观的一众人等分别磕了头，又走进观音亭拜了几拜，最后消失在长长的街巷中。

目送高个子青年离去后，小妮子转身向矮个子青年鞠了一躬，含笑说道："谢谢你，见义勇为的大哥！"可能是没有料到小妮子会有这一举动，那位壮实的矮个青年霎时脸红起来，忙说："不不，不要……应该，应该……免了，免了……"他把"应该做的"和"不要感谢"的意思说得语无伦次，逗得大家哈哈大笑，他自己也觉得不好意思，笑呵呵地与众人一起走开了。

目睹这一切，陆秀夫暗暗称奇：这年纪轻轻一个小妮子，竟是如此镇定自若、处事有方，竟是如此机敏智慧、豁达仁慈，简直是集美貌、睿智、博爱于一身的天使！

更让陆秀夫意想不到的是，这位出色的小妮子，正是蔡曰忠的女儿，而且此刻她已经被蔡曰忠招呼到了自己跟前！蔡曰忠拉着小妮子说："快来见过陆大人！"又对陆秀夫介绍："这是小女，名唤荔娘。"

这一下轮到蔡荔娘惊讶了，她没想到与仰慕多时的陆大人会在此时此地正面相见！没错，正是他！上次在家中夜宴时，她虽然已经偷偷窥见过陆大人，但这回她看得更真切、更清楚了。站在面前的这位中年男子，身躯挺拔，肤色白皙，浓眉大眼、高鼻梁、厚嘴唇，冠带袍服穿戴得整整齐齐，威严中又透着几分温和，此刻正对着自己点头微笑呢！蔡荔娘顿时紧张起来。她一时手足无措，不知如何是好，只得羞怯地站定了，弯腿屈身，向陆秀夫行了个万福礼。陆秀夫也赶紧抱手作揖，频频还礼。他定睛看去，眼前这小妮子，弯弯的柳叶眉和长长的睫毛之下，那双明亮的眸子一闪一闪地，犹如阳光洒在一泓清水之上泛出的点点光芒，简直摄人心魄！

这一刻，他和她，迎面而立，四目相对，恰似两道看不见的射线在紧紧对接。那一瞬间，如电石撞击，如星光闪烁，两人眼中都迸发出异样的光芒……

离开了观音亭和太平桥，陆秀夫眼前一直浮现着刚才的那一幕，心里头全被蔡荔娘的音容笑貌和那些行为举止占据着，挥之不去，当然他也不想去挥拂，而是一遍又一遍地回味着，那双脚只是机械地跟随蔡曰忠一步一步往郊外走去。

没走多久，在一个叫"仙公阁"的小庙前，他俩又遇到了一群乡民正在为了什么事情争吵不休。只见十几位男子围成了一个圆圈，圈子中间是摆在地上的一排瓦片，他们按顺序轮流着去翻开其中的一片。每个人事前都要朝向小庙里的仙公塑像，合着掌恭恭敬敬地拜两拜，祈求仙公赐给自己好运气，然后才弯下腰去，认真挑选自己想要的那一片，满怀希望地把它掀转过来，可是掀开之后，看到瓦片的另一面却是空白，并无表示"中奖"的标记时，这个人就会失望地摇头摆手，大声叹气。蔡曰忠告诉陆秀夫，这些人是在"抓阄"，他们要靠这种方式决定某个重要的事情。

地上只剩下最后一个瓦片了，尚未抓阄的是一位蓄长须、穿长衫的读书人模样的中年人。他高高的身子站得笔直，并无弯下腰去动手翻开那个瓦片的意思，而是捋着胡须哈哈大笑："老话说得对，'好酒沉缸底'，好运气就在我这最后一片上啦！仙公爷做证，这个福分是我的了！好啦，你们都回去吧，就由我来代表大家去拜见皇上了！"

原来，这些人都是长坝村的乡亲。他们生活在穷乡僻壤，"山高皇帝远"，祖祖辈辈没有见过皇帝，现在听说皇帝和太后来到枫亭，"皇宫"就设在锦屏山下的仁王院，于是就收集了一批花生、莲子、桂圆、鸡蛋，装满了许多篮子、筐子，提的提，挑的挑，成群结队要去仁王院拜见皇上。但这时有人提醒："你们这人多嘈杂的，能见到皇上吗？宫廷可是禁区，不得乱闯的！"大伙听了害怕起来，就决定通过抓阄推选一人，代表全村父老乡亲把礼物送进临时皇宫。

就在那中年人捋着漂亮胡须扬扬自得的当儿，蔡曰忠悄悄拿起瓦片，翻转一看，里面居然也是空无一字，并无什么特别的标记。原来是那聪明的中年"读书人"耍了个无中生有、瞒天过海的小把戏。有眼尖的乡民也发现了其中秘密，大声叫道："哇哈，你这个'高人'！胆大的家伙，你竟敢在仙公爷面前造假作弊啊！"

众人马上沸腾起来了，对那位"读书人"群起而攻，有的埋怨他不该瞒骗乡亲，有的要求重新抓阄。大伙闹成一团，一个个争得面红耳赤。在一片嚷嚷声中，被人们称呼为"高人"的那位"读书人"，尴尬得嘿嘿发笑。

陆秀夫理解中年"读书人"和乡亲们的心情，并对他们尊崇和拥戴赵宋皇室的行为感到欣慰。只听他大声说道："各位大伯大叔，各位兄弟，大伙都不要争吵，陆某有办法了！"

显然，他是被感动了，竟主动招呼乡民们，叫大家把瓦片都拿过来，亲自在每片瓦上都用力写了"陆秀夫验准"几个字，告诉他们："你们拿着它们去仁王院，一定可以见到小皇帝。"

乡亲们人手一片"通关文牒"，兴高采烈拜谢而去。后来人们为了感念陆秀夫，就把这座仙公阁改称"陆公寺"。

今天是陆秀夫随护赵昺少帝和杨太后从福州南撤以来最开心的日子。清早意外"发现"蔡荔娘，令他惊喜有加；"仙公阁"前那一群憨态可掬的乡民，让他感奋和激动；而在太平港的视察，更让他喜出望外。

朱惠民、朱惠国两兄弟负责筹建的十八艘战船，已经完工下水并且试航成功，全部在港内集结待命。

范伯、范海龙父子俩率领的几百名民军正在太平港外的海面上训练，这支队伍以当地青年渔民为主，兼收部分农商子弟和青年学生，其中许多人此前参加过乡勇队，他们在乡署请来的官军带训下，已具备一定的军事技能。陆秀夫还应范伯之请检阅了这支海上民军，他登上操令台，亲自擂鼓发令，"咚咚，咚咚咚"几通战鼓响过，果然看见海面上众人踊跃，或泅渡抢滩，或驾船突袭，或水中搏击，或布雷设障，均进退有序，攻防有度。当时他就喜上眉梢，心里暗想：这些海上健儿，今后兴许就是可用之兵！

协助官府筹粮的李永安和陈献义，从莆田、仙游和福清、惠安等邻近各县运来几万石稻谷、大豆和小麦，装满了港区内所有的仓库，装不下的只好暂时堆放在码头上，有的则直接装船发往前线。唐安乡署还在太平港附近村庄开办作坊，大量制作便于军旅携带和食用的各种干粮。蔡曰忠特别交代下去:"一定要多做一些枫亭糕,让军士们都尝尝咱这里的土特产!"

说起这枫亭糕,可真是脍炙人口。枫亭糕是用纯糯米粉为原料,拌上碾压成粉末的砂糖,再加上花生仁、芝麻、油脂,放入蒸笼干蒸,熟后切成方块形状,吃来香甜可口,又富有营养。枫亭糕既可居家食用,也可作为旅途干粮,特别适合行军打仗的军队。为了把这枫亭糕制作得更加地道,李永安还和儿子春牛商量,把自家糖铺里的十余石上等红糖全部捐献出来。白天在作坊里参观时,陆秀夫应蔡曰忠之邀,品尝了一方刚刚出笼的枫亭糕,仅咬下一口便觉香甜四溢,让他一整天都余香满口呢!

一弯上弦月悄悄升起,俯瞰着枫亭的街衢巷陌,陪伴着它的肃默和宁静。

仁王院偏殿的一间屋子里还亮着灯光。此刻,陆秀夫静静地坐在书案前,挥毫书写今天的"事录"。这是他多年来形成的习惯,哪怕戎马倥偬,哪怕再忙再累,他都要及时地把自己经手办理的和所见所闻的重要事项记录下来,存档备案。

刚刚展开笺纸,今天视察太平港的一幕幕情景就又重现眼前:朱惠民兄弟督造的战船高大坚固,范伯父子训练的海上民军彪悍勇猛,李永安、陈献义筹募入库的粮草量多质佳,还有乡民们把军粮加工制作得那么精细……哦,还有会心书院的刘勋先生带着那班男女学生,在太平港路口搭起了大戏台,一边表演自己编排的戏曲,如《杨家将》《梁红玉战金山》《岳鹏举精忠报国》,宣传忠义救国、保境安民;一边开展募捐活动,为前线军队筹集急需物资,戏台下粮食、布匹、药材等各色物品已堆成小山……他一边仔细地将这些所闻所见记载入册,一边在心里想:这枫亭人,是多好的百姓啊!他们关心国朝安危、踊跃支前抗元,是那样的慷慨无私,又是那样的激情奔涌!在这区区乡野、里巷之间,在这些普普通通的善良百姓身上,蕴含着多么巨大的力量!国家危难至此,尚有如此众多这般忠义的子民,实乃大宋朝廷之福啊!等到胜利的那一天,我陆某一定要上奏朝廷,在枫亭塔斗山上树立功德碑,铭刻上这些善良百姓的名字,表彰他们为国家所做的贡献,让他们英名永存，流芳百世！

想到这里，陆秀夫忽又涌起一种幸福感，一种被信任、被理解、被尊重的幸福感。这段时间，他强烈地感觉到自己在枫亭做事特别顺畅，心情特别舒畅。乡亲们十分友好仗义，对他尤为敬重，凡是他说的话，人们都会奉为至理名言；凡是他提议的事情，人们都会用心去做。因此，他整军备战的一系列方略，在这里都得到很好的贯彻施行，扩军、扩船、扩粮等计划都很快地变成了现实。乡亲们似乎特别能理解他的意图和部署，他的理想和抱负也似乎只有在这里才能得到足够的重视和支持。他甚至觉得自己与枫亭有着与生俱来的亲情，有着一种天然的缘分，置身在枫亭和这里的乡亲父老之间，犹如鸟栖林中、鱼游水底般的自然、自在，他感受到一种炽热的贴心的温暖，感受到一种令人放松、让人自信和荣耀的舒心惬意。而这种温暖和舒心惬意，又是如此的熟悉和亲切，相距遥远而又似曾相识！哦，就像是儿时在父母身边和学堂老师跟前受到的宠爱和呵护，就像是当年金榜题名时受到的拥戴和尊崇。是啊，这些感觉是多么的美好！在这国势危难、颠沛流离的多事之秋，更是何等可贵！自入朝从政之后，特别是咸淳十年（1274年）元世祖忽必烈发动全面进攻以来，他作为朝廷大臣，既要参与御敌之战和乱世之治，为保国救民劳心劳力，又要防范官宦之间的倾轧陷害，还要小心翼翼去处置各种利益缠杂和权力纠葛，犹如置身于激流旋涡之中，身心疲惫，已经好长时间没有这么好的感觉了⋯⋯

陆秀夫又想起了自己的家人。早在临安陷落前几个月，夫人赵氏就带着年迈的母亲和几个年幼的儿子，前往广东潮州，投靠在州衙里任职的大哥陆清夫。一家人在辟望港临时栖居，屈指算来已近一年了。其间虽通过几次信件，但毕竟只是三言两语，对其生活情状不甚了了。更何况当今兵荒马乱，情势瞬息万变，母亲和妻儿近况如何，令人挂念！

夫人赵氏是镇江城里的名门闺秀，一向温文尔雅，贤淑贤惠。结发拜堂十八年来，聚少离多，常常是由她独自一人在家养育子女、侍候公婆，默默地承受着家庭的重担，忍受着孤单和寂寞。对于自己这位辛勤持家而又通情达理的夫人，陆秀夫总是感到深深的歉疚。但是，忠孝自古难两全，家国从来难兼顾，身不由己啊！每当想到这些，唯有增加对夫人的敬重！陆秀夫心想，下次相见，一定要多留在她身边一些日子，多给她一些抚慰和关照，好好报答她的辛劳，尽量补偿她。但是，什么时候才能有相见的机会呢？

陆秀夫就这么想着，想着。忽然，房门"咿呀"一声打开了，一个妇人闪身走了进来。她面容端庄，举止优雅，罗裙轻拂，款款移步。陆秀夫定睛一看，这不是夫人赵氏吗！他喜出望外，快步迎上前去，一把拉过夫人，托起她的脸庞端详起来，嘴里一迭连声地说道："夫人你怎么来的？夫人你瘦多了，夫人你辛苦了！"赵氏羞答答地低下头，轻轻推开自己的郎君，移步走进内屋，端坐在床边。陆秀夫急忙跟进，点亮了油灯。待灯火明亮时，就又看到夫人头上顶了一袭红缎，把整个脸面盖了个严严实实。陆秀夫笑道："夫人何以如此害羞呢？"就伸手揭去盖头。刹那间，陆秀夫愣住了：她哪是赵氏，分明是蔡荔娘！蔡荔娘脸色微红，眉眼含羞，朝着他莞尔一笑。陆秀夫倒退两步，讶异莫名，脱口大叫："啊！你，你是……可是，夫人，我的夫人呢？"

响亮的喊叫声惊动了屋外夜巡的警卫。两名士兵急切地跑进来，看见陆大人伏在桌面，忙问有什么事？陆秀夫这才清醒过来，原来自己竟是做了个梦！

"可是，怎么会无端梦见蔡荔娘？怎么会有这么一个奇怪的梦呢？"从梦中醒来的陆秀夫，轻轻拍了拍脑袋，仍然是感觉恍惚迷茫：难道是夫人的心意传递，她为什么要把我和蔡荔娘联系起来？抑或是上苍的某种暗示，可老天爷又是暗示什么呢？不不，也许什么都不是，只是自己心神游离状态下的一种无意识的迷思吧！我这些天确实太过疲倦了……

恍惚迷茫中，窗外已经泛白。

景炎元年（1276年）七月初旬的这个夜晚，蔡曰忠一家同样无眠。

就在当天黄昏时分，随同陆秀夫视察太平港的蔡曰忠回到家中，一眼瞧见厅堂里摆放着一堆红红绿绿的东西：几大匹丝绢绸缎，一大盒珠宝首饰，还有几捆贴着封条的包裹，大概是金条、银锭之类的贵重物品。他急忙问过夫人，方知是泉州市舶司提举蒲寿庚的二公子蒲天文欲娶荔娘，派人前来提亲。彩礼是委托真大庆之子真荣送过来的。

正说话间，参加募捐义演活动的蔡荔娘也回转家门。

面对这突如其来的"亲事"，蔡曰忠、蔡荔娘父女俩不免愕然，一时愣着无话。杨氏见此情景，知道事情并不简单，也着急起来。她说："这东西我也不敢收的，是人家放下就走，还说急着等回话呢。"

"是呀，这不明摆着以势压人、强行逼婚吗？我看这事还真棘手！"蔡曰忠说着，看着夫人和女儿，三人面面相觑。

一家人闷头想着应对之策，都觉得这事马虎不得。泉州蒲氏家族，毕竟来头大啊！

"要是莫明还在就好了，那个鬼灵精或许会有好主意。"杨氏说着，惋惜地叹了一声，又念叨："这鬼灵精，究竟跑到哪里去了？"

"鬼灵精"莫明是蔡曰忠收养的义子。那是两年前的初春时节，蔡曰忠在外出贩运桂圆和荔枝干的途中，见到路旁躺着一位书生模样的人，年约二十岁出头，身边带有一块招牌写着"测字算命"。年轻的算命先生衣裳单薄，面黄肌瘦，躺在地上一动不动。蔡曰忠摸摸他的鼻息还有呼吸，只是身上发烫，知道他这是饥寒交迫所致，赶紧抱他上车，捂紧被子，灌汤喂药，把他救了过来。这书生病好后，就丢掉了算命营生，跟着蔡曰忠做生意。他又勤快又机灵，算盘打得准，账目记得清，业务谈得来，还见多识广，深得蔡曰忠喜欢，一路下来两人十分投缘，就在一个土地庙里结拜为父子。书生说，他姓"莫"名"明"，没有了父母亲，"现在您蔡老伯大恩大德救了我，您就是我的再生父亲了。"就这样，蔡曰忠把莫明带回枫亭家中。这个又机灵又勤快的小伙子也甚得夫人杨氏和蔡荔娘喜欢，家里大事小事都找他商量，一家人相互敬重，相处得十分和睦。蔡荔娘十分欣赏这个捡来的大哥哥，可能由于当时年纪尚小，并不懂得男女授受不亲之类的规矩，她很喜欢与莫明相处，与他一块读书写字，一起做些杂活。他们之间没有什么生疏或隔阂，荔娘甚至还经常在莫明面前撒娇呢！杨氏看到女儿荔娘与莫明如此亲密，十分高兴，心里就产生了一个念头：等过几年荔娘长大了，就把她许配给莫明。她拿这个想法与丈夫商量，蔡曰忠考虑了半晌，摇了摇头，说道："莫明确实是个好孩子，他与荔娘也算般配。但是，我们已经认他为义子，就不便再改变这种关系了。"他见杨氏不解，又说："当然，你说的入赘这个做法不错，名分上也不是说不过去。只是我想，我们夫妇并没有儿子，还是把他当儿子，将来再为他娶回一个媳妇，这样我们儿子、女儿双全，媳妇、姑爷都有，岂不更好！夫人，你说呢？"蔡曰忠说得在理，杨氏也就不再坚持，夫妇俩从此对莫明这个捡来的好儿子也更加疼爱了。可是没过一年，莫明竟不辞而别，只留下"父母保重，妹妹珍重"八个字。蔡曰忠四处寻找，却并无他的半点身影，仿佛一下子从人间消失了。这事至今全家人都闹不明白究竟是为什么，只是觉得十分奇怪和遗憾，蔡荔娘为此还伤心落泪了好几回，蔡曰忠夫妇也免不了时常想念他，特别是遇到大事、难事需要拿主意时，都会不由自主地想到他，想到莫明他面对这等事情会如何去处理……

如今名震四方的泉州蒲家突然提亲，而且又逼得那么急，该怎么办呢？

蔡曰忠和夫人杨氏婚后十多年才生下荔娘，中年喜得千金，夫妇俩自是格外高兴！十几年来对荔娘珍爱有加，像明珠一样捧在手心，小心翼翼地呵护着她，培养她一步一步成长成熟。如今长大了，谈婚论嫁也是自然而然的事。

"是啊，男大当婚，女大当嫁。咱女儿长大成人了，是该出嫁了。"蔡曰忠喃喃地说着，既像是安慰夫人，更像在自言自语。"可是，嫁人要嫁意中人，女儿的心思呢？"他说着说着，抬起头来，这才发现荔娘不在身旁，原来她已悄悄回闺房去了。

"是该对上女儿的心思才行。"杨氏赞同地附和着，又说道："咱荔娘聪明干练，有主见，懂道理，你去跟她谈谈，听听她的想法吧。"蔡曰忠迎着夫人的眼神，点点头，随即走进荔娘房间。

蔡曰忠见荔娘伫立窗前，眼睛望着窗外，静默良久，一动不动。他知道，女儿这神情不是喜悦，不是激动，甚至也不仅仅是女孩子的矜持或羞涩。她是在思忖，在斟酌，抑或是在深谋远虑？

蔡荔娘确实在苦苦思索：义兄莫明曾经算过一个卦，说她今生会有三灾四险，难道这婚嫁就是一个难关一道坎？如今蒲天文咄咄逼人，该如何化解？

"荔娘，你……"蔡曰忠试探地轻轻叫了一声。蔡荔娘回过头来，拉过父亲的手，扶他坐了下来。

"告诉父亲，你是怎么想的？"父女俩开始了促膝长谈。

从蔡荔娘对发生在端午节龙舟竞渡现场蒲天文粗野淫邪那一幕的回顾和叙说中，蔡曰忠明白了这门"亲事"的由来，也大致了解了蒲天文这个人，心想这个富家子弟已是沾染了骄娇二气，是个轻薄而蛮横的狂生。此前，蔡曰忠对其父蒲寿庚倒是有所听闻的，知道蒲寿庚原是波斯人士，来泉州经商发迹，不但富甲一方，且担任市舶司提举，掌管泉州这个世界级大港的对外贸易，朝廷对他颇为信赖和倚重，还授予闽广招抚使之职，泉州一带的水军皆归他节制，可谓财大又势雄，是泉州实际上最大的实权人物。此人聪明透顶而又生性多疑，善于察言观色、见风使舵，多年经商牟利养成的商人意识和手腕，被他熟练而圆滑地运用到官场上，演化为政治上的投机取巧和追名逐利。对蒲寿庚的为人行事，朝野忠良正直之士都颇有微词。蔡曰忠心想，如此看来，与蒲家的这门"亲事"，从蒲天文本人和其家庭两方面来讲都是不合适的，蔡荔娘不满意、不同意也是理所当然的！

"好闺女，父亲支持你的决定！"蔡曰忠轻轻地拍了拍女儿的手，"我明天就让人把彩礼退回去。"

蔡荔娘略微点了点头，眉宇间却依然打着一个暗结。

蔡曰忠看到荔娘眉头不展，当然知道女儿的心思，便说道："闺女你是担心蒲家不会轻易放弃吧？"他边说边搓着手，"这个嘛，真是个大问题。是要想一个应对办法啊！"

"可是，会有什么办法呢？"蔡荔娘求助地看着父亲。

父女俩沉思一阵儿，忽听蔡曰忠拍手叫道："有了！咱就说荔娘已经有婆家了！"

一句话说得蔡荔娘面红耳赤。她知道这真是一个很好的托词，但是自己并无此等事……她嗔怪似的盯了盯父亲，支支吾吾，轻声说着："可是，我，我……"

"你，你啊，你也该嫁人啰！"蔡曰忠不禁呵呵笑了起来，说："你今年已满十七岁了，我的女儿确实该当新娘啦！只是不知你可有属意之人？"

蔡荔娘正值碧玉年华，已是情窦初开，和其他小妮子一样，她也常常憧憬美好的姻缘和爱情，也有各式各样的希冀和幻想。只是，她是个理性的姑娘，与别的女儿辈相比，她从家族和父辈身上自然地、忠实地承继了忠孝节义的道德传统，因此也荷载了更多的家国责任。忧国忧民、志存高远，使得她多了些许冷静和矜持，使得她在国难当头、时事维艰之际，无心亦无暇去顾及那儿女情长，即使有那么一点萌芽，也只是潜藏在心灵深处。然而，今天，恰恰就在今天，这个问题却猛然间一下子被如此迫切、如此清晰地摆到了面前！

为什么？是因为蒲天文的突然提亲所致吗？是，不，也不是！蔡荔娘心里自问自答。从今天早晨起，自己就有种异样的感觉。刚出家门，一群喜鹊缠绕身旁喳喳欢叫；观音亭前与陆秀夫大人不期而遇之时，心里突然猛地一震，眼前竟然不自觉地直冒金星；此后一整天在太平港戏场参加募捐义演活动，也都心神不宁，不是把戏剧中的台词唱词念错唱错，就是把乡亲们捐献的银两与粮秣记错或数错。那戏台上的锣鼓和音乐就像特地为自己而演奏，一个劲儿往耳朵里倾注，且变幻成一曲曲曼妙的仙乐，在脑海里萦绕着、飘荡着，以致弄得飘飘欲仙、不能自已。回来的路上，走在宁静的旷野里，周遭并无一人，可她还是感觉身边无比喧闹，好似有十八支唢呐响起，还伴有串串鞭炮和阵阵锣鼓，左右着自己的脚步，身子不由自主地随着锣声和鼓点摇晃，就像坐在轿子里被剧烈颠簸。面对这些异常，当时还怀疑自己是不是病了……难道今天真的是个不同寻常的日子，难道这些现象真的是个什么兆头，预示着上苍的某种嘱托或命运的某种安排？而蒲天文的提亲，仅仅是一根偶然的导线，或者是一种必然的触发？

想到这里，蔡荔娘似乎清醒了许多，又仿佛更加迷惘和茫然：凡此种种迹象显示，今天对于自己，对于自己的婚姻和人生，绝对是一个重要的日子！但是苍天究竟如何安排、我蔡荔娘的终身究竟将托付何人？难道、难道是他？真的会是他……她无法再想，只是感觉心跳得厉害，脸上不由自主地红起来了！

女儿虽然不再答话，但涨得通红的脸上，却清楚地写着心中的所思所想。蔡曰忠一看这情形，就猜到荔娘似乎已心有所属。但不知那人是谁？这位能够赢得女儿芳心的人，是否也符合自己和夫人的意愿？

蔡曰忠秉承家族的为人处世之道，自然也有既定的选人标准。他觉得，女儿家嫁人，不求家财万贯，也不求高官厚爵，但求嫁得一个真正的男子汉，一个有志气、有抱负、有胆魄、有作为的大丈夫。当今国难民殇之时，他还应该是个愿意为国为民赴汤蹈火的英豪俊杰，应该是个爱国抚民的忠义之士。因为在蔡曰忠看来，倘若不爱国又如何能够爱家？倘若不抚民又如何能够抚妻、抚子？

此刻，蔡曰忠觉得应该把自己的想法告知荔娘。他固然了解荔娘的志向，相信荔娘的眼力，然而在这个涉及女儿终身的重大问题上，他还是希望自己能帮助荔娘把握得更准确一些。

"女儿啊，我是这么想的……"蔡曰忠以探讨的语气，把自己关于女儿婚事的一些想法，像选人要注重品德啊，嫁人要当贤妻良母啊，身为女子也要担负家国责任啊之类的话儿，向荔娘细细地述说了一遍，虽然婉转含蓄，却也将他的"选人标准"清清楚楚地和盘托出。

常言道："知子莫若父。"同样地，知父母者也往往莫若子女。深受家庭环境熏陶的荔娘，自然清楚了解父亲的道德理想和思想观念。就在不久前，父亲还与她聊起孔子母亲颜征在夫人的故事，说道："颜氏嫁给孔家实际上受了很多苦，但她无怨无悔，含辛茹苦把儿子孔丘悉心抚养、教育，成就了一位大圣贤。"当时蔡荔娘也曾感叹："非颜女无以启孔宗，德哉圣母！"今天，父亲念叨的还是这些"女儿经"，但有所不同的是，此时父亲的态度颇为谦谨，情意也显得殷殷切切，蔡荔娘似乎从中听出了弦外之音！她心里就想："父亲啊，您是在对我暗示或者在诱导什么吧？您难道也是指向那一个他？哎呀，干脆就把这层薄纸给挑破了吧！"想到这里，她努力抑制着怦怦乱跳的心，强装稚气地故意向父亲撒起娇来。只听她开口说道："女儿真的应该嫁人了，父亲您就为女儿找一个吧！"这么直露的话甫一出口，竟把她自己也惊讶得不知所措！

蔡曰忠一愣！听到一向谨言慎行，特别是对自身情缘之事羞涩含蓄的乖女儿说出这个话儿，他也禁不住笑了。父女俩紧张的心境，仿佛一下子变得轻松许多。

蔡曰忠当然知道，这是女儿在反侦测。父女俩都想探知对方心中的秘密。

对于女儿的终身大事，蔡曰忠此前也并非心中没谱。他深知按照自家的标准，要为女儿寻觅一个既志同道合又情投意合的如意郎君，将不是一件容易的事。但是，自从结识陆秀夫，他的这个心结开始纾解。尤其在深入接触以至亲密共事之后，陆秀夫的忠贞正直、坚毅果敢、温和敦厚和勤勉务实，无不让他感动和敬佩，甚而本能地意识到这正是那个寻觅中的可信赖、可托付之人。陆秀夫殚精竭虑、废寝忘食地操持政务，常常拖着疲惫的身躯去解决那些诸如筹钱粮、搬救兵之类棘手而又堆积如山的难题。蔡曰忠看在眼里，心里便会涌起无限的感慨——这样一个身系万民而日理万机的好人，一个国家社稷的顶梁柱，理应有人去照顾他、关爱他呀，可是眼下此时，他陆大人孑然一身，身边无一个贴心知己相依偎的人！想到这些，蔡曰忠既同情，又难过，还忍不住叹息。每当这个时候，蔡曰忠就会不由得联想到自己的女儿荔娘。"可否将荔娘婚配陆大人？"他心里常常会这么想。不过，两个人身份、地位、年龄诸方面的极大差别，又让他不愿或不敢多想。更重要的是，这要看是否切合荔娘的心思，且要看陆大人的意愿……

女儿的心思如何？蔡曰忠眼前忽然闪过今天早上观音亭前荔娘与陆大人相见时的那一幕：两人迎面而立，四目相对——那一瞬间，就像一道雷电闪过，他分明见到两人眼里都迸发出亮晶晶的光芒！陆秀夫嘴巴微张，双唇翕动着却并没有说出什么；而荔娘则又像胆小的兔子，惊悸、腼腆、手足无措。两人那异样的神情，分明透露出一种隐秘的不可捉摸的信息！难道这就是人们常说的"心有灵犀"和"一见钟情"？蔡曰忠霎时悟出玄机，有了主意：对了，咱何不就此捅破这层窗户纸，来个掀开天窗说亮话？

他猛然开口说道："荔娘，你觉得陆秀夫陆大人如何？"

啊，父亲果然想的是他！蔡荔娘又惊又喜，心里一阵狂跳，嘴中却不自觉地冒出一句："小女配得上吗？"

蔡荔娘脱口而出，虽答非所问，却把心迹表露无遗，而蔡曰忠现在则完完全全明白了女儿的心思。由此，他也更加相信自己关于两人"一见钟情"的判断，于是笑呵呵地走开了。

蔡曰忠立即把这些情况告诉了夫人杨氏。然而，让他没有想到的是杨氏竟然满脸惊讶！她又摆手又摇头："不可不可，陆大人已有妻室，咱荔娘一个黄花闺女，为什么要去做侧室？再说，他和她年纪相差也太大啦！"

夫人说的都是事实，这些问题蔡曰忠也不是没有想过。但他想得更多的是，忠义、忠贞和忠厚的陆秀夫值得荔娘去爱，忙碌而疲惫的陆秀夫也需要荔娘去陪伴、去照顾。而对于这一点，杨氏的意见也很有道理，她毫不含糊地说："忠诚、正直、善良的好男人不止一个，荔娘完全可以找一个年龄相当的；陆大人是个值得敬重的好人，他的身边也确实需要有人关心照料，但不一定非得我们荔娘啊！"

任凭蔡曰忠如何解说，杨氏就是想不通。相反，她还急着要去找荔娘，要规劝女儿回心转意改变主意呢！蔡曰忠连忙把她按住，说道："时候不早了，让女儿休息吧。"

确实，夜已深了。蔡曰忠吹灭床前小灯，倒头睡去。可是杨氏惦记女儿的事，心里就像堵着石头一样闷得慌，躺在床上翻来覆去睡不着。"为什么偏偏要让我们荔娘嫁给陆秀夫呢？不行，这事我一定要拦住，明天一早我就去找荔娘说道说道！"就这样想着想着，一直辗转到约四更时分，方才昏昏入睡。忽然，她似乎听到院子里一声巨大的响动，一个激灵醒了过来，赶忙又唤醒自己丈夫："起来起来，快到院子里看看！"两个人同时起身，细细查看一回，却并无什么动静。疑惑间，杨氏回忆着刚才的情景，对丈夫说："我好像看到一团白花花的东西，扑到咱家院子里了。"

蔡曰忠知道夫人是精神恍惚，大概是做了什么梦吧，也就随口问道：

"那会是什么东西呢？"

"白色的，块头很大……"杨氏回答，脑子渐渐清晰起来，连比带画说道："脑袋大，身子粗，尾巴长，脑门上还有横的竖的几道杠杠，像一个'王'字。"

听了夫人的描述，蔡曰忠也惊讶起来："莫非是白虎？"

"白……白虎？哦，是的，是白虎啊！"杨氏顿时吓得发抖。

"莫怕，莫怕，"蔡曰忠赶紧安慰夫人，"你做的这个梦，也许是上苍要对我们预示什么吧？"接着，他又掰着指头，对杨氏仔细分析起来："夫人你看嗬，我打听到陆秀夫的生辰八字是戊戌、癸亥、己酉、丙寅，寅时，正是这时分，而寅者，乃虎也！喏、喏，老天爷这指示的正是陆大人啊！"蔡曰忠说到这里，连自己也惊异了！

"难道真的是天意？"杨氏惊魂未定，对丈夫的话仍半信半疑。

"应该说是人意加天意。夫人啊，咱就相信荔娘的选择吧！再说，要是莫明还在，相信他也会是这个意见的。"蔡曰忠顺水推舟，把话说到杨氏的心坎里。

至此，杨氏才默默地点了点头……

天亮了，蔡曰忠可以放心去走下一步棋了。

第五章　太后证婚赐良姻

第二天一早，还没等太阳出来，蔡曰忠便径直来到仁王院临时皇宫觐见杨太后。

杨太后同样早起，还没来得及梳妆打扮，听说蔡曰忠求见，只得素面相迎，连身上着装也只是一种普遍流行的叫作"背子"的普通便服。太后平易随和，没有皇家架子，这既让蔡曰忠感动，也让他为自己的冒昧求见而感到局促不安，只听他不好意思地说："这大清早的，就来打扰您了。"

"无妨，无妨。蔡先生您请坐吧。"

杨太后年纪尚轻，其实只是个二十六七岁的少妇。她天生丽质，虽无装扮也同样光彩照人。人也长得典雅、大气，而且毕竟有皇室和太后的身份摆在那里，所以尽管她自身十分低调，朝中上下人等对她都还是带着几分尊重、几分敬仰。通常情况下，杨太后的话是管用的。蔡曰忠知道这一点，因此才来找她。

蔡曰忠开门见山说明来意。他直截了当请杨太后出面撮合，希望由她做主来促成陆大人与荔娘的这段姻缘。因为他担心陆秀夫不肯应允，就果断出此"高招"：搬出太后这张王牌，还怕陆大人不肯迎娶荔娘？他一再声明自家并非为了高攀或图谋别的什么利益，以免得太后或陆大人误会。

杨太后听罢，喜形于色。陆秀夫是朝廷倚靠的重臣，长期为艰难的时政不辞疲倦地操劳，十分辛苦，其夫人赵氏带着陆母和孩子去广东潮州投靠亲友，陆大人身边缺少体贴照顾的人。杨太后知道这个情况，她看在眼里，记在心里，只是没有机会为他遴选一位合适女子。如今蔡曰忠有此美意，岂不是一件好事？再者，她素知兴化一郡地灵人杰，枫亭蔡襄一族更是累世忠烈，当今国家危难之际、兵荒马乱之时，蔡曰忠以掌上明珠许配朝臣，亦是忠义之举，焉有不允之理？她当即双手一拍，朗声说道："好啊，我就来做个媒。"

杨太后当即把刚刚上完早朝的陆秀夫召来。见到蔡曰忠也在一旁，陆秀夫马上联想到昨夜那个奇怪的梦，猜想太后召见可能与蔡荔娘有关。待到太后开口一说，果然不出所料！这才知道梦境并非虚幻，如今真的灵验了！从内心讲，对于蔡荔娘，他当然是爱之慕之，昨天早晨见到这个小妮子之时，确实让他怦然心动！不过，他又有所顾忌和不安：年龄差距大，时机也不对，自己还早有妻室……"这事怎么可以呢？""我能这么做吗？"他在心里反反复复问自己，又一遍遍做出否定的回答。因此当太后刚把话说完，他便连连摆手，口称："不可，不可！"

杨太后不解，忙问何故："莫非蔡家女儿不合汝之心意？"

陆秀夫急急说道："不不，恰恰相反，蔡曰忠先生之女蔡荔娘才貌双全，品性高洁，是个令人爱慕和敬重的好姑娘。只是她碧玉年华，而微臣已年近四十，此一不宜也；微臣早有妻室，蔡荔娘乃黄花闺女，此二不宜也；再者，如今国难当头，大敌当前，朝野军民竭力救亡保土，微臣不敢妄图一己安乐呀！"

杨太后听了，哈哈笑道："蔡荔娘年轻，你亦正当壮年，非不宜也。你妻子远在广南东路，身边要人照顾也是应当。再说，蔡曰忠将爱女嫁你，也是助你一臂之力，于你陆家、于我大宋都是好事啊！这事我做主，特赐成婚，就这么定了！好事不怕早，你们今天就把这喜事办了吧！"

蔡曰忠连忙跪拜："小民感谢太后恩典！"

陆秀夫听了杨太后入情入理的一席话，知道她是真心成全自己，蔡曰忠更是设身处地为自己着想，心里十分感动。事已如此，他虽仍然怀揣许多不安，但也不便且亦无须再说什么了，只得恭恭敬敬地拜谢了杨太后和蔡曰忠。

傍晚时分，陆秀夫与蔡荔娘的婚礼在枫慈溪畔的活水亭里隆重举行。活水亭长、宽各二丈四尺，两层木架结构，周边建有回廊。说是亭子，其实更像一座二层小楼，只是具有木亭的外形而已。亭子四周遍植柳树、荔枝，以及茉莉、杜鹃、九里香、夹竹桃、美人蕉等各种花木，郁郁葱葱，青翠鲜艳。亭前水渠与枫慈溪相通，可自流出入，故名"活水亭"。这是乡亲们平时集会议事的处所，因为场地空敞、环境幽雅，今天被派上了特殊的用场。邻里乡亲得知杨太后赐婚让蔡荔娘出嫁陆大人的消息，纷纷奔走相告，并主动前来帮忙，大半天就把活水亭布置得焕然一新。整个亭台张灯结彩，喜气满盈。那正面亭柱上张贴一副刘勋先生送来的对联，写着：

昨旦观音桥头惊遇俏娇娘

今宵活水亭里喜伴美丈夫

横批"爱意天成"四个字，贴在刻有"活水亭"亭名的匾额下方，因为字体大，又描了金，所以格外活泼和显眼。

一层是个大厅，挂着硕大的双喜红字，摆着几张红漆八仙桌，桌上堆满了乡亲们送来的各式各样的礼物：有象征婚姻幸福、爱情美满的玫瑰、兰花、百合、万年青等花卉，有寓意"早生贵子"的红枣、花生、桂圆、莲子等食物，还有饮食起居、梳洗打扮的日常用品，应有尽有，琳琅满目。

二层则被布置成为临时洞房，雕花描金的大眠床，铺设了红色被褥、红纱帐，整洁而温馨。

婚礼定在酉时。这是蔡曰忠得到杨太后"今天就把喜事办了"的明谕之后，让夫人杨氏到观音亭焚香求签择定的时辰。"七月初七酉时"——这个人与神共同选择的吉日良辰，让夫妇俩猛然间怔住了：天呀，这是个什么日子！这正是荔娘十七年前降生的日期和时辰啊！当时杨氏在果园协助丈夫采摘那年的一批晚熟荔枝，临分娩之时已来不及下山回家，就在树林里生下了女儿。那个黄昏的晚霞格外灿烂，甚至还闪耀着迷人的光芒，把果园映照得一片通红，以至于一下子围过来很多果农，他们说是看到这园子里升起一团红光，赶紧跑来救火的。及至得知这里并无什么火灾，而是一个婴儿呱呱坠地来到人间，人们十分惊异，都说蔡家这小千金不简单，将来必定大富大贵！今日荔娘婚配朝廷大臣陆大人，或许就是应验？世间之事，真的这么巧、这么灵吗？

"你还记得当年的情景吗？"陷入回忆和沉思的杨氏回过神来，抬头望着丈夫。

"当然记得啰！"

"我是说那片枫叶。"

"知道，知道的！"蔡曰忠答应着，十七年前的情景又浮现在眼前。

蔡荔娘降生之时，恰巧晚霞斑斓耀眼。但是，红霞的光焰本来就如昙花一现，稍纵即逝的。人们赶到这片果林的时候，哪里还见到什么红光？不过，有人注意到那片荔枝林里，委实有着一簇异样的鲜红。原来，那是一片殷红的树叶，足有巴掌大小，挂在荔枝树的一条枝丫上，被一丛绿叶托举着，红艳艳的，格外引人注目。夕阳映照下，饱满莹润的叶片上，竟也闪耀着光芒。微风吹拂着，它随着树枝和绿叶轻轻摇曳，仿佛向人们点头作揖，问候致意。

杨氏躺在荔枝树下，疲倦地躺着，似睡非睡，新生小女就仰卧在她身旁，几个装满荔枝的竹筐摆在四周，把她们母女俩围护在中间。渐渐地，她闻到了一股香气。显然，这不是荔枝的香味，荔枝甜香的味道杨氏早已习以为常了。她觉得这香气像玉兰，像桂花，但又都不像，没有它们的浓郁扑鼻，而是一种更加清雅的淡淡幽香。她努力地睁开眼睛，一眼就瞧见了对面这片红叶。她看到那叶片像一张小脸，正对着自己笑呢！杨氏便欠起身来，要伸手去摸，可是哪里够得着？说来也巧，一阵风刮过，红叶随风飘落，正好就飘落在她的身旁。蔡曰忠看得笑了，就把红叶捡了起来，先捧在手心闻了闻，再递到夫人手里。

"真可爱！是枫叶吗？"杨氏问道。

"是枫叶，可咱果园里没有枫树，这枫叶不知从何处飘来？再说，这形状也是从来没有见过的。塔斗山的枫叶一般像张开五指的手掌，而这片叶子却是三个叉歧，且叶面宽阔圆润，更像一颗心呢。"蔡曰忠仔细看了看，又说道："一般的枫叶，秋冬季节染霜才红，此时尚且青绿。但这叶片已是通体鲜红，而且越往中心颜色越深沉，变成血样的殷红了。"

"这不寻常的枫叶，咱们就叫它'丹心枫'吧？"

"好，好，好名字！"

"还有，这香味也不一般呢！"杨氏笑着说，"这片可爱的丹心枫，恰巧在咱家妞妞出生之时飘来，看来与小妞妞有缘，或许也是天意，就把它送给我们的女儿，让她俩相伴吧！"

蔡曰忠笑着点点头，两人一起把红叶摆在婴儿身旁。

红艳艳的枫叶，红扑扑的小脸，两相映照，十分般配。

"看来，这红叶不逊红花呢！"杨氏感叹道。

"是啊，古人不是有'停车坐爱枫林晚，霜叶红于二月花'的诗句吗？"蔡曰忠随口答应着，可是说到花，他忽而有感而发，脱口而出："女人如花，花似梦。"

"花似女人，伴真情。"杨氏轻声附和着，紧接着又补充似的说道："人间风雨多，世道难，但愿我们这闺女命大福大，富贵吉祥！"她大概说累了，略微停顿了一会儿，就又对丈夫说："你给女儿起个名字吧。"

"这闺女在荔枝林里降生，就叫她'荔娘'吧。"

"好听，好听，就叫荔娘！"

杨氏话音刚落，小妞妞仿佛答应似的，努努小嘴，呀呀呀叫了起来，似哭似喊，似说似笑。夫妻俩见状，也会心地相视一笑。

这温馨美好的一幕，从此牢牢地烙印在夫妇俩的记忆中。

"快去把枫叶拿出来，给我们女儿戴上吧！"

"嗯嗯，这主意不错！"

这片枫叶，蔡曰忠已经做过精心的处理，先用一种药汁浸润，风干后再涂抹一遍油脂，又用红布层层包裹着。十几年来，全家人一直把枫叶仔细珍藏，每年只取出一次，就是七月七日这一天，拿来给荔娘别在头上，庆祝她的生日。今天既是荔娘生日，又是她成婚的大喜日子，戴着这片红枫，是再合适不过了！

暮色四垂，落日的余晖映照在枫慈溪上，把碧波染成金色，泛着闪闪光辉。活水亭里熙熙攘攘，一片欢声笑语。邻里亲友来了，书院师生来了，杨太后和跟随帝驾南迁的几位朝臣也来了……有忙着操持婚礼事务的，有专门来送礼祝福的，也有看新奇凑热闹的，官民同堂，老少咸集，大家都喜气洋洋地共同来见证一位民间女子与朝廷重臣的婚典，共同来参与枫亭历史上这一难得的盛事。

"良辰已到，婚典开始！"担任司仪的李永安今天精神抖擞，声音异常洪亮。早就等候在亭前广场上的一群孩童，一齐点燃了鞭炮，霎时噼啪作响，烟花烂漫；紧接着鼓乐齐鸣，由几十名民间艺人组成的鼓乐班子同时奏响"十音""八乐""大鼓吹"，激昂奔放而又庄严持重。特别是用大鼓、大锣、大钹、大唢呐演奏的《欢乐颂》《得胜令》，气势雄壮，响彻夜空，飘荡在枫慈溪两岸和塔斗山麓。

李永安见新郎、新娘、蔡曰忠夫妇以及杨太后等贵宾均已就位，便引导大家按照闽中民俗的既定礼仪，按部就班地认真演绎了一番，当然是又隆重热烈，又风趣诙谐。且听他的拿手好戏"喊四句"：

> 一对红灯挂亭前啊，
> 当朝太后赐良缘呐；
> 淑女才郎手牵手啊，
> 枫江盛开并蒂莲哪！
> 二盏红烛照洞房啊，
> 荔娘从此伴陆郎呐；
> 夜夜日日亲不够啊，
> 福寿富贵喜满堂哪！
> …………

按惯例，李永安每高喊一句，场内另有一帮人就紧随着大声附和一句"好啊"，一唱一和，互相呼应，很有气势，也十分有趣，引得满堂哈哈大笑。

今天的陆秀夫一身新郎礼服，绣花红袍配上金边红帽，红帽上端还插着两支金灿灿的花串，既添了喜气，又显得年轻许多。但是，在这样的场合里，他却也难免拘束。他只能听从别人的摆布，按李永安的"号令"行事。好在有蔡荔娘的提示，陆秀夫亦步亦趋，循规蹈矩，两人配合还算默契，顺利完成了全套成婚典礼。

就在新郎新娘完成了三叩九拜大礼之后，杨太后牵起他俩的手，把这对新人送入洞房。她把代表赵昰皇帝赠送的一柄玉如意，特地安放在大红"囍"字前的梳妆台上，衷心地祝福在这非常时期缔结的这份不平常姻缘，祝愿陆秀夫与蔡荔娘幸福美满、快乐如意。

夜，渐渐深了，挂在空中的那半个月亮不知什么时候已消失得无影无踪。灰暗的夜幕下，富含兴化地方民乐特色的"十音""八乐""大鼓吹"还在纵情演奏，昂扬亢奋的乐曲在寂静的宅院间和街坊里放肆地缭绕和回旋，夸张地宣泄着自己的魅力、激情和欢乐。当然，它的这种魅力、激情和欢乐，在这片土地上是最能得到共鸣的。兴化百姓源自中原，颇受中原文化影响，又兼之精于宫廷乐曲的蔡京、蔡攸父子在家乡的推动，兴化民乐便极富浓郁的宫廷音乐韵味，素有"集盛唐古曲之精英、留霓裳羽衣之遗响、采宫廷教坊之荟萃、取山村田野之歌调"的美誉。今晚，它让这乡野里巷的婚礼有了些许的宫廷情调，也让战乱中的人们得到抚慰。它似乎有着极大的魔力，把众多乡亲们吸引到活水亭来，并使他们流连忘返，久久不愿离去。

突然，天空中划过一道绚丽的弧线，弧线末端是一颗炽亮的火球。这火球飞速滚落，直冲塔斗山，顷刻间放射出耀眼的光彩，赤橙红绿青蓝紫，熠熠生辉，把万寿塔照耀得一片通红透亮。会心书院的几位师生，正围坐在万寿塔护栏上，一边趁着微风纳凉，一边忘情地聆听活水亭飘来的婚庆礼乐，他们被从天而降的火球吓了一跳，惊愕中又猛然发现万寿塔的基座上，不知什么时候冒出了一些鲜红的文字！流星的光亮转瞬即逝，周遭依然是一片灰暗。人们急忙点起火把，火光照亮了古塔，只见东西南北四面塔基墙体上，被人用朱砂分别写着一行大字：

　　塔西宰相妾

　　塔东帝皇妃

　　塔南郡王女

　　塔北状元妈

众人纷纷议论起来，大家都认为这些文字与山下正在发生的蔡荔娘婚嫁之事有关。这"塔西宰相妾"指的应是蔡荔娘，因她家居之地正是塔西方向，但是陆秀夫时任之职并非宰相，当是日后尚有升迁吧！而"塔南郡王女"系指"会稽东海南康郡王"陈洪进的女儿陈玑，亦即陈十八娘。她力促父亲"纳土归宋"，为国家统一做出了贡献。她又积极倡导修筑十五里渠，引枫慈溪之水灌溉枫亭至惠安涂岭的数千亩土地，造福乡里。因为她带头捐献金钗玉钏作为"买地开渠"之资，后人便把这个水利工程唤作"金钗渠"。陈玑还亲手培植荔枝，改良品种，并将之传播各地，其中人们以她名字命名的"十八娘荔枝"，色味俱佳，曾被苏轼、苏辙兄弟和李纲、王十朋等名家写进诗词赞叹咏颂呢！这么一位大公无私、德泽乡里的巾帼英豪，自然值得骄傲和纪念！人们称赞道："十五里长金钗沟，喜见旱地碧水流；稻花飘香荔子红，女杰芳名传千秋！"

可是，那"帝皇妃"和"状元妈"又是谁呢？在这塔斗山四周方圆几里、几十里之内，前世今生后辈，端的还有几许女杰？

"嘿，别费心思瞎猜了，兴许又是安空和尚之所为，一派糊涂乱抹罢了！"有人不以为意。

"不不，或许另有玄机也未可知。"有人心生敬畏，这样说着。更多的人附和道："天意莫测，天道难违。世人拭目以待吧！"

曼妙乐曲激荡着枫亭的山山水水，陆秀夫、蔡荔娘的婚嫁，也不可避免地在人们心头泛起阵阵涟漪。

在这座小城下街的一个角落，一个名为"枫江风月"的小酒楼里，就有两位失意的年轻人分别在楼上楼下各自喝着闷酒。

楼上的那位正是真荣。他的面前杯盘狼藉，双手捧着一个酒坛子正在发呆。他一会儿猛呷一口酒，一会儿又喃喃自语。蔡荔娘拒绝蒲天文的求婚并与陆秀夫闪电般成婚，使他十分不解："蒲家富甲东南，名闻四海，蒲天文虽说粗鲁些，但他对蔡荔娘却也是真心喜欢，而且蒲家还郑重其事地研议了蔡荔娘的生辰八字，认为她与蒲公子也算得上一对良配。嫁给蒲家，能少了你蔡荔娘的荣华富贵吗？这次蒲天文让自己为其做媒，向蔡家正式提亲，并且送来了比平常人家多达几倍、几十倍的彩礼，就是想通过厚礼重聘以充分地表明诚意，此等好事打着灯笼都难找嘛！可没承想遭到蔡家十分干脆的拒绝！说是"已有婆家"，为什么早不嫁晚不嫁偏偏这个时候匆匆忙忙婚嫁？蔡荔娘嫁给陆秀夫，不就是图他官大吗？可是，撇开年龄上的差距不说，这乱世的官再大又有什么用呢？就像蒲天文说的，现在国朝已经风雨飘摇，赵昺小朝廷很难有什么大作为了。战火纷飞，流离颠沛；磨难历险，担惊受怕；翻云覆雨，前程未卜，以后生死难料……人们常说'宁做太平犬，不当乱世官'，难道他们就不知道这个理儿？"

更使真荣难堪和不安的是，如今这个局面，让他这个"媒人"在蒲天文面前如何交代？蔡家退回的彩礼，他已托人赶紧送往泉州，但是，按照蒲天文的性格，他会轻易咽下这口气吗？蒲天文曾经发誓"蔡荔娘啊蔡荔娘，不把你搞到手，我死不罢休"，这句话真荣是听得清清楚楚的！"如此看来，今后你蔡荔娘必定会有麻烦，甚至会有灾难的，而我真荣也必定不得安宁了！"真荣懊恼极了，端起一大壶荔枝酒，咕嘟咕嘟一口气全部倒进肚子里。

李春牛则躲在楼下一间小厢房里，手把酒壶，默然呆坐。他与蔡荔娘同窗多年，这姑娘志向远大，情趣高雅，他是十分了解的，这也正是他敬重和爱慕蔡荔娘的重要原因。他知道自己绝不是蔡荔娘心目中的"另一半"，因此只能把这种暗恋和这份爱意深深地埋藏在心底，以至于谁也不知道这一秘密，不管是蔡荔娘本人或是好同学真珍。尽管如此，当他一早得知蔡荔娘婚配的消息之后，仍似晴天霹雳，震得他一惊一乍，差点不能自持。毕竟他对蔡荔娘心仪已久啊！自己长期相处、彼此友爱的好同窗、好妹妹，转眼之间就成了别人的新娘，他的心里焉能好受？

但是，平心而论，李春牛是豁达大度和通情达理的。和蔡荔娘一样，他对陆秀夫也是十分崇敬的，觉得陆大人倾心救国，力挽狂澜，是危难时局的中流砥柱，值得人们拥戴，也值得蔡荔娘去爱。李春牛想通了，在心里说："他们两人确是般配的一对，行旅劳顿、只身孑然的陆秀夫固然需要蔡荔娘这样的出色女子，需要她的陪伴和照顾，反过来说，蔡荔娘嫁给陆秀夫这样的人，也是身有所托、心有所依，而绝非明珠暗投。现在的自己，也唯有衷心祝愿他们幸福！"

因此，在今天筹办婚事的人群中，李春牛是最卖力的一个。他要把活水亭布置得漂漂亮亮，要把蔡荔娘的婚礼办得风风光光。不但别人婚礼上的东西一个都不能少，别人没有的也要有，他置办的灯笼、红烛都格外的硕大，请来的乐队规模也超出别人数倍。他还别出心裁地在洞房里挂上一把芦笙和一个陶磬。因为"磬"与"庆"同音，寓意喜庆和好运，而笙和磬演奏的音韵亦相同，象征和谐融睦。这一份特殊的礼物，寄托着他李春牛的一片心意啊！

然而，就在一切筹备停当之际、酉时三刻将届之时，李春牛悄然离开活水亭。他不敢也不愿直接面对那即将上演的撩人一幕，便躲到这个僻静的角落，默默地喝着"喜酒"，默默地为蔡荔娘祝福。只见他又一次歪歪扭扭举起酒杯，对着酒壶磕了一下："来，荔娘，这杯酒祝你和陆大人幸福美满，百年好合！"

几颗星星诡谲地躲在乌云中，忽闪忽闪地，就像黑暗中好奇的眼睛，在偷偷窥视人间秘密。喧闹了几个时辰的活水亭恢复了夏夜的宁静。洞房内，红烛依然明亮。被新郎官揭去红缎盖头的新娘子，依然羞答答地低着头，把手中的绢丝扇子一开一合。这是闺中密友真珍送给她的新婚礼物，上面写着贺词《临江仙·鸾凤和鸣》。新婚之夜，骤然相处，两人不免情怯，都显得那么局促拘谨和激动不安。这把扇子成为手足无措的蔡荔娘规避尴尬和力保镇定的绝好"道具"，这会儿，她又躲开陆秀夫的目光，把头埋得低低的，去摆弄她的扇子。实际上，她已经把《临江仙》看过好几遍了，可她还是张开扇子，从头再浏览：

乐奏箫韶花烛夜，风流才女玉郎。
同心结上丹枫香。
如鸾如凤友，永效两双双。
莫把画堂深处负，笙歌引入兰房。
满斟玉壶醉何妨？

枫江堪作誓，大爱应天长。

看到蔡荔娘那么专注、认真的样子，陆秀夫不禁轻声笑了："你还看哪，那扇子上的文字都应该可以背诵如流了！"一句话戳破了新娘子的窘境，说得她不好意思地笑了。只见她满目含情，羞怯地把手一伸，将扇子递给新郎。

陆秀夫看了，指着"如鸾如凤友，永效两双双"和"枫江堪作誓，大爱应天长"，口中喃喃说着："唯愿如此，唯愿如此啊！"又突然对着蔡荔娘说道："你说呢？我的娘子！"

蔡荔娘心头一热。她望着他，红着脸应了一声："相公……陆郎！"

本来就楚楚动人的新娘子，此时眉眼含羞，红唇微启，声音轻细得像燕子呢喃，一副怯生生的模样儿，人见犹怜。陆秀夫拉起她的手轻轻抚摸，微笑着说："男怕入错行，女怕嫁错郎。你跟了我，不怕将来吃亏受苦和遭灾磨难吗？"

蔡荔娘想了想答道："妾身不才，但知天下大义。我嫁与您，并非因您位高权重，也不图什么荣华富贵，而是因您是爱国为民、善良正直的忠臣义士，是顶天立地的男子汉！您一心报国，我以身相许，能说嫁错郎吗？"她顿了顿，接着说道："大丈夫生于乱世，自当挺身救民，不避艰险。当今国家危难，我当与您共体时艰，休戚相同，患难与共，绝无后悔害怕之理。"

陆秀夫赞许地频频点头。忽听蔡荔娘又放低了声音，很不情愿似的嘟囔着："再者，不是还有'嫁鸡随鸡、嫁狗随狗'之说嘛！"一句俏皮话，说得陆秀夫哈哈大笑，蔡荔娘也不禁抿嘴笑出声来。

蔡荔娘已不再拘谨，她突然反问道："那么，您为什么愿意娶我？您也不怕找错人吗？"

陆秀夫爽朗笑道："我可是因事识人，顿生爱慕啊！"接着，他便把昨日清早观音桥头的见闻和感受细致说了一遍。当然，他也讲述了昨天夜里那个奇异的梦，袒露了自己的惶惑和顾虑，并谈及杨太后做主赐婚之美意。最后，他不无感慨："这么一位天仙般的奇女子，竟然与我如此有缘！真是不敢想、想不到啊！"

"陆郎既如此说，那么我对您也可算是因忠而敬、由敬生爱嘛！"蔡荔娘喜滋滋地说着。

"哦？是吗？"陆秀夫笑问。那语气，既有"受宠若惊"般的惊讶和欣喜，又隐含着些许疑问。但是，他很快就在蔡荔娘的眼神里读到真诚和肯定，心里一阵感动。他伸出手去，扳着蔡荔娘的双肩，深情地凝视她的眼睛，郑重说道："是啊，咱们这正是两情相悦、两心相知、志同道合、惺惺相惜。"

陆秀夫的话匣子一打开，竟也是源头活水，滔滔不绝，把一肚子知心话灌入了蔡荔娘的心田。蔡荔娘幸福地笑着，从碟盘里拈起两颗已剥去外壳的荔枝，喂进陆郎的嘴里。陆秀夫品尝这罕见的甜蜜，说道："苏东坡老先生曾说过，'日啖荔枝三百颗，不辞长作岭南人'，他哪知这枫亭荔枝更是美味！"

"这么说，您也愿意留下，长作我们枫亭人了？"

"愿意，愿意！不过，究竟是荔枝留人，还是荔娘留人？"

"都留，都留嘛！"

说到这里，蔡荔娘禁不住开怀大笑起来，笑得凤冠霞帔一阵乱颤，插在头上的那片枫叶竟被抖落下来。陆秀夫一把接住，见是一片树叶，不解地问道："你因何缘由而戴它？"

蔡荔娘接过树叶，认真说道："这虽是一片普通的枫树叶子，但因为伴我出生而来，所以父母视之为宝物。母亲还给它起个名字叫'丹心枫'，说是上天赐给我的出生礼物呢！"蔡荔娘呵呵笑着，又把枫叶递与陆秀夫，俏皮地说："今天，它也随我一起嫁给您啦！"

"既如此说，真是不一般哩！"陆秀夫得知这枫叶故事后，仔细捧着，颇感兴趣地端详起来。只见这片红叶，比普通枫叶要大，也厚实一些，虽已干枯，但干而不瘪，枯而不萎，不但形状完整，而且叶片依然挺括、舒展，彰显着活力；颜色虽已褪去，没有了鲜艳的光彩，但也沉淀、浓缩成为一种棕红，看上去依然斑斓夺目。最奇怪的是，这枫叶就像浸润了某种香料，时隔十七年了，居然还散发着幽幽的清香。陆秀夫对着叶片猛吸一口气，一股闻所未闻的香气慢慢沁入肺腑，他陶醉般地叹道："一叶胜百花，奇香暗袭人！"

"山林野趣而已，承蒙相公如此夸奖，妾身谢过了！"蔡荔娘一边说着，一边咯咯笑着，夸张的表情和动作引得陆秀夫也"哈哈哈"地笑开了。

欢声笑语在洞房荡漾，红烛前、帐幔间洋溢着氤氲喜气。他们宛然已是一对熟悉多年的至交挚友，尽情地进行着水乳交融般的融合和交汇，亲密而深切，彻夜到天明……

七月初七，美妙迷人的乞巧节。这一夜注定浪漫、温馨、多情，从天上到人间，亦从人间到天上。因为也正是在这一夜，那一对感天动地的千古情人——牛郎和织女，跨越过了迢迢银河，在鹊桥上幸福相拥，欢度他们一年一度短暂而宝贵的美好时光。

新婚之夜，对于绝大多数人来说都是终生难忘的。蔡荔娘嫁为陆家妇的第一个夜晚更是刻骨铭心。因为这一天本是她的十七岁生日，母亲本来已经为她准备了一份丰厚的生日礼物：翠钿金钏，瑶簪宝珥，锦袖花裙，鸾带绣履……没料想突然间换上了金灿灿、红艳艳的凤冠霞帔，笼上了金丝镶边的红盖头！从此，她将告别自己的学生时代，离开那严谨、紧张而又充满生机和朝气的书院生活；她也将告别自己的少女时代，要把那些带着浪漫情怀的憧憬和幻想，还有那偶尔显现的任性和些许的娇气、稚气，统统收藏起来。她已成为一个有夫之妇，更重要的是，她已不再是一个普通的民间女子，而是朝廷命官的内眷，是赫赫有名的陆秀夫大人的侧室。从今而后，她将妇随夫唱，与他同呼吸、同甘苦、共哀荣、共进退。她的命运，已与朝廷重臣陆秀夫大人紧紧联系在一起了。对这些，她过去也曾经有预感、有揣测，甚至也有向往和期待，而如今竟全然变成了现实！这变化也太快了，仅仅在一夜之间！蔡荔娘反而有点不敢相信，反复几次狠狠掐了胳膊大腿，那真真切切的痛感，才让她最终相信这不是梦境。"是的，这是真的，这一切都是真的，确切无误：我蔡荔娘现在就属于陆秀夫，陆秀夫就是自己的郎君。"她忽然感悟到，原来这就是上天赋予自己的使命，这就是冥冥之中的安排！

从现在起，蔡荔娘就开始忠实地履行使命，担当起夫君的生活伴侣和工作助手。她的工作中有一项特别任务，就是负责整理陆秀夫的一堆文稿。这是陆秀夫对入闽之后特别是赵昰皇帝福州即位以来朝中决策、军政部署等事项的重要记载，因为是片段的、分散的原始记录，所以需要一个细心的人把它们仔细梳理、誊写并装订成册。这是蔡荔娘从未触及的工作，从未涉足的领域。打开厚厚的文稿，她仿佛进入了一方新天地。在这里，她得知了当时的诸多机密和史实，也进一步了解了陆秀夫广袤而丰富的精神世界。

沉浸在丰厚文稿中的蔡荔娘，眼前不时地浮现出一幅幅纷繁复杂的景象。

两个多月前的福州。五月初一，干支乙未，是黄道吉日。福州城郊平山堂正殿装饰一新，益王赵昰即皇帝大位的盛典正在举行。群臣们穿戴光鲜亮丽的朝服，整整齐齐地上殿列队，恭恭敬敬地奉迎年仅九岁的小皇帝坐上金銮宝座。"万岁，万岁，万万岁！"群臣三呼毕，忽然殿后"轰隆"一声巨响，像晴天霹雳，回旋在半空中；随即一团黑色烟雾升腾而起，瞬间在殿堂里弥漫开来。众人皆大吃一惊，杨太后花容失色，小皇帝也吓得哭了。面对这"不祥之兆"，陆秀夫先是一怔，但马上又镇定下来，快步迎上去扶住幼主，继续演绎典礼。陆秀夫沉静地说道："什么兆头不兆头！要是真的有预兆，这个异常响动嘛，兴许正是除旧布新、江山再造的吉兆呢！"短短一番话，顿时稳定了人心。

少帝初立，行朝新建，但朝廷气象毕竟大不如前，一些官员怀有临时苟且观念，行事忙乱，上下无序，许多典章制度流于形式或干脆荒废。比如上朝之时，只有陆秀夫和苏刘义等少数几人仍然恪守朝规，大热天里也冠带齐整，执笏正立，从不怠慢，而其他官员大多懒散随意。陆秀夫看在眼里，急在心里，忙上奏皇上和太后："无规矩不成方圆，无纲纪哪像朝廷？大宋要振兴，朝廷首先要振作。今日之计，宜大力整肃！"在杨太后支持下，他依循大宋惯例和临安旧制主持建立了一整套礼仪、奏议、行政、吏治、奖罚等制度，并倡议制定了徭役、税赋法条和兵员募集、粮草筹措办法，使得军事、民政都有章可循，有法可依。赵昰皇帝登基典礼时被异常响震毁坏的殿堂也重新整修装饰，正殿改成垂拱殿，便殿改成延和殿，文官武将上朝奏议办事逐渐遵守规范，行朝运作开始步入正道。此外，陆秀夫还奏请朝廷，将福州升为福安府，改兴化军为兴安州，并调整充实了福州及周边地区的官吏和兵力，以加强这些地区的治理和防卫，拱护行朝安全。新建立的朝廷，终于出现了勃兴势头。

　　大宋朝数百年来不乏党派之争，熙宁变法与新旧党争、庆历新政与党争、元祐党人事件、庆元党禁，以及历次主和派与主战派的斗争，都消耗了大量人力、国力。即使今天国势如此衰微，小朝廷内仍有陈宜中等人争权夺利，弄权滋事。陈宜中原任度宗、恭宗两朝的知枢密院事兼参知政事等职，位高权重，在朝野有一定影响。特别是他曾以显文阁待制知福州，在任一年多，给当地百姓留下的印象尚好，此时赵昰在福州建立新朝并要在福建扎根和发展，尚需倚重于他。但他心胸狭窄，喜好玩弄权术，文天祥、张世杰等人均不愿与之共事。面对这一矛盾，为了维护来之不易的新局面，陆秀夫便极力规劝文、张等人顾全大局，不计其恶。他对他们说："忍一步风雨静，让一步天地宽。为谋天下大业，且忍且让吧！"陆大人的忍让和宽容，暂且调和了各派别的关系，从而在新朝初立时期形成了一个较为稳定和具有影响力的领导中枢。但是，随后不久，担任左丞相兼枢密使、都督诸路军马的陈宜中就又故态萌发，依旧嫉贤妒能，且以三朝元老自居，专擅朝政。为了加强自己的势力，他还特地安插了一批自己的心腹担任监察御史，用于监视和压制与自己政见不合的大臣，也不管战事多紧、形势多难，动不动就对自己看不惯的文臣武将搞"弹劾"，甚至还暗中指使几个谏官造谣中伤陆秀夫。对陈宜中这一套或明或暗的歪门邪道，陆秀夫则一概佯作不知，若无其事一般，依然勤勉政事，为支撑危局而日理万机，有的时候还主动登门，找他们议事。为这事，苏刘义等人看不下去了，曾经主张陆秀夫应敢于理论，但陆大人摆摆手，说："罢了罢了。有曰：'君子之道，为而不争。'"

　　从这一系列景象中，蔡荔娘既看到陆秀夫的沉稳、坚毅，又领略了他的耿直、执着，还认识到他委曲求全、忍让求和、忍辱负重的另一面。但是，这些显然属于不同类型的品格和秉性，陆大人如何能够融合于一身？又为的是什么？答案应该只有一个，那就是为了大宋朝廷，为了江山黎民！沉稳坚毅和耿直执着是出于对朝廷、皇上的忠贞，以及对江山社稷、黎民百姓的负责；而对奸邪和逆境的忍耐、忍受，也正是顾全大局、相忍为国的需要。陆郎品质难能可贵啊！

蔡荔娘这么想着，心里愈发对陆秀夫敬重。

陆大人如此坚贞为国，勤勉奋斗，其精神诚然可嘉，但是，陆大人一心为之奋斗的事业真的还有希望吗？难道大宋朝廷真的还能中兴、大宋江山真的还能恢复？这些疑问，常常萦绕在蔡荔娘心头。

蔡荔娘想到这些问题，就会想起坊间流传的一段歌谣："宋朝廷，气数尽；三百二，天意定。"那是一个多月前出现在塔斗山一块石头上的文字。那天早晨雾气弥漫，她上学路过当年何氏兄弟结枫为亭的地方，一眼看见那块大石头上爬着许多蚂蚁，再仔细一瞧，原来蚂蚁聚集而成的竟是这么一些文字！这些文字虽然大小粗细不一，但内容依稀可辨。蔡荔娘乍看一笑，因为她联想起老祖宗蔡襄当年耍过的"把戏"。传说蔡襄出生之前，其母卢氏在泉州洛阳江万安渡口乘船过海遇上大风浪，深感交通不便给百姓出行造成的困难和危险，便许愿肚中所怀孩子生下后，将来一定让他来这里建造一座大桥。蔡襄长大并考中进士，进京当了官。但他念念不忘母亲的心愿，时刻盼望能有机会回泉州造桥。有一天，他事先在芭蕉叶上用蜜糖写了字，引来蚂蚁争食。仁宗皇帝经过时看到蚂蚁黑压压地组成许多字，便张口念道："蔡襄蔡襄，泉州做官。"话音刚落，躲在一旁的蔡襄倒身便拜，口称"微臣接旨谢恩！"皇帝知道这是蔡襄预设的圈套，自己上当了，但皇帝的金口玉言岂能不算数？再者仁宗皇帝也欣赏蔡襄为民造福的诚心，便真的派他回福建当泉州知府，让蔡襄得以完成建造洛阳桥的壮举。眼前这些文字，该不是哪位好事者模仿蔡襄手段而依样画葫芦？蔡荔娘这么揣测，就再靠近细看，可是除了闻到一股异味之外，并未见到石头上粘有蜜糖或其他别的什么东西啊！难道这蚂蚁有灵？难道这真的是……天意？蔡荔娘顿时茫然。随后她下山来，就听到已有孩童在传唱这段歌谣了。

这歌谣传播的同时，还有一段据说出自安空和尚之口的"天道轮回"之说，也在乡里间流传：宋室之兴，起于后周显德七年（960年），时周恭帝年幼，由太后垂帘听政，赵匡胤趁机接管政权，建立宋朝；宋室之亡，于德祐二年（1276年），失在度帝幼子、小皇帝赵㬎之任，非但有"显德"二字，且赵㬎亦年幼，也有太后在上主政，两者十分相似。此乃"得之孤儿寡母、失之孤儿寡母"，兴亡之数，天意若然……

"气数论"和"天道轮回"的说法，有鼻子有眼，让人不得不信，蔡荔娘听了也倒吸了一口冷气。

对于"宋室之兴"，读过史书的蔡荔娘自然清楚。

三百多年前，五代时期的后周王朝，历经周太祖郭威、周世宗柴荣两朝之后，由柴荣之子、年仅六岁的柴宗训继承皇位，柴荣临死前册立的皇后符氏当了皇太后，临朝听政，协助幼帝。而实际上，这孤儿寡妇什么也不懂。显德七年正月初一，即位不久的周恭帝柴宗训和他的群臣们正忙于庆贺春节。朝廷拜年的礼仪尚在进行，突然接到北方边关的紧急奏报，北汉与契丹两个邻国联合入寇，进攻中原，周恭帝和皇太后即派禁卫军统帅、殿前都点检赵匡胤率大军前去迎击二寇。赵匡胤率军行至开封东北的陈桥驿，赵普、李汉超等一批将领把一件黄袍披在赵匡胤身上，拥他为帝，这就是"陈桥兵变""黄袍加身"。接着，周恭帝柴宗训写了禅位诏书，赵匡胤正式登上皇位，宣布建立大宋。

那么，"宋室之亡"呢？临安失陷后，宋室虽"亡"而未终。如今新帝虽已再立，但大势依然不好，江河日下，风声鹤唳，陆大人和赵昰小朝廷还能回天有术吗？难道真的是"气数已尽"，真的有"天道轮回"？

对此等事，蔡荔娘一直满腹疑惑，总想找人问个明白。

终于有一天，蔡荔娘怀着疑虑，带着担心，谨慎地向陆秀夫探询和求教。于是，两口子有了一番促膝长谈。

陆秀夫告诉蔡荔娘，大宋朝其实是一个很不错的朝代。他说："后周末期，我朝太祖赵匡胤接受周恭帝禅让，即位大统建立大宋王朝，继而完成江山一统，结束了'五代十国'、诸侯割据的混乱时代，黎民百姓得以走出连年战乱而休养生息。此后数百年来，历代圣上虽然也有诸多不是，甚至出现不少重大失策，但总的看尚能注重民生，开发农桑，奖掖工技，鼓励商贾，且大力办学兴教，开导风化，使得物产逐渐丰盈，百姓日益富足，国朝经济、文化皆大发展，一度成为普天之下屈指可数的强盛之邦。但可恨北方游牧民族对我朝虎视眈眈，三百多年来先后有辽、夏、金、蒙古，屡犯边域，侵我国土，杀我同胞，掠我财物，我朝军民连年抗战，糜耗国力，生灵涂炭，元气大伤。即使'靖康之难'后我大宋国朝不得已退居江南，但亦难得偏安，朝廷与百姓仍不时为战乱所苦，虽和议休战、纳银贡币，亦不能安民乐土。特别是强悍骄横的蒙古王公贵族，恃强欺人，务欲灭我大宋，要将我君臣军民赶尽杀绝！此役自理宗端平二年窝阔台发兵南侵以来，已历经四十余年，直至今日！面对元军的疯狂践踏，我广大同胞坚韧不屈，前赴后继，殊死抵抗，英勇斗争，诚可敬也！只可惜今年开春临安城破，又有大片河山沦陷敌手，恭帝和太皇太后还被掳往北方，铸成又一莫大国耻！现如今景炎皇帝、杨太后和朝廷辗转闽中，流离颠沛，前程未卜……"

陆秀夫说到这里，语气中难掩伤感，脸上写满凝重。

听陆大人提到"前程未卜"，蔡荔娘心中自然愈加沉重。此时，她只能安慰道："大人也别过分担心，朝廷也许会有转危为安、重整河山的一天。"

"但愿如此！不过，大势已去，恐难扭转乾坤。"

"可是，相公您不是还在奋斗，张世杰、文天祥和那么多英雄豪杰、仁人志士不是都还在奋斗吗？"

"奋斗是必须的！天意诚难违，国运犹可造。我大宋至今仍有五千里江山可与敌周旋，有几十万军队可与敌抗衡，只要全体国人同仇敌忾，朝廷运筹得当，大宋朝或许可以恢复旧山河、再次振兴。因此，只要有一丝希望，我们就要奋斗！只要一息尚存，我们都要奋斗不止！退一步讲，即使我大宋朝真的不幸气数已尽，吾辈亦当陪伴始终，与宋室社稷共存亡。这是作为臣子对朝廷尽忠的本分，也是当官的对天下百姓应尽的责任。正所谓'听天命、尽人意'啊！"

"赤胆忠心，光昭日月！"蔡荔娘由衷地赞叹。现在，她完全明白了陆大人的心迹，对他也更加爱戴，闪着泪花的眼睛含情脉脉地望着陆秀夫，无声地说着："伟哉，大丈夫！伟哉，我的陆郎！"

蔡荔娘心里充满感慨：国祈泰，民求安，惨遭蹂躏的宋室朝廷和饱受苦难的黎民百姓多么需要休养生息，陆大人的使命多么艰巨！但愿苍天有眼，助陆郎一臂之力，赐朝廷一线生机，还百姓一方安宁！还有，我蔡荔娘和陆郎的生活也才刚刚开始，祈愿上苍怜悯我们，赐给我们宁静，赐给我们欢乐，让我们能够长长久久……

第六章　活水亭畔两鸳鸯

　　人逢喜事精神爽。人们发现新郎官陆秀夫这几天无论走到哪里、无论办什么事情都是带着笑容，偶尔还可以听到他的笑声。大家觉得，这与他一贯的沉默和沉稳不一致啊！自然，就有人笑他："陆大人新婚大喜啊！"

　　其实，这不仅是因为新婚燕尔和情爱滋润，还因为他的亲密战友——正在闽北南剑州开府募兵的文天祥，近日传来了好消息：募兵活动进展迅速，南剑州的勤王义军已多达六万人！这令人振奋的好消息，足以让他喜形于色！

　　在宋朝末年的艰苦岁月里，文天祥和张世杰、苏刘义等人一样，是陆秀夫可以信赖、可以依靠的挚友和战友。而他与文天祥因为是同科进士，又多了一层同年之谊。更重要的是，文天祥面对国难屡屡挺身而出，令陆秀夫由衷地感佩和敬重。陆秀夫清楚记得文天祥这几年的所作所为。

　　咸淳十年（1274年）冬，伯颜率领二十万元军从襄阳沿汉水渡过长江，准备顺长江东进，一举消灭宋朝。而这时的宋室朝廷，正值度宗皇帝病逝，年仅四岁的赵㬎小皇帝刚刚继位就面临极大的危险。远在江西赣州担任知州的文天祥，毅然带着老母亲和全家人招兵勤王，并赶赴两浙抗元斗争最前线，投入救援常州、守卫平江的战斗。为了解决勤王队伍的粮饷问题，他还带头捐献出了全部家产。

　　德祐二年（1276年）正月，伯颜率兵抵近临安城逼迫赵宋朝廷投降。一直坚持主战的文天祥再次向朝廷上疏，请求太皇太后、太后和皇帝立即撤离，自己留下来率领全城军民背城一战，但未获同意。太皇太后谢道清决定"奉表称臣"，把国玺送给伯颜，并派人前去求和投降。在留梦炎、陈宜中两个丞相相继逃跑后，朝廷任命文天祥为右丞相兼枢密使，统率诸路军马。朝廷是想让他来收拾残局，代表宋朝政权出使元营，去与伯颜接洽投降事宜，而文天祥则与伯颜针锋相对，强烈谴责其侵略行为，要求元军先行退兵，再谈和议。他在强敌面前正气凛然，连伯颜也不得不暗自惊奇。

还有，伯颜把文天祥拘留后押往元大都，一是怕他猛虎归山，再次组织抵抗力量来与元王朝作对；二是想笼络他为元帝国效劳。然而，怀有"臣心一片磁针石，不指南方不肯休"坚定信念的文天祥，竟然能从重兵守押的缝隙中脱逃而去，经过几十个日夜的煎熬和奔波，终于到达福州，回到了故国的怀抱，重新投入抗元的未竟事业……

正因为这些，陆秀夫把文天祥视为亲密战友，引为自己效法的榜样。

南剑州位于闽江上游剑溪、沙溪交汇处，城池依山而建，四周群山环绕，地势险要，区位特殊，西面可屏障闽江上游，向东可以支援福州，向南则可朝闽西扩展并进而联结江西、粤北。因此，把这里建设成为抗元斗争的基地，意义十分重大。现在文天祥用很短的时间就取得如此重大的成果，真是可喜可贺啊！

陆秀夫心中涌动着对战友的思念和敬佩，他想，对文天祥的大忠大勇和卓著功勋，朝廷应予特别表彰！于是，他奏请皇上和杨太后同意，代笔草拟了《奖谕文天祥诏》，饱含深情地对文天祥进行了一番褒扬和勉励：

……才非盘错，不足以别利器；时非板荡，不足以识忱臣。昔闻斯言，乃见今日。卿早以魁彦受知穆陵，历事四朝，始终一节。敌氛正恶，鞠旅勤王，皇路已倾，捐躯殉国。脱危机于虎口，涉远道于鲸波。去桀就汤，可观伊尹之任；归周避纣，咸喜伯夷之来。方先皇侧席以需贤，乃累疏请身而督战。精神鼓动，志气慨慷，以匈奴未灭为心，弃家弗顾，当王事靡临之日，将母承行。忠孝两全，神明对越。虽成败利钝非能逆睹，而险阻艰难，亦既备尝。如精钢之金，百炼而弥劲，如朝宗之水，万折而必东……

拟就诏书，陆秀夫的心情依然久久不能平静。与以往一样，每每提及文天祥，他都感念丛生，心潮澎湃。事业相同，理想相同，志趣相同，秉性相同，他们的心是相通的，命运是相连的。"虽成败利钝非能逆睹，而险阻艰难，亦既备尝"，是啊，他陆秀夫与文天祥，以及张世杰、苏刘义等尚在殊死奋斗的战士们，不都是只讲尽职尽忠、不计成败得失的"痴人"吗？陆秀夫十分庆幸自己有这么一伙志同道合的战友，多年奋斗生死与共，一路走来无悔无怨，执着一念，百折不回，时至今日，还能在这凄风苦雨中同心协力，一起支撑着国家的危局，让命运多舛的大宋朝尚能保有东南沿海这一片蓝天！同时，他也暗自庆幸，自己这次能在枫亭结缘蔡荔娘，从此生命中多了一位志同道合的红颜知己——荔娘这个乡间女子，她的志向、抱负、胆识和胸襟，与吾辈这些高居庙堂之上的七尺须眉相比，其实是丝毫不让啊！

"能拥有你们，真是一种幸福。"陆秀夫想到这里，嘴角翘起，现出了一丝微笑。

这天傍晚，夕阳西下，彩霞绚丽。陆秀夫和蔡荔娘双双倚靠在活水亭围栏边，凭栏眺望枫慈溪美景。忽然，蔡荔娘叫道："相公您看，您看呐！"陆秀夫顺着荔娘的手指望去，只见不远处的芦苇丛间，漂游着两只彩色的小动物，它们在水面轻盈地扑闪腾挪，翩翩然，悠悠然，顺流而下，眼看着往活水亭这厢靠拢过来。哦，那是一对鸳鸯啊！其中一只羽毛艳丽，头顶紫褐色羽冠，两翼的上部呈黄褐色，而另一只则通体苍褐色。它们形影相随，一左一右，引颈追逐，凫水嬉戏。晚霞映照的平静水面，被这两只可爱的小精灵划出一道浅浅的弧线，泛起阵阵金色的涟漪。多美的景致啊！陆秀夫心中赞叹，下意识地拉过荔娘的手，捧在自己手心。他告诉荔娘，这鸳鸯是世间最有情义的生灵，它们飞则同振翅，游则同戏水，栖则连翼交颈而眠。就连相处位置也常常是雄左雌右，一般不乱方寸。雌雄始终不离不弃，若一者先失，另一者便相思而死，故又谓之"匹鸟"。说着说着，他忽而吟咏道：

和鸣一夕不暂离，交颈千年尚为少。

蔡荔娘知道这是唐代李德裕《鸳鸯篇》的名句，也脱口念出金朝元好问的诗来：

海枯石烂两鸳鸯，只合双飞便双死。

见陆秀夫愣着看她，蔡荔娘俏皮地说："这多情鸳鸯啊，难不成只为您所钟爱和仰慕？"陆秀夫听罢哈哈大笑，接着念出杜牧的诗句：

尽日无人看微雨，鸳鸯相对浴红衣。

蔡荔娘也接着低声咏诵：

合昏尚知时，鸳鸯不独宿。

这是杜甫的诗作。陆秀夫即以李白的诗句作答：

七十紫鸳鸯，双双戏庭幽。

蔡荔娘又念道：

梧桐相待老，鸳鸯会双死。

这两句出自孟郊的乐府诗《烈女操》，意思是：梧桐两树枝叶覆盖厮守终老，鸳鸯双鸟出入相随依偎至死。陆秀夫听了，却皱起眉头："哎呀，娘子为甚喜欢'老''死'这等感伤之词？"

听到自己的相公如此发问，蔡荔娘想了想，表情庄重地回答说："但凡世间人物，往往不能只看一时一事。须到老方显晚节，也须至死才见真情。鸳鸯之可爱，正是在于它们能够把忠诚的美好品性保持到老、到死，真正做到了忠贞不贰、至死不渝。孟郊老夫子这诗意深矣！"

说得对啊！陆秀夫频频点头。他把赞赏的目光投向荔娘，觉得晚霞里的她更加娇艳了，不由得心里一动，一把拉将过来，紧紧地抱在怀里，对着她水嫩嫩的荷花般的脸庞，猛然一阵狂吻。他吻得那么忘情，那么沉醉，就像饮啜着人世间最香醇的美酒。

骄阳早早就晒到活水亭，映照得白色的茉莉花、红色的夹竹桃格外耀眼，美人蕉那宽大的叶片一闪一闪地发着亮光，几只黄莺儿在院子里的花丛间欢快地跳跃鸣叫，还有一对小雀儿则躲在墙角唧啾呢喃。

经过连续许多天的勤勉工作，蔡荔娘已经将陆大人的文稿整理停当。这时，她又精心制作了一页封面，庄重地写上"闽中纪事"四个大字。她轻轻放下笔，走到窗口，长长地舒了一口气。抬眼望去，枫慈溪宽阔的水面平静如镜，那鸳鸯们也不知躲到哪里去了？陆大人一早已经上朝议事，她突然觉得寂寞起来。按照母亲吩咐，新婚娘子不便随意外出，可真珍这小妹子怎么就不来看我呢？半个多月了，真想她呢！蔡荔娘正寻思着，忽然，院子里鸟儿噗噗飞起，真珍一阵风似的飘了进来。蔡荔娘一愣，两个人呼啦一声扑到一起，抱成了一团。

少顷，蔡荔娘缓过劲来，戳着真珍的鼻子："你这无情无义的小丫头，是不是跑去了爪哇国？"

"别冤枉好人啦，谁忍心打扰你的新婚？可是我实在忍不住了，还是偷偷跑过来看你啦！"真珍说得实诚，蔡荔娘转嗔为喜。

"怎么样，幸福的新娘？"真珍忙不迭地上下打量蔡荔娘，嘻嘻说道："真是更漂亮啦！看得出来，陆大人待你这位小娘子一定是视若珍宝！"

一句话说得蔡荔娘脸颊绯红。那绯红既是难以掩饰的娇羞，也是无须隐瞒的满足。新婚的幸福和夫君的厚爱自不待说，但她似乎听出真珍话语中隐隐含有其他的意思……她嗔怪般打了真珍一下，说："死丫头，你也这么讲！"

这也难怪蔡荔娘她太敏感，乡里街坊不是也有"老夫少妻"的议论吗！不过，蔡荔娘觉得：自己和陆大人年龄上的明显差异确是事实，但年龄并非婚姻的障碍，我们两个难道不是幸福的一对？哦，正是由于年龄差距，自己与陆郎相较于普通夫妻多了一些别样的感情，也让自己感受到了更多的与别人不一样的幸福和欢乐。这一点，在老同窗和闺中女友面前何必隐瞒呢？因此，蔡荔娘敞开心扉，对真珍真诚以告："婚姻之要，在于感情；感情之要，在于得人。人逢知己，便赏心悦目，便亲如手足。不瞒你说，陆大人对我确是十分爱护，疼爱如子女，呵护如幼犊；而我对他亦更为敬重，敬之如父兄，尊之如师长。我们之间坦诚相交，意气相投，处之如友，相敬如宾。婚姻如此，平生足矣！"

蔡荔娘尚未说完，真珍已听得呆了："天哪，多么美妙的人生境界啊！"看她那神情，一半是感叹，一半是向往，显得滑稽而可爱，引得蔡荔娘不禁嫣然一笑。

真珍兀自沉浸在自己的思绪中："如此看来，'父母之命、媒妁之言'也不乏金玉良缘呢！"

"小妹你说得正是。不过，我这姻缘，虽遵父母之命，亦拜太后之赐，但也是我自己的心愿。姐姐告诉你吧，这陆郎确实是我属意之人！"说着说着，蔡荔娘忍不住把认识陆秀夫之后的整个心路历程，动情地向小师妹和盘托出。

光阴荏苒，蔡荔娘婚嫁已经一个多月了。

按照母亲杨氏从观音亭问卜求签得到的神灵指示，荔娘这一桩婚姻非同一般，为图吉利，新娘子应当一个月待在家中不得出门。那么，现在她可以走出家门了。恰好今天是中秋节，天高云淡，风清气爽，蔡荔娘便与陆秀夫相携外出赏秋。

他们首先来到城北锦岭上的将军山，这里建有蔡襄陵园。山腰间那高高耸起的坟茔，安葬着忠国惠民的庆历名臣蔡襄先贤。

蔡襄字君谟，生于连江里东宅赤岭村。天圣八年（1030年）登进士甲科第十名，初授漳州军判官，升西京留守推官，改著作郎、馆阁校勘，后任开封、福州、杭州等地知府，以及权三司使、福建路转运使等职，又曾拜翰林学士、龙图阁直学士、端明殿学士。治平四年（1067年）丁母忧期间卒于家乡，英宗追赠吏部侍郎，后又追加少师，赐谥"忠惠"。后人在故里选择此处胜地，将其隆重安葬。整个陵园方圆六十亩，坐东朝西，前瞰驿道田畴，后倚锦岭青山。墓前排列石翁仲、石羊、石虎、石马，陵园正门上方嵌着一方大石匾，刻着文天祥敬挽的"庆历名臣"四个大字。欧阳修撰写的墓志铭矗立在墓室前方开阔位置。墓的两侧栽有甘棠二树，周围还有松树、榕树等常青乔木以及各种花卉。绿荫芳草，晨曦晚霞，肃穆而静谧，陪伴忠魂千古万年。

蔡襄是枫亭蔡家人的骄傲，蔡荔娘从小就听父亲讲述蔡襄的故事，对这位先辈的事迹，她掰着指头可以数出一大串：为人端正，为官清廉，上敢直谏皇上、弹劾权相，下能疏导民俗、教习农桑，倡建泉州洛阳江万安桥、莆田五塘水利工程、福州至泉州和漳州的七百里林荫大道，编撰《茶录》《荔枝谱》，创办学馆、书院，精于书法、专长诗词……由此，蔡荔娘对蔡襄非常崇敬，因而就约了陆大人一同前来瞻仰。

陆秀夫对蔡襄也是景仰已久，将他视为楷模。此时，他想起了朱熹早年特地来此拜谒时为蔡襄撰写的那篇著名的《诔词》，不禁心头肃穆、心潮激荡。他趋步向前，站在墓前深情一拜，便一字一句地念诵起来：

>经纶其学，高明其志，立论中朝，尽心外寄。嗟公之忠分三谏有诗，诵公之功分万安有碑。楷法草书，独步当世。文章青史，见重外夷。丹荔经其品藻，诸果让其清奇，郑重于欧阳，清纯而粹美，屡功于皇祐，得谥于淳熙。前无贬词，后无异议，芳名不朽，万古受知，英雄不偶，呜呼几希！

陆秀夫把朱熹这一篇《诔词》念诵得行云流水，态度恭谨，声情并茂，蔡荔娘在一旁看得呆了，心里想：难得陆郎对蔡襄前辈这般真诚和敬重！看来普天之下的忠臣良士们的心灵都是相通的。

拜谒了蔡襄陵园，他俩继续北行，不一会儿即登上梅岭。梅岭东西走向，绵延数里，以盛产梅子而得名。这里的梅子个头硕大、津液饱满、酸甜适口，还有止吐泻、防中暑的功效。每到春夏之交，满山满坡的梅子树都挂满了黄澄澄的果实，那扑鼻的梅香引来了四乡八里的乡亲，人们尽情采摘和享用，梅岭因而更加闻名。

梅岭是观察枫亭山川地势和奇秀风光的又一绝佳所在。这里山高林密，地势险要，连江里与盯谷里在此分界；又是南下泉州、漳州，北上仙游、莆田及福州的必经关隘。朱熹当年路过枫亭，曾写下《登梅岭》一诗：

>去路霜威劲，归程雪意深。
>往还无几日，景物变千林。
>晓磴初移屐，寒云欲满襟。
>玉梅疏半落，犹足慰幽寻。

这篇诗文就题刻在梅岭半山腰的朝天寺内。

朱熹描述的是寒冬情景，而此时是中秋时节，站在关隘当口，劲风呼啸，沙石骤起，惊鸿冲天，满目飞云，自又是一番气象，令人不免有"凭栏临风，世道苍茫"之感慨！

蔡荔娘和陆秀夫闪在背风处向南俯瞰，枫亭城区和塔斗山全景尽收眼底。陆秀夫拿出一幅地图，在上面标点着什么。蔡荔娘见状，忽然想起老辈人传说的陈洪进"献图表忠""纳土归宋"的故事。宋太祖建立新朝后，便开展了消灭地方割据、一统天下江山的南征北战。枫亭人陈洪进时任南唐清源郡节度使，割据漳泉二州之地。为避免战争，使家乡人民免受兵火之苦，陈洪进在隶属南唐后主李煜的同时，上书赵匡胤表忠，向宋朝进贡金银、象牙、乳香等财物。宋太祖授予平海军节度使，兼泉、漳二州观察使、检校太傅，赐"推诚顺化功臣"印。开宝九年（976年）宋太宗即位后，陈洪进顺应历史潮流，主动献出漳、泉二州及所辖的莆田、仙游、惠安、南安、同安等十四县归入宋朝版图，被授为武宁节度使、同平章事。据说宋太宗曾亲自巡幸这片富庶宝地，圣驾莅临枫亭时，陈洪进还赶到梅岭迎接。为表彰陈洪进对舆图统一做出的贡献，朝廷晋封他为杞国公。病卒后，宋太宗御赠为中书令，谥号"忠顺"，并追封为会稽东海南康郡王。

蔡荔娘将这段往事娓娓道来，崇尚先贤、爱国爱乡之情溢于言表。陆秀夫记得蔡曰忠也提到陈洪进的故事，他忽然发现，荔娘这神情，与其父亲何其相似乃尔！

陆秀夫听蔡曰忠说过"枫亭与国朝渊源颇深"的话，如今听着蔡荔娘的叙说，他就在想：看来，这枫亭的天，枫亭的地，枫亭的人，枫亭的事，真的与我大宋朝有着悠远而深厚的关联啊！他心怀感激地看着荔娘，好像此刻她就是钟灵毓秀的枫亭。

秋风飕飕，把蔡荔娘的斗篷吹拂得上下翻舞。陆秀夫赶紧跨上一步，挡在荔娘前头，又把自己的披肩解下，搭在荔娘肩上。他要让吹到她身上的风少一点、轻一些。蔡荔娘拉住他的手，靠着他的臂膀，依偎着前行，心中充满幸福感。她曾听陆大人说过："男人的身躯钢筋铁骨，站起来，是一棵遮阴的树；坐下来，是一堵挡风的墙。"如今，这男人正在为自己遮阴挡风，她自然倍感温暖。

陆秀夫的身躯确是硬朗。那臂膀是结实的，那双手是粗壮的，甚至有些粗糙，手掌上还有老茧。蔡荔娘起初不解：陆秀夫一个书生出身的人，何以有这般身手？当然，在相处几天之后，看到他早晚锻炼，健身习武，她就全明白了。

原来，陆大人不仅是朝廷中枢官员，更是军中健儿。刀枪剑戟，样样拿得起放得下。他还带兵打仗，亲自上阵与元军面对面地厮杀，在瓜洲一战中曾亲手毙敌多人，就连李庭芝这位名将也夸他"文韬过人，武略超群，英武出众"。正因如此，他才能胜任签枢密院事、参赞都督军事等武官之职，宰相陈宜中也一度以陆秀夫"久在兵间、知悉军务"的缘故，经常向他请教，"每事先咨访而后行"。

梅岭北麓半山腰逐渐平坦，被人们辟出一处宽阔的平台，约有十丈见方，是平时乡勇练兵的地方。陆秀夫一看这个所在，顿时来了兴致。他拔出随身宝剑，跳入场中，唰唰唰挥舞起来。

蔡荔娘知道，这套剑法叫作"青龙劈山"，因为她看过父亲习练。但是，陆大人出剑迅速，回抽敏捷，挥劈刚劲，击刺勇猛，身随剑飞，步伐轻盈而稳健，这些远非老迈的父亲可以相比。宽大的平台上，这时只见寒光闪闪，只听冷风飕飕，山野间的一切都黯然失色，变得悄无声息。忽然，林子里飞起两只鸟儿，大黑鹞追着那小黄莺，眼看就要咬上了。但见陆秀夫凌空而起，腾腾腾飞跨三步，挺剑刺去，剑锋在空中划出一道优美的弧线，尾锋一闪，大黑鹞"嘎"的一声，应声落地。啊，这就是"三级追风"——有名的奇招、高招啊！蔡荔娘虽听父亲描述过，知道它的神奇和厉害，但今天一见，还是惊诧得目瞪口呆，好久才回过神来，一边拍手一边大声叫好！陆郎年近四旬却如此矫健，英姿勃发不减青春少年，蔡荔娘当然打心眼里敬佩和高兴。

蔡荔娘用袖子为夫君拭汗，陆秀夫也有些累了。山下有个寨子，他们就走过去讨水喝。寨子属旸谷里，与枫亭同隶于唐安乡。虽为同乡之地，但蔡荔娘从没来过这里。一位姓杨的老翁热情地接待他们，给他俩斟上红糖茶水。老翁自我介绍，称自己系"满门忠烈"杨家将的后代，还煞有介事地说："我认得你们！"见两位客人诧异，老人笑了，用手分别指着他俩说："你是枫亭蔡曰忠的女儿蔡荔娘，你是朝廷大官陆大人，我看你们的装束打扮就知道了。前些日子听说你俩喜结良缘，没想到今天你们会光临我这寒舍啊！"

　　老人很健谈，确认了自己的判断无误，自然更是得意，也就更加兴奋地聊了起来。他说道："太阳只有一个，天下只能一统。现在我们立了景炎皇帝，可是北方还有一个蒙古皇帝霸占着我们的土地，那些土地从我们杨家将的时代就是咱大宋朝的，他们越占越多，得寸进尺，这怎么可以容忍呢？对这些强盗，你们要想办法跟他们拼啊！"

　　老人的话重重地敲击在陆秀夫心上。他想：此乃朝廷之耻，也是我这个朝廷命官之耻！这位老人的悲愤呼喊，道出了普天下同胞的共同心声。天下兴亡，匹夫有责，大宋子民皆当奋力救亡图存，何况是我这个身居高位的朝廷中人！"既然为官，就要有为。立着要撑起一片天，创一份基业，倒了也要守住一块地，保一方安宁。你们放心吧，秀夫当尽力而为，力拼到底！"他对着老人和荔娘说，也对自己说。

　　"陆郎啊，我的陆郎，一个坚强的男儿，一个负责任的男儿！家与国双重责任，都需要您去承担，真是难为您了！"一直默不作声的蔡荔娘，用眼睛把这心里话告知陆秀夫。

　　黄昏，落日，红霞散尽，夜幕四垂。紧接着，那轮圆月出现在天边，在云彩中穿行，若隐若现，不一会儿，就被厚厚的云层遮住了。

　　蔡荔娘抬头看天，不自觉地皱了皱眉头，嘴中轻吟："云遮中秋月，雨打元宵灯。这年冬不妙啊！"

　　陆秀夫忙问她念叨什么？蔡荔娘摇摇头，却并不答话，赶紧拉着他离开寨子，摸黑踏上了归途。

第七章　太平渡头怅离分

　　战争在激烈地进行。在淮浙、在江西、在广西、在四川，在一切尚未陷落的地区，宋朝的官军、民兵和老百姓都在浴血奋战，极力抵抗。而元军也以更猛烈更凶狠的声势，毫不停顿地发起进攻和打击。宋军只得且战且退，步步为营，前线不时传来一个个失利的消息。很快地，元军攻占淮东、浙南绝大部分地区之后，驱兵入闽，进逼建宁府、邵武军，矛头直指福州宋军大营以至枫亭的赵宋皇室而来。

　　面对如此恶劣的形势，杨太后和朝臣们商议，为了赵昰皇帝的安全，为了保存一定的实力，决定依然按照福州御前会议的战略决策，分水陆两路继续南迁。

　　朝廷和军队南迁是庞大的工程。其时，国朝军队主力仍在福建东北部地区，大部分需要从福州登舟入海，转移的官军和民兵计达十八万人。而赵昰皇帝和杨太后以及部分朝臣，则从枫亭出发，就近出海南下。

　　陆秀夫和众人忙着筹划和部署，已经两天没回活水亭了。这天晚上，他在仁王殿议完事，踏着明亮的月色回家。他想把自己即将跟随朝廷行动的计划告诉蔡荔娘，以便让她有所准备。可是，让她准备什么呢？跟自己一起走吧，刀光剑影，前途艰险，他不忍心；让她留下来吧，自此与她就要分离了，自己又实在舍不得。不过，按常理说，最好的办法当然是让荔娘留在她父母身旁，一家骨肉相伴相安为好，这样做自己固然不舍，但荔娘安全为重。可是，荔娘会同意吗？如何才能说服她安心留下呢？

　　陆秀夫一路想着，还没有想好说服蔡荔娘的充分理由，就来到了活水亭。

　　活水亭里静悄悄的。陆秀夫打开暗锁，轻启房门，瞧见荔娘斜卧床榻，和衣而眠，便小心翼翼地把她身子挪正。蔡荔娘浑然不觉，她睡得那么安谧香甜。皎洁的月光透过窗户，倾泻到屋里，她那洁白的肌肤也显得更有亮泽，从头到脚都泛出炫目的光芒。陆秀夫看得呆了，自成婚以来，他还从来没有这么仔细地观赏自己的如夫人。近来他常常想，在这战火纷飞、戎马倥偬的岁月里，在这乡野小城，竟有这么一位绝色奇女子陪伴自己，真是何等有幸！十年修得同船渡，百年修得共枕眠。而我如今得遇俏荔娘，该是千年万年的造化啊！这些天来，由于政事纷繁，自己并没有多少时间陪伴在荔娘身边；况且两人相处时，四目相对之下，彼此之间或许也还有那么一些矜持和羞赧。而此时，在蔡荔娘熟睡之际，面对荔娘迷人的身姿，这位严谨有度的谦谦君子，也难免情绪激烈、心旌摇曳。连日的疲倦，荔娘去留的思虑，所有所有的一切，都暂且远离而去了。在熟睡的荔娘跟前，他又一次深深地陶醉了！他手足无措，呼吸急促，身子不由自主地俯伏下去，宽厚的嘴唇缓缓地、轻轻地压向荔娘的樱桃小嘴，并继而游移到那笔直挺拔的鼻梁、柔润光滑的脸颊、洁白温婉的脖颈……

蔡荔娘正在做着一个甜甜的好梦，迷迷蒙蒙觉得有人用手指在自己手心比画着什么。"啊，相公，是相公在写字，在我的手心写字哩！"她定了定神，终于识别出这几个是什么字了："我生君未生，君生我已老；恨不同时生，此生永相好。"这是陆郎在说他的心里话吗？蔡荔娘完全清醒了，她翻过身来，也抓起陆秀夫的手，在他手心一笔一画地写道："我身为君生，君是我所求；虽不同时生，牵手到白头。"陆秀夫也"听"出了这发自肺腑的心声，激动地用自己的手心压紧荔娘的手心，两手相合，十指紧紧相扣，仿佛要让写在两个手掌心上的这些知心话语叠印在一起，让两颗彼此爱慕和忠诚的心灵，更加紧密地融合在一起。

俗话说"十指连心"，这暖暖的爱意，如电流般瞬间传导，溢满了两人的心胸，接着又自然而然、水到渠成般地，把他们送进了那迷人的、梦幻般的极乐境界。

朝廷行将南迁的消息终于传开了，有人摇头叹气，有人惋惜不舍，也有的生气骂人。旸谷里那位杨老翁就跑到仁王院要找小皇帝请愿和论理，小皇帝没能见到，却撞上了陆秀夫。他指着陆秀夫的鼻子，不客气地数落："你们这些靠不住的人啊，就知道撤、撤、撤！要撤到哪里才是尽头？"

陆秀夫当然理解老人的心情，江山沦丧，谁不心疼？而且撤一片就丢一片，这枫亭、这兴安州也难保不失。眼见乡亲们将陷入水火，陆大人也是心如刀绞啊！但时势逼人，朝廷和军队南迁也是迫不得已。他只得耐心对杨老翁解释和安慰："老伯息怒！俗话说'留得青山在，不怕没柴烧'，当今之计，您说是不是应该力求保住青山？我们撤退就是为了保存力量，保护皇上，以图东山再起。我们还会回来的，老人家您要多保重啊！"

陆秀夫嘴上虽然这么劝慰别人，但心里头却也是十分纠结。他觉得，一个皇上，一个朝廷，没有了国都，离开了皇城和皇宫，居无定所，四处奔波，说是"行朝"，实际上与流浪和流亡何异！而对于"东山再起"呀、"还会回来"呀，话虽这么说，其实他心里也并无什么把握，甚至是怀揣着大大的疑问。所以，他一直犹豫着，不知怎么样去对蔡荔娘说起这南迁之事。

枫亭街上千家灯火，活水亭里红烛摇曳。陆秀夫搀扶着蔡荔娘，在烛光前的椅子上坐了下来，并亲手给她端过一杯茶水。他今天特别"殷勤"，也特别拘谨，甚至显得有点小心翼翼。其实，那是几分歉疚，外加几分不舍。因为他想要跟荔娘好好谈谈行朝南迁的事，谈谈小家庭以后的安排，毕竟这对一个新婚且又十分年轻的小妮子来说，关系重大啊！

"我，我，荔娘……"面对着蔡荔娘，陆秀夫欲言却又止。

"相公，不要说了，我都知道了。你们什么时候走？"蔡荔娘早已听闻朝廷南迁和陆大人行将离去的消息，但她并不感到意外，因为在她看来这是迟早的事。她知道，行朝和军队继续往南撤退，其实也是大势所趋、无奈之举，撤得及时，能保存一点力量，将来或许还有一线生机，还有一点希望。国事如斯，唯有如此，她还能说什么？以大局为重，她又需要说什么？她之所以不曾对陆大人主动问起，是担心给陆秀夫增加压力和负担，她理解他的难处。至于自己的去留，她也是早有主意。只听她坚定说道："我要与你们一起走！"

　　蔡荔娘的平静、淡定，特别是对南迁行动的理解，让陆秀夫心里宽慰不少。但是对荔娘决定随军行动的想法，他却是不愿苟同。"此事非同小可，是走是留，娘子你还得三思。"陆秀夫的言下之意，当然还是希望荔娘留在枫亭。

　　面对陆大人的劝导，蔡荔娘语气坚决得不容分辩："相公此去，妾身必然相随。陪侍左右，照顾起居，缝补浆洗，料理饮食，这既是妾身本分，也是我的心愿。既为人妇，焉有不尽妇道之理！这与您追随朝廷，恪尽为臣之道，正是一样的呀！"

　　"可是，可是，征途毕竟不如居家啊！"

　　"征途奔波劳顿，其艰苦可想而知。然而唯有您吃得这苦，妾身就吃不得吗？须知我并非安享清福之人！"

　　"那么你这一走，父母双亲怎么办呢？"

　　"我们嘛，不碍事的！"蔡曰忠洪亮的声音，让蔡荔娘和陆秀夫都吓了一跳。

　　蔡曰忠夫妇俩恰巧来访，蔡荔娘得到了有力的声援。原来，老两口也是刚刚经历了一场"舌战"，蔡曰忠终于说服了舍不得女儿离家外出的夫人杨氏，并拉着她一起赶了过来，向女儿、女婿明确袒露自己的想法。

　　杨氏捧着女儿的脸，怜惜地盯着看着。杨氏和蔡曰忠结婚多年才生下这么一个独女，夫妇俩一直把她当作掌上明珠，女儿也十分乖巧听话，伴随膝下十七年从未分离过。可如今却要远离他乡，而且又是在这兵荒马乱的岁月……

　　"唉！"杨氏不由得重重叹了一声。忽然，她像发现了什么秘密，脸上表情顿时紧张起来，接着，一把扶起女儿，急急来到楼上说话。

　　还是女人家心细，作为母亲，她一眼看出端倪。荔娘原本红润的脸色里微微泛着一层青白，明亮的眼睛里闪过一丝恹怠，一问又得知她胃中泛酸，口味不好，再给女儿号了号脉搏，杨氏便一切都清楚了：荔娘怀孕了！她悄悄地告诉蔡曰忠，蔡曰忠又悄悄地告诉陆大人，一个个又惊又喜，全家人都高兴得眉开眼笑。

可是,问题又来了:荔娘已有身孕,如何出得远门、上得征途?众人陷入踌躇。

本来就舍不得女儿出外奔波的杨氏,现在更加担心了。她说:"荔娘有喜,又是头胎,本该静养,以保平安。若出门在外,车马劳顿,寝食不周,将如何是好?"

陆秀夫马上附和:"是啊是啊,娘子你更是不能走了,你就安心留下来吧!"

蔡荔娘沉默不语,只是轻轻摇了摇头。显然,她不同意他们的意见。母亲所担心的问题,自己不是没有考虑,因为此前她已经感觉到自己身上的变化。只是经过母亲确证了并且全家人都知道了怀有身孕这个消息后,她不得不考虑得更多一些,譬如对身上这个不期而来的小生命,在流离颠簸的环境里该如何呵护和养育的问题。但是在内心深处,她还是希望跟随陆大人一起行动,因为她担心他操劳过度,担心他废寝忘食,担心他遭遇险阻而不知规避。只有在他身边,哪怕帮不上多少忙,也觉得放心一些。她知道自己已离不开他,也知道他离不开自己。

蔡曰忠此时也拿不定主意。依荔娘眼前的情况,确实不宜跟随队伍奔波,毕竟那是陆大人的骨肉,兹事体大啊!但是陆大人身边也确实需要有人照顾,需要荔娘为他分担一些忧愁和辛劳——哪怕只是一丁点儿也好!

怎么办呢?他眉头皱了又皱,还是没有主意。

秋风又起,山间的早晨有了些许凉意。冷冷清清的果园里,蔡曰忠带人把今年最后一批龙眼摘了下来。这也许是当时普天下最晚熟的一个龙眼品种,俗称"中秋后",意思是八月十五"中秋节"之后才能成熟。因为生长的时间特别长,萃取了大自然的更多滋养,故而更显得个大肉厚,且十分甜脆。乡里人传说吃这种龙眼更能补心补脑。物以稀为贵,这仅有的几株"中秋后"龙眼树,产量极少,价格也往往比旺季的大路货高出数倍。但蔡曰忠每年都将这好东西拿来送人,让乡亲们品尝。

蔡曰忠拣了一些最好的龙眼,装了一篮子,提上它就往仁王院给赵昺小皇帝和杨太后送去。

杨太后从来没见过这么大个、这么美味的龙眼,便吩咐分发给宫中众人,让大家都来见识这闽中珍果。

蔡曰忠进宫来看她,杨太后自然高兴。借此机会,她忙向蔡曰忠咨询对时局的看法,以及乡民们对朝廷行动的反应,末了,还惦记着蔡荔娘,特别询问了她的近况。

一句话问到了蔡曰忠和全家人议而未决的难题。他只得把难题和盘托出,心想:也好,就请太后做主吧!

杨太后听到蔡荔娘有孕的消息也是喜上眉梢。她想了想,说道:"这兵荒马乱的,世事难料,就让蔡荔娘留下来吧。万一之时,能为陆家保留一点血脉,使之忠良有后,也是功德无量啊!"

蔡曰忠觉得杨太后想得深远,说得在理,赶忙点头称"是",磕头谢恩。

杨太后又说道:"好吧,快回去告诉陆大人和蔡荔娘,不要再商议了,就按这个意见办吧。"

杨太后一锤定音,且旨意英明,蔡荔娘虽不情愿也得遵命。从杨太后的话语中,她也更加意识到这个小生命并不普通,呵护好陆大人的血脉,责任重大,非同小可!"如此一来,我更要小心谨慎了。"她暗自告诫自己。

行朝和护驾的队伍就要起程了,分别的日子说到就到。陆秀夫在蔡荔娘的陪伴下,从活水亭来到蔡府看望二老,并向他们道别。面对恶化的时局和亲人的分离,众人都无限惆怅,除了互道珍重外,也不知道说什么好,所以厅堂上言语无多,一片默然。

这时,杨氏端上来一碗热气腾腾的炒米粉,对陆秀夫说:"趁热吃了吧。"蔡曰忠见陆秀夫迟迟未动筷子,半是解说半是催劝:"今天这碗米粉,可不是平常的膳食,它是我们兴化人对远行亲人的送别餐宴啊!因这兴化米粉具有又干又脆和不黏不糊的特点,乡亲们喜欢它,常常以它指代'干脆、利落、不黏糊'之意,视之为象征'大吉大利''快速成功'的吉祥物品，每逢亲人或好友出远门，就要将米粉作为礼物相赠，祝愿他平安顺利，快去快回；办事利索，马到成功；碰到困难容易解决，遇有困厄能得解脱。再者，它清香可口，吃了能散热发汗，因此也有治病的功效。正如俗语所称：头昏昏，吃米粉。你近日沾染风寒，正可用它驱寒，快快吃了吧。"

杨氏也再催促："尝尝吧，兴许合你口味呢！"

听两位老人这么说，为不辜负他们的美意，陆秀夫点点头，终于缓缓地拿起了筷子。

"这是多好的一家人啊！"陆秀夫心里想，"他们已在心底深处把自己当作最亲的亲人，而我却要与他们离别了。要说再见，谁能说清楚何年何月？盼只盼真的有回来重聚的那么一天！"

为了缓解沉闷压抑的气氛，善解人意的蔡荔娘也就借米粉的话题说开去。她对陆秀夫说："您知道这米粉吗？它可是大有来历的呀！相传治平年间（1064—1067年），长乐县奇女子钱四娘携金万缗来到木兰溪下游筑陂，建好后既能够抑制海潮肆虐，保护村庄田园，还能够蓄水灌溉莆田南北洋十五万亩农田呢！这个浩大的水利工程，得到官府和民间众多有识之士的慷慨支持，人们从四面八方涌聚而来，参加施工者多达数千人。人多力量大，可是吃饭却成了大问题。兴化军主簿黎畛想起家乡广东有一种细嫩米粉，是用大米制作的快熟食品，就请来师傅如法炮制。没想到，由于使用的原料是兴化当地盛产的占城稻米，又取清澈甘洌的木兰溪水浸米磨浆，制出的成品竟比其广东老家的米粉更胜一筹，既快煮易熟，还细腻可口，深得民工和乡民喜爱。从此米粉便在莆阳大地广为流传，久而久之，成为兴化著名特产。人们只要将米粉放入碗中，用沸水或热豆浆一冲，扣上盖子稍焖片刻，干米粉便变成松软、清香的'汤米粉'，既快捷又方便呢！"

蔡荔娘一边说着，一边盯着陆秀夫看，见他听得认真，就又继续说下去："您知道吧，还有一种煮法，就是把米粉与葱韭、姜片、虾皮、肉末等佐料一起热炒，味道就更鲜美了。朱熹曾品尝这种炒米粉，一撮甫入口，即拍案叫绝：'可口欲吞舌，美味实无穷！'"

蔡荔娘尽量描述得津津有味，陆秀夫也渐渐吃出味道来。他心想：兴化米粉果然名不虚传，要是有心好好品尝，说不定真的可以吃出朱熹前辈的美感和意兴呢！这时，他又听蔡曰忠说道：这次为朝廷和军队南迁而调集的粮秣中，就有刚刚赶制出来的几万斤米粉，现已装船完毕，即日随军发运。这消息让陆秀夫高兴起来，只听他连声说着："好，好，好啊！"

蔡荔娘脸上堆着笑容，而心中其实充满酸楚，朱淑真的《落花》诗句不由得在脑海里一遍一遍翻腾：

连理枝头花正开，妒花风雨便相催。
愿教青帝常为主，莫遣纷纷点翠苔。

诚然，新婚燕尔即要离别，其情其景可想而知。但她又不敢表现出来，生怕影响陆大人的心绪。在陆郎面前，她只能保持平静，做到处之泰然、安之若素，甚至强装欢笑，若无其事一般。她还常常主动说笑找乐，那一日还故意让陆郎摸摸她的肚子，让他与肚子里的孩子说说话。其实，这腹中微小的胎儿此时哪有半点动静？

陆秀夫岂能不知荔娘的用意？他也尽量给予鼓励和安慰，想法子让荔娘开心起来。他抚着她的脸，吩咐道："你就安心看家守门吧，我可是要经常回来的，偷袭、查岗，别让我找不到家呀！"又凑在她耳朵边轻轻地说："你要把这孩子好好生、好好养，以后还要让他生儿子、养孙子，将来在枫亭、在仙游、在全国各地，说不定会有很多很多我们的子孙后代呢！"

陆秀夫说这些话的时候，蔡荔娘笑了——这一回她是真的笑了，羞涩地抿嘴笑了。

八月下旬，行朝起行。五更天色，一弯下弦残月挂在天边，几颗星星在晨风中发抖。尽管行朝的人马起得很早，但送行的乡民起得更早，黑压压挤满了太平港。因为枫亭地区征召的三百多名壮士也新编入伍并随大队行动，渡头上增加了不少父送子、妻送夫、姐妹送兄弟的人群，也多了不少啼哭和叫喊。

陆秀夫和几位官员好不容易把大队人马和赵昰皇帝、杨太后等人安排停当，等大伙儿都上船了，他才回过头来与蔡荔娘告别。在荔娘走与留的问题上，他确实有过犹豫，陷于两难。如今遵照杨太后的旨意，让荔娘留了下来，正契合了陆秀夫的初衷与本意。虽然陆秀夫也难免依依不舍，但一想到这样可以让荔娘免却颠沛流离之苦，他就感到了些许宽慰和释怀，也从心里对杨太后充满感恩和敬意。而蔡荔娘，人是留了下来，可心里则仍然怀有深深的遗憾，因为陆大人和朝廷的南迁之行毕竟不是坦途，她放心不下啊！昨天晚上，他们已经郑重道别过了，蔡荔娘还把那片枫叶用香袋装好，作为礼物送给了远行的郎君，并亲手把它系在陆秀夫身上。但是，整整一宿的千叮咛、万嘱咐，她仍嫌意犹未尽，坚持要来码头送行。

蔡荔娘把陆郎拉到一旁。避开了马嘶人叫，这角落一片寂静。两人紧紧依偎，默默无语。陆秀夫拥抱着荔娘，思绪难平。一个多月的亲密相处，彼此已经身心交融。他感谢她的热烈多情，感谢她的体贴温柔，感谢她和他们全家的帮助支持，也感谢慷慨豁达的枫亭父老乡亲。对这一切，自己作为一个乱世的官，一个流徙的人，都是无法给予回报的。他一抬头，越过蔡荔娘的肩头，一眼望见晨曦中的塔斗山。他忽然觉得，这座雄壮秀丽的大山，宛如一位坚强而无私的母亲！是啊，您孕育了多好的枫亭儿女，给予了国家特别是危难时期的朝廷多大的贡献！在您的身上，有我的情我的爱我的梦，此去纵然千山万水，我将永远惦记着您。如今我把荔娘留给了您，您的身上系着我的一颗心、一份不可割舍的牵挂呀！但愿有朝一日，我还能回来，那时我一定要好好看望您，好好陪伴荔娘在那九个仙人结枫为亭的地方抚琴歌唱，好好陪伴新生的小儿到会心书院读书学艺，还要把潮州和家乡盐城与镇江的家人都接过来，让他们也好好领略您这名塔名山的风采！啊，谢谢您，塔斗山，伟大的母亲，可爱的母亲，再见了！

想到这里，他也惊讶于自己何以对枫亭和塔斗山有如此深厚的感情！但，此时此刻，他真的是动情了，仰望塔斗山的眼睛早已湿润了。

陆秀夫轻轻拭了拭泪水，缓缓转回了头。他看到荔娘的头发被风吹散，就轻轻地为她理了理双鬓。蔡荔娘也同时伸出手来，为陆大人整了整衣冠。两人都深情地凝望着对方。此别一去，山水阻隔，再次相见不知哪年哪月，但此时四目相对，心中纵然有千言万语，两人却都不知再说些什么才好。

"还记得元好问的诗吗？"蔡荔娘轻启红唇，忽然问道。陆秀夫想起了在活水亭一同观看鸳鸯的那个傍晚，便会意地点了点头。两人异口同声，轻轻咏诵："海枯石烂两鸳鸯，只合双飞便双死。"蔡荔娘眼里噙着泪花，迎向陆秀夫的眼神却是那么平静和坚定。陆秀夫心里猛然一热：我的荔娘，多好的女子啊！他激动地捧起蔡荔娘的脸，就像捧起天地间最珍贵的瑰宝。

　　三声炮响，船队起航。陆秀夫把自己无比心爱的瑰宝留在了太平渡头，跃身登上战船，走向那前途未卜的航程。

第八章　泉州事变揪芳心

陆秀夫护卫着赵昰皇帝和杨太后，入海航行不久，即望见丞相陈宜中、枢密副使张世杰率领的由福州南下的舟师。他们在海上会合之后，不日便来到了泉州海面，进驻洛阳江口的后渚港。按照原定计划，宋室行朝将在泉州驻跸一个时期，扩募队伍并为舟师大量补充给养。

泉州地处东南沿海，时为东方第一大港。南唐清源军节度使留从效环城种植刺桐树，泉州城有了一道枝叶繁茂花红似火的风景线，便美称"刺桐城"。这里物产丰富，人口众多，市井繁华，文化发达，且拥有四海通商的强大海运能力。这里还有大批早年赐官封爵而来的世居朝廷贵族，也有许多近几年南下的赵氏宗室和士大夫，是皇族、贵族聚集之地，因此亦有"陪都"之称。赵昰行朝选择在此休整、动员和补给，既是看中泉州的经济实力，也是认为这里具有较好的统治基础。

可是，天有不测风云。赵昰行朝并未料到，此时的泉州已是潜流暗涌，云波诡谲。

话还得从蒲寿庚说起。蒲寿庚原是阿拉伯人，早年移居泉州经营海上贸易。淳祐末年（1252年），海寇攻击泉州，蒲寿庚与其兄蒲寿晟协助官府打退海寇，立了功劳，被朝廷任用为泉州市舶司提举，统揽泉州海上交通和贸易大权，成为在泉州说一不二的最大实权派，海内外的人们都恭恭敬敬地尊称其为"蒲大官人"。平心而论，一个海外异域人士，能够在异国他乡混到这个地步确实不容易，拥有了巨大的权力和由此派生出来的巨额财富，这本身就雄辩地证明了蒲寿庚确有其过人之处，比如：他能得到宋室朝廷的充分信任，能和各级官府、商界以至地方豪强保持良好的关系，甚至在世界各国也都有广泛的人脉，在蒙古那边，就有不少他的朋友——当然这是不为人知的秘密。他还是个极具敏感性和洞察力的人，遇事往往能洞察秋毫，见识于未发之时，故能未雨绸缪，权衡利弊，预做安排，从而左右逢源，做到稳操胜券。如今元军步步紧逼，宋室朝廷步步为营，双方对峙的形势瞬息万变，可谓时局动荡，天下大乱，像他这么精明的人，这个时候不可能不密切关注局势的发展动向，也不可能不打自己的小算盘。

市舶司衙门坐落于泉州城东南的海岸边，门庭高大，殿堂宽阔。蒲寿庚在建造时，既保留了闽南官衙传统的外观风格，又设置了几道圆形穹顶拱门及几个平台、壁龛，挂上穆斯林壁画等饰物，使之兼具西域风情。如此"中西合璧"，当然符合市舶司作为一个对外交往的官府衙门的特色，更主要的，还在于吻合了主人的身份和情怀。蒲寿庚虽是宋朝官员，但他并没有忘记自己的根，生活中或多或少保留了阿拉伯人的一些传统和习惯。

蒲寿庚把市舶司衙门称为"天风海云楼"。夕阳西下，红霞满天，衙门里来来往往、熙熙攘攘的船户和商人都已散尽，他也退堂上楼，脱下乌纱官服，换上阿拉伯人习惯穿戴的头巾和长袍。大平台前早已摆好茶水、糕点，蒲寿庚一边享用，一边抬眼远眺海面。码头、港口和周围的航道上，遍布着大大小小的许多船只，其中有外地州府和海外各国前来靠泊的商船，也有他自己经营的船队。这些年他公私兼顾，利用职务之便，建立起一个庞大的远洋商贸体系，光是运输船舶就有好几百艘。眼前这些漂动的船只，无论是外地、外国的，还是他自己的，都为他输送着大把大把的金条、银圆和珠宝。因此，坐在大平台上看船看海，是他最惬意的事。"多美啊！水天茫茫，帆樯点点，四海通商，万国来朝。哈哈哈！"每当这时，他都会舒展地伸开双臂，似乎要拥抱整个港湾和海港之外的广阔世界，两眼微醺，陶醉不已。可是，今天却不太一样，他的心情复杂多了。

他还是在为时局和前程盘算。近几个月来，蒲寿庚一直都在劳心伤神，苦苦思量。在他看来，在都城临安陷落、赵㬎小皇帝和太皇太后谢道清向元丞相伯颜投降之后，大宋朝作为一个朝代实际上已经结束了。蒙古人几十年来推行对外扩张战略，先后攻灭了西辽、西夏、金朝、大理等政权，招降了吐蕃诸部，征服了强大的花剌子模，消灭了阿拔斯王朝，其西进大军一直打到西方的奥地利、匈牙利等国，还将罗斯置于自己的统治之下，其势力已经横跨亚细亚、欧罗巴两大陆。自己的家乡大食，也是被他们攻占的。大宋朝凭着坚守城市的丰富经验以及水战技术，能够与蒙古铁骑周旋四十多年，这已是相当不容易了！现在，陈宜中、陆秀夫、张世杰、文天祥拥立赵昰即了大位，小朝廷辗转奔波，坚持抵抗，其志可嘉，其情可感。他细细地想着：如果真能有一番成就，在福建路、江南西路和广南东路、广南西路等大宋旧土上保有一片江山，我蒲寿庚乐观其成。因为这未尝不是好事，我的生意、我的财富、我的权势并不受影响啊！但是，小朝廷一旦坍塌，而我自己又不寻求自保，元朝会给我这个宋室旧臣好果子吃吗？因此，自己必须十分小心谨慎！从眼前的情势分析，特别是从小儿子蒲天文几个月来在福建、两浙、江西等地打探到的一系列情报和元朝秘密渠道传递来的消息看，赵昰行朝虽然尚有数十万军队，也有几分民心可用，但毕竟大势已去，忽必烈、伯颜岂能容许赵宋皇室这个已经极其弱势的老对手再次偏安，哪怕是偏安在小小的东南沿海一隅？如此看来，宋室小朝廷的最后灭亡，绝对只是时间问题了。

由此，蒲寿庚强烈预感到，在这场胜负已定的战争中，他将扮演一个不同寻常的特殊角色。他十分清楚自身此时的价值和分量：我蒲寿庚担任泉州市舶司提举已经多年，掌管着泉州所有的港口、码头、船舶，还拥有节制当地水师的特殊权力，控制着泉州以至整个闽南的海域和航道，可以说是个横跨政、商、军三界的实权派。巨大的财富、巨大的船队、巨大的控制力和影响力——这么一份雄厚的"资本"，使得我蒲寿庚一时之间突然成为一个世人瞩目的焦点和宋元两家争夺的重点，赵昰政权甫一建立，就给我加封了一个"闽广招抚使"的头衔，而元朝的伯颜丞相更在占领临安之前就派人联络，要求我弃宋投元，并许以优厚条件，而且近日福建元军主帅唆都还派来特使，催促我们泉州要抓紧行动呢……蒲寿庚想着这些，越来越清楚地意识到，在这两军对垒的敏感时期，自身确是一个举足轻重的砝码，无论投向哪一边，都将对战争双方实力的天平造成极大的冲击，甚至导致其严重倾斜！如此，他觉得自己更应该审慎抉择，绝不能轻举妄动！

蒲寿庚抉择的原则和标准是什么？利益！尽管他对赵昰行朝怀有几分感情，毕竟当了几十年的大宋臣民，宋室待他也不薄，但是如果维护不了自己的利益，还要去讲什么感情？同样，他对元朝，虽然怀着敬畏和忌惮，但是如果要伤害到自己的切身利益，他也绝不会轻易就范。辛辛苦苦经营几十年创下的基业，不容易啊！这既是蒲寿庚作为商人的本性使然，也是他不同于别人的性格特点。现在，赵昰行朝来到眼前，他自应小心应对，相机行事。

蒲寿庚想明白了。于是，他带着礼物和一班人马赶到后渚港，恭恭敬敬地觐见赵昰皇帝和杨太后。

杨太后十分高兴，连忙赐座，与他亲切地交谈起来。小皇帝则对蒲寿庚送来的一大堆新奇的礼物感兴趣，在一旁静静观赏。当时凡是番舶来泉州贸易，除了必须缴纳"下碇税"之外，尚需向当地官员进献奇珍异宝，名曰"呈祥"。官居市舶司提举"肥缺"的蒲寿庚，自然少不了这类"呈祥"。他今天精心挑选了几件带来，足够让小皇帝大开眼界。

与此同时，行朝中陈宜中等几位大臣这时正在紧张地商议一件极其紧急又极其微妙的大事。他们对蒲寿庚的为人和他与元的关系早有所闻，眼下蒲寿庚来到眼前，自然牵动了大家的神经。此时有人提出一个大胆的建议：对蒲寿庚加赐官爵，让他当一个朝中臣僚，将其羁留在行朝，一是可以掌控和监视他，防止其叛宋投敌；二是可以控制他的资源，让其雄厚的财力物力为大宋国朝所用。这不失为一步好棋，一个很有针对性的高招，如果付诸实施，赵宋行朝在福建抗元斗争的历史就有可能改写。只是几位大臣犹豫不决，特别是张世杰极力反对，他说："蒲招抚使诚心接驾，我们亦应以诚相待。用这样的手法挟持人家不放，不是君子所为，万万不可！"就这样，众人只得客客气气地送走了蒲寿庚。

蒲寿庚几乎是逃命般地离开后渚港。刚才在赵昰皇帝和杨太后面前，他已经明显感受到了危险：有人在打他的主意，对他这块大肥肉虎视眈眈！要是真的被羁押在行朝，那自己不就成了笼中之鸟，成了砧板上的肉？好险啊！

蒲寿庚才回到城里，余悸未消，朝廷的一道诏令就接踵而至：征调三万担军粮和五百艘海船,限三日办毕。

原来,蒲寿庚前脚刚走,张世杰便又为"漏过了一条大鱼"而后悔起来。随即,便以皇上和太后名义发诏,向蒲寿庚征调军粮和船只,而且派人传话:大军云集,耗费巨大。泉州富庶之区,理应多做贡献。望蒲招抚使体谅朝廷艰难,务必如期完成。

刚刚逃离虎口,又压来一座大山!蒲寿庚又气又急,一会儿像兔子般惊悸乱窜,一会儿又像狮子暴跳如雷。可想而知,这一触动蒲氏切身利益的举动,无可避免地引起蒲寿庚的巨大反弹,一场大事变由此发生!

三万担军粮和五百艘海船都不是小数,可以说也是蒲寿庚的老本。"如果拱手交出,我蒲寿庚不就失去了安身立命的资本,咱身价不也就一落千丈了吗?再者,即使我老蒲不得不交,元方面会善罢甘休吗?伯颜的秘密特使不就是奔着这块肥肉来的吗?如果这块肥肉落入赵宋行朝之手,伯颜他还会善待我吗?一旦赵宋最终完蛋,剽悍而无情的元军不把我老蒲和整个泉州都踩碎了才怪呢!毕竟他元朝势大,我不能不为自己和泉州百姓考虑啊!可是,如若不奉调,这抗命不遵的罪名也不轻……"冷静下来的蒲寿庚,就这么左思右想,"弃宋投元"四个字又一次浮上心头。他赶紧找来其兄蒲寿晟和泉州知事田真子,以及长子蒲师文、次子蒲天文,拿这些想法与他们商量。

蒲寿晟曾经担任梅州知州,相貌儒雅,能诗善文,也老谋深算。他沉思冥想,过了好一会儿,终于一句一顿地表了态。他认为蒲寿庚"弃宋降元"的想法是识时务、知利弊、顾根本,力劝胞弟保存实力,据城自重。

蒲寿晟投了赞成票,蒲师文和蒲天文两兄弟自不待说。他俩年轻气盛,早就按捺不住了,气冲冲地吼道:"张世杰欺人太甚,我们也不能便宜了他!现如今还敢对我们指手画脚,也不瞧瞧都什么时候了!要说抗命不遵,那也是张世杰给逼的!"

而那个田真子虽然担任泉州知事之职,其实只能仰仗和依靠蒲家势力,此时也只有同声附和了。

至此,蒲寿庚遂决意叛宋投元!

蒲寿庚与宋室决裂的第一步，就是紧闭城门，不再接受赵宋行朝的来使和诏命；接着，大批抓捕和屠杀城中的皇室宗亲以及部分亲宋的官兵，杀戮之数竟达三千多人。晋江进士诸葛寅率家人及一帮人马伺机打开北门，意图冲出去投靠宋军，也被蒲寿庚截住，诸葛寅父子弟侄全部被害。在大肆屠杀的同时，蒲寿庚又与伯颜派来的特使达成协议，以不贡粮、不纳税、不征船、不募兵为条件，也就是在不侵损蒲氏既有利益的前提下归顺元朝。伯颜还允许他继续掌管泉州城，并代表元朝行使海域管理和海上贸易的大权。

蒲寿庚的突然叛变，令赵昰小朝廷猝不及防，也深为震惊！

杨太后马上召集众人商议。她说："我怎么也想不明白，蒲寿庚家族本是来自阿拉伯的番人，我大宋朝不但接纳了这些外来者，对他们一视同仁，帮助他们安居乐业，对蒲寿庚本人更是委以重任，恩宠有加。一个被朝廷优待了几十年的臣子，怎么关键时刻说变就变了呢？"她说不下去了，停顿了一会儿又问："你们说说，该怎么办？"

因事发突然，大家都还没有想好对策，所以没有人回话。杨太后只得自己表示：她想挽回局势，打算派遣使臣去劝谕。

"你们谁能去跑一趟？"杨太后看着大家，无助地说道。

众人面面相觑，暗暗嘀咕：事已至此，劝谕还有用吗？谁去当这个使臣的搞不好还得赔上一命！只见陆秀夫站前一步，对着太后和赵昰小皇帝说道："我去！"

太阳西斜，陆秀夫带着李春牛赶紧进城。李春牛是随军南下的枫亭三百多名壮士之一，现在担任陆大人的随卫。陆秀夫之所以留他在身边，既是因为他诚实可靠、机灵精干，还因他既能讲官话又懂当地方言，自己需要这么一个"翻译"在身边以应不时之需。此外还有一层特殊的原因，李春牛是蔡荔娘的同窗和好友，必要时还可以充当自己与荔娘之间的"信使"呢！

两个人拍马来到泉州北门，天已经黑下来了。隐隐可见城门紧闭，城墙上有几个士兵来来回回走动，但任你怎么呼叫都并不理睬，更不会下来开门。李春牛见状，只得抵近城楼，放开喉咙大叫："这是大宋朝端明殿学士、枢密院签事陆秀夫陆大人，有要事要见蒲寿庚蒲大人，务请快快通报！"那些士兵听到这话，交头接耳了一阵，果然有人通报去了。

不多一会儿，城楼上出现了一个身材肥硕的人。借着城头微弱的灯光，李春牛一眼认出：那不是蒲天文吗？

那人正是蒲天文。按照其父蒲寿庚的部署，蒲师文负责封锁所有驻泊商船的港口、航道，以防范宋军劫船，而蒲天文则负责巡守城门，防止宋军突袭攻城。因此他时刻关注城内外动静，刚刚接到陆秀夫前来叫门的报告，便急急忙忙赶了过来。

大概是陆秀夫此行来得有些突然，让蒲天文感到疑惑费解吧，蒲天文并没有马上就让陆秀夫入城。只见他低垂着脑袋，在城墙上不停地踱来踱去，嘴巴一张一合地翕动，脑子里翻腾不已，紧张地思考应对办法。过了约一袋烟的工夫，忽然间他停下了脚步，猛地抬起头，从一个箭垛口倾身探出头来，对着城外喊道："来人果真是陆大人吗？快快请进！"

本来，蒲天文是不会让任何一个人进城的。"叛宋事变"两天来，他在早已潜入城里的一部分元军配合下，把偌大的泉州城把守得滴水不漏。陆秀夫深夜造访，其来意他蒲天文猜也猜得出，而且料想其父亲蒲寿庚也是不愿意与之相见的，甚至是不敢面对陆秀夫的，既如此，他大可一句话打发，把来人赶走了事。可是，他居然打开城门，把陆秀夫请了进来。蒲天文这心里打的是什么算盘？

背叛宋室，联合元军，拥城自立，拥兵自重，蒲天文是十分高兴、十二分拥护、二十四分卖力。其中，除了维护蒲家既得利益之外，蒲天文还有与其父其兄不一样的算计，那就是以叛宋反宋之举报复蔡荔娘、惩戒陆秀夫，以泄"拒婚"之恨，报"夺爱"之仇！现在，陆秀夫到了泉州，他觉得又一个更好的报仇机会来了。

蒲天文把陆秀夫和李春牛引入城内，可是他并没有带他们去见蒲寿庚，而是绕着弯子把他们带到一个偏僻小巷。在小巷尽头的一排房子前，蒲天文敲了敲门，就有两个人把他们引进屋里。室内布置倒也整洁，床铺座椅书桌茶具一应俱全，墙上还挂着画，地上也摆着花。一路上一直为陆大人安全担心的李春牛，看到这些，稍稍松了一口气。陆秀夫倒是不怕蒲天文下毒手，他是急于面见蒲寿庚。见蒲天文把他们带到这里，正要发问，蒲天文一把拉着他说："陆大人且莫着急，夜色已深，你们暂且住下，明日一早，我就禀报父亲与您见面！"不容陆秀夫再说什么，蒲天文就连说告辞，退出门外，把大门一磕，锁上了。

陆秀夫和李春牛就这样被搁在僻静的秘密处所，两人辗转难眠。到了五更时分，陆秀夫才恹恹睡去，李春牛也有些睡意。迷迷糊糊之中，李春牛忽然听到屋门外有人说话，说的是泉州一带的方言。枫亭靠近泉州，人员交往历来紧密、频繁，因此这方言李春牛既会听，也会讲。

"好困啊！"

"你可要挺住，千万别睡了误事！"

"你说这是什么人物那么重要？蒲公子要我们看得这么紧，说万万不要让他们给跑了！"

"听说是宋朝那边的一个大官。你知道在仙游枫亭娶了一个绝顶美丽的小妮子的那个大官吗？"

"就是他吗？那又怎么样？"

"蒲公子也喜欢那小妮子啊！想要的却得不到，他能高兴吗？"

"敢情还是情敌？那真是冤家路窄。"

"听蒲公子那口气，这次好像要做做这个文章。"

"我说怎么不安排客人住州府的大驿馆，却放到他的秘密私舍来，还让我们捕快来守夜！"

话语很轻，但重重地震动了李春牛。好阴险的蒲天文，怪不得不带我们去见你那老子，原来你是别有用心啊！

怎么办？陆大人睡得正熟，他不忍心惊动他。但事不宜迟，李春牛轻轻起身，扯了一块布条，匆匆给蔡荔娘写了几个字，迅速系在一只暗藏在身边的信鸽翅膀底下，在捕快巡查到房屋另一边的时候，悄悄地从窗户的缝隙里放飞了。

看守的捕快所言非虚，蒲天文确实操弄手段。

在打开北门把陆秀夫、李春牛放入城内的时候，他就已经做出将陆秀夫扣押作为人质的决定。"把陆秀夫押在手中做筹码，宋室小朝廷那帮人还敢轻易攻城吗？他们对尊贵的陆大人的生命安全能不重视和考虑吗？从这个意义上说，陆秀夫、李春牛等于是自己送上门来的肥肉。"蒲天文得意地盘算着。同时，他还有另外一个不可告人的歪念头：蔡荔娘与陆秀夫不是挺恩爱的吗？如今她亲爱的陆相公被困在这里，可爱的小妾不会撒手不管吧！因此他当即给真荣发出指令，要真荣尽快把蔡荔娘请来泉州。"有陆秀夫这个大诱饵，不怕那小妮子不上钩，可若是来了就由不得她了，届时相机行事，说不定这次可以遂我所愿，至少也可以亲近亲近，即使吃不了也要咬一口。而眼下，暂把陆秀夫晾在一旁，先杀杀他的锐气，毕竟他现在是虎落平原，今非昔比了！"蒲天文越想越得意。

第二天整整一个白天，陆秀夫连蒲天文的影子都没看到，更不用说面见蒲寿庚了。而且房舍的大门也被紧紧锁住，就是守卫的人也照不到面，问不了话，甚至从早到晚连茶饭都不给一口。结合李春牛听到的讯息，陆秀夫知道自己是被秘密囚禁了。对蒲天文以这种阴招损人，李春牛满怀愤慨，而陆秀夫则嗤之以鼻。此时，他心里惦记的还是如何完成使命，面见蒲寿庚直陈利害，痛斥其奸，规劝其改邪归正，迷途知返，不要给行朝造成进一步的伤害。他要把杨太后的仁心仁德和她最后的希冀当面传达给蒲寿庚，制止局势恶化并争取有所转机。这才是关系到朝廷安危的大事，个人的一点磨难算不了什么。他预料，自己进城求见的事，蒲寿庚未必知晓，因此当务之急是要设法尽快让人报知。他招了招手，让李春牛附耳过来，轻言细语地吩咐着什么。

按照陆秀夫的计划，李春牛焦急地寻找机会。

眼看着太阳西沉，天又暗下来了，门外守卫的又换成那两个讲泉州方言的捕快。

李春牛见捕快又凑到一块说话，就悄悄地靠近门缝偷听。

"已经把这两人关闭了一天一夜了，听说饭都不给人家吃一口，这蒲公子也真够狠的。"

"蒲公子的秉性你又不是不知道，得罪了他还能有好果子吃？"

"说的也是。不过……你说人家这么大个官员来了,蒲寿庚大官人不会不知道吧?"

"难说,三更半夜关到这里来,神不知鬼不觉的。"

"还要关押多久啊?"

"谁知道!小心就是了。"

捕快嘴里已掏不出什么情报了,李春牛也不再等待,必须立即行动了。他对着门外大声喊道:"两位军哥辛苦了!"

突如其来的一声喊,两个看守吓了一跳。待他们反应过来,便问道:你也会讲泉州话?

李春牛说:"我也是这一带的人嘛!小时候经常来泉州城里看望外婆的。还去看过东西塔呢!这几年泉州变化真大,我都不知道这是哪里?"

"这是涂门西小巷呀!小时候来的,难怪你不知道。"

"涂门西小巷",李春牛轻轻用官话说了一遍,陆秀夫赶紧写了下来。接着,李春牛又对外喊道:"大哥,哪里可以解手啊?"

"就在屋里拉嘛。"

"不行啊,尿桶早满啦!"

"将就着吧!"

"憋不住了,快放我出去解手吧!"

"不行!真啰唆!"

"大哥,求求你,求求你了!"

另一个看守大概动了恻隐之心,说:"你带他去吧,不要走远!"

大门只开了一条缝,李春牛迅速接过陆秀夫手里的物件,侧身钻了出去。看守把他押到五六丈远的墙角那几棵刺桐树下,指了指位置就转过身去。

这是李春牛求之不得的好位置,两匹马就拴在旁边!他趁捕快转身的当儿,敏捷地把那个物件挂到自己那匹大白马的脖子上,暗暗解掉缰绳,并把马鼻子用劲捏了一把。

看守把李春牛押回屋里,大门又紧紧关闭。

马脖子上的那个物件是陆秀夫扯下衣袍做的袋子,里头装着他的名帖和他咬破手指用鲜血写下的小柬。大白马知道主人给它的暗号,那是训练奔跑的指令。黑灯瞎火,又没有喝水,没吃粮草,如此饥饿,主人还要它奔跑,这在过去是从来没有过的。它抖擞精神,慢慢地踱了几步,轻轻走出巷道,就朝着有灯光的地方奔腾而去。

枫慈溪近日水势暴涨,江面显得莽莽苍苍。远处山区一场暴雨,搅得枫慈溪变了模样。混浊的洪水夹杂着许多草木和杂物,不断从上游滚滚而来,活水亭外一片狼藉。

这几天,蔡荔娘卧病在床。可能是萧瑟的秋风侵蚀了躯体,抑或有孕在身降低了体质,自那天清晨太平渡头送别陆大人,回家之后她就病倒了,茶饭不思,寝寐不宁。今天一早,她还处在迷蒙之中,就被一群叽叽喳喳的喜鹊叫醒了。

她仍然睡眼惺忪,只觉得浑身疲软无力。忽然,她像想起了什么,两只手在床上急切切摸索,终于在枕头边摸出一条丝帕来,下意识地捂在胸口。这条丝帕上,蔡荔娘原本绣了一对鸳鸯,陆大人临走前,又亲手在上面写了"身伴心随"四个字,从此它便成为荔娘日夜随身的珍宝。睹物思人,陆郎已经远离,但握着这条丝帕,就好比握着陆郎的手,她心里多少觉得有了一点实在,有了些许慰藉。这几天她病中恍惚,却也老是想着陆大人,想着两人在一起的日子,惦记着陆大人一路可安顺、身体可康健?她知道,自己这病大半是这么"想"出来的。分别不过才几日,而她却觉得已有数年之久。

窗外渐渐透亮,喜鹊还在喳喳欢叫,难道今天有什么好事登门?她这几天病中昏睡,几乎与世隔绝,全然不知外面发生什么事情。

忽然,楼下"砰,砰,砰"响起一阵急促的叫门声,母亲上楼来告知她:是真荣求见。一大早的,他来干什么?蔡荔娘赶紧挣扎着下了楼。

真荣告诉蔡荔娘:"蒲公子连夜派人传话,来请你们夫妇赴宴喝酒,陆大人已经先期到达,现在要你这个贵客马上起身,务必跟我前去泉州走一趟。蒲公子还特别交代,说是与你有要事相商。"说完,他偷偷瞥了一下蔡荔娘，见她虽是一副病容，也并无梳妆打扮，却依然那么端庄秀美，妩媚清丽，光彩照人，眉眼间虽愁云密布，却遮掩不住她惯有的英气和灵性，那凝眸颦戚、愁中带羞的小样儿，夺人心魄，惹人怜爱。他心里想：怪不得蒲天文身居美女如云的泉州城，却还偏偏对她念念不忘呢！

"蒲天文为什么请客？敢情是朝廷大军路过泉州，他要借此机会示意修好，以释前嫌吧！也好，冤家宜解不宜结，亲事不成也别成为仇家，而且陆大人已经到达，不妨就去走一趟。"蔡荔娘这么想着，也就没有顾虑太多，便与母亲道一声别，就起身登上真荣的马车，随他往南边奔腾而去了。

一艘帆船急急驶进太平港，刚刚泊岸，蔡曰忠就跳上岸来，雇了一匹马，往活水亭奔去。他刚从后渚港探听情况回来，要把蒲寿庚叛宋投元和陆大人奉命进城交涉的事赶快告诉荔娘。

夫人杨氏告诉蔡曰忠：蒲天文让真荣来请荔娘一起去泉州，他们已经走了半个时辰，大约该到白水坑了。

白水坑是枫亭南边约二十里的一个小村庄，过了这个村就进入惠安县地界了。

"糟糕！"蔡曰忠一跺脚，急了！他知道，蒲氏既已背叛朝廷，陆大人进城交涉必有一番斗争，即使蒲氏还讲点客气，把他待为上宾，也没有必要、没有理由邀请荔娘。其中必定有诈啊！

正在这时，一羽灰白色的鸽子迎面飞来，扑簌簌落在门前。蔡曰忠认得是陆大人和李春牛带走的信鸽"飞飞"，赶紧将它捧起，并从翅膀下找到小布条。

"小蒲暗囚大人，荔娘谨防阴招！"蔡曰忠一看布条，什么都明白了：陆大人进城后即被囚禁，蒲天文既要借机加害陆大人，还企图诱骗荔娘。这臭鼻公子对荔娘尚存歪心啊！他立刻翻身上马，向南飞奔而去。

真荣把马车赶得飞快。前面就要到达惠安县城，过了县城、再过洛阳桥，就可以看到泉州城外一排排高大繁茂的刺桐树了！这个时节，刺桐树上红辣椒似的花朵已经谢落，但那满树的枝叶还在迎风摇曳，仿佛殷勤地向他招呼，热烈欢迎这位泉州的常客。真荣又激动起来了，好像看到白花花的银子。

但是，他高兴得太早了。

蔡曰忠终于在惠安县城外的风雨亭前赶上荔娘。他勒马挡住真荣的马车，一边把小布条递与荔娘看，一边告诉她泉州城里发生的事情。

蔡荔娘这才知道了一切。她既痛恨蒲氏家族的叛国行径，也对蒲天文的厚颜无耻感到愤怒，但她此刻更担心的还是陆大人的安危。陆大人身陷虎口，自己焉能不救！她对父亲说："虽然蒲天文的所谓'请客'包藏祸心，但我还是要去闯一闯！因为'解铃还须系铃人'，或许我此去会有点作用。总之，我不能置陆大人的危险而不顾啊！"

蔡曰忠当然理解女儿的心情，但他决不同意她前去冒险，这不仅仅是荔娘尚在病中以及有孕在身等原因，他还想得更远更细。只听他缓缓说道："女儿啊，你要知道，陆大人之险，并不仅是家庭或个人之间的恩怨，而是宋室朝廷与叛逆的泉州地方势力之间的大事，相信杨太后和张世杰等朝臣绝不会坐视不管、无所作为，而他蒲寿庚也绝不会不知利弊、无所忌惮。或许，蒲寿庚也并不赞同他那浪荡儿子的做法。再说，陆大人并非平凡等闲之人，他自会相机行事力排险阻的。说不定事态已经在变化、在好转呢！而你如果贸然前往，倒是平添变数、增加风险，不但对你自身不利，就是对陆大人，可能也都是于事无补、毫无益处的。因为，以蒲天文的阴险和骄横，你此去极易被其算计，如果你不幸落入狼窝，反而会给陆大人和行朝的行动带来羁绊，如若影响了大局，那损失就更大了！"

父亲一席话有条有理，蔡荔娘不禁点头称是。她还想，李春牛报信提醒"谨防阴招"，大概也是这个意思吧。

"那么，我们现在怎么办呢？"她抬头望着父亲。

"相信朝廷，相信陆大人！速速回转，静观其变，盼候佳音！"

几句话让蔡荔娘宽心了许多。她见马车上正好有纸笔，就唰唰唰写下两行字，唤过真荣，对他说："请把这信交给蒲天文，我蔡荔娘'感谢'他的盛情，但恕难从命！"

真荣自打看到蔡曰忠策马赶来就觉得事情不妙，心里"咚咚咚"直打鼓。现在看到他们父女俩商量出这么个结果，更是傻了眼。他不知所措，又气急败坏，连声说道："蒲公子请你，你不去，那后果、后果呢？"

"后果自负，你担心什么？"

真荣能不担心吗？蒲天文本来说让他把蔡荔娘带到泉州是给他一个立功的机会，现在免不了又要挨剋了……

夜幕下的泉州城冷清肃静，因为实施"城禁"，往日的喧嚣繁华全然不见了，街上只有一队队士兵在穿梭巡逻。

真荣忐忑不安来到泉州，带着蔡荔娘的"信件"进入城来。他不断对付那一次又一次地盘问，从没见过这阵势的乡下人，虽然是为蒲天文公子办事，心里也不免紧张。正小心翼翼地走着，忽见一匹白色的高头大马迎面飞奔而来，他赶快往路边一闪，好险啊，差点被撞死！

北门城楼上，一间昏暗的小屋内，蒲天文仰面躺在安乐椅上，四肢张开，形成一个夸张的"大"字。事变发生的这几天来，他又要参与捕杀赵氏皇族和亲宋官兵，又要带兵巡城警戒，防范宋军进攻，体力和精力一直处于极度亢奋状态，现在也确实有些累了，沉沉地睡去，那鼾声一阵紧似一阵地响个不停。悄然间，他看到真荣带着蔡荔娘走进屋里来，顿时眼前一亮。他赶忙起身，顺手从桌上抓起一把银两塞给真荣，说："去，去，拿着吃茶喝酒去！"就把真荣推出门外。回过头来盯着蔡荔娘看，笑嘻嘻地说："你终于来了！我知道你会来的，因为你的那个陆大人在这里呢。哎呀，你当初为什么要嫁给陆秀夫啊，我可是真心喜欢你的呀！现在好了，就由我来照顾你吧。什么？放你们走？那可要看我愿意不愿意！不过，只要你乖一点，听我的话，等我高兴了，或许会放你们一起走的，嘻嘻……"他一边说着，一边靠近蔡荔娘，突然一把将她揽入怀里，起劲地在她红润的脸颊上和雪白的脖颈上吻着吸着，弄得嘴里啧啧有声。一会儿，他又把蔡荔娘按倒在安乐椅上，腾出手来，在她身上摩挲起来。蔡荔娘果真听话，一动不动地躺着，静静地闭着眼睛，任由他糊弄。他弄得兴起，干脆脱掉衣裳，整个身子朝着蔡荔娘扑了上去。哪想到他这一扑，竟扑向一个万丈深渊，沉重的身子像一块崩塌的石头，一直往下坠落，许久不能落地，四周黑洞洞的，阴冷的风似千万把小刀往他的身上戳来，扎得他刺骨钻心一般地疼，一种奇诡的声音在耳边嗖嗖地响，直吓得他屁滚尿流，哇哇大叫："啊啊，救命！救命！"果然就有人紧紧地拉住他的胳膊，把他拽住不放。这一拽抓得他生疼，竟把他拽醒了。蒲天文睁眼一看，一名家丁正拽着他的手在使劲摇晃。

"蒲公子你醒醒……快快醒醒！真荣已在门外等候多时了！"

回到现实中的蒲天文，发现真荣并没有给他带来蔡荔娘，气得他噼里啪啦给了真荣几个大巴掌。

李春牛的那匹大白马一路奋蹄狂奔，踢踢踏踏的，十分响亮，立即引来一大帮士兵。他们一拥而上，七手八脚把这匹突兀出现的夜奔怪马控制住了。怪马脖子上的红布袋当然引起他们的注意，打开一看，除了一张写有陆秀夫姓名的官帖外，还有一纸血书：速报蒲寿庚，陆秀夫被禁涂门西小巷！一个小头目觉得事情非同寻常，便直奔市舶司，急匆匆报告了蒲寿庚。

市舶司里早已乱成一团，蒲寿庚正急得跳脚。原来，城外传来警报，张世杰正在宋营调兵遣将，已组织了两万精锐人马，准备明天一早攻打泉州城！临近泉州城的南安，也有曾、黄两大姓几千乡民，以及团练吕七十四率领的数千武装，打出"恭迎景炎帝"的旗号，准备与张世杰相策应。而蒲寿庚手中的队伍，加上伯颜的特使带来的人马和先前潜伏的元军部队，总共不过六七千人，哪是宋军的对手？他这次仓促举事，完全是张世杰征粮征船逼人太甚所激发，其实时机并不成熟。他想着："如今，元军主力远在闽北，虽已紧急求援，但要是张世杰真的打过来，远水解不了近渴，我该怎么办？"

还有一个问题让蒲寿庚颇为不解：自己前两天举事之时，张世杰还按兵不动，为什么此时我这边抓抓杀杀的大行动已经基本结束了，那姓张的才要来"讨伐""问罪"呢？蒲寿庚直到现在见了陆秀夫的名帖和血书，才解开了他这个心头之谜。他终于知道，张世杰此时兴兵，解救陆秀夫是又一个动因，或者说是更为直接的原因！

蒲寿庚转而大怒：是谁胆敢囚禁陆秀夫，从而牵动了这根引火烧身的导火索？老子要狠狠宰了这浑蛋！眼下当务之急，赶快面见陆秀夫！求他谅解，求他"灭火"！

他立即让人带路，找到了涂门西小巷。一见陆秀夫，装着谦恭的样子，倒头便拜。嘴里一迭连声歉疚之词："蒲某不知陆大人大驾光临，有失迎候，得罪得罪！"

陆秀夫正容端坐，厉声说道："迎候不敢当，得罪陆某其事也小。但我奉大宋朝杨太后之命前来商谈国家大事，竟被囚禁在此整整十二个时辰，你又一次得罪了我大宋国朝！"

蒲寿庚自知理亏，只得忍气吞声："是，是！不过陆大人来此，在下实不知情，还望海涵！"

陆秀夫也转了口气："此事虽非你亲自所为，但耽误了国家大事，其实对谁都没有好处，你也将后悔莫及！"

蒲寿庚马上想到张世杰发兵攻城的事，心中惶恐，不由自主地点头称是。对陆秀夫，他以往仅见过寥寥数次，但深知其为人刚正，品性高强，今天也算领教了厉害。这时他见陆秀夫态度有所缓和，便试探性地问道："陆大人这些时受苦了，请移步驿馆安歇，蒲某为你敬酒压惊。"

"国事混沌，军情紧急，陆某冒险前来，岂图享乐？实乃蒲大人你公然背叛宋室朝廷，擅杀我大宋军民，投靠强盗，认贼作父，助纣为虐，景炎皇上和杨太后深为震惊，亦哀伤不已！太后命我前来面见蒲大人，是要我当面问问你：大宋朝待你不薄，你为何知恩不报、反而恩将仇报？国朝上下当今艰难抗战，你为何离心离德，甚至叛宋投敌？太后她还说，好好一个蒲招抚使，为什么翻脸不认人，说变就变了呢……"

陆秀夫义正词严，字字铿锵，句句尖锐，到最后激愤得都有点说不下去了。而这些，像重锤利剑，震击得叛徒蒲寿庚无言以对。杨太后那几句话，甚至还让他赧颜冒汗！

但是，蒲寿庚毕竟是蒲寿庚。他很快缓过劲来，一字一顿地说道："陆大人所言，蒲某铭感于心。至于朝廷和太后恩典，我也感念不忘，但此一时彼一时也。蒲某近日所为，也是万不得已的无奈之举。正如太皇太后谢道清和赵愍皇帝在临安万不得已献玺求降，亦正如潼川安抚副使刘整、襄阳知府吕文焕、参赞都督府军事吕师夔、安庆知府范文虎、建康都统徐旺荣、岳州总制孟之绍、成都安抚使昝万寿、嘉兴知府刘汉杰等一大班文臣武将万不得已献城归顺，我蒲某也总要为保全我的那点老本考虑、为我的泉州城安全负责吧？"

蒲寿庚不敢直接提及触发其叛变朝廷的征粮调船问题，却拐了个弯把"万不得已"叛宋投元的理由说得冠冕堂皇、头头是道。

"浑蛋！竟然奢谈什么投降有理、叛变无罪，简直是无耻狡辩、叛徒逻辑！"面对老奸巨猾的蒲寿庚，陆秀夫心里骂道。他愤怒至极，但又不得不强压住怒火。只听他冷冷地问道："那么，你以为这样做，你的老本和你的泉州城就能安然无恙？"

一句话击中了蒲寿庚的"七寸"。他又想到眼前的现实危险，想到张世杰明天即将兵临城下！但他尽量保持镇静，淡淡说道："事已至此，木已成舟，陆大人你说我该怎么办？"

"第一，立即停止一切戕害大宋朝廷和臣民的行为！第二，尽量为我朝廷转移和海上军民南下抗敌提供方便，不得有任何阻拦和破坏行径！"

"好，好。"蒲寿庚此时自是一一应允，同时也提出："我们双方能否各自罢兵，做到井水不犯河水呢？"

陆秀夫听了这话，即刻意识到朝廷方面可能发兵。他想了想，回答："暂且可以！但请蒲大人谨记太后劝谕，恪守仁义，好自为之。如若失信，将来难免招讨，新账旧账一并清算！"

"一定，一定。"蒲寿庚脸色铁青，嘴上却仍然恭谨。他亟盼陆秀夫尽快回去劝阻张世杰不再兴师攻城，只要躲过这一劫，以后的事就难说了。嘿嘿，骑驴看唱本——走着瞧！

陆秀夫起身告辞，蒲寿庚赶忙说"请"，亲自把他们送出城门。

此刻的蒲天文，躲在那城楼上，无可奈何地看着陆秀夫和李春牛他们远去。一个昼夜下来，竹篮打水一场空，弄得他神情沮丧，甚至有点气急败坏：真荣没能把蔡荔娘带到泉州来，仅仅带来了她的一张纸条，那破纸条上居然还写着什么"姻缘天注定，天无意则人无缘，蒲公子莫计前嫌"和"处世当磊落，男子汉应大胸襟，蒲公子宜自尊重"，说得我蒲天文多没面子！这陆大人倒是被我暗整了一回，晾在那个小巷子里不管不问，一天一夜滴水未进，让他尝尝我这"闭门羹"和"冷盘菜"到底是什么好味道！可是这家伙居然能够招来老爷子，老爷子居然还毕恭毕敬把他护送出城！不就是怕张世杰攻城吗？他要真敢来打，我的六七千兵马也不是好惹的，就是输了，也还有伯颜和唆都的大军呢！你看现在，像个龟孙子似的……蒲天文正这么想着，忽然听到他那老爷子在城楼下指着自己大骂："龟孙子，你这成事不足、败事有余的家伙！好好给我守住城门！"

第九章　千里伴驾路难行

陆秀夫回到后渚港已是下半夜四更时分。他见陆岸上数万军马已经整装待发，刻不容缓，急忙奔向中营觐见杨太后，又找来陈宜中、张世杰等人，通报了泉州之行的情况。众人正为陆大人的安全捏着一把汗，只待天明发兵救难，严惩叛贼，见到陆秀夫完成使命安全归来，都非常高兴。但同时对蒲寿庚父子的叛逆恶行，众人个个义愤填膺，激愤不平，特别是张世杰等几位将领，纷纷要求按原计划迅即出兵讨伐！

杨太后拿眼看着陆秀夫，意在倾听他的意见。

陆秀夫连着喝了三大碗水，清了清喉咙，环视了一下众人，大声说道："蒲寿庚罪孽深重，大宋国朝讨伐问罪理所当然，凭我大军之力，解决一个蒲寿庚也不成问题。但我思虑有三：其一，泉州城戒备森严，防守严密，蒲氏父子已有充分准备，我军攻打虽必胜无疑，但亦将付出重大代价，消耗我军实力；其二，蒲氏已与伯颜和唆都勾结，我军一旦攻打，闽北一带的元军主力必将火速增援，对我军实施反击和追堵，势必影响朝廷南迁和大军南下；其三，行朝目前并无立足之地，皇上、卫王和两宫尚在军中，战火纷飞，惊扰难免，若是发生万一，又将如何是好？"

陆秀夫说的"两宫"，是指杨太后和卫王赵昺之母俞妃。她们与赵昰小皇帝和赵昺小亲王一样，也是需要重点保护的。

众人默默不语，有的频频点头。陆秀夫接着又说："泉州商谈之时，蒲寿庚迫于我大军军威，似有收敛之意，答应不再扩大事态，也保证不对我朝廷和军队南迁行动进行骚扰破坏，谅他一时也不敢放肆。既如此，我意暂且不去攻打泉州，抓紧南下寻找安全所在，待站稳脚跟后再作计处，若蒲氏胆敢继续胡作非为，我们再兴讨伐之师也不为迟。"

杨太后觉得有理，众人也认为只好这样了。张世杰不无遗憾，挥着拳头砸在桌面上，狠狠地说："只是便宜了这老贼！"

洛阳江出海口航道宽阔，泉州湾风平浪静。行朝和大军果然顺利通过了蒲寿庚管制的偌大海域。

两千多艘战船排列成二十多列纵队，形成一个左右宽达三百余丈、前后绵延近三十里长的巨大方阵，樯橹招摇，号令相闻，首尾呼应，逶迤前行，俨然一座移动的海上长城，正应了福建沿海百姓常常念叨的老民谣："海舶千艘浪，潮田万顷秋。"

陈宜中、张世杰、陆秀夫等众大臣，小心翼翼地护卫赵昰小皇帝和杨太后，指挥这支庞大的船队继续南下。

不多时，船队驶过了金钗山六胜塔海域，前锋抵达深沪港附近海面。这里港深水阔，鸥鸟翔集，一派平和景象。但对警惕的宋军船队来讲，这里似乎并不是平静的港湾，因为在这里，他们不期然又遭遇了新情况。

其时风浪骤起，海面上隐隐约约潜藏着一丝诡秘。猛然间，军士们发现右侧方向海面上突然冒出众多船只，一字儿排开朝着船队疾驶过来。这些船只大小不一，少说也有七八十艘。众人疑惑："该不是蒲寿庚或元军的战船吧？"张世杰急令右翼的两列纵队马上变换队形，掉转船头向西面形成无数个前三角阵形，面对突如其来的不速之客迎了上去。

双方越来越近了，军士们个个奋勇争先，有的张弓搭箭，有的提刀抢枪，准备战斗厮杀。近了，更近了！就在一触即发之际，他们却惊异地发现对方这些船上并无什么兵卒，也没有刀枪弓炮等武器，每条船都只有几个划桨操舵的人。军士们见状，便渐渐放慢了冲击速度。对方行驶在最前面的是一艘三桅大船，站在船头上的几个人一边挥舞旗子，一边大声叫喊："我们是来贡献船只的！我们要见陆大人！"

宋军让三桅大船靠了过来。士兵们探明了情况，把这几人带到了陆秀夫面前。

"范伯、范海龙，是你们啊！"陆秀夫在枫亭见过他们父子，此时好似他乡遇故知，倍感亲切，一阵惊喜。范伯也高兴地拉着陆大人的手，向他一一介绍同行的几位好友：惠安南埔渔民刘海、泉州船户黄大有、晋江商人许汉青。

原来，范伯父子早已存心要为宋室行朝征集海上船只，他们近期联络了塔斗山会心书院教习刘勋先生之弟、南埔渔民头领刘海，以及在蒲寿庚海运船队中供职的黄大有等人一起行动，又得到晋江仁和里商贾大户许汉青夫妇捐资赞助，在惠安、泉州、晋江沿海购得船只二十余艘。他们还招募了一千多名青壮渔民和船工，趁着蒲寿庚叛乱和泉州城混乱之机，暗中搜寻蒲寿庚和蒲师文疏散、隐匿在各港口、河道、渔场的船舶，共寻获六十多艘，其中还有一批已经装满粮食、木材、铜铁铸件和日用杂品的大型海船。范伯和许汉青等人指挥这些船只刚刚在深沪湾一带集结完毕，恰逢大军船队航行到此，就急忙赶来"投奔"了。

范伯说到"投奔"二字，一行人皆哈哈大笑起来。陆秀夫大喜，一面传令将八十多艘船只和一千多名青壮年船工编入船队序列，一面奏报小皇帝和杨太后，重赏了这些对大宋国朝忠心耿耿的义士。

得到这一份意外收获，船队更加壮大了，行朝上下异常高兴，全军士气大振。庞大的船队，又浩浩荡荡乘风破浪，全速进发。

陆秀夫安然脱险和范伯率船"投奔"的好消息很快传到枫亭。蔡曰忠把喜讯告知女儿，蔡荔娘的病即时好了大半。她高兴得打开梳妆台，对着镜子仔细地梳洗起来。她先把头发抹上芦荟汁，反复梳理了几遍，再把它高高盘起，接着在发辫上插了珠串、金钗，又在脸上轻轻涂抹了些许胭脂……陆大人离开之后，她还从来没有这么认真梳妆打扮过。

铜镜锃亮光洁，澄净的镜面上，清晰地映照着大病初愈的美人，以及她那久违的笑容。可是，镜子里的蔡荔娘，突然又泪流满面。荔娘哭了，她不是因为自己的形容消瘦，而是又想起了陆郎。

结婚之后的那些日子，自己晨起梳妆时，陆大人常常会冷不防站到身后，出现在镜子里面的那个慈祥温和的国字脸笑眯眯地看着自己。他有时还会指指点点，说那朵花儿真好看，这处胭脂红白正合适。可是，如今自己身后空空如也，镜子里形单影只，陆郎安在？"女为悦己者容"，陆大人不在身边了，他看不到我了，我这是为谁梳妆为谁理容？蔡荔娘想到这里，唐代江采苹的哀怨诗一下子涌上心头：

桂叶双眉久不描，残妆和泪污红绡。
长门尽日无梳洗，何必珍珠慰寂寥。

江采苹出身于莆田黄石江东村一个世代为医的家庭，十五岁时高力士见她美貌，将其选入宫廷服侍明皇，亦即唐玄宗李隆基，成为玄宗皇帝十分宠爱的妃子。江采苹酷爱梅花，玄宗皇帝便昵称其为"梅妃"。杨玉环集"三千宠爱在一身"之后，玄宗虽然仍爱着梅妃，但畏惧杨贵妃，只得将梅妃迁往上阳东宫，形同打入冷宫。遭妒失宠的梅妃自此疏于梳妆，心意恹懒，满腹哀怨。有一次，唐玄宗瞒着杨贵妃，秘密赐赠一串珍珠给江采苹，却反而触发了她的失落感，于是写下了这首《谢赐珍珠》。江采苹认为自己既然得不到皇上的宠幸和欣赏，就无所谓容颜美不美了，她久未梳洗，也就无须珍珠来装扮。蔡荔娘此时此刻品味江采苹诗中意境，竟然感同身受。是啊，陆郎不在，我还梳妆打扮干什么？她一把将脸上的胭脂全部擦掉，转身来到书桌前。可拈起笔来，却又不知道写点什么。许久许久，才在花笺上抖落下了几行字：

春雨淅沥，莺飞草长；陆郎来了，荔娘欢畅。
秋风萧瑟，花木凋零；陆郎去了，荔娘哀伤。

蔡荔娘哀伤的不仅是陆郎远离而带走的夫妻之间的男欢女爱，她哀伤的还有国朝社稷的命运，黎民百姓的命运，陆郎的命运。因为，家国相连，国运昌隆家道才能兴旺，她知晓这个道理。

蔡荔娘站到窗前，仰望长空，但见苍穹幽幽，弦月如钩。她拈起一炷香，对着苍天明月，默默祷告：山河破碎我的心肝碎，乾坤不圆我的家难圆。但愿行朝南迁一帆风顺！但愿陆郎行程一路安好！但愿大宋江山早日恢复！但愿我的陆郎早日平安归来！

行朝命运却偏偏多灾多难。这日傍晚时分，大军船队刚刚到达晋江围头海面，忽然天昏地暗，狂风大作，波涛汹涌，一浪高过一浪。显然，他们遇上了这个季节常见的海上大暴风。

在大自然面前，人是渺小的，值此遭遇异常气象之时，人类的造化更是那么的苍白无力。怒海翻滚着，偌大的战船显得那么弱小，那么无奈，一会儿被托上波峰，又一下子被狠狠地甩下浪谷，原本浩大而又整齐的船队顿时被冲撞得七零八落，乱了队形。数千艘大小船只在宽阔无边的大海中各自奋力挣扎，努力保持不沉，努力往前挪动。军士们一个个东倒西歪，有的开始眩晕、呕吐，甚至还有几个人被汹涌的浪潮扑倒，卷落到海里去了。

船队难于航行，陈宜中、张世杰只得下令按编队各自行动，疏散到就近的各个港湾锚泊，先避避风，然后再伺机出发。

命令已下，但海面昏暗，风浪狂躁，船队依然是茫然无措。

范伯见状，即刻想到了护国庇民的海上女神妈祖。这妈祖原是莆田湄洲岛上一位救苦救难的奇女子，叫林默娘，她羽化升天之后，徽宗、高宗、孝宗等历代皇帝多次敕封"顺济""灵惠夫人""慈济妃"等尊号，民间信众更尊称其为"妈祖"，每逢灾厄，人们往往求救于她。眼下，罕见暴风搅翻了大海，海上救护女神安在？

"快，快，快请妈祖！"范伯大声喊着，朝儿子吩咐。范海龙用身子挡着风，好不容易点燃了几支香，分了三支递给父亲。扑通一声，父子俩齐齐跪倒，两人俯伏在甲板上，朝着湄洲岛方向望去，拈香拜了几拜，一迭连声祷告："妈祖娘娘速速显灵，护佑船队平安无事！妈祖娘娘速速显灵，护佑船队平安无事……"不一会儿，风浪似乎小了许多，海岸方向突然亮起了一盏盏红灯。灯光在狂风中扑闪扑闪的，仿佛在向艰难挣扎中的大宋船队招手。范伯父子见状，马上招呼大家："妈祖保佑啦，快快朝红灯进发！"

那红灯闪亮便是港口、码头、船坞和航道的标志，沿海一带的人们每当夜晚或雨雾等恶劣气象之时都会点燃红灯，为回港船只导航。此刻，晋江围头湾畔的这些闪烁的红灯，便是宋军船队的希望与救星。在它的引导下，一个多时辰工夫，两千多艘船只全部驶入围头湾内，沿着港湾两岸和附近的岛屿驻泊，一直延伸到了五马江、安海湾。

海上暴风持续了一天一夜。此后，全军二十余支编队从各自锚泊地点陆续出发，经同安、金门水道继续往南航行，驶过龙溪、漳浦海域，并在铜山沿海补给休整几日，最后统一到达广南东路的南澳岛重新集结。

小皇帝赵昰走的则是另外一条路径。因为他实在忍受不了巨浪的颠簸，陆秀夫和陈宜中、张世杰商议，让小皇帝和杨太后等人一起弃舟登岸，由陆秀夫率领一队军士担任随行护卫，顺着福建南部沿海，取陆路继续南下。

因此，在海上大军劈波斩浪奔赴南澳岛的那些时日里，赵昰皇帝、杨太后这一行人，却是在闽南、粤东的山山水水间无比艰难地跋涉流徙。

安平五里桥，横跨晋江与南安二县交界的五马江海湾，长八百十一丈、宽一丈六尺，号称"天下无桥长此桥"，桥上筑有水心亭、中亭、宫亭、雨亭、楼亭，两侧水中有对称四方石塔四座、圆塔一座，大桥东头还建有一座高达六丈六尺的五层六角空心白塔，名曰"瑞光塔"。这安平桥、瑞光塔与五马江和江岸山脉相映成趣，形成了江、山、桥、塔胜境。诗人赞曰：潮来直涌千寻雪，日落斜横百丈虹。

可是，赵昰君臣对此绝妙美景却并无心思欣赏。他们匆匆跨桥而过，急忙忙往福鼎山、鸿渐山一带山区进发，当日即翻过小盈岭，从"同民安"隘口进入了同安地界。

同安是宋朝科技巨匠苏颂的故乡，朱熹也曾在这里当过几年县主簿，小盈岭隘口石坊上那三个"同民安"大字就是当年朱熹所题写，寄寓着造福一方、与民同安的民本思想。陆秀夫早就知道这个地方地灵人杰，心中本来对它是怀有一种敬意和亲近感的。但此时，他的心情却是十分紧张和警觉。蒲寿庚的突然叛变极大地改变了福建的政局版图，这里由远离元军的敌后，变成了元朝势力可以轻易渗透的前沿地带，再加上宋军主力已经从海上渐行渐远，此地已变得越来越不安全了。赵昰皇帝和杨太后的安危，维系在自己身上，责任重如泰山啊！他小心翼翼地观察周遭地形，仿佛这山岭沟壑之间，这密密匝匝的树林之间，就潜藏着敌人的无数探子或伏兵，随时可能杀出一支夺命的队伍来。为应对不测，他把卫队分成几拨，有的担任随身护卫簇拥在小皇帝和太后周围，有的负责断后压阵，有的在前方探路，有的则分散撒开到左右两侧几丈、几十丈范围内搜索和警戒。

这支特别的队伍，就这么紧张急促而又井然有序地在山峦间的古驿道上向前方滚动。

赵昰皇帝和杨太后在鸿渐山麓的村庄里驻跸。为了不惊扰百姓，更是为了安全保密，他们选择在夜深人静的时候进村。但是出人意料的是，他们到了村里一看，大路两旁已经布满了夹道欢迎的男女老少，而且全都跪在地上，俯伏成黑压压的一片，静静地恭候当今皇上的到来。见此情景，小皇帝和众人都很惊讶：这偏僻小山村的村民们，何以有这等举动？他们又是怎么得到消息的？

小皇帝看到老百姓半夜受惊扰，很不忍心，便生气地质问："到底是谁走漏了风声？"村里许多人都认为，圣驾光临的消息是土地公托梦告诉村民的，但众人都不愿"告密""出卖"好心的土地公，也不敢直接面对皇上说话，只有一老者悄悄指了指桌上的土地公塑像。小皇帝明白了，挥着手中御扇，在土地公头上点了点，说："你这多事的家伙！"土地公见状，吓得跌倒在地，躲到桌子底下藏了起来，再也不敢出来抛头露面了。从此以后这一带老百姓都把土地公神位摆设在桌子底下。当然，这只是民间传说，人们找个借口把"泄密"的责任推给不会说话的土地公罢了。不过，"土地公藏桌下"这一奇异习俗倒是一年又一年流传了下来。

赵昰君臣的行动更加谨慎了。他们有时声东击西，有时大路进小路出，不断改变行踪。因为担心暴露目标，也为了减少扰民，陆秀夫尽量把小皇帝和杨太后等人的食宿安排在山沟里或野外偏僻之处。但这样一来，他们的生活条件就更差了。这一天，在三魁山埋锅造饭时，竟然发现连米、面都没有了！陆秀夫赶紧派人化装成和尚去"化缘"找粮食，哪知附近并未找到半户人家。正当众人束手无策之时，忽然山上一垒大岩石出现了异常动静，不一会儿就从石头缝隙间"哗哗哗"地流出一大堆白花花的大米来！陆秀夫知道这是有心计的好人特意以这种方式暗中捐助，遂抱拳对着山上喊道："多谢了，无名侠士！"

三魁山上的这一垒大岩石，后来被人们称为"出米岩"。

队伍经过珩山，前往龙窟村。因这次朝廷兵马在此通过，珩山即改称王朝山。在王朝山脚下，陆秀夫和杨太后接到了探子快马来报：前方发现有一支马队，正在悄悄沿着山边运动，形迹十分可疑。众人顿时紧张起来。

"难道真是敌人的骑兵？不可大意！"陆秀夫默默想了想，随之做出部署。他一边调遣部队前去跟踪监视，嘱咐军士迅速查明情况，若对我军形成威胁，即可将其就地歼灭；一边立即安排皇上和太后在龙窟村就近乘船入海，前往海上暂时回避，以防范元军骑兵袭扰甚至大规模的围追堵截，确保安全。

皇上等人乘坐的船只在海上转了一个圈，经过烈屿，驶往嘉禾屿，在五通码头靠岸，后又转往沙坡尾港驻泊。嘉禾屿即厦门岛，是个僻静的孤岛，相对安全，陆秀夫便让赵昺皇帝化了装，打扮成民间孩儿，与众人一起登岛休憩。

嘉禾屿因出现"一茎数穗"的水稻良种而得名，又因为自遥远的古代起就有成群的白鹭在此栖息而称"鹭岛"。岛上有山有水有田园，峰峦竞秀，阡陌连横，沙滩环绕，风光旖旎。山谷间、田园里，到处溪流淙淙，浸润得花草树木格外繁茂，所以整个海岛一片翠绿。偶尔可见一些村庄、屋舍，不经意般地零零散散分布在海岛的各个角落。人们或在田间地头侍弄庄稼，或驾着小船在海上捕鱼捞虾，或三五成群在海滩上织补渔网，鸡犬之声偶尔响起，更显得十分清静悠然。小皇帝一上岸就喜欢这个地方，觉得这里宛如仙境，应该就是传说中的那个"世外桃源"吧！这里许多地方都那么好看、好玩，他喜欢到海边看鱼虾浅游，到绿洲丛林看白鹭飞翔，到岸堤礁石旁听"哗哗"的浪涛声响。他奇怪这个地方有一种叫"龙舌兰"的植物，怎么会长出一把把长剑直刺云天？还有，同一丛三角梅开出的花，竟会有红黄紫白等几种不同的颜色，他一细看，还发现那花就是叶、叶就是花……小皇帝还喜欢金榜山上董内岩的那一处泉水，因为喝起来甜甜的、腻腻的，就像皇宫里喝到的蜂蜜。小皇帝喝过的这处山泉，后来被人们称作"宝山圣泉"。

在小皇帝眼里，这里的一切都是那么新鲜，那么美妙。

夕阳西下，小皇帝来到虎头山脚下的沙滩，爬上一个平坦的石礅，隔着一片名叫"鹭江"的海面，眺望不远处那个名叫"圆沙洲"的小岛。晚霞灿烂，把小岛染成了一派斑斓，摇曳的树叶闪闪发光，海上跳跃的浪花也闪闪发光，小皇帝眼里满是金光。不一会儿，太阳沉下去了，小岛也逐渐乌暗了。天幕下显出那小岛的轮廓，看过去一片凹凹凸凸，宛如一座海上城堡。

正在海边撒网捕鱼的一位老翁，看这少年郎眉清目秀，装束整齐，斯文中又不乏活泼，对沙滩、贝壳、螃蟹、鱼虾和海鸥，都流露出那么新奇和专注的神色，猜想他可能是外乡初来本地串门走亲戚的小客人，心里有点喜欢他，就有意找他搭话。

"小阿弟啊，你喜欢这里吗？"

少年郎站起身来，手中捧着一大把贝壳。他怯怯地看着眼前这位陌生人，上上下下仔细打量，嘴巴紧紧抿着，并不说话，那颗包扎着粗布黄色头巾的小脑袋儿，却使劲地连续点了好几下。老翁见这孩儿又抿嘴又点头的可爱模样，呵呵地笑了，继续说道："我们这嘉禾屿啊，像海上仙境，又清静又安和，人们都说是'天高皇帝远'的地方。对了，皇帝，你知道皇帝吗？"

少年郎怔了一怔，心里想："当然知道啦，我父皇就是皇帝，哦，我自己也是皇帝啊！"他正要开口说点什么，一眼瞧见不远处的陆大人正在朝自己悄悄摆手，就又紧紧闭口了。

老渔翁还是自顾自笑着说着，只见他又指着海对面的圆沙洲，对小阿弟说："那个小岛更有意思呢！海浪会打鼓，鱼虾会跳舞，石头会唱歌，螃蟹会上树。你知道它还有一个好听的名字吗？

"我们这里的人都叫它鼓浪屿！

"那圆沙洲上有一块大石头，海浪拍击时会发出擂鼓的声响。因此，我们叫它'鼓浪屿'……"

老渔翁一口气说个不停，看得出他是个乐观、活泼的人。他穿着紫酱色的衣裳，头上戴着尖顶竹笠，绘声绘色，手舞足蹈，一丝丝白发从竹笠下钻出来，伴随他的动作左右飞舞，把少年郎小皇帝逗得乐了，笑了。

经过几天的休憩，小皇帝已从前一阶段风暴和海浪的折腾中恢复过来，精神也好多了。他已爱上这个美丽的地方，真想在这里长长久久生活下去。听说马上又要走了，他不解地询问陆秀夫：我们为什么不在这里建一个皇宫？

小皇帝的想法并非幼稚，陆秀夫也曾想过这个问题。但是，嘉禾屿岛小人稀，毕竟仅有一两千户，六千余人口，物产虽丰饶但也是十分有限，其地处海角一隅，只是同安县辖之下的一个小地方，虽然僻静却缺乏回旋余地，不足以形成大宋朝廷抗敌复国的基地、大本营和指挥中枢。特别是此地属于泉州府辖地，虽然目前地方基层政权还由大宋官员把持，但蒲寿庚的势力近在咫尺，把皇室安置于此并不合适。要是蒲寿庚不叛变，要是福建路都还在我大宋掌握之中，那么这里说不定真的可以作为朝廷皇室安身立命的一处好所在哩！可惜现在时过境迁，江河日下，已经没有这种条件和可能了。赵昰皇帝还得南下，去与大军会合，而且必须尽快离开这里！

小皇帝、杨太后与陆秀夫等君臣一行，天刚蒙蒙亮就启程赶往狐尾山，欲从其西麓的牛家村码头搭船过海。这里设有官渡，尚有大宋的官军把守。

到达渡口一看，早有一群百姓在当地里正带领下在此迎候，他们还带来了许多香蕉、菠萝和米粿之类的食物。原来，尽管皇室的行踪隐秘，但还是有些村民、渔民得知消息。这几天他们不敢前去打扰，便相约来此送行，以表达作为大宋臣民的一片忠心。

君臣一行十分高兴。陆秀夫在与嘉禾里里正的交谈中得知，里正姓叶，家居莲溪社，系隆兴年间（1163—1164年）宰相叶颙的四世孙。"原来是叶丞相之后，失敬失敬！"陆秀夫重新行了礼，取出纸笔，题了"官荣"两个大字，递与里正说："留作纪念吧，但愿后会有期！"

叶里正一看即知这"官荣"隐含着一个"宋"字，知道陆秀夫的用心，是要人们怀宋、保宋，便默默点了点头，把它小心地收藏起来。

陆秀夫可谓用心良苦。在离开龙窟村之前，他也曾在赵昰皇帝经过的山门石壁上悄悄地写了"龙门"二字，为的也是给福建的大宋臣民留个念想，也许日后还可起到凝聚人心的作用。

搭载赵昰皇帝的"龙舟"就要解缆起航了。忽然，一位穿着紫酱色衣裳的白发老人急急忙忙赶到。他是后来从乡亲们的街谈巷议中，忽然感悟到他那天在海边遇到的竟然就是当今皇上，心中不免感慨。感慨之余，便想给小皇帝送点什么。他用鱼篓子装满螃蟹，就急忙赶了过来。老人用劲将鱼篓向船上扔去，不停地大声喊道：

"皇上一路平安，顺风顺水！

"老汉我前天失礼了！

"这些螃蟹膏肥肉厚，是给你补身子的！

"下次再来我一定带你去鼓浪屿玩！"

小皇帝也认出了白发渔翁，高兴地挥手与老渔翁告别。他忽然看到，那个白发苍苍的老人，竟然弯下身子，俯伏在码头的青石板上，面向龙舟，朝着自己跪下了！

码头上，很多人都朝着小皇帝跪下了……

龙舟缓缓驶离牛家村码头，不一会儿就看到了被老渔翁称为"鼓浪屿"的圆沙洲。小皇帝想着，待船只靠近时要好好看一看这个神奇的小岛。不料，龙舟刚刚驶近圆沙洲附近一个名叫"港仔后"的水域，一阵猛烈的风浪突然袭来，风卷浪旋，把船都抬了起来，情形怪异，险象环生，小皇帝腰间的金带也被震落下来，扑通一声掉到海里。说来也怪，那金带落水后整个海面顿时风平浪静，船只得以平稳航行，不过一个时辰就到达海对岸一个叫"濠门"的地方。小皇帝的金腰带掉落的水域，便被后人叫作"金带水"。

濠门设有营寨名曰"宁海寨"，时属漳州府管辖的地界。

小皇帝上岸进了寨子，立即被眼前的情景震住了：宽阔的晒场上，用树枝和鲜花搭起一个大彩门，彩门两边站满了穿着盛装的长长的仪仗队，队伍的尽头，设置了一个高台，台上摆着一桌酒席。高台两旁高大的榕树下，还摆设了几十桌饭菜。原来，今天是小皇帝诞辰，陆秀夫事先吩咐国舅杨亮节等人做了安排，要给颠簸流浪中的小皇帝一个意外惊喜。

鞭炮噼噼啪啪响了一阵，随行的文武官员轮番祝拜，成百上千的护驾军士齐声三呼"万岁"。人们纷纷入座，敬酒劝菜，猜拳行令，一时热闹非凡，欢呼声响彻海空。

臣下祝颂皇帝、高呼万岁称之为"嵩呼"，"嵩"也是至高无上的意思，因此这次皇诞庆祝活动之后，此地便改名"嵩屿"。

别开生面的野外宫廷典礼，并不丰盛的皇帝生辰庆宴，倒也让君臣和军士们全体激动和振奋了一回。

还有一件事让陆秀夫感到欣慰甚至惊喜：前几日在王朝山派去跟踪监视可疑马队的军士们回来了，而且还把这支马队也带了回来。原来，那一天探子发现的那些疑为元军骑兵的人马，其实是自家人，是从泉州城里脱逃出来的宋军旧部和皇室遗族。

"快快，快传他们过来问话！"陆秀夫急着说道。

这些自家人见到陆秀夫也像回家一样的高兴。他们告诉陆秀夫，蒲寿庚叛变之后，他们边打边撤，好不容易逃了出来，为了躲避敌人的追杀，他们装扮成商人，把携带的财物和粮秣给养装扮成经商的货物，夜行晓宿，绕道迂回，尽量避人耳目。当然，他们的行踪也难免引起元军探子的注意和怀疑。"不过，我们将计就计，以财物为诱饵，反而抓住了敌人的好几名探子呢！"

陆秀夫边听边点头，微笑赞道："你们这些军人和皇族，还真不是等闲之辈！"

"我们还从被审问的元军探子口中得知一个重要情况：伯颜和唆都等人其实也怀疑赵昰皇帝可能并没有随同海上大军行动，他们猜测这小皇帝有可能在闽南或粤东沿海地区活动，甚至在某一合适地点安营扎寨，重新建立大本营，并以勤王名义继续聚集军民。但因为浙南和闽北、闽西、闽东、闽中各地仍有众多宋军和民间义军在抵抗，起到了牵制元军大部队南下的作用，唆都手里的兵力不够用，只得先派遣小股探子，分散潜入闽南地区探察虚实，只要是发现宋室行踪即可就地采取行动，最好是'擒首'或'斩首'。只是因为这一时期南逃的人马太多了，这边一拨，那边一串，大路、小路甚至许多山沟沟都有发现，弄得元军探子也糊涂了，他们也无可奈何，苦叹：要到哪里去找赵家皇帝啊！"

这个重要情况，使得君臣一行不免又紧张起来：敌人的嗅觉很灵、触角很长啊！

"此地不可久留，我们必须尽快离开！"陆秀夫赶忙吩咐大家。

可是不巧，小皇帝偏偏这时候又病了，燥热且昏迷。陆秀夫向当地村民问药，得知附近的南太武山和龙池岩分别长有薰衣草和薄荷，可以医治此病。陆秀夫马上让李春牛带人去两处采摘，把这两种药物放在一起煮水，给小皇帝饮用了几次，果然见效。过了两日，等不得皇上完全康复，大家便急忙上路了。

皇家的队伍一下子壮大了许多。因为他们既接纳了那支不期而遇的自家人"可疑马队"，又在漳州城里汇集了许多也是从泉州逃难出来的、脱离了蒲寿庚控制的人马，还收编了不少闻讯前来投奔的各路义士。还有，原先就活跃在福建各地的众多畲族抗元武装，此时也源源不断地前来投奔。陆秀夫为长远计，动员他们暂时留守下来，在福建就地抗敌、保卫家乡，对于其中一部分坚决要求随行且较为精锐的畲族义军，陆秀夫则接纳他们参与勤王行动。如此一来，他的队伍又变得浩浩荡荡了。

队伍出了漳州城，不远处就见到那座原本不该出名而如今却名闻天下的木棉庵。

木棉庵又称木棉铺，只是漳州城通往闽粤边界的一个小小的驿站分铺，但就在几个月之前，却因为权奸贾似道之死而一朝成名。

杨太后知道，贾似道是理宗、度宗两朝宰相，在朝主政多年，是个了不得的人物，也是个导致国朝衰败的罪人。不过，对贾似道的所作所为，她身为度宗皇帝的一个妃子，深居后宫，只能是略有所闻，后来还听说流放途中被杀死在福建漳州。真没想到，如今自身会经过此地，会亲眼看到贾似道的丧身之所！杨太后不免感慨，同时也自然而然引发了她一探究竟的想法，想更多地了解一些贾似道的事故缘由，于是，她便把陆秀夫等人招呼过来。她指了指前面不远处的木棉庵，对陆秀夫说："陆大人，你把贾丞相的事给哀家说一说吧。"

说起这个贾似道，陆秀夫自然也是百感交集。他思索了一会儿，才一五一十地全盘道来——

"贾似道原是浪迹江湖、嗜好赌博、并以擅长斗蟋蟀而闻名的市井无赖。其姐贾玉华被选入宫，深受理宗皇帝赵昀宠爱，被立为贵妃。贾似道因此鸿运当头，屡屡得到提拔重用，一直做到了右丞相。度宗皇帝赵禥继位后，更被加封太师，捧为'师臣'，朝廷官员则尊称他为'周公'。一步步登上权力高峰的贾似道，却刚愎自用，瞒上欺下，生活上又极其奢侈，以至弄得国势日渐衰微，使国家陷入了绝困境地。就拿抵抗蒙古军队的事来说，贾似道的所作所为给大宋朝带来的恶果便极具灾难性。

"宝祐六年（1258年），蒙古军队兵分三路大举攻宋。理宗皇帝命贾似道领兵救援鄂州，贾似道却暗中派人去找忽必烈求和，而处于进攻势头的忽必烈并不买账。不久，蒙古大汗蒙哥战死在钓鱼城下，忽必烈急于北返争夺汗位。贾似道抓住机会再次派人请和，以割江为界、岁奉银绢各二十万的条件，与忽必烈达成了和议，忽必烈于是迅速率军北撤。但是，当最后一批蒙古军途经长江新生矶浮桥撤离时，贾似道忽然心血来潮，派兵截断浮桥，杀死了殿后的蒙古士卒百余人。事后，贾似道隐瞒求和真相，竟将与忽必烈签订称臣纳币和议的大事隐匿不报，反而捏造事实，向朝廷报称诸路大捷、鄂州解围，江汉肃清。不明真相的理宗皇帝自然大喜，于是重赏贾似道。

"忽必烈登上汗位后，派一个名叫郝经的使者出使南方，要求宋室朝廷履行和约条款，按时交纳岁币。这一来贾似道着急了，他害怕自己暗中求和、谎报大捷的行径暴露，就将郝经秘密扣留，封锁了一切消息。忽必烈其时因与族人阿里布哥在蒙古草原打内战，无暇南顾追究此事，宋室朝廷也就暂时平安无事，获得了一时偷安。而贾似道见蒙古方面对此没有做出强烈反应，就扬扬得意，更加狂妄起来。

"贾似道打错了算盘。你与人家签订纳币求和的盟约，过后又不执行，还拘押了人家的使臣，忽必烈他岂能善罢甘休！咸淳四年（1268年），忽必烈从蒙古内战中腾出手来，即以追究宋室朝廷'拘使败盟'为借口，兴起讨伐之兵，气势汹汹扑向襄阳和樊城。面对蒙军的严密围困，贾似道又失算了。他盲目自信襄樊不会被攻破，凡是襄樊的战报，他都不向度宗皇帝禀报，有议论边防战事者，辄加贬斥。直到三年后，度宗才听一名嫔妃说到襄樊被围困的消息，吓了一跳，忙召贾似道询问。贾似道佯作惊愕道：'北兵已退，陛下从何处得此消息？'他马上追查那位多嘴的嫔妃，把她处死了。许多主张积极防御的文臣武将，更是遭到打击排挤。京湖制置使汪立信实在看不下去，壮着胆子向朝廷上书，提出沿长江设屯置兵、千里联防的建议，贾似道勃然大怒，掷书于地，还骂道：'瞎贼敢这般狂言吗？'当即就把汪立信的职务罢免了。"

陆秀夫说到这里，眼前浮现度宗皇帝跟前那位屈死的年轻美貌小嫔妃，和那位瞎了一只眼的憨直的制置使，不由得一声叹息。他略微缓和了心绪，又继续说下去——

"由于贾似道对前线战事掉以轻心，襄樊军民虽英勇抵抗，终究还是于咸淳九年（1273年）被元军攻陷，朝廷失去了最重要的战略屏障。元军顺流而下，攻取了鄂州，招降了黄州、蕲州、江州，大宋的长江中游防线迅速崩溃。朝廷陷入一片混乱，整日里只顾得与群妾寻风流、斗蟋蟀和歌舞湖山、粉饰太平的贾似道，这时也慌得不知所措。迫于朝野舆论的压力，贾似道硬着头皮仓促上阵，调集各地兵马，勉强拼凑了十三万人、二千五百艘战船，在丁家洲和鲁港一带摆开了与元军决一死战的架势。可没想到，两军相遇，宋军一触即溃，死伤无数，余皆四散而逃。这一带有战略决战性质的'壮举'，却落得宋军一败涂地、朝廷主要兵力几乎丧失殆尽的结果！

"宋军惨败及国势崩溃，贾似道难辞其咎。但太皇太后谢道清不愿诛杀他，只是将其贬为高州团练副使。高州位于广南西路，路途遥远。受命负责押解的差官是会稽县尉郑虎臣，这个耿介正直的硬汉子恨透了贾似道，便在途中有意加以羞辱和折磨。去年深秋初冬时节，他们行至这木棉庵，贾似道借口上厕不肯上路，郑虎臣气极，说道：'我为天下杀你，虽死何恨？'就在茅厕里用力拉扯贾似道胸肩，折骨而死，埋葬于庵边空地里。过后，郑虎臣跑到福州自首，死于狱中……"

陆秀夫说完这些，又是重重地连连叹气。他举目向木棉庵望去，但见木棉庵门前和两旁，成排成丛的木棉树在秋风中摇摇摆摆，就像一群饱经沧桑的老人，连比带画地向路人诉说这一段苍凉的故事。庵门口那块不知由谁竖立的大木牌上，刻写的几个红色大字赫赫在目：义士郑虎臣诛杀奸相贾似道于此。

　　睹物思人，触景生情。但凡路过木棉庵的人，往往都会想起这些往事。当然，人们并非对贾似道这位元老重臣寄予什么思念或敬重，而是对其误国祸民的无耻行径深恶痛绝，心中引发出来的是愤恨、遗憾、痛心疾首。杨太后心中此时萦绕的正是这种百感交集的复杂情愫，她呜咽着对陆秀夫说道："这贾丞相当初若是有所作为，我们今日又何至于此啊！"她美丽的脸庞上，分明流淌着两行晶莹的泪珠。陆秀夫见了，心中颇为不忍，只得安慰："往事不堪回首，但愿前程坦荡平安……"

第十章　一封家书任飘零

赵昰皇帝、杨太后，由陆秀夫率领的大队人马随行护卫，逶迤前行，跨过木棉岭隘口，渡过马口溪，翻过盘陀岭，穿过分水关，进入广南东路地界后又越海来到了南澳岛，与陈宜中、张世杰率领的海上大军会合。这支海上大军已先期到达，并在南澳岛上安营扎寨。

君臣一行这一程走来并不坦荡，但总算平安。

陆秀夫把小皇帝和杨太后等人安置妥当，便抽空到潮州辟望港看望家眷。他与母亲赵氏和正妻赵玉婵已经分别很长时间了。

战乱岁月，多时未见，看到彼此平安，一家人都分外高兴和感慨。谈笑之间，陆秀夫便把在枫亭遇见蔡荔娘和奉旨成婚的事说了一遍。

"你说这蔡家小妮子具有如此人品，老娘听了高兴啊！这也是咱陆家的福气嘛！"陆母又喜滋滋地说道："我也该送她个什么礼物吧？对了，这小妮子的手镯不是送给逃难的穷人了吗？这个缺儿我给她补上，算是对她的奖赏吧！"说话间已经把自己手臂上的玉镯捋下来，递与儿子。

赵玉婵见婆婆如此高兴，便也对远方的那位蔡家小妹妹产生几分好感。她取出一个金灿灿的金锁挂链，对丈夫说："我送蔡荔娘这个同心锁，但愿她与我姐妹俩同心协力，共同襄助咱陆家兴旺绵长。"

陆秀夫一一收下，心中自然十分欢喜。他即刻写好书信，并把两件礼物一起交给李春牛，吩咐他速回枫亭，向荔娘和蔡曰忠全家通报平安。

送走李春牛，陆秀夫的心也随之飞向远方，飞向枫亭。太平渡头与蔡荔娘一别至今已数月。上千里水陆兼程，鞍马劳顿，重任在肩的他无暇思念儿女私情。但蔡荔娘的身影却时时在眼前闪现，哪怕是在波涛汹涌的大海上，还是坎坷跌宕的山林间，陆秀夫总能清楚地感觉到荔娘的存在，感觉得到她的音容笑貌。他在临行之前曾经在蔡荔娘绣有鸳鸯的丝帕上题了"身伴心随",难道如今真的应验了"心灵感应、相通相随"之说?荔娘是不是也有这种感觉呢?他知道,荔娘一定也在想念他,在挂念他的安危,在盼望他的音信。所以,他已在书信中告知详情,以抚慰她相思之苦。那么,荔娘的情形如何呢?她娇嫩的身体是否无恙?她肚子里的小生命是否安然?她的心情、她的家人、她的一切,都还安好吗?

他掏出藏在衣兜里的那片枫叶。虽然这仅仅只是一片树叶,但由于它被蔡曰忠和杨氏两位老人家赋予了美好的想象,更由于它寄托了蔡荔娘的情意,陆秀夫也就分外珍惜了。分别前的那个晚上,荔娘把枫叶送给他,叮嘱道:"相公你把这片丹心枫带在身边,什么时候想见我,你就看看它。"现在,他把它捧在面前,看着,吻着,仿佛那真的就是蔡荔娘。他痴痴地想着,竟就对着叶片说道:"娘子啊,陆某担心你呀!"

他急切期待着她的消息。现在,他唯盼李春牛快去快回。

一轮明月高挂空中,冷冷的清晖倾泻在漳州府长泰县境内的天成山麓,映照出山脚下长溪边的一人一马。李春牛正在溪流边给他的大白马饮水喂食,作短暂的歇脚。这两天来,他和它日夜兼程,实在太累了。

深秋的深夜已是寒意袭人。李春牛紧了紧衣服,把领口、袖口重新扎勒。陆大人的信件和礼物,被他贴身裹藏着,但他还是时不时地摸一摸,好像唯有这样才能保证它的存在,才能让自己放心。

这条长溪叫锦洋溪,又称马洋溪。一座长约二十丈、宽丈余的小桥横跨溪流两岸,是潮汕、漳州往泉州、福州的驿道必经之处。上游蜿蜒湍急奔泻而下的滚滚水流,到了这里似乎已经疲倦,懒洋洋地躺在宽阔的溪床里,静静地在桥下流淌。北边桥头一个亭子,可供行人歇脚。两夜没合眼的李春牛,本也想在此小睡一会儿,但他进到亭子刚刚躺下,睡意蒙眬间,忽然一阵怪异的声响把他吓醒了,再一听竟是老虎的呼啸。这亭子空落落的,实在无处躲藏,李春牛只得侧身隐蔽在柱子后面,屏声静息,睁大眼睛望去,瞧见对面溪岸上俨然一只斑额大虎,摇摇摆摆地走着,走到桥头的时候稍稍站定了一会儿，昂起头朝桥北亭子这边看了看，却并不上桥，而是折向南边去了。要是它再往前走几步跨上小桥，要是它闻到人的气息，后果将不堪设想！

李春牛不曾知道，这里其实是老虎经常出没之地，这座小桥就叫"虎渡桥"。因为担心虎患，白天人们经过，须成群结队而行，天黑以后便不敢有人轻易来往了。今晚，不明就里的李春牛贸然进山，竟然真的撞上了这百兽之王，心里不免惊慌！那老虎转身之前，还朝李春牛藏身的亭子这边看了看，甚至还点了点头，张了张口，真把他吓出一身冷汗！

李春牛不敢久留，赶紧策马上路，趁着夜色，悄悄逃离了由天成山、天柱山和天竺山构成的这一片莽莽苍苍、幽幽深深的山脉。

又经过一天的奔波，傍晚时分，李春牛来到了晋江南岸一个大沙洲。这个地方名叫浮桥，离蒲寿庚把控的泉州城只有十多里路程，一座著名的大桥——石笋桥，连接着晋江南北两岸。李春牛原来想从石笋桥过江，然后从泉州城外围偷偷地绕过去。可是，当他来到桥畔，刚要踏上这边桥头，却发现大桥那头的"接官亭"前已设了岗哨，几棵刺桐树下，一队蒲寿庚的士兵正在逐个搜查和盘问过往行人。李春牛见状，急忙调转马头往东而去。他知道这里显然闯不过去了，而其他关口必定也是戒备森严，因此立即改变主意，要到晋江下游的泉州湾里找船出海。本来，为安全起见，陆大人就是安排他自汕头港乘船北上的，只是其时海上刮的是东北风，李春牛嫌船只顶风逆行太慢，赶路心切的他选择了陆地奔马。如今，陆路已经走不通了，他只得弃陆就舟，改走水路。

好在此处离枫亭已经不远了。

李春牛雇的是一艘单帆渔船。因为当地这样的船只太普遍了，目标较小，不太引人注意。他吩咐船老大远离海岸航行，尽量避人耳目。说完，就钻进船舱休息，他确实太累了，一躺倒便呼呼大睡。

天空乌云聚集，不一会儿下起了一阵大雨。黄豆大的雨点打得船板乒乒乓乓地响，它不能唤醒沉睡的李春牛，却把船老大那根敏感的神经激发起来了。

船老大是个中年人，体形清瘦，面色黧黑，一对小眼睛却是特别的晶亮。他平时出海捕鱼，有时也为别人搭运一些货物。今天，这位自称客商的年轻人雇他的船去枫亭太平港，价钱不错，事体却格外简单——没有货物，只有一个人。他爽快地揽下这笔生意，心里越想越高兴。想着想着，他忽然悟到：这是一个有钱的主啊！你看他虽然没带什么行囊包袱，可是两只手却时不时地在身上摸一摸，就连睡觉也是双臂交叉紧紧捂着胸前，显然身上带有重金！想到这里，船老大心里咯噔一下，"月黑杀人夜，风高放火天"，眼下天乌云低，大雨急骤，茫茫海面，船只稀少，这客商单身一人，且又睡熟，难道还不是老天爷送上门的好事吗？他的眼前，仿佛银票飞舞，金条闪闪，那颗心兴奋得咚咚乱跳，掌舵的手不禁也抖动起来。可是这谋财害命、伤天害理的事能干吗？他略一踌躇，又环顾一遍海面，心里说：天赐良机，不干白不干！只要做得周密，干得利索，没有人会知道的！

船老大下到船舱，蹑手蹑脚靠近李春牛。看到这个年轻人依然睡得那么深沉，便放开了胆子。他拿出一个粗布袋子猛地套住李春牛的脑袋，迅速勒紧袋口，紧接着一手按住李春牛的嘴巴和鼻子，一手掐住其脖子，特别在喉咙处恶狠狠地使劲！李春牛猛然惊醒，黑暗中手打脚踢，本能地挣扎和反抗，但是已经无济于事了！不一会儿就喘不出气来，晕死过去了。船老大把他全身搜了个遍，果然找到一个用绸布裹着的小包包，然后把尸首拖出船舱，扑通一声扔到海里，赶紧向西掉转船头，往海岸边疾驶而去。

让满怀贪婪之心的船老大始料不及的是，绸布包里仅仅只有两件金玉饰品，信袋之内也并无什么银票，掏出来的却是一叠信笺。船老大认得字，只见其中一张写道：

……承蒙太后恩典和汝等阖家厚爱，你我缔结连理，成就姻缘。活水亭里，身心交融，命运已然一体矣！而太平港边，分辨南北，宛如手足折离，切肤之痛哉！一别数月，恍若经年。陆某伴君主辗转海陆，其身虽攘攘而其心乃依依，离愁别绪常常莫名弥漫。奈何山河破碎，君臣无国，万民无家，秀夫既为朝廷命官，早已献身国朝，岂敢为一己之私乎？只是连累娘子受苦，于心不安。幸而娘子亦心系天下，可相忍为国，承受磨难。但愿天地有回春之日，你我有重聚之时。唯今之际，时局困顿，天各一方，无所依偎，万望娘子自我珍重，珍重！

"天啊，这原是宋室大臣陆秀夫陆大人之物！"未及阅毕，这位贪婪凶残的恶棍已是心发慌、手发抖，脸上冒虚汗，嘴里念念叨叨：我这是做的什么事呀？陆大人他可是个好人哪！他救国护民，忠心耿耿，我却劫杀他的信使，真是作孽啊！船老大感到一阵晕眩，脚下一滑，身子趔趄，不由得手一松，几张信笺飞飞扬扬飘落大海。

秋风萧瑟，大雁南飞。北方迁徙而来的一群大雁，组成一个大大的"人"字，呼叫着从梅岭上空逶迤而过，飞越塔斗山，跨过枫慈溪，消失到锦屏山南边去了。

活水亭里一片寂静。庭院里的树木花草尽管竭力摇曳和绽放，却也缺少了些许生气，特别是那杜鹃和美人蕉，叶子和花儿都已经有点蔫了，唯有墙角那几丛菊花黄灿灿、翠生生的可爱。还有几棵荔枝，枝梢上新长出的一簇簇嫩芽，此时倒也是艳若桃花。

蔡荔娘心中郁闷，随手拿起一本诗集翻阅。看到一首《闺怨》，读着读着，觉得颇有几分意趣：

闺中少妇不知愁，春日凝妆上翠楼；
忽见陌头杨柳色，悔教夫婿觅封侯。

"悔得好！"蔡荔娘不觉叫出声来，心里说：人生一世，草木一春。青春苦短，韶华易逝，何必为了虚名而枉费大好年华？如果不是为了抗元大业，自己才不会让陆郎远走千里呢！再说如若不是身家所累，自己也必定要追随郎君左右，哪怕天涯海角也要相携相随，绝不舍得让他孤身漂泊。只是陆郎此去不知何年何月才能回转家门，自己形单影只，想在梦里见他都难，好不凄凉！

蔡荔娘一边想着，一边往下翻阅，就又读到一首《春怨》，诗中写的是一个多情的征人之妻，为能在睡梦中见到戍守边疆、奋战沙场的夫君，竟然预先赶走了树上的鸟儿，免得被它吵醒自己的美梦。荔娘笑了：真是同病相怜——自己不也有着同样的经历吗？

> 打起黄莺儿，莫教枝上啼；
> 啼时惊妾梦，不得到辽西。

霎时，一串清脆的歌声响起，灌进蔡荔娘的耳朵。啊，是真珍！这鬼丫头不知什么时候躲到她的背后，还把诗当歌，随口唱了起来。真珍这一闹不要紧，却着实把荔娘吓了一跳！

今天又是真珍造访的日子。近来真珍隔三岔五来看望蔡荔娘，陪她看书习字或做针线活儿，聊着那些永远说不完的心里话，这给了蔡荔娘莫大的慰藉。对她来说，现在除了父母亲每天的关心照料之外，真珍的来访确实也是她所期盼的。因为她需要真珍的贴心和知心，也喜欢这位小妹妹的纯真无邪和活泼可爱。

蔡荔娘和真珍两人一见面，自然又谈起眼下的时局，谈到朝廷和陆秀夫。可是自从行朝南迁以来，特别是越过了福建地界以后，枫亭作为一个乡野小城，能直接得到的消息越来越少，蔡曰忠及乡署曾经派人出去打探，也未能获知多少确切的情况。因此，人们对时局的了解，只能靠估计、猜测和道听途说，比如行朝南迁已到达什么地方了，元军现在推进到哪里了，在某城某地又打了一场大仗啦，等等。此时蔡荔娘谈起这些，也只能是担心和叹息。真珍仍然是轻松的口吻安慰她："快了快了，陆大人应该派人传递消息来的，你不要太担心啦！"蔡荔娘苦笑道："傻丫头，说得轻巧！你哪里知道思念一个人是什么滋味！我啊，要是能像你这样了无牵挂就好了。"

真珍听了这话，先是兀自一愣，接着便心生委屈，暗暗想道：谁说我了无牵挂？我真珍无时无刻不在担心和想念那个他，我的牵挂不比你少啊！只是"心中暗苦无人知"罢了。要说傻，你这当姐姐的才傻呢，至今不懂我的心思！但她鼻子发酸，想说也说不出什么，只有"呵呵"地苦笑了两声。

两人正说话间，忽闻亭子外边人声嘈杂，似乎发生了什么事，蔡荔娘忙让真珍快去看个究竟。

"哎呀，这不是李家的大白马吗？"

"你们看，这马比以前瘦多了，身上还有这么多鞭痕，一定是赶路太急，让它受了不少罪吧！"

"不对呀，大白马早给李春牛带去从军了，怎么还会在这里出现呢？"

一位李家的亲戚绕着马匹转了一圈，确认："没错，这就是李春牛带走的那匹马。"

原来，那天李春牛来到晋江出海口，在雇船下海前，特地把大白马牵到海印寺附近的一个路口，拍了拍马的面颊，引导它一直往北行走。李春牛和他父亲李永安过去曾经多次带着马队来到这一带贩运蔗糖、果蔬和粮食，大白马都是马队的"头马"，所以他相信"老马识途"，相信它一定会自个儿走回家的。果然，两天之后，大白马真的径自回到了枫亭。

马匹歪斜着，它的四肢似乎撑不住自己的身躯，慢慢地躺倒在地。李永安闻讯赶来，他心疼地抚摸着它，从马头到马背。他发现鞍辔是新配置的，嚼子上还写有"李春牛"三个字，由此可知这大白马如今仍属于春牛驾驭。他心里疑惑：春牛哪里去了？会不会是……李永安不敢再往下想，一种不祥之兆，立即笼罩在他的心头。他赶紧就近借了邻家的一匹马，翻身跃上马背，噼里啪啦一阵鞭响，向着南边，风一样地奔驰而去。

真珍看到这一切，也已经预感到了什么！"难道春牛哥他……"她也不敢往下想，心里颤抖着，鼻子一酸，禁不住号啕大哭起来。

李春牛的马儿回家了，却不见春牛！这意外的情形也让蔡荔娘担心和讶异。还让她讶异的是真珍的反应，竟然一下子哭成个泪人！哦，莫非她对他……蔡荔娘忽然间悟到了真珍的心事，心想我以往怎么没想到这一层？是啊，真珍这丫头的确也长大了！

真珍说小也不小了，她年已及笄，情窦初开，早已经在想象和憧憬自己的爱情和幸福。她不但把李春牛看作学长、当作朋友，还视之为能够一辈子相托付、相依靠的亲密伴侣。虽然她从来未曾对他表白过、吐露过什么，甚至也不知道对方的心思，但她已经在心里把自己交给了春牛哥，也相信春牛哥是会喜欢自己的。她认定了他就是她的、她也是他的，他们两人是会走到一起的。因此，李春牛从军南下，她怅然若失，时时关心他的行踪，留意他的消息。就像蔡荔娘时时刻刻关心惦念陆大人一样，她也是整日整夜为李春牛提着一颗心啊！只是，少女的腼腆让她羞于启齿，以至这个隐藏在心底深处的秘密，连知心姐姐蔡荔娘都不得而知！

李春牛投军跟随队伍南下之后并无半点音信，如今却只有大白马蹒跚自回，独不见了马背上的年轻主人。"这兵荒马乱的，春牛可千万不能有什么三长两短啊！哥哥你一定要平安啊！"真珍越想越哭，涕泗横流。

蔡荔娘不停地用手绢给真珍抹着泪水。现在，轮到她来安慰对方了："春牛人与马分离，马儿独自回家，这太蹊跷。虽说凶多吉少，但事情未见分晓，也还难说究竟。李叔不是去找了吗？或许还有转机呢！真珍你莫要着急，我们还是耐心等候吧。"

李永安沿着过去贩运货物时马队行走的路线一路寻找，一路打听，从惠安、泉州一直来到了晋江之滨。在濒临晋江出海口的海印寺前，有人告诉他曾经见过一匹白马独自行走，但并未见过骑马之人。李永安知道，此地是运货马队所到过的最远地点，再往南的路途大白马并不熟悉，也就是说，春牛很可能就在海印寺这个地方开始与大白马分离了。大白马在此出发，才能走上熟悉的北上回家之路。而春牛为什么与大白马分离？分离之后又下落何处呢？李永安决定就在这一带地方寻访。

可是，两天过去了，李永安并没有找到儿子的半点踪影，甚至他还托人去查了蒲寿庚新抓的壮丁营，也没有李春牛的名字和与他年龄、长相相仿的人。李永安只得悻悻而归。

找不到儿子的李永安，回程途中却救了两条性命。

那是在后渚港北侧一个叫乌屿的地方，李永安走累了，正在码头边的凉亭里歇脚。他掏出酒囊，想喝酒解解乏。刚刚张嘴喝了几口，就听到一阵尖利的号叫，眼前出现了一男一女，那男的跑到码头上要往海里跳，女的尖叫着追上去紧紧拉着他往后拽，少顷两人便扭成一团，扑通一声一齐滚落海中，噼里啪啦地在海浪中扑打、挣扎。看样子那女的不会游泳，但她任凭男的如何挣脱，就是不松手，眼看着两个人就要一起沉下去了。李永安马上跳出亭子，几个箭步跃向海浪中，一边一拳，把两个人打晕，随之又迅速将两人分了开来，然后一手一个把他们揪到岸边，推上了码头。

李永安观察那两人，男的约四十岁，精瘦、黝黑；女的年纪略小些，粗手大脚，比较胖实，心想这应该是夫妻俩，却不知闹的什么事？

不一会儿，两人相继醒来。李永安对那男的说：看样子你是会游泳的，淹不死的。可为什么还要跳海？

男的眨巴眨巴眼睛，并不搭话。那女的在一旁倒是一把鼻涕一把泪地诉说起来。

她告诉李永安：她的老公是个渔民，几天前出海回来，突然变得疯疯癫癫，不吃不喝，嘴里念念叨叨，说着什么"我有罪啊""兄弟饶恕啊"等一些莫名其妙的话，还不知道从哪里弄到两件首饰，变卖成几两银子，买了一大堆纸钱，跑到海边去烧了半天。今天又叫嚷什么"陆大人下令招他出海"，他要下海去报效陆大人，要去赎罪谢罪……

李永安刚才几口酒喝得太猛，现在酒劲发作了，感到脑袋晕晕乎乎的，听女人说了这许多，却还是云里雾里的，只觉得这男人是个疯子。他没有心思管这闲事，就对那女的说："回去吧，好好看紧他。"不等女人把"谢谢"两个字说完，李永安就骑上马一歪一斜地走了。

李永安信马由缰走了几个时辰，才从晕晕乎乎中清醒过来。他定睛一看，不对呀，这怎么往东走啊？眼前一大片盐埕，盐民们把晒制好的晶盐堆成了一座座小山，斜阳映照之下，雪白的盐堆闪闪发亮。李永安一见到大盐埕，就知道这个地方是山腰乡，再往东走，前面就该到峰尾海边啦！他赶紧拉了拉缰绳，要调转方向改往北走。可是，奇怪的是，那马儿硬拗着就是不肯回头。李永安生气了，狠狠地甩了一鞭，骂道："你这家伙是不是喝醉了！"

马儿只得掉过头去，像是大声抗议似的，扯起脖颈狠狠嘶叫一声，十分不情愿地转向北边，慢慢地踱开步子。

回到枫亭已是下半夜。李永安没有想到，蔡曰忠、蔡荔娘、真珍和许多乡亲都还在等候他，盼望他带回来春牛的消息。见到李永安无力地摇了摇头，众人一阵轻轻地叹气。

蔡曰忠拿出一张黄纸符，是他到观音亭祈求观音菩萨保佑李家平安时抽出来的签文，上面写道："雨夹三层浪，云生万里阴；东方日待出，黑白见分明。"众人看了，都不知怎么解析，反正只是觉得事件险恶，难卜吉凶。蔡荔娘只得一再安慰大家，劝李永安和各位乡亲稍放宽心，按签文上神灵的指示——"日待出、见分明"，暂且回家歇息，等候结果。随后，她提起灯笼，小心地扶着真珍，把她护送回家。

几天后的一个早晨，太阳刚刚照到塔斗山顶，在那红艳艳的枫叶上闪着光芒。枫亭的街道上出现一个身穿棕褐色粗布衣服、头戴竹笠、腰扎麻绳的年轻人。这渔民打扮的人正是李春牛。李永安和全家人又惊又喜，喜出望外！

原来，那个天暗雨骤、云低浪高的傍晚，李春牛被恶徒推落大海之后，原本已经晕死过去的他被寒冷的海水一激灵，慢慢有了知觉。他只觉得脑袋沉甸甸、身子轻飘飘、手脚软绵绵，在浪潮中翻滚了一阵子后，咕咚咕咚几口海水灌进了肚子，身体竟然浮起水面，像一片枯叶随波逐流，任凭海浪击打着、簇拥着。不知过了多久，也不知漂了多远，他只是感到身体不再漂泊，耳畔不再轰响。潮水退去了，把他留在沙滩上。三魂渺渺死复生，李春牛确认自己还活着。他慢慢睁开眼睛，重新看到了蓝天白云。一个赶海拾贝的老伯把他背回家中，为他灌汤喂饭，更换衣服。老伯告诉他这个地方叫"峰尾"，李春牛一听到这个地名，顿时来了精神！他知道这个地方就是家乡人津津乐道的那个盛产鱼虾蟹贝的惠安东部著名渔乡，而且知道"峰尾"离枫亭只有四五十里路，心中不免涌出一阵喜悦。经过几天休养，他觉得能够走动了，就谢辞好心的老伯，急忙忙赶了回来。

听了儿子的叙说，李永安一拍脑门，叫道："哎哟，原来如此！我那天要是由着马儿向东走去，不就可以找到你了？"他把寻亲路上的情形特别是遇见疯子跳海和马匹执意东走的事细细说了一遍，父子俩及全家人，还有前来看望的乡亲们，一个个都甚感奇巧惊异，你一言我一语议论起来：船老大恶人遭恶报，李春牛死而又复生，还有那马匹能知人事，这世间竟有如此神奇的事体？

一位满头白发的老阿婶静静地站在一旁，她闭着眼睛，双手合十在胸前，嘴里轻轻念叨着什么，似乎是在祈祷。听到大伙的议论，她睁开了眼，不紧不慢地说道："这有什么奇怪的，你们也不看看李春牛是为谁做事？他为陆大人办差，而人家陆秀夫可是什么人？是朝廷大官，是贵人啊！所以呢，李春牛就跟着小命变大了。"

李春牛回家，带来了人们急切渴望的消息：朝廷中枢经过艰难迁徙已到达南澳岛，并已建立了新的行在；数十万军队和民间义勇汇聚广南东路，那里已成为大宋军民继续抵抗元军的大本营；陆秀夫悉心护驾确保了赵昰皇帝和杨太后安全；从军南下的三百多枫亭子弟个个平安无事……这些，让乡亲们躁动不安的心得到宽慰，显得踏实了几分。

李春牛传达的陆秀夫近况和陆家人的情谊，更让蔡荔娘激动不已！她拉住李春牛，一遍遍地问这问那，贪婪地希望获知陆秀夫的一切。虽然不见了宝贵的信件，不见了陆母和赵玉婵那两件珍贵的礼物，蔡荔娘及蔡曰忠夫妇依然十分高兴。两位老人家笑着教示荔娘："女儿啊，如今你与陆大人各分南北，殊途异地，你既不能为陆大人尽照顾衣食之责，又不能为陆家长幼行尊礼孝悌之道，为今之计，理当全力呵护腹中胎儿，务必为陆大人顺利生下一男半女，替他陆家添加血脉，延续香火，也算是报答他们的厚爱。"蔡荔娘听了，一阵脸红，随之含笑点头，频频称是。父母亲的话说到她心里去了，如今她每每想念陆大人，就会下意识地摸摸肚子，就会衍生起一种幸福感和使命感！"是的，这是陆大人留给自己最好的礼物，也是自己对陆郎最好的回报。陆郎您放心吧，妾身自当善尽一个妇人的职责，完成一个母亲的使命。"她又一次这样对自己说。

当晚月明如镜。蔡荔娘来到亭前小院中，朝着南方深邃的夜空，极目凝望，仿佛要看到千里之外的那个他。接着，她又习惯地点起三炷香，闭目冥想，合掌向天，默默祷告：江山遭遇祸殃，苍天佑我家邦！愿我的陆郎逢凶能化吉，遇难能呈祥，政务多安顺，玉体保安康！愿我腹中胎儿玉圆珠润，自在天成，福顺平安！

末了，她又在香案前，就着明亮的月光，写了一篇《寄相公杂咏》，把自己此刻的心境，一五一十全揉了进去，就当作给陆大人的回信。她用信封装好，准备让李春牛给陆大人捎去。

见到李春牛脱险生还，真珍破涕为笑。她不但按乡间习俗送来了"平安面""平安蛋"，还专门托人到慈孝里的大山里找猎户买来老虎肉、山獐肉，加上名贵药材，炖给春牛补养身子。几天来，她总是围绕在春牛身边，哥哥长哥哥短的叫得特别甜。李家人和厝边众邻居见了，都啧啧称赞，不断有人对李春牛说："春牛呦，你这位同窗学友真热心、够厚意！"得到人们称赞，真珍自然受用，可是，除此之外呢？真珍心里不满地直嘀咕："难道我与他仅仅是同窗学友而已？"

少女之心，有谁知晓！李春牛从军离别数月，真珍见了他竟有着"久别胜新婚"的特殊感觉！然而，尽管真珍心中欣喜不已，也禁不住喜形于色，时不时地把爱意暴露到了脸上，但她无论如何都无法直截了当把一个"爱"字当着李春牛的面直接说出口。再说，李春牛永远都是那么客客气气、规规矩矩的，真珍实在也找不到一个合适的表达机会呀！

情爱的种子一旦播入心田，就必定要生根发芽。真珍一颗炽热的少女之心，在真诚地袒露，也在强烈地呼唤回应。

夜已深了，真珍还是睡不着。四周万籁俱寂，真珍只听得自己的心在剧烈震动，像打鼓一般咚咚咚地响。"明天荔娘姐真的会去找春牛哥说媒吗？哦，荔娘姐说话算数，她一定会去说的。春牛哥他会答应吗？会，他会的！不不，也许他会羞涩不敢答应，你没看他那个腼腆样？又或许他根本就看不上我？不对，他对我这个小妹妹一直是关心和疼惜的呀！到底如何啊……唉！"真珍一遍又一遍对自己说着，那颗心依然是七上八下，一刻也静不下来。

真珍不断地掀开被子，并不是因为太热了；又一次次裹紧被子，也不仅仅是因为天冷。"明天，明天到底会是一种什么结果呢？天啊，你就快点亮吧！"

按着真珍的寄托，第二天蔡荔娘果然出马了。

"真珍你放心，我来当这个'媒人'！"她几乎是拍着胸脯向真珍保证的，今天她也是满怀信心来找李春牛的。

蔡荔娘本以为这是水到渠成、顺理成章的事，李春牛和真珍两人原本就是十分般配的一对，真可谓"天造地设""金女玉郎"，自己只要出面牵个线、搭个桥，应是手到擒来，马到成功，可让她万万没想到的是，李春牛竟然连连说"不"！

"为什么呀？"蔡荔娘真的不明所以。

"她，她……我，我，不行啊！"在李春牛眼里，真珍是一个好朋友、好同窗，他觉得她聪明、纯真、活泼可爱，跟她也有说不完的话语，但他一直把她当作小妹妹看待，从来不曾想到别的什么。蔡荔娘提起此事，倒真的让他出乎意料。

"男大当婚，女大当嫁。真珍对你一往情深，你对她也心存好感，既如此，你俩为何不能配双成对呢？我看你们从外貌到内在倒也十分般配，是一对天生的连理枝儿！"

蔡荔娘曾经是李春牛心中属意的女子，也是他崇敬的偶像。此时，面对着有这么一层"微妙关系"的女子，而且偏偏又是由她来说着青春男女这样的事，他感慨良多，甚至感到了些许的尴尬。毕竟，自己过去偷偷爱慕荔娘的那些遐想、那些念头，现在想来真是……李春牛心潮起伏，但脸上嘿嘿笑着，以此来掩盖自己的不自在，暗想：可不能让她看出点什么呀，不好意思！

蔡荔娘并无察觉，她还在等待他的回话。

李春牛定了定神，开始面对眼前的问题。他仔细回味蔡荔娘的话语，觉得她说得不无道理，真珍的确也是个可以相伴终身的好姑娘啊！能与她结为夫妻，也是自己天大的福气。他下意识地点了点头，可是，马上又摇了摇头。显然，他很矛盾。

终于，他理清了思绪，鼓起勇气说道："现在国朝破碎，战争频仍，我如何能许她终身、许她未来呢？不能不能，我还要回去追随陆大人，还要上战场拼命，自己这颗脑袋是悬在马背上的，说不定哪天就报销了……万万不可耽误了真珍呀！"他的这番话语重心长，既是对蔡荔娘和真珍的回复，又像是告诫和提醒自己。

任凭蔡荔娘怎么劝说，他还是毅然决然一个字"不"。

蔡荔娘感到惋惜，轻轻叹了口气。不过，她了解李春牛的心思。霜冻玫瑰残，国破家不安。国难当头，兵荒马乱，李春牛是怕他自己漂泊无定、出生入死的从军生涯，会给真珍带来影响甚至造成伤害。他呀，是不忍心让天真单纯的年轻姑娘，为了他整天提心吊胆牵肠挂肚过日子。

李春牛继续陷入沉默，红着脸，且眉头紧锁。蔡荔娘看他这个样子，心里也隐隐作痛。"春牛啊"，论年龄应当是小妹的她，却以老大姐的口吻，半是理解半是安慰说道："那么，就再等等吧，等到胜利的那一天吧。真珍那一头，就由我荔娘去说服她了。"

窗外有耳。真珍偷偷隐藏在屋外窗户边探听消息，哪知却是这个结果！她像被当头浇了一盆冷水，滚烫的心顿时冷了半截。失望、委屈、又恼又羞，伤心得直想痛哭。但她强忍着，捂着嘴跑开了，直至过了一条街才哇哇大哭起来。

蔡荔娘心里也不是滋味，她为真珍难过，而李春牛设身处地为真珍着想，不愿让真珍成为征人之妻，更是勾起了她的痛楚。征人之妻孟姜女的苦难和悲悯，她自是感同身受。自从结缘陆大人，自己不也是平添了这许多牵挂吗？红灯红烛映照之下的、由红丝线牵连起来的两颗心，是那样的相依相恋、割舍不下！此刻，她不由得又挂念起陆大人：夫君近日可安好？

天有不测风云，人有旦夕祸福。这几天陆秀夫果然遭遇变故：左丞相陈宜中居然把他的职务罢免了。

陈宜中本来就是个心胸狭窄、居心叵测的小人。当初在福州行朝之时，因为陆秀夫既有功于朝廷——积极拥立益王赵昰登基即了皇位，又有恩于其本人——是陆秀夫力排众议奏请皇上和太后把陈宜中招揽进入新的内阁的，陈宜中需要依靠陆秀夫的支持，以保持自己在朝中的地位，所以他对陆秀夫还是客客气气的。同时，因为陆秀夫久在兵间，熟谙戎事，不懂军事的陈宜中还常常向陆秀夫咨访，听取他的意见。陆秀夫亦倾心赞助，全力配合，希望和衷共济，共图恢复宋室大业。可是，江山易改本性难移，陈宜中妒贤嫉能、排除异己的本性总是要显露出来的。早先，他对陆秀夫还只敢在背后使些小绊子，耍些小手腕，现在时间长了，他便又无所忌惮了，竟然将矛头公开对准了陆秀夫。

陆秀夫素来怀有"尽臣子心力、替君主分忧"的想法，为了减轻赵昰皇帝和杨太后的负担和压力，曾经自行主张处理了一些棘手的事项，其中难免出现失误，也会得罪一些人。所谓"苦干者担责，闲看的挑刺"，陈宜中就是盯着陆秀夫的失误抓住不放，唆使手下余一年等几名亲信谏官诬告陆秀夫，夸大他的过失，编织"独断专行、欺君犯上"的罪名，蒙骗杨太后和皇上同意，免去了陆秀夫的一切职务！

在陈宜中等人的弹劾状上，陆秀夫为那些希望到仁王院觐见赵昰皇帝的长坝村乡亲签证放行，竟也成为一条罪状，名曰"擅纵乡民骚扰皇室"。本来还有一条"处于国难而安享私乐"，乃暗讽陆秀夫纳娶蔡荔娘，大概是顾虑到杨太后赐婚和亲自主婚的缘故，陈宜中想了想后把这一条删去了。

被谪贬的陆秀夫，黯然神伤："我忠心为国，天心自知，日月可鉴，没想到竟被一帮小人诬陷，如今反成了有罪之人，真真冤枉哪！"但是，个人的委屈算什么？为了不激化矛盾，为了避免引起朝廷更大的动荡，他不争不辩，默默承受下来。不日便悄然出宫，来到辟望港，与家人一起闲居。

黜职携眷度远山，飘零辟望驻定安。
碧山秀水缘殊愿，桑麻鸡犬作家邦。

陆秀夫写下这首诗，表达了当时的心境。这心境似乎是闲适的，或许还有被贬黜的无奈，以及无奈之下的随遇而安。但是无论怎么说，他并未真正清闲下来。他仍然时时关注朝廷动态，关注前线战事，常常与家人和一批当地的有识之士谈论时局，还到乡间访察，鼓励农桑。他甚至考虑到将来国家恢复和发展，需要大批德才兼备的人才，于是办了一个学馆，并亲自授课。

为了更好地为学生讲学，他重读了《孝经》一书，写下了他传世不多的遗著中的那篇《编正〈孝经〉刊误跋》。

岭南之地的寒冬也是风冷霜冻，寒意逼人。一天，陆秀夫带学生登临梅花岭游览，人们为了纪念和颂扬清雅高洁的梅花，在此建有一座"梅花亭"。面对满山遍野昂首劲放的寒梅，陆秀夫心生感慨，奋然运笔：

　　平生素抱忠贞志，清似梅花压岭头。

　　只手孤身辅危宋，鞠躬尽瘁死方休。

其实，这才是遭贬闲居之时他内心世界的真实写照。

不多时，李春牛回到潮州，来到辟望港，给陆秀夫带来了蔡荔娘的《寄相公杂咏》。这给了他莫大的安慰和快乐，忧郁平静、坚毅严肃的国字脸上，此时又露出了些许笑容。

人们常说"见信如面"，在陆秀夫看来，蔡荔娘给他写的这篇《寄相公杂咏》就是家书，一封特别珍贵的家书。他仿佛看到了荔娘，那张清秀俏丽的脸庞即刻浮现在眼前。

　　常闻鼙鼓响耳畔，

　　眼前犹见刀光寒；

　　天天思夫君，

　　夜夜梦岭南。

　　羡煞英雄梁红玉，

　　敢与夫婿肩比肩；

　　并驾共驱驰，

　　千里赴关山。

　　高飞相随本我愿，

　　恨无羽翼空嗟叹；

　　孤身知何处？

　　醒来无鸿雁。

　　执着一念守家山，

但教新枝发人间；

　　活水伴寂寥，

　　再逢待春天。

　　文如其人，字如其人，这些词句质朴无华，内容随意跳跃，就像是随手拈来，随口说来，但它确是蔡荔娘的心里话。陆秀夫读着它，感觉就像是当面聆听荔娘倾诉着悄悄话，而这些工整清秀的小楷书，就像荔娘在轻轻点头、微微眨眼。陆秀夫捧着散发着淡淡清香的信笺，仿佛捧着蔡荔娘娇羞的脸庞，竟忘情地把它贴在自己的脸颊，看了又看，亲了又亲。

　　陆秀夫清楚记得，蔡荔娘曾经对自己表露过"和平盛世当才女，板荡乱世作英豪"的人生理想。她崇拜诗词女杰李清照、朱淑真，更仰慕花木兰、穆桂英、梁红玉等沙场女英豪。就在分别前的那个晚上，荔娘还绘声绘色地讲述韩世忠、梁红玉夫妇在枫亭比武献艺的故事。原来，论起家世渊源，据说韩世忠还是国朝第一个武状元薛奕的外甥，当年韩世忠与梁红玉曾经来到枫亭霞桥探望娘舅家亲眷。薛家本来就是崇文又尚武的世家，薛奕战死沙场之后，许多人依然练习武艺，钻研兵法，因此也就特别喜欢韩世忠和梁红玉这两位能够带兵打仗的英雄。薛家人让夫妻俩为乡亲们讲述抗金故事，特别是在黄天荡以八千兵力围困金兀术十万大军的传奇经历，而且还请他俩在枫亭校场比武献艺。韩世忠和梁红玉毫不含糊，刀枪剑戟、棍棒槊鞭，攀爬跳跃、骑马射箭，全都表演了一遍。夫妇俩的精湛武艺和高超表演轰动了十里八乡，多少年后还被人们津津乐道。那天荔娘说到这些，还充满了羡慕和向往。陆秀夫笑问："一百多年前的事，你怎么知道？""老辈人都这么传说，枫亭人都知道的！"末了，还听荔娘说一句"梁红玉的英姿真真羡煞人也"。那向往、倾慕的模样儿，让陆秀夫至今记忆犹新。

　　"天天思夫君，夜夜梦岭南"，生离死别，天各一方，普天之下的有情人，何尝不都是如此这般牵肠挂肚！他理解荔娘的心思，分别以来，自己不也是日思夜想的吗？有的时候，他甚至后悔没有把荔娘带在身边——他多么想亲眼看着她，亲手照料她，亲自呵护她和那个宝贵的小生命！

　　陆秀夫就这样边看边想，边想边看。当读到后边那两句"执着一念守家山，但教新枝发人间"，发觉荔娘也和自己一样，对这个尚未出生的小生命寄予这么大的期待，不由得欣慰地笑了。

　　陆大人的心，回到了梦系魂牵的活水亭，他仿佛又看到了清清的枫慈溪，看到了高高的塔斗山。

　　当然，他也看到了蔡荔娘迷人的微笑、曼妙的身姿……

第十一章　闽中大地卷风云

过了春节，元宵节接踵而至。枫亭人家对元宵节比春节还要重视几分，每到正月十五前后，市井乡村都要举办庙会、灯会，又是唱戏又是游灯，俗称"闹元宵"，往往阖家老小齐出动，连续多日闹个不停，颇有狂欢的韵味。由于庆历年间（1041—1048年）担任福州知府的蔡襄号召福州郡民大摆灯会，并倡导兴化军的家乡父老效法施行，以及此后蔡京、蔡攸父子把京都的宫乐彩灯引入故里，枫亭的元宵灯事便颇具规模并极富情调，成为远近闻名的一大盛事，官民人等皆以之为乐。在那些较为安宁、平和、稳定的年头，甚至就连宫中皇族和朝廷官员，也都不远千里来到这个滨海小城观赏、游玩，品味其中乐趣。老辈人还传说，曾有某位皇帝圣驾亲临，与民同乐，从正月十三日一直观看到十七日，并给枫亭留下了"大魁天下"和"天官赐福"的题赠，堪称荣耀。

可是，今年的元宵节全无"明月满街、春灯如星"和"香涌太平港、灯耀青螺峰"的繁华景象，家家户户悄无声息，只有淅淅沥沥的雨点飘落，诉说着枫亭街市的冷清。

这场早来的春雨，人们从"云遮中秋月、雨灭元宵灯"的古谚中早就提前知晓。还在去年中秋那天夜晚，蔡荔娘在梅岭看到满天乌云，就暗叹"年冬不妙"了。原来，当地人知道，若是上一年中秋节乌云遮掩了明月，那么，来年的元宵节之夜则往往下雨。下雨必将打湿彩灯，浇灭灯火，对游灯活动十分不利，甚至只能取消。而元宵节不闹游灯，据说这年头就不吉利。眼前，春雨一阵一阵地下个不停，即使最有经验的老把式，见了也都摇头："今年这个元宵游灯啊，真的是闹不成了！"

春雨浇灭了游灯的希望，人们自是扫兴，而真正影响乡亲们情绪的，却是突如其来、汹涌而至的滚滚狼烟。

赵昰行朝和宋军主力南迁之后，各地军民继续坚持抗元斗争，彼伏此起，连绵不绝，但总体态势是胜少输多，节节失利。时隔不久，战火便延烧到了兴化大地，从莆田古城到枫亭小镇，都卷起了漫天风云。

陈宜中、张世杰率领十几万主力部队离开福州、下海南渡的时候，朝廷命福州知府王刚中带着部分士卒留守城池，与出知南剑州的福建招抚使王积翁互相呼应，联手防务。可是这两人见元军长驱直入连破建宁府、邵武军，来势汹汹，料自己不是对手，待大军主力离榕南下仅仅数月之后，就先后举城投降，拜倒在元军主将阿剌罕脚下。南剑州和福州失守后，阿剌罕的下一个目标就是兴化军，即宋室小朝廷改称的兴安州。阿剌罕尝到了王积翁、王刚中不战自降的甜头，企图如法炮制，就派人前往莆田劝降。可是他并没料到，这回却碰了个硬钉子。

其时，主持兴安州防务的是参知政事陈文龙。

陈文龙出身于莆田的簪缨世家，其曾祖父就是孝宗时期的左丞相陈俊卿。陈俊卿于绍兴年间（1131—1162年）科举考试中夺得榜眼，恰好该科状元黄公度也是莆田人，两位同乡联袂题名金榜前列，再加上这一次莆阳学子考中进士的多达十五人，这一现象引起高宗皇帝的兴趣，在光禄寺摆宴庆贺之时问道："兴化乡土贫瘠，怎么会人才辈出？"陈俊卿不假思索，立即答道："地瘦栽松柏，家贫子读书。"这话后来成为激励兴化子弟为了改变命运而发奋读书的名言警句。陈俊卿居官颇有建树，直言敢谏，为政宽简，曾获高宗、孝宗"一再称善"，也深受民众爱戴。

陈文龙从小濡染先训，崇尚曾祖父陈俊卿"人才当以气节为主"的观念，立志像祖辈那样"忠君报国"。他考上状元并走上仕途之后，面对南宋王朝国势残弱、风雨飘摇的危难局面，积极主张外御强敌、内惩腐恶，在镇东军节度判官、监察御史等任内，雷厉风行地革除政弊，秉公执法，抑制豪强，因正直耿介、政声卓著而"人皆惮之"。襄樊重镇陷落，陈文龙提出弹劾救援不力、临阵逃遁的范文虎等人，由此触怒贾似道而被贬职。贾似道倒台后，朝廷诏回陈文龙，提升为参知政事。伯颜率元军占据皋亭山并进逼临安北关之时，陈文龙仍然坚决主战，向太皇太后谢道清请求"收拾残兵，出关一战""大家死休报国足矣"。赵昰皇帝在福州即位后，再次任用陈文龙为参知政事，并在朝廷南迁时命他为福建宣抚使、知兴安州。于是，陈文龙在莆田开设衙门，整顿军队，加固城墙，构筑工事，还在城外囊山寺设伏，屡屡挫败元军的进攻。为了表明心志、激励士气，他自己带头站岗和巡哨，还在城头竖起了"生为宋臣，死为宋鬼"的大旗。

就是这么一个铁心报国、守土保宋的硬汉子，阿剌罕劝降归顺的如意算盘怎么打得响呢？他连续派了四批使者到莆田劝降，都被陈文龙一一杀掉了！

然而，大厦将倾，独木难支。陈文龙的处境越来越困难。

元军劝降不成，便加强攻势，连续多日攻打莆田城池。部分守军开始动摇，被陈文龙派去城外阻击敌人的部将林华、陈渊，叛变投敌了，并且还导引元军来到城下，诈称"援兵"前来增援，诱骗通判曹澄孙打开城门投降。就这样，元军蜂拥而至，攻入城内，陈文龙寡不敌众，力尽被擒。他见元军在城中放火烧杀，怒不可遏，大声呵斥："速速杀我，勿害百姓！"

可是，元军已经杀红了眼，哪肯放下屠城的刀！可能是忌恨这方土地与宋室朝廷有着过于密切的人文渊源，也可能是为了惩罚陈文龙的"不识时务"，他们对这个具有深厚文明积淀的著名古城大举杀戮，莆田城内被杀三万多人，兴安州各县还有三千多家被追捕和杀害。消息传出，四方震动，人们极度惊诧和哀伤。

莆田沦陷的第二天，陈文龙和妻子、儿女及母亲被押解北上，要交给福州元军首领唆都和董文炳处置。行至福州闽江中的合沙，陈文龙写下了掷地有声的诀别诗：

斗垒孤危势不支，书生守志定难移；
自经沟渎非吾事，臣死封疆是此时。
须信累囚堪衅鼓，未闻烈士竖降旗，
一门百指沦胥尽，唯有丹衷天地知。

陈文龙在这首诗中告诉世人：我在艰难困顿中苦斗，竭尽全力而终失败，但忠君爱国的心志决不动摇；我不会去做上吊、跳水自杀这等事情，为守土报国而死，死得其所，死得其时。请相信我能够经受任何酷刑折磨，而决不失节投降；如今一家众多亲人都沦落敌手了，唯有这一颗赤胆忠心，留存于天地之间。

这诀别诗与几年后文天祥写的《过零丁洋》，表达的思想何其相似！加上家世出身、品格学识及奋斗牺牲的经历也极为相似，以致后人把陈文龙称为"福建的文天祥"。

在唆都和董文炳军帐中，面对这两位元军大将的轮番逼降，陈文龙以手指腹，正色相告："此皆节义文章也，可相逼邪？"

董文炳不死心，再劝："国家有兴亡有成败，汝是书生，何不识天时？"

陈文龙回答："国既亡，我当速死！"

唆都又劝："母老子幼，情何以堪？"

"我家世受国恩，万万无降敌之理。母老且死，先皇三子歧分南北，我子又何足关念？"陈文龙慷慨陈词，又写了《复元将唆都书》，严正陈述自己的观点和心声。

福州元军见劝降无望，又把他押往临安。

得知陈文龙被捕的消息，陆秀夫十分难过。而陈文龙坚贞不屈、正气凛然、忠君守节、视死如归的英雄气概，也让他由衷地敬佩。出于对战友的崇敬和怀念，伤感至极的他，不由得提起笔来，写下了《劝陈文龙书》：

> 景炎二年春正月二十日，寓潮州罪人陆秀夫，谨具启大宣抚陈相公阁下：秀夫诚不自揆，冒言远寄。前直院不越月贬潮，迁憝无补，分所宜甘。第因潮以韩子过褒，非所与闻。韩处唐中叶，几时也，衰杇送残，仅此忧耳。今车马蒙尘，中原荆棘，淮东江西闽广诸路俱败陷。北向长望，无寸土干净，秀夫岂敢游逸此土哉。十数年来，贤者、朝者、退隐者，隐如黄元仲、陈璃、郑献翁、郑钺、吴子纯、陈子修、方公权材器，宣抚每诵不辍口，竟亦落落遁去，不出一谋，佐军事于台下。诗曰：人之云亡，邦国殄瘁。非必死而

为亡也，隐去亦为亡也。忠臣义士，痛哭流涕亦何及。曹澄孙、方应发辈龌行，今当不胜诛戮。宣抚被执，不降亦不死，比复何如。想身不足惜，国事不可为，为可恨也。周粟虽佳，夷齐耻食，毋令首阳独孤洁。罪人数千里远祝，临风怅怅，涕泗交流而已。伏惟宣抚照察。秀夫再拜曰。

陆秀夫除了对陈文龙的斗争和命运寄予关切之外，在信中还对国土沦丧而人才隐遁深表感叹和惋惜，同时又表达了将自己名利、生死置之度外而以国事为重的人生理想，实际上是一篇与战友共勉的舍身奋斗、求仁取义的真切告白。

陆秀夫的这封信，陈文龙本人是否收到尚不可得知，但他没有让陆秀夫和国人失望，确实做了又一个"耻食周粟"的伯夷和叔齐。陈文龙被囚禁在临安太学里，他坚持绝食，至死不改初衷。景炎二年（1277年）四月二十五日，他要求拜谒岳飞庙。极度羸弱的陈文龙步履蹒跚地进入岳庙，在岳飞塑像面前"噗"的一声，扑倒在地。

那是一个天人同悲的夜晚。屋外，风雨交加，庙内，哀泣声声。面对岳飞，陈文龙像遇到了知己，尽情地诉说自己的心曲：

岳大人啊，您精忠报国，抵御金兵，保土安民，可是壮志未酬身先死，让世人痛心疾首……

如今蒙古铁骑更加猖狂，大宋遇到更大的危难，无数国土沦陷，您英魂栖息的这处地方也是北人的天下，赵显小皇帝已逃难到广南东路去了，这些，您知道吗？

前不久，我在福建路兴安州保卫战中失利被俘，押来临安。今天，看您来啦……

陈某此身不足惜。可是看到江山支离破碎，生灵涂炭，大宋三百多年基业几乎丧失殆尽，朝廷危在旦夕，作为大宋臣民，我心何甘、气何平、恨何消？岳大人，您说呢？

可惜我陈家世代忠良，如今国家有难，我陈某却不能扶危救亡，在保土复国上有所作为，甚至连自己的家乡莆田城都守不住，惭愧啊惭愧……

　　岳大人啊，您可知我陈某有三恨：一恨北兵太猖狂，二恨自身太无能，第三尤恨国朝叛贼太多！远的不说，就说福建路，要不是王刚中、王积翁投降，南剑州和福州城哪能不保？要不是蒲寿庚通敌，泉州哪能变天？要不是林华、陈渊叛变，我兴安州又岂能失陷？就是这班奸臣逆贼，葬送了我们大宋朝啊！

　　小庙里，烛光摇曳。陈文龙说一阵、哭一阵、歇一阵，任时间悄悄逝去。最后，他实在哭不出声了。

　　许久许久，俯伏在岳飞塑像前的陈文龙，缓缓抬起身，转过头来，面向南边，心里默念：皇上、杨太后，从今往后，微臣再也不能为朝廷效力了。愿你们且行且珍重，愿大宋朝国运长久！文天祥、陆秀夫、张世杰诸位兄弟，陈某不能与你们一起奋斗了，我先走一步了！

　　过了一会儿，他又缓缓回头，静静地面对岳飞塑像，盯着，看着，仿佛还有什么话要说。这时，他模模糊糊看到岳飞坚毅的眼神中，流露出几分忧郁、几分悲愤，还似乎有一丝泪水流淌出来。他举起手，想用衣袖为岳飞拭泪，可是够不着。他想站起来，但挪动了几次腿脚，身子还是站立不起。也许是多日未进汤食，也许是过度哀伤，他已经衰竭，已经筋疲力尽了。

　　忽然，他张了张口，用尽全力说道："岳大人！我，大宋参知政事、福建宣抚使、兴安州知事……晚辈陈文龙追随您来也！"

　　已经失声的陈文龙，发出沙哑苍凉的这一声哀鸣，当即气绝，死于庙中。这是在当天的深夜。

　　陈文龙的母亲被拘禁在福州一座尼庵中，身患沉疴而不愿服药治病。听到儿子的死讯，老人家挣扎着从床上爬起来，默默地擦了擦眼泪，又用手仔细理了理鬓发。监守前来劝慰，无非是要她看开些、多自重，她说："吾与吾儿同死，又何恨哉？"周围的人无不为之感动，叹曰："有斯母，宜有斯儿。"

　　失去了陈文龙这样的好战友，陆秀夫怅怅然若丢魂失魄。连续几天，他都沉浸在对陈文龙的怀念和哀思中，不吃不喝，不言不语，偷偷哭泣，哽咽不已。

李春牛担心陆秀夫的身体，带了食物前来探望。陆秀夫对食物视而不见，却拉起李春牛的手，重重地握着，许久不放，仿佛要通过这位莆阳乡亲，表达对陈宣抚使的敬重。

旬日之后，李春牛在陆大人书案上看到一幅字笺，写着这么一段话：

> 身岂秀夫所私有哉，天下之事所寄也。今事既如此，念国之有忠义，犹天地之有元气。天地非元气不运，国非忠义不立。秀夫唯知忠义以立国而已。阖辟斡旋，在乎天地，秀夫不以身私有也。秀夫谨白。

这篇文字流传下来，被人们称为《告侍从书》。

显然，陈文龙之死，也让陆秀夫进一步下定决心——有朝一日要像陈文龙等仁人志士一样，为国尽忠、以死守节。

就在陆秀夫为陈文龙的悲壮牺牲极度感伤之时，蔡曰忠和蔡荔娘也在枫亭为陈文龙设了灵位，焚香设祭，悼念英雄。

莆田城陷落和兴安州全境被元军占领，彻底打破这个地方长期以来作为大后方的宁静，也极大地改变了人们的生活状态。蔡荔娘和枫亭的乡亲们从此陷入紧张、困顿、危险和恐怖之中。

"蔡先生啊你们还不躲一躲呀？他们已经开始大搜捕了，听说昨天莆田城里就抓走了一百多人！"连续几天，都有好心的乡亲来蔡家报信，催促他们出去避难。这段时间以来，元军不断在城乡搜查、抓捕抵抗队伍和与宋室有关联的人，蔡曰忠一家自然首当其冲。

他们只得东躲西藏，过起了漂泊不定的流浪生涯。

蔡荔娘先是离开活水亭，轮换住到街市上的亲戚朋友家。过了一阵子，街市上开始有元军活动，蔡家周围也常有陌生人出现，枫亭不安全了。蔡曰忠就悄悄地把荔娘转移到文子山的一间寺庙里。这座寺庙叫西明寺，殿宇连亘，一向香火旺盛，可是自从兴安州燃起了战火，大部分和尚四散逃难，而从莆田保卫战败退下来的一些义军，由朱惠民、朱惠国兄弟带领，则暂时驻扎此地。这朱氏兄弟是朝廷命官之后,南剑州别驾朱赏、福建路转运司朱泳、香山知县朱首谅、通直郎朱颖之、司直郎朱起发均其先祖。因世受国恩,兄弟俩时常相约,要学那岳飞精忠报国,因而在这国难当头之时,他们守土保民的决心和意志尤为坚定,尽管莆田失陷后情势已经非常困顿,两人还是找了原来乡勇队中的一些好友,悄悄地拉起了一支队伍,潜守到这西明寺来。寺庙附近的山口处,另有陈献义率领当地村民叠石垒墙构筑成的一个大堡垒,名曰"文子寨",寨子里有民众日夜值守。此前元军曾经几次进犯,但都屡攻不下,文子寨安然如山,屹立不倒,被誉为"无烦恼寨"。文子山有这一寺一寨,便成了枫亭民众抵抗元军的一个据点。如今蔡荔娘住在这里,有义军和村民的保护,倒也安全放心。

以西明寺为落脚点的义军并没有被失败所吓倒,他们一边为伤病员治病疗伤,一边赶制震天雷、火炮、刀枪和箭镞等武器弹药,准备继续战斗。

一天,朱惠民兄弟正在为义军的口粮发愁,恰巧蔡曰忠和李永安带人送来一批粮食,大伙高兴极了。有了武器,又有了粮食,军士们劲头更足了。

"打吧,我们去干他一家伙,杀一杀狗崽子的威风!"朱惠民首先提议。

"是啊,该轮到我们出口气了!"朱惠国、李永安等人一致附和。

蔡曰忠关爱的目光把义军战士一个个看过去,说道:"要打就打有把握之仗,决不能让这帮小兄弟们吃亏。"

朱惠民点了点头,与大家一合计,决定抓住眼前一个有利时机,主动出击,打一场伏击战。

原来,那日莆田城破之时,陈文龙的叔叔陈瓒率一支队伍杀出重围,逃进仙游、兴化和永泰、德化等县交界的大山里。他们在山区收罗旧部,发展队伍,整军备战。当初留守福州的宋军中,有许多不愿追随知府王刚中投降的将士,他们中除一部分人趁着晨雾掩护驾船冲出闽江口,从海上撤到广东寻找张世杰的主力部队之外,另一部分人则分散到周边各地蛰伏下来。随后,这些人听说陈瓒在山区聚兵的消息,便纷纷前往投靠。陈瓒的队伍不断壮大起来了,就趁着当地元军力量薄弱之时,组织兵力攻打仙游县城。由于莆田、福州、南剑州和闽北各地都有大量义军还在抵抗，不断开展袭扰活动，元军力量显得捉襟见肘，只得从泉州调集兵员北上增援，企图力保仙游不失。据确切情报，从泉州调集的援兵已经出发，因此，枫亭义军就是想抓住这一战机，在半路上对其进行伏击。

朱惠民、朱惠国兄弟在头天夜里把义军队伍带到梅岭的树林里埋伏下来，准备出其不意打它个措手不及。果然，日出三竿之时，从惠安方向北上的一支一二百人的元军步骑兵出现在铺头岭前的驿道上。他们过了一个叫"白蛇过路"的岔道口，眼看着就走进了梅岭隘口，踏入了伏击圈。就在这时，忽听一声哨响，义军同时拉响了埋在山道上的几十颗震天雷，顿时沙石横飞，硝烟弥漫，元军被炸得人仰马翻，倒下了一大片。紧接着，据守隘口两旁的义军弓箭手箭弩齐发，其他军士居高临下搬起石块一阵乱砸，又将元军毙伤许多。最后，义军发起冲击，猛虎下山、饿狼扑食一般，把来不及逃脱的元军全部收拾。三个回合下来，消灭元军大半，只有少数骑兵跑得快，侥幸逃命。

梅岭口伏击战一举成功，极大地鼓舞了士气和民心。但是，也引起了元军对枫亭义军的忌恨，枫亭义军成为他们的眼中钉。唆都下令加强对占领区内抵抗力量的清剿，并把枫亭义军列入了重点打击的目标。为了保护这支队伍，陈瓒决定将其撤离枫亭，调集到大山区里统一行动。

义军队伍悄悄地开拔了。消息传开，刚刚为梅岭口伏击战的胜利而高兴的乡亲们，心里又变得怅怅然、空落落的，失意而无奈。

可是，人与人不一样，每个人都有各自的心思。

还是在那个叫"枫江风月"的小酒肆里，真荣已喝得半醉。他还在回顾着过去的那些事，越想越气，就自说自话发起了牢骚："啊啊，蒲天文，你那些烂招儿真臭，你想蔡荔娘也真是想疯了！你即使把蔡荔娘蒙骗到泉州又有什么用呢？如果说当初提亲时送了那么贵重的大礼是为了收买人心、是利诱的话，那么后来借口'请客'挟持人家，就是仗势欺人，就是威逼，可是蔡荔娘那颗心是你买得来或逼得来的吗？婚姻和感情上的事，看来还真的要两情相悦，你看中蔡荔娘那只是你的一厢情愿，她能心甘情愿听你的？依仗着时局剧变搞阴谋，还扣押陆秀夫打歪主意，充其量只能是逞一时之强，或图一时之快，能有什么鸟用！你蒲天文其实就是个纨绔子弟花花公子，你的老子骂得对，明摆着是个成事不足，败事有余的家伙。"

真荣嘟嘟嚷嚷骂了一气，接着又想道："不过，管他烂不烂、花不花，对我真荣来说只要有钱赚就行。汤无盐不如水，人无钱不如鬼，我真荣要是没钱，能在这喝酒吗？蒲天文他倒是出手大方，每次都能给不少赏钱。他给钱我办事，管他是什么好事坏事！现在，宋朝皇帝和陆秀夫已经远去广东，莆田城和整个兴安州及福建路都已陷入元军之手，以后蒲家更可以横行霸道了，这世道也更加说不清了，我还是趁机会从蒲天文那家伙手里多赚点银子吧！"

要赚蒲天文的赏钱，就要投其所好，既然你对蔡荔娘还那么在意，我不赚你蒲天文的钱就是傻瓜！真荣开始主动找事做了。

夜半三更，真荣回到家里，看到妹妹真珍还在厨房忙活，觑眼一看，原来是蒸米糕。"现如今又不是过年过节，蒸枫亭糕做什么？"真荣心中疑惑，便留心妹妹的行动。

天刚蒙蒙亮，真珍就起身。她把枫亭糕装进一个袋子，提着出了家门。

真荣当即也悄悄出了门，尾随而去。

走出街口，经过一片田野，真珍拐向进山的路。太阳出来的时候，她钻进荔枝林，绕过一棵大榕树，来到山坳处的一间草寮前。

这草寮是果农看守果树和存放农具的临时用房，一般在夏秋季节荔枝和龙眼成熟时才使用，眼下才是冬末春初时节，有谁会待在这个地方呢？真荣闪身在榕树一侧，不由得瞪大了眼睛。眨眼间，草寮门掀开了，里头走出一个年轻女子，拉住真珍的手摇着晃着，两人随之抱成一团。

那不就是蔡荔娘吗？真荣如梦初醒，怪不得元军找不到她，原来躲藏到这么一个偏僻隐秘的所在！真荣心中窃喜："别人踏破铁鞋无觅处，而我却是得来全不费工夫。"他马上想到"告密"两个字，但不是去向驻守福州或莆田的元军告密，损人不利己的事他真荣不会去做，他要直接去报告蒲天文，他知道那个"臭鼻公子"还念念不忘蔡荔娘。"我这么重要的消息告诉他，还怕拿不到他几两赏银？"真荣得意扬扬，咧着嘴偷笑了。

事不宜迟，真荣立即赶往泉州。

蒲天文叫来一个伍长，命他带领手下几名士兵，随真荣前去枫亭拿人。

这是一个长途奔袭行动，人多不方便，贵在神速。

伍长是个满脸大胡子的老兵，虽然矮小，却十分精干。他知道枫亭人不好对付，就让大伙都打扮成猎人，按照真荣的指点，钻进了那片茂密的果树林。

这几个假猎人好不容易找到了那间草寮，可是掀开门一看，里面空空如也，哪有蔡荔娘的影子？伍长下令："搜！"

天已完全黑下来了，偌大的山头，阴森森的林海，到哪去找人？他们只能在草寮周围来回穿梭。忙乎了一阵子，忽然听到"哎呀"一声哀叫，一个士兵趴伏在地，起不来了。伍长赶过来一看，发现有个硕大的铁夹子紧紧夹住士兵的腿脚，血已经湿透了裤子。伍长费了很大劲，才用大砍刀将铁夹撬开。原来这是一种捕杀野猪、刺猬等野兽的"枷套子"，野兽经过时，只要触发了机关，就会立刻被弹出的枷套紧紧夹住，枷套上那尖利的齿牙会像小刀一样刺进骨肉，弄得皮开肉绽，并且动弹不得，乖乖就擒。村民设置的时候原是做了标记的，可是这几个外来人哪懂什么标记，且又是在夜里，不撞上才怪呢！

也是合该这伙假猎人倒霉，这边刚刚有人中了枷套，那边又有人掉进粪坑。这个大粪坑少说也有七八尺深，平时，果农把粪便、杂草和臭鱼烂虾之类的东西统统倾倒在里面，沤制成肥料，用来给果树施肥。一个士兵一脚踩空就滑落下去，坑里的污秽之物顷刻之间淹没了他的头顶。这家伙一连灌进了几大口臭水，爬又爬不上来，还不能开口叫，急得乱扑腾。伍长想去救他，可刚一伸手，却反而被挣扎的士兵一把拖了下去，扑通一声溅起了许多臭水，两个人在臭粪坑里胡乱抓着，"扑哧扑哧"搅成一团。地面上的人只好找来几根粗大一些的树枝搭成梯子，让他俩先爬出水面，再把他们拉拽出来。

这帮士兵就这样闹腾了大半夜，不但连蔡荔娘的影子都没见到，还一个个弄得狼狈不堪。恼羞成怒的蒲家士兵正要找真荣出气,可是待他们回到那棵大榕树下时,哪里还有那小子的身影?起初,真荣是因为不敢面对蔡荔娘和不愿暴露自己,而留在这个位置观察动静的,但当他看到士兵们并未抓到人,马上就来个脚底抹油——溜走了。还好他识相,否则这个"情报不准的家伙",少不了被那几个愤怒的士兵揍个鼻青脸肿。

月亮被云层遮掩着,只有几颗星星挂在天空。偶尔听到几声狗吠,更显得山村的宁静。

蔡荔娘正在村子里安睡。这是她在赤岭村的最后一夜。

枫亭义军撤离西明寺后,蔡荔娘也随之离开那里,转到这赤岭村来。白天,她早早就上山,藏到草寮里避人耳目,晚间则回到山下的村庄里,躲在几户诚实可靠的村民家中过夜栖息,常常是一天换一户人家。尽管如此,她还是担心时间长了会被人发现,不但自己危险,还会连累村里人。因此,她准备再转往别处。恰巧真珍送来了米糕,可以带在路上当干粮。

凌晨时分,蔡荔娘悄悄起身,轻手轻脚溜出房门,从屋后踏上一条小道,很快便融入了昏暗的山林之中。昨晚真珍得知她要转移,曾主动提出要陪伴同行,以便路上有个照应。蔡荔娘却担心两人同行目标更大,同时也是不愿她受自己的连累,因而才趁着真珍还在熟睡,提前起身,独自早行。

道路崎岖,在山峦间蔓延。已有一些早起的鸟儿在树梢飞来飞去,喊喊喳喳地叫唤着什么,而且声音越来越大,越来越密集,应该是急切地呼唤伙伴们快快起来觅食吧?不是常说"早起的鸟儿有虫吃"吗?可是,蔡荔娘却觉得,这几个小精灵也许是向同伴们发出警报,告诉大家有一个早行的奇怪女人、一个不速之客,贸然闯进了它们的领地!她担心这些鸟儿动静太大了会暴露自己,忽然就想:"我要是有李春牛的口技能跟鸟儿说话,请它们别乱叫就好了。"这个念头一闪而过,她来不及多想,脚下不由得加快了步伐,急匆匆离开这片鸟儿们的地盘。

天色渐明,但乌云更浓更厚了,不一会儿就下起瓢泼大雨。

蔡荔娘是个心细的人。她穿着不太显眼的深蓝色旧衣裳,把斗笠压得低低的,让它将脸庞遮住了一半。虽然疾走如飞,还是不时地回过头看看来路。凭着直觉,她已觉察今天情况不妙。果然,拐到一个弯道后,她就发现身后有人不远不近地尾随着,料定已被元军跟踪。她不能走大路了,便改变路径,在一个拐弯处迅速跳下路埂,钻进一片树林。树林间的小路弯弯曲曲,又长满杂草和藤蔓。她顾不得许多,深一脚浅一脚地只管往前跑去,也不知摔了多少次,流了多少血,随身携带的那些枫亭糕也不知掉落到哪里去了。但她并没有摆脱追击,跟踪的人似乎越来越近、越来越多了,树林里不断有人大喊:"抓住她!""快快,别让她跑了!"粗犷、凶狠的吆喝声,一阵紧过一阵。

蔡荔娘好不容易才跑到林子尽头,可这时已经气喘吁吁,累得快趴下了。更要命的是,一条河流横亘在面前,河面虽不宽阔,但水流湍急,不时形成一个又一个浑浊的浪头和旋涡,呼啸着奔腾而去。怎么办?追兵越来越近,蔡荔娘急得直跳脚,心里只一个念头:千万不能落到元军手里呀,千万千万!她急促地环顾四周,再也找不到任何藏身之处和脱身之路了,绝望之余,一句话不禁脱口而出:"罢了罢了,我这一身两命就此休了!"

眨眼工夫,几个士兵也冲到了林子尽头。正当他们四处搜索的时候,忽然听到河边"扑通"一个声响,急忙上前一看,顺流而下的河水中,隐约可见一个身穿蓝色衣裳、头戴尖尾斗笠的女子沉浮起伏,不一会儿就被冲向几十丈开外,消失在漫漫洪流中。

这帮士兵正是大胡子伍长和他的手下。他们在山上折腾了半宿没有找到蔡荔娘,但估计她一个小女子必定跑不远,就埋伏在附近的村口、路边守候,果然一早就见有女子出村上路,对着画像一比,看得出那模样儿正是蔡荔娘,几个士兵好一阵欢喜!可是没想到,如今追了好大一程,眼看就要擒住,她却突然跳进河里了!看那河水奔流的阵势,这女子必定淹死无疑。

"可惜,真可惜!"士兵们面面相觑,无可奈何,大胡子伍长懊恼地摊了摊手,只得带着大伙回去复命了。

潮州辟望港学馆的书房里,陆秀夫正在准备学生的课业。每次授课,他都是要认真准备的。可是这会儿他却对着油灯发呆,东西掉到地上也浑然不觉——原来,他又陷入对蔡荔娘的担忧和思念之中了。

不一会儿,他起身走到窗前,朝北方望去。枫慈溪畔、塔斗山下的那一方土地,紧紧牵动着陆秀夫的心。自从李春牛带回蔡荔娘的《寄相公杂咏》之后,数月来再无音信。"烽火连三月,家书值万金",兵荒马乱的岁月,没有音信,是最大的煎熬。陆秀夫这些天把那片枫叶看了又看,那篇《寄相公杂咏》也给他翻烂了。

天北方向千百里之外的福建枫亭的那片土地,在这里自然是看不到的,而天宇中一轮皎洁的明月,却赫然跃入眼帘,那蟾宫、那玉兔、那丹桂,清丽明晰,历历在目。千里明月寄相思,明月最是多情物,此刻更撩起了陆秀夫的无尽思愁。他紧盯着那轮明月,嘴中念起了蔡伸的《苍梧谣》:

天,休使圆蟾照客眠。

人何在?桂影自婵娟。

蔡伸是蔡襄之孙,任徐州通判时曾率军驰援前线抗击辽兵,在燕山脚下写了这篇望月兴叹的词句。此时,陆秀夫遥望明月,也同样具有寂寞旅人月下思亲的心境,他也觉得蟾宫前那摇曳多姿的桂影,恰似心上人的倩影!只是,荔娘真的还能逍遥自在吗?他知道随着福建路和兴安州局势的急剧变化,蔡曰忠一家的处境必将更加艰难,很可能正处于危险之中。

"荔娘啊,你究竟往哪躲藏、如何逃命?当初把你留在家中,乃图一份安全和稳定,而如今兴安州沦陷,枫亭成了险恶之地,你能在险境中保得一份平安吗?

"不行,我不能让你身陷险恶……"

大约过了十来天,陆秀夫居然单枪匹马来到枫亭。

陆秀夫到达太平坝头的时候,天色就已昏暗。虽说枫亭是老地方了,来这里应该算是回到了家,但眼下不同以往,他不明此时此地的底细,不能贸然进入街镇。他这次北上行动,倒是异常的顺利——从潮州一路过来,假扮马夫也好,装作商人也罢,都并未引起人们注意,也没有碰到什么麻烦。虽然进入福建地界后也遇到元军几次盘查,但他随机应变,安然应对,并无惊险。这个结果说怪也不怪，可能就是"出其不意"的缘故吧，因为有谁能够想得到：一个曾经的赵宋重臣，一个闻名遐迩的非常人物，怎么会一个人千里独行，粗衣草帽、山水迢迢，混同于普通的行人走卒？可是，现在到了枫亭，在这个特殊的地方可就不一样了，这里皇帝驻跸过，自身也居留多时，这里有自己的丈母娘家，这里有很多人认识他，可谓敏感之地，稍有不慎就会穿帮、露馅，被人识别。为掩人耳目，陆秀夫把自己装扮成元军的士兵模样，头戴毡帽，脚蹬筒靴，身披甲胄，外挂一领披风，另佩一把弯刀及一副弓箭。尽管有了这一身"老虎皮"做掩护，他还是不放心，害怕可能被人识破而耽误了大事。因此，他必须格外小心行事。

陆秀夫先是把马匹带到枫亭北门外的一片荔枝林里，把它拴在树干上，并且给它套上嘴笼子，免得它发出嘶鸣之声而被人发现。然后，他把身上的穿戴装饰又检查了一遍，再把帽子往下拉了拉，遮住半边脸，这才蹑手蹑脚朝活水亭走去。

街上不但行人稀少，连灯光也没有几盏。家家户户门窗紧闭，悄无声息，全无往日的繁华喧闹。

活水亭里倒像是亮着小灯，隐隐发出一丝光亮。陆秀夫心里一阵狂喜，不禁加快了脚步。"荔娘啊，我回来了，你想不到吧？我要给你一个惊喜！我要带着你马上离开这里，一起到南边去，那里毕竟安全一些……"

近家情更怯。临近亭廊，陆秀夫放轻步子，激动的心反而跳跃得更加急速，推门的手竟有些颤抖。

虚掩的大门被轻轻推开，陆秀夫探头一看，便被意想不到的情景惊呆了！

屋子里亮着几盏小油灯，墙上挂一幅蔡荔娘画像，画像前的供桌上摆一些水果、糕饼，上面插着几根已经点燃的香，正飘起一缕一缕的烟雾。桌面正中间竖立一块木板牌子，写的竟是"爱女蔡荔娘之位"！

天哪，这是怎么回事？陆秀夫只觉得脑袋"嗡"的一声，顿时天旋地转，眼前金星乱窜，脚下一软，差点瘫倒。他赶忙一手扶墙，强撑着站稳了身子，定了定神，随之趋步向前，抵近细看画像和灵位，眼泪已是滚滚而出。他顺手取过一束香，一边拈香祭奠，一边在心里哭诉：荔娘，我亲爱的娘子，你怎么就走了，你难道就这样离我而去了吗？我、我来晚了呀……

陆秀夫抽泣了一阵，又对着蔡荔娘画像，默默细想：荔娘是怎么去世的？是天灾还是人祸？是疾病还是伤害？还有，怎么不见尸身呢？难道已经下葬？但不知葬在何处？无论如何，自己应该再见她一面的呀！想到这里，陆秀夫又深深自责起来：娘子，是我对不起你！当初要是同意你随军同行，不就没有今日之事了！其时全家人对你是否随军南迁踌躇未决，还是杨太后懿旨，决定把你留在枫亭，这既是怕你颠簸受苦，更是因为你已怀有身孕，大家的心意，全都是为了呵护那一份血脉呀！可是如今，荔娘你已香消玉殒，我们又谈何血脉呢？这真是"早知今日，悔不当初"啊！

忽然，陆秀夫迷蒙的双眼中，似乎感觉有晃动的影像。哦，那不是荔娘吗？荔娘微笑着，正在对着自己点头致意呢！他心中一喜，赶紧伸出手，要去捧她的脸，哪知双手触及之处，乃是那幅硬板板的画像！他揉揉自己的眼睛，再睁开一看，哪有荔娘半点人影？他清醒了，刚才荔娘的那些音容笑貌，原来只是自己的错觉，荔娘真的已经不在人世了呀！一种悲愤旋即涌上心头：说什么"鸳鸯双栖"，说什么"身伴心随"，如今一切都成虚话了……

静悄悄的亭子，静悄悄的夜，幽暗灯光里的陆秀夫，不敢大声说话，也不敢哭出声音，只是静悄悄地陪伴着荔娘的遗像，看着灵前的油灯一闪一闪，看着几炷燃香轻烟袅袅。

大约过了半个时辰，陆秀夫缓缓回转身来，这才发现墙边的躺椅上还俯伏着一个人，看样子已经睡着了。他看那模样知道是杨氏老夫人，自己的仁厚慈祥的丈母娘，便很想向她问个究竟，搞清楚来龙去脉，但又不忍心惊醒她，心想蔡家遭此变故，老人家自是莫大悲伤，就让她静静地安歇吧。

陆秀夫轻轻退出活水亭，摸黑来到长街尽头的蔡府，想看看这边的情况，或许能找到蔡曰忠一探究竟。

蔡府也是悄无声息，迎接他的倒是院子里的几声狗叫。他只好又退了出来，回到北门的树林里。他深深自责和懊恼自己没能早日前来接走荔娘，致使她遭遇了天大的不测，心中既怅惘又悔恨，伏在马背上呜咽个不停，终于失魂落魄般瘫倒在地，久久没有动静，以至半夜里树林外头走过了一帮行人，他也并不知晓。

陆秀夫醒来之时，天将拂晓。他赶紧解开缰绳，牵马走出林子，要趁着晨雾尽快离开枫亭。他知道在此逗留的每一刻都是危险的，不但自身不安全，还会给蔡家招致更大的风波和伤害。他必须悄然离去，正如他悄然前来。

刚要走出树林的时候，忽然听到有人说话："大娘、大嫂，看你们提着纸钱香烛，想必也是赶早去活水亭吊丧的吧？"另一人回答："是啊，多好的蔡荔娘啊，不想被几个士兵追得走投无路，跳河淹死了！"又有一人说道："可惜啊可惜，那可是两条人命哪！"

"啊！"陆秀夫心中一震，差点叫出声来。

至此，他终于知道了荔娘的死因。

无可奈何的他，怅怅然离开了伤心之地。

半夜里走过枫亭北门荔枝林的那一帮行人，越过梅岭和沙溪，此时已来到长岭脚下。看着东方渐渐发白，老者嘶哑和苍老的嗓音，对两位年轻女子说："人多目标太大，现在我们分开行动，你们小心为是！"

这一行人正是蔡曰忠、荔娘和真珍。原来，蔡荔娘并没有死。

那天早晨，蔡荔娘被大胡子伍长一伙追到河边，眼看走投无路了，正当绝望之时，突然听到"呼啦啦"一声响，不知从哪里滚出来一截三尺多长的木头，直挺挺躺在她的面前。荔娘急中生智，脱下外衣和斗笠，把它绑扎在木头上，使足劲狠狠推了下去，弄出很大的响声，制造了有人跳河的假象。她自己却暗地躲藏起来，待士兵们撤离后，才急忙逃离险境。

蔡荔娘心中自然清楚，自己的"把戏"骗得了一时，瞒不了长久，元军终究会知道真相的，她必须跑得更远，躲得更深。她悄悄潜回家中收拾一些衣物，也向病中的父母亲告别。蔡曰忠夫妇已经听到外面纷传"蔡荔娘跳河淹死"，正在悲伤痛哭，见到女儿回来，满脸惊疑："荔娘啊，我的宝贝女儿！真的是你吗？"

"父亲、母亲，真的是我呀！女儿回来了，可是女儿还得走！"

"啊，啊！"老两口抱住女儿，自是转悲为喜。

蔡荔娘尚处危险之中，自是应该尽快远走高飞。为掩人耳目，蔡曰忠老人家顿时心生一计："将错就错，假戏真做"，马上在活水亭设立灵堂，让夫人杨氏留下"守灵"，自己把荔娘送到外地去。这时刚好真珍闻讯过来"吊丧"，蔡曰忠就请真珍相伴同行，以让荔娘身边有个照应。他们一行趁夜深人静之时悄悄出发，却发觉北门荔枝树林里似有元兵的身影，"不会是敌人埋伏的暗哨吧？"几个人隐蔽在一旁，直到看清楚那个元兵模样的人伏在马背上睡着了，没有一丝动静了，才蹑手蹑脚地从树林旁边溜了过去。

哪知他们这一溜，竟与陆秀夫错身而过，失之交臂！

泉州城涂门西小巷，那一排整洁清幽的屋舍里，蒲天文仰躺在太师椅上，眼睛盯着天花板，一动不动，两片嘴唇却一张一合，不时弄出吧嗒吧嗒的响声。这是蒲天文思考事情时的习惯动作，显然，他又在转动脑筋了。派兵专程赶赴枫亭，却没有抓到蔡荔娘，还把她追得跳河死了，蒲天文自然十分恼怒。但他也疑惑："蔡荔娘真的死了吗？这个聪明机智的女子不会耍什么花招吧？不行，死要见尸，活要见人，绝不能如此了结！"他想了想，自言自语道："这事他娘的还得靠真荣去办！"蒲天文虽然不满意真荣的办事能力，但十分欣赏和相信他的忠心，就又写了一封信，派人立即去找真荣，要求真荣尽快搞清楚蔡荔娘的真实情况，如果活着就要弄清她的具体行踪，情报务必准确，报告务必及时！随信还附有一锭银子，银子上刻着几个字：稳准快，二十两。

真荣掂了掂银子，沉甸甸的。可他心里也是沉甸甸的，反而觉得这银两有点烫手。"蔡荔娘明明已经跳河淹死了，叫我到哪里去找她呢？蒲天文你也太沉迷了吧！"真荣真是想不通。不过，真荣嘴里虽犯嘀咕，心里头却也清楚，这次要是再办不好事情，做不到稳准快，凭蒲天文的性格，自己是不会有好果子吃的。断了财路不说，弄得不好还要掉脑袋呀！因此，他只有硬着头皮去找了，也许能碰到好运气，哪怕找个死尸也同样可以交差。

真荣也是个聪明绝顶的人，很知道抓住关键环节。他围绕蔡家搞起了暗查暗访，终于悟出一些道道来了：杨氏大妈虽说是守灵，可是她哀而不伤，精气神似乎比前一阵子生病时还好了不少；蔡曰忠大叔不见了，而且偏偏是在为女儿办丧事的这个时候……或许，蔡荔娘真的没死？如若没死，又该藏在哪里呢？活水亭有吊丧的乡亲来来往往，不可能藏着一个大活人；西街尽头的蔡家宅第这些天也都是铁将军把门，并无什么人出入，也没有生火做饭等日常生活的迹象，看来这小娘子是离开枫亭，远避异地他乡了。

　　可是她会去哪儿呢？

　　真荣想到自己的妹妹。已经好多天没见到真珍了，她会不会跟蔡荔娘混在一起？"真珍小妹呀，哥知道你和蔡荔娘一直是形影不离的好朋友，但是如果这个时候你还跟人家搅和到一块，多危险啊！"不知道什么缘故，此刻真荣的心里，居然十分难得地涌起了一丝对妹妹少有的关心和担心，但他马上转念一想："不过这也许是一条线索，找到真珍不就可以找到蔡荔娘了吗？"

　　在自己家里自然问不出真珍的情况，父亲对他一向冷漠，就是知道也不会告诉他的。真荣把目光瞄向了亲戚朋友，于是就一家一家地登门拜访，实际上是挨家挨户寻找。这些亲友大都居住在乡下僻静之所，便于藏匿，他猜想真珍可能把蔡荔娘带到这种地方落脚。可是，真荣马不停蹄地跑了好几天，把七大姑八大姨家的门都串了个遍，依然没有真珍和蔡荔娘的半点信息。

第十二章　忠良得子喜盈门

　　壶公山是莆田的一座名山。它耸立在兴化平原上，虽只有二百多丈高，却是格外挺拔雄峻，住在周遭几十里的人，无论从东西南北哪个方向，都能看到它那巨壶耸立的雄姿，所以有"壶公山十八面"之说。

　　就是这么一个特别显眼的地方，恰恰正是如今蔡荔娘和真珍的藏匿居留之处。

　　来到壶公山，真是不容易。自从长岭脚下与蔡曰忠分开以后，她俩便装扮成采药的村姑，翻山越岭一路走来。她们尽量远离村寨，隐没在山林田野间行走和歇宿，但即便如此，她俩仍然觉得每个地方都遍布嘈杂和浮躁之气，仍然觉得自己的周围尽是可疑的耳目。战火洗劫过的莆阳大地，已难得一块净土，确实让人惶恐不安。然而，当她们辗转进入到壶公山这座大山里来，却有了一种闲适、安逸和超然世外的感觉。

　　现在，她们给自己定的身份是上山进香拜神的香客，两人打扮得与当地农妇和普通香客也并无不同。

　　她俩踏着石板铺砌的登山路，一步一顿地拾级而上，两旁树木婆娑，花草离离，鸟鸣虫叫，涧泉潺潺，让人忘记了此时还是冬去春刚来的寒冷季节，倒像是走进了阳春三月。山上峰峦起伏变幻，其形状恰似虎在吟啸、狮在昂首、鹤在飞翔、大象在凝目注视，还有一块岩石像海龟仰望远方，看到这些奇妙景象，会让人遐想不已，仿佛进入原始的天境。

　　壶公山顶上建有祭祀玄天大帝的数座殿宇，其中一座名曰"白云院"，高大巍峨，院落连绵。蔡荔娘和真珍进了山门，一名年长的道姑迎上前来，问明了来历缘由，即把她们引到院中，安置在一间宽敞、整洁的客房里。

　　这一夜，蔡荔娘睡得特别深沉，特别踏实。几日来连续奔波的辛劳和死里逃生的惊悚，仿佛在这一夜恬静酣沉的梦乡里都得到了补偿。一觉醒来，天色已泛白。她极不情愿地睁开了眼睛，慢慢地感觉到了自己的存在。随之，她记起来了夜里做的那个梦，那梦境又清晰浮现在眼前。

昨夜，她梦见了陆大人。近段时间来，她是想得多梦得少，而昨夜的梦境却特别清晰。陆大人轻轻走进屋里，坐在床边，微笑地看着她，抚摸她的头，还给她掖被子，把她的手塞进被窝……荔娘觉得自己当时好像是半睡半醒着的，"哎呀，我那时真傻啊，怎么就不能打起精神、睁开眼睛，来跟相公说说话呢？"她狠狠拍着自己的脑袋，真是后悔死了。

窗外明媚，已经有阳光照进来了。那位年长的道姑微笑着走进屋里，向蔡荔娘和真珍问候、请安，她觉得这两位年轻貌美的香客不同于普通女子，所以格外小心、殷勤。昨天刚来之时，老道姑就特别注意到这两个人。虽然她俩穿的是粗布衣裳，还用黑巾包着头，甚至手腕上挎的也是草编袋子，一副地道的村姑农妇打扮，但她只一细看，便看出这两个人具有与普通农家女子不一样的气质，简朴的装束，粗犷的言行举止，很像是故意装出来的，并不能掩盖她们身上固有的、天生的娟秀和文娴。总之，她认为这两位女香客不一般，因此把她们当作贵客接待。

得知她俩昨晚歇息安好，老道姑笑着问道："你们可知这间客房的故事吗？"

蔡荔娘和真珍相对一视，迷茫地摇了摇头。

"这是大宋朝廷的大官陆秀夫大人住过的客房啊！"

老道姑压低了声音，神秘地说道。两位小女子却如闻响雷，听得一惊一乍。

只听那道姑继续说道："大半年前，陆大人伴随当今皇上和杨太后等一行人从福州下来，路过此地，就下榻这客房。隔壁那间还住着小皇帝呢！现在，这间客房用来接待尊贵的香客，而皇帝居住的那间改作藏经室，专门保管那些贵重的经书。"

看到两位女香客惊讶、疑惑的神情，老道姑又挥手指着院门外的一方石碑，"你们不信？那石碑上还刻着陆大人的一首诗呢！"

蔡荔娘和真珍赶紧趋步上前仔细观看，石碑上果然写着：

松花冉冉点苍苔，屋角梧桐次第开；
人倚栏杆犹未去，一双白鹤破山来。

落款刻的是"陆秀夫题白云院"。

至此，蔡荔娘恍然大悟：对自己来讲，壶公山是陌生之地，可是第一次前来就感到可意、适然，尤其是对这白云院和这间客房，甚至还有入门回家的温馨和亲切。她一直奇怪怎么会有这种感觉，此时算是找到了答案：是陆大人的缘故！是的，这里留存着、萦绕着陆大人的气息，这气息是如此强烈，又如此默契地与自己相通！

"啊，陆郎，亲爱的陆郎，您远在广东，相隔千山万水，此时此地，却与我们同在！"蔡荔娘忽然心头一热，泪水扑簌簌流淌。

她抚摸石碑，细细品读着每一个字。她觉得，陆大人这首诗犹如一幅画，一幅淡淡的山野写意画。诗里画间既有大自然的幽雅，更透露出一种世人的闲适。乍一看这并不像陆大人一贯的风格，作为忧国忧民的忠良朝臣和艰难中奋斗的战士，他没有闲情逸致，也不会有"一双白鹤破山来"这样的道家之语。但是，蔡荔娘知道，这或许是陆大人内心世界的另一面。也许是厌恶连年战争和官场倾轧纷争，也许是出于一个感情丰富的读书人的本性，陆大人于是写出了这样的诗句。实际上，他也是懂情调和情趣的人，和众多世人一样，他也渴望和平，渴望山野田园，渴望安定和宁静，渴望自由自在。

"可是，要等到哪一日，您的愿望才能实现？要等到哪一日，我蔡荔娘才能与陆郎您一起，像那一双白鹤，双飞双栖，翱翔蓝天，冲云破山？"

蔡荔娘的思绪像断了线的风筝，在无边的天空飞翔。真珍却在一旁窃笑："这痴心姐姐啊，想她的陆郎又想呆了。"不过，这绝不是取笑，她理解蔡荔娘的心思，知道她对陆大人的挚爱和忠贞，只是这东躲西藏、漂泊无定、担惊受怕的逃命日子，也太难为荔娘了，真珍心中颇为不忍。待蔡荔娘回过神来，真珍不禁问道："荔娘姐，世间最苦是相思，你嫁了陆大人却短相聚长分离，而且还要无休无止地逃难，后悔吗？"

蔡荔娘"哦"了一声，一时语塞。这个问题，自己的父亲和母亲也曾经问起过。要说婚后经历的这些事体，磨难和痛苦自是不少。但就自身而言，心里头似乎总是有一股力量，在支持，在扶撑，让自己能够顶得起来。这大概就是"爱的力量"吧！而所谓爱，关键还是人。"婚姻之要，在于感情；感情之要，在于得人"，这个观点，以前曾经对真珍表明过。现在，面对真珍的新问题，她想了想，才一板一眼地说道："有爱就无悔，关键还在于得人。陆大人忠良正直，有情有义，荔娘与他相知相识而相爱，嫁他断然无悔。诚然，相思甚痛苦，逃难更危险，但也断无因此而后悔之理。我蔡荔娘与陆大人不能相伴相守固然遗憾，但秦少游《鹊桥仙》不是说'两情若是久长时，又岂在朝朝暮暮'吗？"

"话是这么说，不过……"真珍忍不住插嘴，但她没说完，蔡荔娘就接下说道："不过，要是早先跟随陆大人一起南下，今天自然就省却这些烦恼了。"

末了，真珍听到蔡荔娘轻轻地一声"唉"。

真荣的嗅觉还真灵。他以寻找失散亲人的名义，到处打听探访，由近及远，从平原到山区，从村舍到寺庙，一个多月后，终于获知蔡荔娘和真珍上了壶公山并住在白云院西厢房的确切消息。

"真珍这妹子还真的与人家混在一起，怎么办？哎，不管那么多了，抓到蔡荔娘向蒲公子交差最为要紧，真珍要是也同时被抓，也只得另想办法去解救了。"真荣主意已定，便急忙赶到泉州。

真荣火急火燎赶往泉州找到蒲天文，刚刚说了"快，快"两个字，就再也说不出半句话来。可怜的真荣，大概是因为太过心急和兴奋，一下子急火攻心，竟突然间变成了哑巴！

蒲天文正在举行婚礼，这会儿正忙着呢。新娘叫乌日娜，是唆都的亲戚，因父亲战死，听说唆都在福州当了大官，就跑来投靠他。唆都见她模样俊俏，又大胆活泼，且正值妙龄，就将她许配蒲家公子，为的是笼络住蒲寿庚这个强大的泉州地方势力。蒲寿庚自然也乐意攀上这门高亲，即命小儿子蒲天文非娶不可。蒲天文过去曾经是一门心思放在蔡荔娘身上，即使蔡荔娘已经嫁给了陆秀夫，他还仍然心存幻想，而如今抓也抓不到、找也找不着，对蔡荔娘已经没什么可指望的了，况且唆都大统领的美意和父亲的严命又不能违抗，只得顺势奉命，粉墨登场当了新郎。

真荣来得本来就不是时候，又突然间一句完整的话都说不出来，蒲天文很不耐烦。但他还是从真荣焦急的表情和连比带画的动作上知道了其中意思：蔡荔娘没死，而且还藏在一个什么地方。他想了想，马上派出一个小队，再次跟随真荣北上拿人。不过，这次蒲天文吩咐小队长，抓到蔡荔娘后直接押送到福州，交给元军统领唆都。一则因为自己新婚燕尔，正是销魂逍遥的时候，没有时间也没有心思去处理这事；二是他觉得自己没有把握去对付这个不好对付的女子，实际上他对蔡荔娘反而有点发怵了，尽管他对她的美貌还会垂涎三尺、神魂颠倒，但也担心对付不了反而会弄巧成拙；第三，也是最主要的，他相信蔡荔娘对于唆都来讲更加重要，在宋元对峙的大局势中，元军或许可以利用她这颗特殊的棋子，去影响陆秀夫的思想和行动，甚至起到牵制赵昰小朝廷的全局性的作用。既然自己得不到了，把她献给唆都，非但可以一解自己被蔡荔娘藐视和违逆之恨，还可以向元军邀功，一举多得呀！

他很得意自己这个决定。心里一高兴，出手就更大方，给了真荣一大把赏银。真荣捧在手里有点发呆，嘴巴吧嗒吧嗒地想说着什么，大约是觉得太多了，不好意思接受吧。蒲天文不以为然地挥挥手，说："去吧去吧！'亲兄弟明算账，亲父子一文不让'，你真心为我办事，值这个钱。"

真荣引着这一队士兵急急赶路，待赶到壶公山脚下时，已进入五更天了，天色反而更暗了下来。他们知道，这黑暗是黎明前的一种常见现象，眼看着天很快就要亮了。为了避免人多眼杂，节外生枝，他们必须赶在天亮前完成任务，于是便摸黑登山。

走到了半山腰一带，路猛然陡了起来，小队长命真荣前头带路。真荣抬头望去，依稀看出前面就是有名的云霄洞。他知道云霄洞两旁是陡峭的山峰，东西两峰之间的山口就像雄狮张开的巨口，人称"石狮口"，常常会飘出浓雾，刮起阴风。真荣虽说是个经常在外闯荡的人，经历过的事情不少，但此时在这漆黑幽暗的山路上，又是在这么一个险要的关口处，阴阴森森的，他也不免胆怯。不过，他不敢抗命，只得咬咬牙，鼓起勇气，壮着胆子往前蹿去。

走着走着，真荣感到自己恍惚听到一个声音在叫："真荣真荣，此路不通；害人利己，天理不容！"再一细听，又没有了声音，可是隔一会儿就又响起，如此好几个回合。真荣定了定神，似乎明白过来了：这不是别人的什么声音，而是自己脑子里的想法。因为，近来他也常常在反思自己对蔡家的所作所为，扪心自问："我这样做，能对得起蔡曰忠大叔、对得起荔娘小妹吗？早先，我替蒲天文上门提亲，那时真的是为了你们好，可是后来我好像越走越偏、越来越歪了！而到如今，因为贪心和糊涂，我无形中也被蒲天文紧紧拴住了，现在已是骑虎难下，身不由己了。蔡大叔啊，荔娘小妹啊，我已经没有回头路，只好对不起你们了！"现在，真荣脑子里又转动着这些想法，不免分散了精神，走路也是深一脚浅一脚的，脚步变得越来越不踏实了。忽然，他一脚踩空，身子重重地摔了下去。他吓得"呀呀"大叫，两个手乱抓乱扯，却什么也没有抓到，整个身躯翻着滚着，骨碌碌一直落到了深深的坑底。小队长等人探头往下看去，却黑乎乎什么也看不见，想救都没法去救，心里虚虚怯怯的，一个个脑袋往回缩，身子往后退。只听小队长无可奈何地说了一句："没办法，倒霉的家伙，只好由他去了。"可怜一味贪恋钱财、昧着良心做事的真荣，就这样一命呜呼了。

小队长带领队伍，继续小心翼翼地往山上攀登，不一会儿发现前方有红灯闪烁，看样子是两个人朝山下走来。什么人这么早下山？小队长觉得可疑，就示意大伙都隐藏在一旁，屏声静气，悄悄地等待。红灯摇晃着，很快来到跟前，一看却是两个年轻女子，且都花容月貌。"这不就是我们要抓的人吗？"小队长一声吆喝，士兵们一拥而上，不容分说就把她俩绑了。

黑暗、寂静的山道上，传出了一阵喧闹：

"你们就是蔡荔娘和真珍，为什么还不承认？"

"不，我叫蓝茵茵，她叫王瑶儿，不是什么蔡荔娘和真珍！我们确实不是你们要找的人！"

"你们趁着天黑下山，是要逃往何处？"

"我们是讨生活的人，要赶路去木兰溪乘班船，到外州外县去赚钱，并不是什么逃跑。"

"他妈的，还敢狡辩！"一个五大三粗的肥胖士兵，挥起厚厚的手掌，啪啪啪地打在两位年轻女子粉嫩嫩的脸庞上。

按照蒲天文临行前的吩咐，小队长不由分说，马上把二人押往福州。

"这回可以邀功请赏了！"士兵们兴奋极了，对两个女子推着、揉着，不断催促她们"快走，快走"。

福州元军大营里，两位女子被反绑双手，推倒在元军统领唆都面前。小队长和几个士兵轮换着用皮鞭拷打，她们始终坚称自己叫蓝茵茵、王瑶儿，并不是那个蔡荔娘。士兵们拷问了一阵子还是没辙，小队长只得请示唆都怎么办？哪知那个唆都，脸色由黑红变成了铁青，未等小队长说完，就愤怒地一声大吼："别说了，你们抓来了什么人？你们自己说说，这里哪个是蔡荔娘？"原来，唆都知道蔡荔娘已身怀六甲，而眼前这两位年轻、美貌的女子，虽然体态丰满，但一点不像怀孕之人，这帮兔崽子显然抓错人了，真正的目标可能还在山上呢！

几个士兵畏畏缩缩站在一旁，唆都横了他们一眼，大声喝令："放掉这两人，马上重回壶公山，尽快抓获蔡荔娘！"

这个福州元军主帅当然懂得蔡荔娘的价值，他过去也曾派人打探搜寻，但并无收获，如今有了她的消息，岂能轻易放过？

本来以为可以获得唆都奖赏的这一帮士兵，垂头丧气地押着女子走出军营。连日辛劳产生的怨气怒气，和被唆都训斥引发的烦恼，总要找个地方发泄。这两个柔弱妩媚的小女子，此刻不正是他们发泄的对象，哪肯轻易放掉她们！既然不是蒲天文和唆都需要的重要人物，他们也就无所顾忌了。士兵们既要向她们发泄心中的怨气怒气，更要向她们发泄身上的野性兽性呢！这群饥饿的军中色鬼，七手八脚几下子就扒光了两位女子的衣服，他们分成两拨，小队长和两三个军士按住那个自称叫蓝茵茵的女孩子，另外几个人紧紧围着那个叫王瑶儿的,像饿狼扑食一般扑向两个年轻女子娇娇嫩嫩的玉体,又摸又抓,又咬又啃,从上到下,肆意玩弄。

淫笑之声此伏彼起,士兵们一片手忙脚乱,一个个如狼似虎,翻江倒海般折腾,"你方唱罢我登场",轮番上阵,直把两个小女子鼓捣得死去活来。

这两位女子到底是什么人?她们没有说谎,确实叫蓝茵茵、王瑶儿,原是莆田城里有名的歌伎,也是逃难来到壶公山的。但道家修行之地不宜她们久留,所以两人决定下山另往别处谋生。那日早起赶路,就是为了能早点到达木兰溪畔的大渡头,以便搭上当天去外地的客船。可怜两个红粉佳人遭此一难,先是被当作蔡荔娘和真珍抓了,后又成了元军兵痞的玩物。

这一小队元军士兵折腾完了,又向壶公山扑去。但是,待他们重上壶公山之时,哪里还见得到蔡荔娘和真珍的踪影?

蔡荔娘是在真荣带士兵上山的那个夜晚就被蔡曰忠接应下山,转移到安全地带的。

实际上,蔡曰忠虽在长岭分别,却一直暗中随护,为爱女"保驾"。自荔娘和真珍上了壶公山寄居白云院的那天起,他也就跟着在山脚下大路旁摆起了货摊,表面上兜售糕饼酒食,为进山香客和过往行人服务,实则随时观察来往人员动静,悄悄地、不露声色地为山上的荔娘站岗放哨。所以,当他发现三更半夜有一伙士兵模样的人急匆匆奔向山里,顿感不妙,嘴里说声"不好了",立即抄近路直奔白云院西厢房,把荔娘和真珍悄悄地接走了——那也正是蒲天文的士兵抓住蓝茵茵、王瑶儿的时候。

在蔡曰忠看来,保护荔娘的安全,正是自己的头等大事。因为,女儿身上,维系着陆大人的骨肉血脉,万一有个三长两短,他不但愧对陆大人,向杨太后也难以交代呀!有了上次荔娘赤岭村遇险的经历后,他变得更加小心,一点不敢马虎。

可是,眼前的情景却让蔡曰忠不免担心:荔娘的肚子已经一天天大了起来,再也经不起四处奔波了。俗话说"在家千日好,出外半宵难",她应该回家去，只有自己的家才能有安定的生活，才有她养身安胎的适宜环境。

然而，若是元军再到枫亭搜捕和骚扰怎么办？

正当蔡曰忠左右犯愁的时候，恰巧形势发生了重大变化，枫亭以至整个兴安州又回到宋军控制之下。

强大的元朝是由多个部族组成的，除了称帝的忽必烈，还有许多宗王。他们虽然同为成吉思汗的子孙，但相互之间争权夺利，内战不断。此时，又有昔里吉、脱黑铁木儿等人在西北边疆发动反对忽必烈的叛乱，忽必烈只得从南方抽调部队去西北平叛，追剿宋朝抗战力量的兵力因而大为减少。

各地宋军和民兵义军抓住有利时机大力反攻，取得一系列的胜利，抗元斗争出现了可喜的勃兴气象。

长期奔走在福建汀州、漳州一带发动民众、组织抗元武装的文天祥，出兵占领了广东梅州，并越过南岭进入了江西，展开了收复江西失地的战斗。他率领主力部队一举攻克了会昌，又打下了元军重兵把守的雩都，再乘胜夺取了兴国县城，然后以兴国为据点，分兵攻打赣州和吉州，一连收复了十几座县城，大有席卷赣南之势。广东制置使张镇孙攻克了广州，为南澳海岛上的赵昰行朝提供了陆上屏障。张世杰自潮州引军返回泉州讨伐蒲寿庚，把蒲寿庚围困在城里之后，又传檄各路去攻取邵武军。早已投降元军的原福建招抚使王积翁看到形势不妙，就暗地与张世杰联络，与宋军保持妥协。淮东义士张德兴、傅高，打着大宋景炎年号，组织民兵攻入黄州、寿昌军，杀掉了元宣慰使郑鼎。浙江的季文龙在青田率众起义，附近七县纷起响应，起义军攻克处州后，他在天庆观自署两浙安抚使，与元朝地方政权抗衡。而一直坚持在仙游和兴化山区打击和骚扰元军的陈瓒部队，也趁机举兵攻打莆田城，杀了叛徒林华，夺回兴安州。

在这样的形势下，蔡曰忠带着荔娘回到了枫亭蔡府老家，他的夫人杨氏也曾逃往外地避难，现在也闻讯归来，全家人团圆了。

看到女儿面容苍白，神色憔悴，杨氏十分心疼。她先是杀鸡宰鸭给荔娘滋补身子，接着又为她请来了郎中。

老郎中仔细地诊察了好一会儿，轻轻叹了一口气，说道："古书云，儿之在胎，与母同体，得热则俱热，得寒则俱寒，病则俱病，安则俱安，母之饮食起居，尤当缜密。因此，但凡有孕之身，最宜清静安养，所谓'静形体、和情性、节嗜欲'。可是，瞧你这……这般折腾，怎么行呢！"老郎中嗔怪了一番，改了口气说道："如今之计，宜速清理调补，尤应调养心神，勿惊恐、勿劳倦、勿妄语、勿忧愁，切记切记！"他开了一些养血安胎的方子，让杨氏去调配给荔娘服用。

老郎中的一番训导，在蔡荔娘心中掀起一阵涟漪："毋庸讳言，这几个月的颠沛流离，确实令人疲惫不堪，身心交瘁。但是我荔娘何尝不想安安稳稳生活？与陆郎的短暂相处便有幸缔结珠胎，这是上苍何等慷慨的恩赐，也是陆郎对妾身最宝贵的馈赠，自己怎能不知珍惜？几个月来奔波辗转，东躲西藏，寝食不周，提心吊胆，不正是为了保全这块血脉吗！所幸苍天庇佑，逃难途中数度逢凶化吉、遇难成祥，均得以安然脱身。现在好了，回到了家中，可以按照郎中指点的孕妇的方式生活了，腹中小宝贝儿啊，你也可以过上安稳日子了……"

在母亲的悉心照料下，蔡荔娘果然一天天康健起来，而且随着时间的推移，腹中胎儿也渐渐多了一些气息，可以听闻到明显的胎音、胎动了。

转眼间，今年的荔枝又成熟了，一串串鲜红的荔枝果粒，像千千万万盏小灯笼挂满了翠绿的枝头，把满山遍野点缀得生机盎然，充满喜气。

这天晌午，蔡曰忠从山上料理果园刚回家。他带回来一筐荔枝，要给夫人和荔娘品尝，这是近年来刚栽培成功的早熟品种"小陈紫"，树龄不大就能开花结果，母树矮壮结实，挂果率高，肉厚核小，十分甜脆。

蔡曰忠提着荔枝，喜滋滋地推开家门，扑面而来的是一阵清脆响亮的婴儿啼哭，"哇，哇，哇"直往耳朵里钻。夫人迎了出来，满面笑容："生了，生了，是个男孩！"

谢天谢地，家门有幸啊！蔡曰忠两眼放光，竟高兴地抱着双手，朝向天空打躬作揖。

蔡荔娘从生产的极度疲惫中恢复过来，细细端详身边的这个小生命。婴儿红扑扑的小脸上，一双眼睛睁开一条小缝儿，竟也朝着她看来。蔡荔娘心中涌起了初为人母的喜悦，马上想到要把这个喜讯尽快告诉相公。于是，她小心翼翼地剪下婴儿一小撮毛发，装入信封，让父母亲马上派人前往广东向陆秀夫大人报喜。

不几日，陆秀夫一家就接到了喜讯。

陆秀夫自是惊讶莫名、喜出望外。他反复疑问："真的吗？这是真的吗？不会是在做梦吧？"得到来者的一再确认后，他不禁喜极而泣！

突闯枫亭之后的很长一段时间内，他都沉浸在失去蔡荔娘的巨大悲痛之中，寝无眠，食无味，唯有荔娘的音容笑貌时不时浮现在眼前。蔡荔娘葬身于河流，让他常常想起水里遨游的鸳鸯，并且梦见自己和荔娘都变成了鸳鸯，一同游弋在枫慈溪，任凭那溪流漂荡和奔腾，把自己和荔娘一起带到天之涯、海之角……

人们常说，"期望越高，失望越大"，反之，心灰意冷之际，得到突如其来的、完全意料不到的好结果，该是一种什么样的惊喜？"我的天啊！荔娘你不但健在人间，而且顺利分娩、母子平安！啊，啊！"陆秀夫喃喃自语，不断地感叹。这特大喜讯，顿时颠覆了他此前的认知和情感，也极大地提振了他的整个身心，他仰望长天，长长地舒了一口气：谢谢你啊，苍天有眼，让荔娘死里逃生，转危为安！谢谢你啊，我亲爱的荔娘！感谢你为陆家生了一个男丁，感谢你的千辛万苦！

战乱岁月，自己能够犹如梦幻般、戏剧性地添得一个儿子，这是老天爷多大的恩赐！但愿这孩儿将来能成为有用之才，承继家风，光耀门庭，不愧我陆家之后！陆秀夫这样想着，就提起笔来写下四个字："光前裕后"。这是他早年为家乡宗祠的题词，如今也要让它承载自己对新生儿子的美好期冀。他把字幅认真地装裱好，加上一对银质"长命锁"和一些银两，让来人带回，作为送给儿子的满月礼物。

陆秀夫喜得贵子的消息传开后，许多亲朋好友包括朝廷臣僚、军中将士都为之高兴，向他道贺，就连远在江西抗敌前线指挥作战的文天祥，也以他和夫人的名义，特地给小男婴寄来了一份厚礼，并书写"陆兄夫人生陆子，枫亭诞孕映枫红"两句俪语相贺。

与此同时，临时皇宫中的杨太后也得到蔡曰忠的喜报。她当初为陆秀夫和蔡荔娘主婚，并让有孕在身的新娘子不必随军奔波，就是期许这位民间女子能顺利地为陆秀夫生个一男半女，让忠良多延续一点血脉。如今愿望实现了，她自然高兴，还欣欣然为婴儿命名。

"就叫'陆钊'吧，钊者，远也，愿他志气高远，前程远大。"杨太后仔细斟酌着，缓缓说道。

得知杨太后亲自为婴儿赐名，陆秀夫自是十分感动。他和母亲及夫人赵氏商议之后，便进宫觐见杨太后，当面谢恩。

陆秀夫被陈宜中借故罢黜已经好几个月了。杨太后此时一见到陆秀夫，眼前就浮现出他那正直忠厚和勤勉政事的印象来，心中涌出许多感慨。她知道陆秀夫并无大错，就对赵昰皇帝和陈宜中等人说："陆爱卿生性耿直，有时处事急躁，但他也是忠心为国。眼下正是朝廷用人之际，就让他回来吧！"

陈宜中对陆秀夫的罢贬处理本来就做得过分，受到了张世杰等人的强烈斥责。现在杨太后这么一说，他自然不敢再反对了，只得随声附和，连声说道："理当如此，理当如此。"

就这样，陆秀夫恢复原职，仍任端明殿学士、直学士院、同签书枢密院事，重新回到了行朝。

小男婴的降生给枫亭蔡家带来了极大的欢乐，又由于杨太后亲自赐名、文天祥等众大臣送礼道贺，更增添了无比的荣耀。特别是现在陆秀夫恢复官职重返朝廷权力中枢，一连串的喜事接踵而来，让喜庆的气氛浓上加浓，就像进入夏季以来的天气，不断涌着热浪。蔡家张灯结彩，喜气盈门，连续多日都是人来客往，门庭若市，不但枫亭的邻里乡亲们纷纷前来道喜称贺，就连那些远在莆田、仙游和晋江、泉州、建阳等地的蔡姓和柯姓宗亲，也都送来了棉帛、食物和首饰等礼物，有的还送来了画幅和楹联。其中有个住在本乡东沙村的蔡老画师——已经七十多岁高龄，按宗族内辈分蔡荔娘称呼他为叔公——也精心制作了两幅吉祥图"金童点双灯"和"鲤鱼跃龙门"，一步一颠地走了十几里路，亲自给荔娘送来。

说来这福建路各州县的蔡姓和柯姓，大都来源于中原河南的"济阳蔡氏"。他们大都崇尚本族先贤蔡襄，把蔡襄的"忠国惠民"当作宗族的传统和理念。因此，他们能够对陆秀夫的忠君救国之举产生强烈的心理共鸣和感情认同，同时对蔡荔娘与陆秀夫的结合深表赞许并引以为荣。如今蔡荔娘又喜诞贵子，陆大人还官复原职，这些蔡氏和柯姓宗亲与枫亭当地的父老乡亲一样，高兴地奔走相告，相约前来贺喜，为小陆钊祈福，为陆大人庆贺，自然也就在情理之中了。

起风了，树梢哗哗响。大热天人们最喜欢老天爷刮凉风驱暑热，只是今天这风刮得有些大了。蔡荔娘欣喜地迎风而立，倍感凉爽。啊，天空中刮过来一片云彩，正在往自己飞来，渐渐地近了、更近了。啊啊，那云朵上站着陆大人，蔡荔娘看清楚了，那真的是陆大人，我亲爱的相公！荔娘高兴地迎上前去，把陆郎引进家中。"相公啊，您瘦了，瘦多了！"她一边说着，一边抱出婴儿，递与陆郎，说道："快看看您的钊儿吧，小家伙长得多么像您啊！"那语气和神态，就像艺术家展示和炫耀自己的得意作品，又像完成了重要使命的光荣使者交差复命，充满了喜悦和自豪。她又对婴儿说："你爹爹看你来了，给爹爹笑一个！"婴儿果然咧着小嘴儿笑了，红扑扑的脸上似乎写满了幸福。她又指着墙上那几个苍劲古朴的大字，对陆郎说："这是您为钊儿写的'光前裕后'，我把它挂在这里，要把它作为咱家的家训，我一定要把咱们的钊儿培养成像您一样忠贞正直的人，让他莫辜负了父亲的期望。"蔡荔娘一口气说个不停，而陆大人一直微微笑着，看看荔娘，又看看婴儿，亲亲婴儿，又亲亲荔娘。看够了，亲够了，又深情款款地抚摸着荔娘的脸颊，这才开口说道："娘子别来无恙？以往时局不利，加之关山千重，秀夫只能家山北望空思量。今天借了半日大风，让风云车送我回来看望娘子和新生小儿。为了咱老陆家这块血肉，娘子你辛苦了，要特别谢谢你啊！好了，南边事务繁忙，我该走了。"蔡荔娘紧紧拉着陆郎的手，依依不舍，连声喊叫："相公莫说谢，相公不要走！"

这梦中的呼喊竟叫出声来。

正在一旁照料小外孙的杨氏老夫人，听到荔娘的喊叫，急忙趋步走来，一看女儿又平静地睡了，老夫人轻轻摇了摇头，心疼地嘀咕："又做梦啦，这大白天的。她是想念陆大人想得多了！"

　　窗外喜鹊又叫起来了，院子里一阵喧哗。原来是又一批贺喜的客人来了，蔡曰忠和杨氏又急忙迎了出去。

　　这一场喜庆——经历了无数磨难之后的喜庆，又一次震动着枫亭这个乡野小城及其周边十里八乡，成为人们长久的记忆和美谈。

第十三章　海国苍茫几浮沉

景炎二年（1277年）夏秋季节，照样又是风云多变幻的气候。你看，倏忽之间又变天了。

元朝平息了内部纷争，紧接着又将矛头对外，挥师南下，去实行他们尚未完成的消灭宋朝抵抗力量、占领广大南方疆土的既定任务。自七月起，忽必烈向南方大量增兵，再次发动攻势。淮浙、广西、江西、福建等地相继掀开了一场场殊死恶战。

元将阿里海牙率军攻打广西，邕州知州马墍是个铁心抗敌的硬汉子，他屯兵据守静江府，与敌人针锋相对，前后打了数十仗，士兵战死无数，宋军依然前仆后继。阿里海牙想劝马墍投降，就奏请忽必烈降诏劝谕，以"江西大都督"一职相引诱。可是马墍烧了诏书，杀了信使，亲自率领敢死队与敌人打起了巷战，后来因手臂受伤而被俘。遭到敌人斩首后，马墍还紧握拳头挺身站立，超过一个时辰才扑倒在地，实现了自己"至死不屈"的誓言。广西提刑官邓得遇，闻知静江城破和马墍战死，哀痛欲绝，他把朝服穿戴整齐，向着南面拜了三拜，算是向赵昰皇帝和宋室朝廷辞别，而后纵身一跃，跳入奔腾的南流江自尽了。临终前，邓得遇留下四句遗言："宋室忠臣，邓氏孝子，不忍偷生，甘心溺死！"

静江城内的守军和抗战的民众全部被消灭后，元军又分兵夺取了郁林、浔州、容州、藤州和梧州等地，几乎占领了广西全境。

江西战场上，元将李恒的队伍直扑兴国袭击文天祥的同都督府，准备不足的文天祥交战失利，只得仓促撤退，手下几名重要干将如巩信、张日中和赵时赏等不幸牺牲，文天祥的妻子欧阳氏和两个儿子文佛生、文道生被元兵虏获而去。

浙江元将贲亨率军进攻季文龙，季文龙的两万名义军在恶溪与元军展开激战。战斗失利了，季文龙跳水而死。

元将唆都则负责攻打福建方面的宋军。他先是驰援泉州，以优势兵力迫使张世杰退兵；在化解了泉州之围后，唆都又派兵分头去攻取邵武和莆田。于是，邵武又落到元军手中，莆田也随之再次沦陷。战败受伤的陈瓒被唆都擒获，他与陈文龙一样坚贞不屈，面对元军的严刑拷打仍然拒不投降，最后被唆都施以"五马分尸"的酷刑而毙命。陈瓒的另一个侄儿，即陈文龙的弟弟陈勇虎，也在莆田保卫战中牺牲，陈勇虎妻子朱氏则在城破时自缢身亡。至此，陈家一门忠烈全部为国捐躯。

莆田经历了两次屠城，人口损失了八分之一。

唆都攻陷邵武和莆田后趁势追击，再取漳州，又转进惠州，与吕师夔部会合进攻广州，张镇孙料不能敌，退出广州城。而淮东义军首领张德兴，也被元宣慰使昂吉儿攻杀，另一首领傅高率余部潜逃，分散游击，最终也遭捕戮。这样，黄州、寿昌军又都陷落了……

一个个令人震惊和痛心的消息，宛如南海上的一阵阵狂涛恶浪，强烈撞击着赵宋行朝，君臣将士重又陷入了失望和恐慌。但如果说这些还是"远虑"的话，眼前他们最急迫的则是"近忧"：元将唆都、塔出、也的迷失等人，集中海陆兵力，开始将矛头直接指向南澳岛，气势汹汹向行朝扑过来了！

赵昰行朝在南澳难于立足，只得迁移到香山，在浅湾一带暂时躲避。不久，元将哈剌歹、刘深等人又率舟师发起进攻，宋军在香山海域战斗中遭到重创，行朝又被迫退往一个叫"井澳"的小岛，即万山群岛中的横琴岛。一日，狂风大作，愣是把赵昰皇帝乘坐和居住的宝船掀翻了，小皇帝也翻身落海，溺入水中，惊吓成疾，从此一病不起。

岌岌可危的形势，恶狠狠地敲击着人们的神经，一种"末日来临"的感觉不可阻挡地突袭而来，许多人都在盘算后路——行朝的后路，自己的后路。

伶仃洋海面，白茫茫一片。一艘三桅大船扯起风帆，向西南方向驶去。

船头站着一个四十多岁的中年汉子,他拈着嘴唇上的"巾"字胡子,眼睛瞄向宽阔的海面,瞄向遥远的天际。那眼神中虽然满含着希冀,却仍然掩藏不住一丝丝的无奈、无助和无望。

这个人就是大宋朝廷的左丞相兼枢密使陈宜中。陈宜中是一个复杂得说不清道不明的人物,反复无常、擅于见风使舵是他的一大特点。早年在太学院读书时,他与另五位太学生联名上书,攻击当时的右丞相丁大全,因受到迫害而博得了"六君子"的美名;考取进士后,依附权臣贾似道,得以步步升迁,在监察御史任上,他还按照贾似道授意把另一位丞相程元凤弹劾下台;贾似道率军在鲁港一战中大败之后,朝野震动,舆论哗然,他见贾似道已经失势,便趁机上书追究其误国之罪,并诱杀了贾似道的亲信韩震,以示与贾似道划清界限,从而博得太皇太后谢道清的重视,升任为右丞相;因为有人上书指控他不懂用兵、不敢出征督战等数十条过失,他知道后竟然挂冠弃职而去,后在其母亲说服下才又回朝任职;元军兵临皋亭山,谢道清派人求和,伯颜强调"非宰相不能讲和",要求陈宜中亲自去谈才行,陈宜中吓得当夜逃离临安,躲到海上去了;待到赵昰、赵昺两位小王子逃到温州,陆秀夫又把他请了回来,随之在赵昰皇帝福州即位后又当上左丞相;可是,他还是不改自私狭隘、排斥异己的本性,在形势如此艰难、本该和衷共济同心救国的情况下,却先后与文天祥、张世杰、陆秀夫失和……如今,又到了他人生旅程的新关口,一道何去何从、如何做人做事的人生抉择题,再次摆到了他的面前:元军步步紧逼,宋军节节败退,小皇帝又重病染身,行朝困难重重,国势危在旦夕,宋室后事当何以为继?抗元斗争的前途何在?自己这个官还能当得了多久?这些个既现实又迫切的问题,一直在陈宜中的脑子里翻腾,苦苦地煎熬着他。"罢了,罢了,识时务者为俊杰,三十六计走为上!"他又想出了一个好计:重演当初临安陷落之前漏夜潜逃的故伎,溜!

于是,陈宜中向杨太后启奏道:"忽必烈对我穷追猛打,意欲赶尽杀绝;我全军将士虽极力用命,然屡屡受挫,长此以往,恐难以为继。为防不测,臣以为宜作早图。不若派人前往海外占城等地,寻找合适地点,必要时将朝廷暂迁他处,躲避一时,以便日后东山再起。如蒙太后同意,臣愿前往南洋招谕，预做安排！"

　　杨太后正在为宋室濒危焦急万分，听陈宜中这一番话说得有理，马上点头称是："如此也好，这或许是一条路呢！只是要辛苦丞相了！"

　　陈宜中马上回答："为了大宋国朝江山社稷，臣虽万死而不辞！"

　　明眼人一看就知道陈宜中找了个冠冕堂皇的理由，其实是为了他自己开溜，但杨太后都已经答应了，别人也就不便表态。再说，要是陈宜中真的能在海外找到一片落脚之地，或许也是宋室和我等臣民的一条后路呢！大伙这么一想，就又抱着"乐观其成"和"试试看"的态度，听之任之，由他去了。

　　大船疾驰而去。海上起风了，船只开始摇摆。伫立船头的陈宜中心潮也更加起伏不定。他朝船舱里看去一眼，夫人和孩子正在休息。这次他带家眷同行，确实有举家逃难的打算，但是也并非完全不为国事。"以我宋室丞相的身份，如果能说服占城接纳行朝，对国家利莫大焉！到那时，我陈宜中就又是一个有功之臣，行朝里就又有了我的地位和权力。只是，占城人会听我的游说吗？如果不听，我又怎么办呢？"他的心里一直嘀咕不停。

　　如此看来，这艘船只的最终目的地既是明确的，也是茫然的。此去海天渺渺，需要漂越七洲洋和千里长沙，或许还要经过那深不可测的万里石塘。苍茫海洋，陌生异国，等待他的会是什么呢？他叹着气，又摇了摇头。

　　陆秀夫和张世杰得知陈宜中启程出发的消息，出于礼节，也赶到码头送行。但他们来晚了，航船已经远去了，变成了广袤无垠的海平面上的一个小黑点。他俩相对默然，沿着海岸静静地往回走。少顷，陆秀夫对张世杰问道："张将军，你说陈丞相此去会有什么结果？"

　　"难，难，难啊！"张世杰摇着头说，"陆大人你可曾听过一句俗话：'同样是土，可以塑作菩萨，也可以捏成尿壶。'菩萨高居庙堂，受人顶礼膜拜，而尿壶只能摆在床下，日夜为人当差。其中差别，无非时也命也。"张世杰顿了顿，继续说道："你说如今我们的国家衰落如此，朝廷权威早已是今非昔比，南洋异邦还会一如以往那样尊崇我们吗？再说他陈宜中离开了大宋本土，人家还会认他什么丞相不丞相！所以，我料定陈宜中此行去商谈海上行朝迁徙南洋之事，必定不会有什么收获。"

陆秀夫点头表示赞同这个看法，说道："将军所言极是。依我看，陈丞相这次携带家眷同往，十有八九不会回来了。"

"这陈宜中呀，还是打他自己那个小算盘啊！"张世杰说着，心里不免又生起气来。

正如张世杰和陆秀夫所料，陈宜中先后到达占城和暹罗，但均无结果，而他最终也杳如黄鹤，一去不复还了。

陈宜中走后，环境依旧恶劣，形势依旧危急。恢复官职不久的陆秀夫，凭借着对赵宋王朝的一片耿耿忠心和顽强不屈的意志，和张世杰等人一起，苦苦支撑着残局。其时，张世杰主要是带领军队在海上与敌人周旋，竭尽全力保护行朝安全，而陆秀夫则是随侍在赵昰皇帝和杨太后身边，做好维系政令和朝纲的工作，维持着这个七零八落的海上行朝的日常运作，为各地军民保存一面旗帜、保留一种希望。当时，朝廷已经衰落得不成样子。杨太后迫于环境，对群臣说话都不敢摆皇家和太后的架子，只是自称"奴"而已。陆秀夫为了维护皇室的权威，坚持按照旧日临安朝廷时的礼仪制度行礼办事，在群臣面见太后和皇帝时，总是首先带头持笏肃立，衣冠严整，端端正正，恭恭敬敬。战时体制的流浪行朝，比不得那巍峨森严、秩序井然的皇宫金銮殿，方方面面都难免有各种疏略，陆秀夫随宜裨补，尽心力而为之，务求完善和周全一些，务求像个样子。他是多么希望这个不像朝廷的朝廷，还能像正规朝廷一样维持下去，维持得尽量长久一点。

元军还在连续不断地追击，井澳小岛无险可守，小皇帝还在病中，怎么办？陆秀夫找张世杰商量，现在他们两人是行朝的主心骨，杨太后和其他人都指望他俩拿办法。可是他俩也是寻思无计，张世杰摊开地图，在上面画了一条长线，说道："撤吧，只能继续撤退，还能有什么办法！"

为了避开眼前的危险，尽量远离敌人，他们只得又把小皇帝和行朝迁移到雷州湾的碙洲岛。

碙洲岛亦叫硇洲岛，方圆数十里，整个岛屿都是火山喷发后的玄武岩构成的盾形台地，具有易守难攻的地理优势。但这个偏僻的海岛也极其荒芜，连淡水都很少。相传赵昰皇帝一行刚刚上岛时找不到水喝，一匹御马焦急地用蹄刨地，居然还刨到了水源，一股淡水汩汩涌出，乃砌石建井，汲水供君臣和士兵饮用，后人名之为"宋皇井"。朝廷组织军民修筑城池，构造工事，设防布阵，甚至还创办了一间书院，形成了一个新的海上城寨和抗敌大本营，准备长期据守。为了保持皇室的威仪，陆秀夫还亲自设计和筹划，组织兵民在岛上赶修了一座长五十四丈、宽三十六丈的皇宫。

硇洲岛的新"家"终于搭建起来了，陆秀夫自是十分高兴。这一天，陆秀夫在岛上各处营寨巡察，还意外地有了一番奇遇。

那是在一条堑壕里。陆秀夫看到一名士兵斜身倚靠在土壁旁，手里拿着一个什么东西在把玩，这士兵瘦瘦的，黑黑的，似乎在哪里见过，可是一时又想不起来。待走近时，他看到士兵手上拿的是一枚玉镯。一个男人玩什么玉镯？陆秀夫觉得奇怪，就停下脚步，与士兵聊了起来。

士兵对陆秀夫说："在下本是临安人氏，原在一个官绅之家当差。临安被元军占领后，我跟随主人急忙逃命，却在路上与主人家走散了，弄得连吃饭的钱都没有了。在福建一个叫枫亭的地方，一个好心的姑娘可怜我，送给我这枚玉镯，让我去换些食物。可是我哪里舍得把它变卖啊？就一直带在身边。后来参加了勤王的队伍，即便行军、打仗，我也格外小心这宝贝呢！"

陆秀夫听得明白，枫亭观音桥头的那一幕记忆犹新。他心里暗暗发笑：这家伙隐瞒了抢夺老阿婆银手镯的丑事，人都有羞耻之心嘛！所以他并不揭穿，只是笑眯眯地听着。

那士兵又说："每次我一看到这玉镯，就想起了恩人，那是多好的一位姑娘啊！"

陆秀夫故意问道："你可知道她的姓名？"

"不知道，但我认得她。姑娘长得非常漂亮，就像这美玉一样。你看，多好的和田玉啊！"

陆秀夫接过一看，果然是上等美玉，晶莹光润，白里透红，一缕淡淡的红晕犹如彩云飘拂，充盈其间。睹物思人，手捧蔡荔娘戴过的这温润的玉镯，陆秀夫不免感慨，心跳也禁不住咚咚咚加快了起来。他仔细看了一回，把玉镯递还给士兵，说："拥有它，你是幸运的！"

哪知士兵却摇头，说："不，总有一天，我要把它送还给那位姑娘！"

"此去福建枫亭千里迢迢，你怎么去送？"

"听说这姑娘嫁给朝廷一位大官，叫陆秀夫。这大官如今也在军中，我们火器营参将还曾经当面见过他呢！我要是哪天也能遇到陆大人，就请他将这宝玉转交给姑娘！"见陆秀夫听得认真、有兴趣，士兵显然更兴奋了，他盯着对方看了看，突然问道："先生你认识陆秀夫吗？"

"哦！不不，我不认识。"陆秀夫支支吾吾，一边说着，一边急忙走开了。

雷州湾的波涛激扬澎湃，像冷峻锋利的斧头和砍刀，把碙洲岛的岩礁尽情地、任意地削凿，刻画成嶙峋凹凸、奇形怪状的模样，如果有心欣赏，倒是一片难得的景观。

在一个风和日丽的晌午，卫王赵昺，还有一帮宫中臣僚的孩童，一起来到岛上那晏村外的一片海石滩游玩。他们脱去鞋子，光着脚丫泡在海水里，让鱼儿和小虾从脚掌边滑过，有几个手脚快捷一些的，还不时抓起几条小鱼小虾来，高兴地向同伴们炫耀。往日放荡不羁的浪潮，今天也变得格外温顺，只是在这帮顽童的腿脚边慢慢涌动，仿佛母亲温柔的大手，把这些饱受战乱和流浪之苦的年幼贵族，轻轻地抚慰。

那晏村的海岸边安置着一排精雕细刻的石狗，形状各异，高大威猛。石狗自汉代以来就被雷州百姓尊为保护神，在村头、路旁、房前、屋后，只有设立了石狗，他们才觉得安心。小卫王和他的伙伴们玩够了海水，就又玩起了石狗。他们一个个骑在石狗上，手里举着木棍、树枝当作刀枪和鞭子，威风得就像一队骑着高头大马的即将出征的战士，而那位卫王这时正在嗷嗷叫着什么，更像一名发号施令的将军。

赵昰皇帝端坐在轮椅上，静静地待在一旁，看着弟弟卫王和那帮孩童们尽情地嬉戏。他只能眼睁睁地看着，而不能亲身参与。自从几个月前井澳海域落海溺水之后，被惊吓而酿成的大病一直未能痊愈，现在只能由宫女和御医悉心照料陪伴，才可以出来活动，看看蓝天和大海，品味这湿润的海风和咸腥的空气。他不禁回忆起在福州平山堂捉迷藏、下闽江游泳和在嘉禾屿虎头山下海滩赶海拾贝的情景，仿佛那已是遥远的时光、遥远的事情。

此刻，离这不远的地方，还有另外一个人也在静静地看着他们，他就是陆秀夫。陆秀夫隐蔽在一块大礁石旁，时不时朝这帮孩子们看望几眼。看到卫王和宫中臣僚子弟的嬉戏，他感慨良多。这帮天真幼稚的孩童，都是皇室和朝廷大臣们的掌上明珠，他们本该丰衣足食、养尊处优，如今仅仅满足于一点野趣，在这穷乡僻壤手舞足蹈，玩得不亦乐乎，他为之感到悲悯和心酸。而看到小皇帝的病容和他那惆怅无奈的神色，陆秀夫的心更是宛如刀割。还有，他又联想到自己的孩子，特别是那远在福建枫亭的新生小儿子，这宝贝骨肉究竟长得怎么样？如今一切可好？小家伙快要满一周岁了，自己都还未曾见过面，想到这些心里就又涌起阵阵辛酸和苦楚。更为严重和更让人揪心的是，朝廷落难如此，国家穷途末路，我们拿什么去保障这些年幼孩童的生活，又如何许给我们的下一代一个安定的未来？

他暗自哭泣，不断地用衣襟拭泪，而衣襟早已湿透了。

天有不测风云。不久，一个天大的不幸，又降临到赵宋王朝头上——赵昰皇帝久治不愈的病情，突然加重，挨到景炎三年（1278年）四月十六日，竟然驾崩了！

可怜这位小皇帝，死时只有十一岁。他名义上做了两年皇帝，其实乱世之年，兵荒马乱的，大部分时间是在流离颠沛、担惊受怕中度过的，并不是真正的"九五之尊"，也未享过什么皇家之乐。

赵昰皇帝驾崩的消息，引起行朝上下一片混乱。许多人惊慌失措，议论纷纷："丞相早跑了，皇帝又死了，怎么办呢？"就连一部分宫中大臣也悲观失望，萌生离散之意。

陆秀夫忧心如焚。皇帝是一个王朝的象征，是一个政权的代表，所谓"国不可一日无君，民不可一日无主"，为稳定人心、稳住局面，必须果断决策！因而，他向杨太后紧急提议，召集群臣商议国事。

面对一大群彷徨无措、莫衷一是的臣僚，陆秀夫又着急又激动。只见他猛地跃起，跳到一张椅子上，大声一呼："各位大人！"接着说道："皇上虽然不幸驾崩，但度宗皇帝一子尚存，何妨嗣立？古人一城一旅，尚致中兴，今百官有司皆具，士卒尚有数万，天意若未绝宋，难道竟不可为国吗？"

陆秀夫一席话，犹如黑暗中的明灯，为人们照亮了眼前的一条路。众人觉得有理，便按照陆秀夫的主张，立赵昰的弟弟、八岁的卫王赵昺为新帝，改年号为祥兴，升碙洲为翔龙县，杨太后仍同听政，并给已故的小皇帝赵昰追加谥号"端宗"。

端宗是大宋朝最后一位死后获得谥号的皇帝。

新帝确立后，擢升陆秀夫为左丞相。同时，加封张世杰为越国公、枢密使、太傅。

从此，陆秀夫当了赵宋海上王朝的宰相，成为主持朝政的一号人物。这也应验了蔡荔娘嫁他之时枫亭万寿塔出现的"塔西宰相妾"红字谶语。

四月十八日，祥兴皇帝赵昺的新君接位仪式，以及故皇帝端宗的追思会，在碙洲岛上同时举行。

翔龙城内，哀乐低回；文武百官，默然肃立。陆秀夫站在端宗灵柩之旁，郑重宣读《景炎皇帝遗诏》和《祥兴皇帝登宝位诏》。

《景炎皇帝遗诏》曰：

朕以冲幼之资，当艰危之会。（我以幼弱的资质，担当这艰难危急的时势。）

方太皇命之南服，黾勉于行；及三宫胥而北迁，悲忧欲死。（当初奉太皇圣命出任南方，勉力出奔。待知三宫相继被掳北迁，悲伤忧愁，真是痛不欲生。）

卧薪之愤，饭麦不忘；奈何乎人，犹托与我？（发愤自励，复仇图强的心志，吃饭睡觉都不能忘记。谁叫人们还将希望寄托于我呢？）

涉瓯而肇霸府，次闽而拟行都，吾无乐乎为君，天未释于有宋。强膺推戴，深抱惧惭！（到温州建立帅府，就任天下兵马大元帅，而后在福建福州设立行都，登基即皇位。我并不乐于当这个皇帝，是上天还没有舍弃大宋朝。我勉强接受大家的拥护，深感惶恐惭愧！）

而敌志无厌，氛祲甚恶，海桴浮避，澳岸栖存。虽国步之如斯，意时机之有待。（但敌人贪婪的欲望并不满足，进攻的气焰十分嚣张，我只得乘船筏在海上漂浮避逃，在荒僻的海边、岛屿暂时栖息。虽说国运已到了这样的境地，但我相信报仇复国的时机还是会有的。）

乃季冬之月，忽大雾以风，舟楫为之一摧，神明拔于既溺。事而至此，夫复何言？矧惊魂之未安，奄北哨其已及。（在冬天的时候，海上忽然起了大雾，刮起大风，船只被掀翻了，我落海溺水，精神魂魄都吓跑了。事情都这样了，还有什么说的？况且惊魂未定，忽然元军的前哨又追赶上来了。）

赖师之武，荷天之灵，连濒于危，以相所往。（幸亏依靠军队的武勇，承蒙上天的威灵，虽然接连不断濒临危险，仍能相助我逃离灾难。）

沙洲何所，垂阅十旬；气候不齐，积成今疾。（井澳那个海中沙洲是个什么样的地方啊？我在那里住了一百多天，气候失调，累积成今天这场大病。）

念众心之巩固，忍万苦以违离。药非不良，命不可逭。（想到大家万众一心，意志坚诚，就要与你们别离了，我真是一万个不忍心。医生的药不是不好，而是我自身无法逃避死亡的命运。）

惟此一发千钧之重，幸哉连枝同气之依。（而今这个危急时刻的重担，幸好还有同胞兄弟可以委托和依靠。）

卫王某，聪明凤成，仁孝天赋，相从险阻，久系本根。可于柩前即皇帝位，传玺绶。（卫王赵昺，素来聪颖明慧，禀性仁爱孝敬，随我经历艰难险阻，早就具有帝系传统的根基。可让他在灵柩前接皇帝位，授予传国印鉴。）

丧制以日易月，内庭不用过哀，梓宫毋得辄置金玉，一切务从简约。安便州郡，权暂奉陵寝。（丧制以一日代替一月，宫廷内不要过于哀伤，棺木中不得动辄放置金玉财宝，一切事项务必简单节约。为使地方州郡不烦扰，陵寝暂时权宜安置。）

呜呼！穷山极川，古所未尝之患难；凉德薄祚，我乃有负于臣民。尚竭至忠，共扶新运。故兹诏示，想宜知悉。（呜呼！穷山尽水，古人不曾经历过这等灾患苦难；浅德薄命，我实在对不起臣民。希望大家竭尽最大的忠诚，共同辅佐新帝赵昺，共同扶持新的国运。特此发布诏书，以示天下，我的一片苦心，想必你们能够知道。）

这份诏书出自陆秀夫之手。诏书以当时朝廷通用的四六骈文行文，虽是固定格式，但仍写得诚恳深切，委婉动人。念罢诏书，满朝文武官员一个个眼睛都湿润了，大家都为赵昰小皇帝的苦难命运而声声叹息，同时也被他体察民情、节俭办丧和传位新君、期盼国运复兴的良苦用心而深深感动，一股为保宋而奋斗牺牲的热情，又在人们的心里涌动。

在同样由陆秀夫代拟的《祥兴皇帝登宝位诏》中，陆秀夫借由新皇帝之口，勉励各位大臣：继承先皇遗志兢兢业业，顺着先道不断前行。大汉与贼子不容两立，我们务须报君父之仇！而今国脉孤单细微，相对于前人，建立复国功业，已是难上加难。尚赖元勋宿将、义士忠臣，合志而并谋，协心而并力，与君王同仇敌忾，在艰难中捍卫我大宋国朝。

聆听着诏书，演绎着传位大典，现场臣僚们的脑海里，此时不由得勾起一段往事：前年五月初一，赵昰在福州被众人扶立皇位的时候，时年六岁的卫王赵昺哭着闹着也要去坐那把金灿灿的龙椅。宫女只好劝慰他："王爷莫哭莫哭，龙椅轮流坐，哥哥坐完弟弟再坐。"乖巧的赵昺果然不再哭闹。其时至今，两年还差十余天，果真轮到卫王坐了皇位。弟弟接替了哥哥，而小弟弟也仅仅八岁！这并非正常的皇位传承，其实是一幕悲剧。那位小宫女无心的平常话儿，却不幸一语成谶。回想这些，大臣们心中全是一片难言的苦涩。

两份诏书布告各地，安定了军民。人们心中保留了一个可以寄托忠贞和凝聚力量的中心，也保留了光复故国的一分希望。当时，民间还曾传说，硇洲岛海面出现了一条腾云驾雾的黄龙。

人们对新皇帝、新政权寄予复国中兴的希望和梦想，实际上这副千斤重担就落在陆秀夫、张世杰等几位"顶梁柱"人物身上。身居左丞相之位的陆秀夫，殚精竭虑，丝毫不敢懈怠，有人对他评论道："外筹军旅，内调工役；凡有所述，尽出其手。"同时，他还抽出时间教授幼帝赵昺的学业，为他讲读"四书""五经"，给他幼小的心灵里灌输治国安邦之道、富国惠民之策。

那一日，政事堂上，大臣们刚刚议完事情，陆秀夫就欲起身退堂。杨太后知道他要去做什么，却故意叫住他："陆丞相何故匆忙？"

陆秀夫指了指一卷黄纸，说："今天的课还没上呢！"

杨太后笑了，说道："去吧去吧。"接着，又吩咐："丞相也别心急，莫要忙坏了自己。"

杨太后十分赞赏陆秀夫教导赵昺幼帝的做法，她知道陆大人的心思，知道他意在长远、谋划未来：帮助小皇帝健康成长、早日成熟，将来做个开明之君、有为之主，这可是大宋朝中兴的百年大计啊！这赵昺虽是俞妃所生，但杨太后自己的儿子赵昰死了，就只有把宋室王朝延续和复兴的希望维系到赵昺身上了。赵昺是度宗皇帝赵禥最小的儿子，赵皇之家只剩下这一棵根苗了。

孩童天性贪玩。夕阳、晚霞、沙滩、海鸥、舟楫穿梭、白帆点点，织成了一幅海上美景，吸引着幼帝的目光。还有杨太后饲养的那只乖巧的白鹇，是幼帝不可或缺的好伙伴，几乎与他形影不离。此刻，那只白鹇站在不远处，一会儿双翅扑腾，一会儿引颈叫唤，仿佛在跳着舞、唱着歌，而这，似乎只有小皇帝看得懂，听得懂。怪不得，他被它逗得不时欢笑，有时竟笑得前仰后翻。

上课的时间到了。"陛下，该用功了！"陆秀夫恭敬地将幼帝赵昺请进课室，为免得他分心，又吩咐宫女把那只白鹇抱开。

墙壁上，贴着一张写满大字的黄纸，那是今天的课文：

> 所谓平天下，在治其国者：上老老而民兴孝；上长长而民兴悌；上恤孤而民不倍。是以君子有絜矩之道也。

这是《礼记·大学》里的章句。小皇帝学习的课文，采用的是朱熹编注的《四书集注》，是陆秀夫凭借记忆一段一段地书写下来的。他按讲读计划推进，今天讲授的是"齐家治国平天下"一节。

赵昺皇帝一字一句地朗诵。念完了，陆秀夫又逐字逐句地讲解：作为一国之主，要使天下太平，根本在于先要用良好的道德风尚治理好国家。这是因为，只要国君尊敬老人，便会使孝敬之风在全国平民百姓中兴起；只要国君尊敬长辈，便会使敬长之风在全国平民百姓中兴起；只要国君怜爱救济孤儿，全国的百姓便会照样去做，下面的民众就不会违理作恶。所以，国君应当做到推己及人，在道德上起到示范的作用。

幼小的赵昺，听得十分认真。但不知他能否听懂这个道理，能否懂得陆秀夫的良苦用心？

幼帝登基后，局面依然极为艰难。由于文天祥等各路兵马不断失利，海上行朝失去了大部分陆地屏障，不但军事上更加危险，连粮草和兵器弹药的供应补充都越来越困难。特别是琼州安抚使赵与珞在抵御阿里海牙的进攻中兵败被杀之后，碙洲行朝又失去了海南岛这个"大后院"，兵员和给养的补充只靠雷、廉、高、化等附近的几个州府，已是捉襟见肘，远远不够了。朝廷只得派出一批批官员四处募征粮秣。

又起风了，海上风浪越来越大。陆秀夫和张世杰站在海岸边，焦急地朝向海面眺望。他们是在等待运粮船的归来，催粮特使林翠夫外出募粮已近半月，却至今未回，岛上存粮所剩无几，再不回来就要断炊了。

林翠夫是雷州人，景定三年（1262年）壬戌科特奏名进士，初为翰林院学士，后升任内秘阁校书郎。临安沦陷后他忠心不移，追随行朝一路南徙。来到广南西路的化州、雷州这一带地方后，由于这里是他的家乡，地理熟，人脉广，林翠夫便大展所能，极力动员各州县乡绅士民，为行朝贡献了大量人力和物产，很快即成为陆秀夫、张世杰倚重的得力助手。这次他奉命募粮，冒险进入到广西的北部湾沿海地区，虽然得到当地义军和热心民众的协助，募集到不少稻谷，但运送途中却遭遇元军袭击，粮食也被劫走。林翠夫只得回到自己位于雷州南渡河下游南岸的东林村老家，把自家的房屋、田地卖了，高价采购了一批粮食，急忙赶回硇洲复命。

见到林翠夫带着粮食平安归来，众人十分高兴。但是这区区几百担米、面、豆、薯，对于岛上数万军民来说，只能是杯水车薪。其他各路筹粮的人马陆续回来了，但同样也是收获无多。

看来，硇洲也是不宜久留了。于是，陆秀夫又与张世杰商量幼帝移跸之事，希望找一个安全、可靠之处，把皇室安顿下来，休养生息，东山再起。

但是，哪个地方最适宜呢？民间对此有个传说：幼帝随军迁移，疲惫不堪，昏昏入睡。梦中，有位神仙驾鹤翩然而至，告诉他说："到有十龙的地方去，在那里安营扎寨，重整旗鼓，必成大业。"于是，他诏令队伍往南寻找，来到了一个群山绵延的地方。一问，此地叫"九龙"，还差一龙。他们只好继续辗转迁移，最后去无可去了，才来到崖山。按理说，小皇帝本身也是一条龙，加上去就是"十龙"了，只是他忘记了，或者连他自己都不相信自己真是"真命天子"，真是一条龙，以致错过了那个风水宝地。后人在他到过的香港九龙城寨刻了"宋王台"三个字留作纪念，才让人们时常想起曾经有过这么一个落魄君王。

陆秀夫和张世杰最终选择了广州附近的崖山，一是因为不久前都统凌震与转运判官王道夫合力作战，重新收复了广州；二是看上这里的地理形势，以为天险可恃。崖山在广东新会县以南八十里，西面和汤瓶山相对，潮汐由此出入，是一个气势宽广的天然大港湾，可以驻泊大批船只。崖山延伸入海，犹如一个半开半掩的大门，便于船只隐蔽，也便于扼守。他们要以此为基地，长期坚守，力保大宋皇室长久无虞。

祥兴元年（1278年）六月，陆秀夫、张世杰等人护送幼帝移师崖山，把新的大本营安置在这里。同时，在山上择地安葬了端宗。

从此，粮秣等项供应稍有改善，除原有的广南东路与广南西路毗邻地区的各州县之外，广州和潮、惠等较富庶地区的物资也能接济过来。张世杰倚恃崖山天险，率兵防守，并招兵扩军；陆秀夫则组织大批工役和匠人，上山伐木，建筑房屋，制造船只，赶制兵器，一直忙了四个多月。崖山上终于有了庄严的行宫，还有房屋三千多间，俨然一座小皇城。军队也已发展到二十多万，一时间聚集了大批有志之士。

　　这时，湖南制置使张烈良等人起兵勤王，与崖山行朝遥相呼应；雷州、琼州、全州、永州和潭州等地民众在周隆、贺十二领导下同时举义，大群数万，小群数千。各地军民主动出击，抗元斗争似乎又出现了新的气象。

第十四章　真珍春牛终相逢

真珍今天又来到蔡府看望蔡荔娘和陆钊。她爱逗小陆钊，并且与他玩得很熟悉了。

陆钊已经一周岁又三个月了。小家伙长得不算胖，但很结实，走起路来，脚丫子扑地啪啪响，摇摇晃晃的，像企鹅奔跑。

陆钊正走得起劲，真珍一弯腰猛地把他抱起来，就往他脸上狠狠亲了几口。可能真珍的"啃亲"用力太大，小陆钊不高兴了，顺势揪住真珍的耳朵不放。真珍被小手揪得生疼，赶快求饶："小钊儿乖乖，快快放手，阿姨不啃你了，你也饶了阿姨吧！"

小家伙似乎听得懂话了，真的松了手，同时开心地笑了，呀呀说着什么，两只小手使劲拍打，好像为自己的胜利鼓掌欢呼。

蔡荔娘也被逗得笑了。可是，真珍发现她似乎并不开心。

"荔娘姐，你怎么啦？"

蔡荔娘没有答话，只是摇了摇头。但那忧郁分明写在脸上，真珍看得清楚。一转身，又看到书桌上摆着一幅字，墨汁未干，显然是荔娘刚刚写的。

独行独坐，独唱独酬还独卧。

伫立伤神，无奈轻寒著摸人。

此情谁见？泪洗残妆无一半。

愁病相仍，剔尽寒灯梦不成。

这是朱淑真那首有名的《减字木兰花》，闺中伤感之作。"啊，荔娘姐保准又是思念陆大人了。"真珍心里想着。

真珍完全理解蔡荔娘的心情。思念之苦，她自身也是尝够了。一年多前，李春牛对她的拒绝虽然让她非常伤心，但自那时起，她对他的思念却更加强烈和深切。因为她知道，春牛之所以拒绝，不是因为他不爱自己，而是他担心这动乱的岁月和残酷的战争环境无法造就温暖的家，他要一心一意投身于保土御敌事业，担心一旦在战场上有什么不测，会给别人带来痛苦和伤害。一句话：他是怕连累真珍才拒绝的。这样的人，你能说他是无情的吗？在她看来，春牛哥能以国家为重，能替别人着想，慷慨奔赴国难而果断斩切情丝，害怕伤害他人而独自献身，正是一个有情有义的负责任的男儿。这样的好男儿，更加值得敬重，更加值得去爱！因而，真珍在心底里，已经坚定地将李春牛视为自己最亲的亲人、可以托付终身的郎君！李春牛重返广东之后，她就一直这么想着、思念着，独自享受着其中的甜蜜，也饱尝着其中的痛苦。

"既想他，何不去找他！"真珍自言自语，不由得冒出这么一句。话一出口，真珍就发现说得不妥，因为她看到蔡荔娘一脸无奈，并轻轻摇了摇头。

蔡荔娘何尝不想千里寻夫！只是她的身份已成了一个引人注意的目标，即使单身前往，路途遥远自不待说，诸多城门关隘严严密密地把守查验，岂能轻易过关？若再带上小儿同行，就更不方便了。要是有个三长两短，如何对得起老陆家？所以，她曾经设想了多次，又否定了多次。现今对真珍的提议，她自然也只有摇头。

真珍当然知道这事对于蔡荔娘来说并不现实。其实，这句话兴许正是她对她自己说的呢！

同一种病，未必用同一种药。反过来讲，一种药对一个人可能不奏效，但对另一个人却未必不行。自己与荔娘姐同病相怜，她荔娘负重无法前行，我真珍轻装为什么不能上阵？"既想他，就去找他——是啊，我为什么不去找春牛呢？其心向往之，其身必能至，对啦，就这么办！"真珍突然觉得茅塞顿开，眼前豁亮，随口而出的潜意识里的一句话，却是自己给自己出的一个好主意、开的一个好药方。"谁说相思病无药可治？呵呵！"真珍心里暗自乐了。

山道弯弯，海岸曲折。闽南沿海丘陵间的小路上，出现了一位年轻的郎中。这郎中头扎方巾，手持布伞，身背褡裢，褡裢外绣着一个"药"字，没人时快快走路，遇到人群时才摇了摇铃铛。偶尔有人走近向其问病，郎中便取出纸笔开个药方让他到别处抓药，或打开褡裢直接掏出一点药丸、药膏，尽快把他打发走人。

这位郎中，便是真珍。单身女子出门，千里迢迢，兵荒马乱，为了方便行走，她想出了女扮男装、江湖行医这一招，给了自己一个合理的身份和理由，以便必要时应付检查。好在她浓眉大眼，身架挺拔，扮成男人倒有几分相像。外公开药铺坐堂行医，她从小耳濡目染，加上外公见她勤奋好学，平时也常常教她，有时还让她在药铺里当当帮手。一来二去，真珍渐渐地掌握了一些医家常识，一般病患也能正确诊治。临行前，她找了个借口，从外公药铺里拿了若干跌打丸、正骨水、追风膏、祛热散和生肌消腐剂之类的药物，装了满满一褡裢，就壮着胆子偷偷上路了。

真珍不知道去广南东路的路线，就是知道，她也不敢去走驿道和通衢大路，而只是一味地走小路、偏路。她只认准一个理：沿着海边往南走，不管什么路，一定可以到达目的地。

俗话说：姜是老的辣，郎中老的强。可能是人们并不信任这位脸上没有皱纹、稚气尚未脱尽的愣头小伙子，真珍一天也碰不到几个病例，而这正合了她的心思。因为她是一个不希望医务繁忙、生意兴隆的郎中。这不光是为了争取时间赶路，也担心遇到难治的病患，弄不好节外生枝，露了馅、惹出麻烦。所以，她专拣偏僻的小路走，遇到村镇时她又尽量绕开。

一路上行人不多，仅有的几个推车、拉货的车夫也是行色匆匆，忙着赶路，几乎并没有什么人会特别注意到她。真珍确认了这一点之后，心里放松了许多。她不再紧紧张张去观察和防范路人了，倒是有心思留意路途上的景致了。于是，她就有了重要发现。她看到每隔数里路，特别是有岔路口的地方，就会出现一块石碑，上面都写着"东京大路"几个字，这些石碑大的约两三尺长，小的只有一尺见方，有的立在大道之旁，有的嵌砌于路边房屋的墙壁上。这种石碑，她在家乡曾经见过，但写的一般是"泰山石敢当"等字样，她知道那是保平安的意思，而且还记得那首歌谣："石敢当，石敢当，镇魔鬼，压祸殃；官吏福，百姓康；风教盛，礼乐张……"但是，眼前这么多写着"东京大路"的石碑，又是干什么的呢？从石碑、字迹的成色看，应该是近期才设立上去的，会不会与时局变化有关呢？

真珍边走边想，看见的越多便越是疑惑、越是好奇。本来要避人耳目的她，反而禁不住要主动找人打听。可是，一连问过数人，竟都摇头而去，有的还显露出唯恐躲避不及的样子。只有一位白发老者，神秘地眨眨眼睛，示意她到僻静处说话。

白发老者径自往前走去，那走路的样子并不利索，显然他的腿脚不正常。

为了一探究竟，真珍硬着头皮跟他走进一片树林。在一棵高大的榕树下，老者站住了，转过身来盯着真珍问道："你真的是郎中吗？如能看好我这伤病，我就告诉你想知道的事情！"说着，他卷起裤管，露出了大腿根部。

真珍紧张得全身猛一阵哆嗦。她一个女孩子家，哪曾见过这架势！在这僻静之处，这怪人要干什么？难道他竟敢……

待她再一细看，发现白发老者大腿根部紧挨男人要害处的地方，裹着的一块布已经浸透了血，那血半干还湿。老人揭开布条，露出一个血肉模糊的伤口，周遭出现红肿。真珍看出这是刀枪之伤，而且那兵器可能还被涂上了一层毒药。她曾经见过外公治疗这种毒伤，那伤人的箭头就是放在砒霜、断肠草和苦蓼熬制的剧毒药汤中煮过的。

"请问您这是……"

"莫问来历，只管治病。你只要说这伤痛你能不能治？"白发老者打断真珍的问话，两眼盯着真珍。

面对怪人，真珍不知其深浅，难免有些紧张，但她不能示弱，因为略有犹豫，就可能出现意外。所以，她咬咬牙吐出两个字"可以"。其实，看刀枪外伤她是有经验的，按照外公的方法去做就行了嘛！只不过不清楚兵器上涂抹了何种毒药，她无法确切地对症下药，因而对疗效没有把握。事到如今，顾不得那么多了，按外公的药方，再多加一两味解毒药物，并把量多上一点，应该没问题的！

于是，真珍取出一个瓶子，把"黄连杂味汁"调好，倾倒在伤口周围，并轻轻涂抹。说也神奇，那红肿果然眼见着就消退下去了。接着，她又拿出几包药粉，调和成一种黑褐色粉末，敷在伤口上。随之，一丝丝血慢慢渗了出来。真珍看到这带毒的血被成功引流，大大松了一口气，心里暗暗说"好"。她又用扇子轻轻拂着，朝着伤处扇风，才过一个多时辰，原本裂开的伤口便开始收口，并有点结痂的形状了。

"神了，神了，你这一手还真是神奇！"白发老者禁不住夸赞起来。

真珍说："我下的这些粉末确实是神药，几辈子祖传的，叫'金疮铁扇散'。"她还告诉他，这种药是用象皮、花龙骨、陈石灰、柏香、松香、枯白矾等十多味药合成制作的。老者如获至宝，马上取纸笔记下药方，小心翼翼地装入袖袋。

真珍又叮嘱老人，"戒饮酒，勿厚裹"，饮酒则会血热妄行，厚裹则肌肤太过暖和，均影响痊愈和康复。说完，就欲告辞。

"天色已晚，就在此地留住一宿吧。再说，我还没有给你讲'东京大路'呢！"

真珍这才发现天已黑了。老者欲留餐宿，这对真珍又是个难题：她自己心中有"鬼"怕被人识破，也怕别人有"鬼"会给自己造成伤害。但是"东京大路"之谜未解，老人似乎也没有恶意，真珍决定留下，虽然有点冒险。

白发老者引领真珍来到一间老屋，一声呼哨叫来两个人，吩咐他俩分头准备住舍和晚餐。真珍注意到，白发老者还凑近来人耳边，悄悄说了几句话，吩咐着什么。

老人抽完一袋烟之后，一桌饭菜已经摆好。

饭菜还挺丰盛，除了米饭、紫菜蛋汤，还有一碗红烧牛肉和一盘清蒸鲇鱼。真巧，这两个菜都是真珍平时喜欢吃的，可是此时她却不自觉地皱紧眉头，心里猛地咯噔一下："怎么能把这两个菜一起上呢？不会是……不过，也许人家并非有意吧？"她心中疑惑，却并不说话，只是静静地吃饭。老人劝她多吃菜，她也只是夹几块牛肉，决不去碰鲇鱼。原来，这两样东西有讲究，分开吃甚是滋补，而放在一起同时食用则会造成中毒。普通人不一定了解，行医的人则不会不懂得其中利害和奥秘。

真珍自始至终只吃一个菜，老人看在眼里，心里明白了，嘴角露出一丝不易察觉的微笑。

等待真珍用过晚餐，老人紧接着就安排她进入住舍，只说了句"早点歇息吧"，没等真珍说话，就把门关上，自顾自地走开了。

真珍把门推拉几下，发现从外面被锁紧了，只得无可奈何地躺倒在床铺上。她虽说胆大，这时却也是忐忑不安。只是太累了，不一会儿，也就迷迷糊糊地睡去。

不知什么时候，大约是五更时分，真珍被人唤醒。借着灯光，她发现屋里坐着一个男人，年约五六十岁，模样儿有点像白发老人，可头发却是乌黑乌黑的。那人吸了几口烟，开口说话了："你为我疗伤治病，是我的恩人。从医术上看，像个真的郎中不假。"

听了这声音，真珍确认屋里这男人果然就是昨天晚上那个白发老人。可是为什么变了模样？

老人一把掀起罩在头上的假发，满头白发立即显露无遗，尽管灯光并不明亮，但那白发还是泛着银色的光华。他并不理会真珍的惊讶和疑惑，自顾自地继续说道："你不是想知道'东京大路'吗？"他顿了顿，接着说下去：距我们这漳浦县东南一百多里，有个铜山岛。铜山岛海边，建有码头、街市，前几年还十分繁华。宋朝大军经过的时候，本想在那建立都城，取名"东京"，乃仿照当年国都汴京之意。各地臣民闻讯纷纷前往投奔，闽南沿海一线各处路口便竖立起许多石碑为他们指路。只是形势变化太快，后来没有在那建都，大军也迁到了广东，但那一带因是闽粤交界地区，海面上又便于周旋，倒也聚集了大量兵马，成为抗元保宋队伍的一个大营地。驻扎在这一带的义军队伍，在铜山海面上布起了一道防线，有效地抵挡了妄图从海上南下去进攻宋室朝廷的元军船队，还把福建各地募集的粮食、布匹等物品，通过这个中转站，源源不断地送往广东，支援朝廷。但是，两年过去了，宋军屡打屡输,朝廷越退越远,如今这个营地也已荒废了。这就是人们说的"沉东京",说来真是让人心痛啊!现在,只有沿海这些刻着"东京大路"的指路石碑还在,让人们时不时地怀想起昔日的"东京"……

其实,铜山岛并没有"建都"的条件,陈宜中、张世杰率领的海上南迁大军当时也只是在那里做过短暂的休整。"东京"只是宋室的一个象征,是人们的一个假设,它寄托着抗元将士和大宋子民的一种理想和希望。不过,老人说得对,宋室朝廷节节败退,就像是"东京沉下去了",但人们还在时时想着它。

真珍听得入神。虽然第一次看到和听到"东京大路",但"沉东京、浮福建"的说法她过去也似曾听闻,只是不甚了了。此时听老人这么一说,也确实为"东京"感伤不已。

"你为东京感伤是吗?"见真珍沉默不语,老人停顿了一会儿,才又说道:"东京是沉下去了,可是福建还浮着。"

真珍听得出这话里有话,但她不敢吱声,也不知说什么好。因为她还是不清楚对方底细,只能采取隐晦之策。

轮到老人沉不住气了。他直截了当摊牌了:"你虽然女扮男装但并非元军密探是吗?你虽然云游异地但依然是个大宋子民是吗?你虽然不是真正的郎中但有一定的医术是吗?好了,跟我们一起干,为大宋复兴效力吧。我们需要郎中!"

真珍诧异至极,好一会儿才回过神来:这神秘莫测的老人果然不同寻常。她嗫嚅地、小心地问道:"你,你们到底是什么人?"

"为保家卫国而战,尽大宋臣民之责。我这刀伤就是前天夜袭敌营不小心挂的彩。我们和各地的义军一起与敌人周旋,牵制了福建不少元军,减轻了广东方面大宋朝廷的压力,你说这是不是也算勤王?不瞒你说,刚刚两个时辰之前,我们又去偷袭粮库,还干掉了几个北兵呢!"

"又是一群热血义士,"真珍心里对自己说,"他们和陆秀夫、李春牛一样有抱负、敢担当,是最可爱、最可敬的人!"但是,她不能答应老人的要求,因为还有自己的路要走。她把褡裢中的创伤药物全部留给老人,就双手作揖，行礼告别。

老人知道她有重要的事情需要去做，也就不再挽留。他取出一些银子送给真珍路上使用，并亲手将真珍嘴唇上的假胡子细致地整理妥帖，方才让她上路。

大门打开，门前屋后站立一小队战士。这一宿，他们是老人派来保护真珍的卫兵。真珍感激地向卫兵们点头致意，向老人挥手告别，迈开大步走了。

刚刚学会说话、走路的小孩童是最可爱、最好逗的。

陆钊把外公的瓜皮帽罩在自己的小脑袋上，手舞足蹈，嘴里咿呀咿呀叫着，身上的银锁叮呤呤、当啷啷地响着，引得年轻的母亲不禁阵阵发笑。蔡荔娘笑了一阵，就又铺开纸笔，给他画起像来。前些时，她曾经为陆钊画过一幅肖像，是作为他一周岁纪念的，可后来不知怎的就找不到了，同时丢失的还有自己抄录的那篇朱淑真的《减字木兰花》。

忽然，厅堂那边传来异样的声音，再仔细听听，是一个男人的呜咽。蔡荔娘赶紧凑近门边去看，原来是邻里大叔真大庆来访，他一脸忧郁，正在诉说真荣、真珍两兄妹的事情。自己的父亲和母亲陪着他，也在那里着急和感伤。

真荣外出经商已经一年多不见踪影了，且并无一星半点消息，仿佛已经从这个世间蒸发了；如今真珍又莫名其妙离家出走，算来也已一月有余。一双儿女都不见了，可怜天下父母心，他们能不焦急吗？

"这丫头去哪里也不说一声，连她最敬重的外公也都瞒过了。我们在她房里找了一遍，看到她留下的一封信，信里也只说要出一趟远门。可不知她究竟去往何方？"真大庆说着，又抽泣起来。

蔡荔娘的母亲杨氏一边抹着眼泪，一边安慰真大庆："真荣、真珍这两个孩子都长大了，他们又都是聪明人，应该不会有事，你也别过分担心。再说，生死由命，富贵在天。事到如今，但愿老天多多保佑了！"

蔡曰忠并无言语，只是默然低头，陪着真大庆叹气。他也纳闷和担心：

这两个年轻人到底怎么啦？特别是真荣，本来就让人看不透，又外出这么长时间了，应该是凶多吉少啊！还有那真珍，出什么远门哪？一个女孩子家……唉！

这时，蔡荔娘猛地想起真珍最后一次来家里的情景。那天真珍与陆钊嬉闹逗笑之后，曾经劝自己去找陆大人，记得她说过一句话"既想他，何不去找他"。蔡荔娘想到这些，突然明白了：原来如此啊！十有八九，她是找李春牛去了！这鬼丫头，说干就干，身上不乏"爱的力量"呢！只是她大概是怕被别人阻拦，悄悄地走了，还把姐姐我也蒙在鼓里！

蔡荔娘真想把这个信息告诉真大叔，但她刚想跨出门槛就又停住了脚步，"不行，这会让真大叔更加担心的，还是不说为好！"

蔡荔娘的想法并非多余。此去广东千里迢迢，一路上兵匪不宁，而且那边还在打仗，大宋行朝仍处于危难之中，真珍你一个黄毛丫头焉能确保平安？而且军队战事频繁，行踪不定，你到哪里能找得到李春牛？万一……蔡荔娘越想越怕，霎时忧心忡忡。

真珍辞别漳浦义军后，继续南行，不知从什么地方开始，再没有看见"东京大路"的路牌了。不日，她便越过了临水驿和南诏场，进入了广南东路的潮州地界。这一带地区乍看与闽南沿海没什么两样，可是走着走着，真珍就发现其实充斥着更多的肃杀之气。

真珍还是郎中打扮，还是专挑僻静的道路走。可是，越是怕鬼越是鬼敲门。她正走在海边的一条小道上，忽然发现对面岩石间闪出一彪人马，冲着自己对面而来，要想躲避已经来不及了。

善者不来，来者不善。这队人马都带着长刀短剑，一下子把真珍围了起来。有人大声喊道："干什么的？"真珍不知道这一伙是什么人，自然要小心对付。她怕女嗓音会暴露自己的真实身份，毕竟那故意装出来的男音是很容易被有心人识破的，也就不敢吱声，只是用手指了指褡裢上的"药"字。

"嘻嘻，你这小书生模样的，还是个郎中？不会是个宋军的探子吧？"

"管他什么人，把他身上的东西统统拿下，说不定还有钱呢！"另一个声音高叫。

"给我搜！"小头目一声令下，几个人蜂拥而上，有的抢褡裢，有的要搜身。真珍一边后退，一边挣扎，可哪是他们的对手？

一场肢体冲突正在上演。忽然，搜身的那个家伙惊叫起来："啊！是个女的，我摸到她的奶子了！"众人愣住了，小头目跳下马，一手抓住真珍胳膊，一手揭去她的头巾，又扯掉她的假胡子，果然是个清秀的女子。他趁机又撕开真珍的衣服，两个雪白丰满的乳房顿时暴露在大家眼前。众歹徒看得呆了，有的还扑了过来，像凶猛的恶狼，就要向幼弱娇嫩的小羔羊下手了。

"慢着，谁也不要动！"小头目大声喝道，"今天我们出师不利，没有收获。还好抓住这个小美人，带回去献给大头家，说不定还可以讨点赏钱呢！"

这家伙一边说着，一边抱起真珍就要往马背上塞。真珍极力挣扎，大声喊叫："救命啊，土匪抢劫啦！救命啊！"

凄厉的尖叫声打破旷野的宁静，一阵阵传向四方。可是在这偏僻幽静的地方，有谁能够救她呢？

幸亏真珍运气不错，果然一支宋军队伍快速赶来，犹如天降神兵，杀向这伙强盗。两支队伍短兵相接，不到一刻钟时间，匪徒死的死，伤的伤，小头目见势不妙，一手紧紧裹挟着真珍，一手紧拽缰绳，拍马而逃。说时迟，那时快，宋军队伍中猛然间冲出一青年军官，吹着尖利的口哨，呼啸着驱马赶去，不一会儿就追上了那个小头目，两人又是一番厮杀。真珍趁机扑腾，用头部和胳膊肘使劲顶撞强盗小头目，终于把他顶翻落马，宋军青年军官刚好快步跟上，一刀将其砍了。原来，这伙强盗是潮州有名的土匪"大头家"陈懿的手下，他们今天窜到沿海劫掠，文天祥的宋军接到渔民报讯后出兵追赶，正好在此地打了一场漂亮的歼灭战。

真珍随之也掉下马来，摔倒在地。青年军官正要将她扶起，忽然两人都惊讶得目瞪口呆！

"是你啊！你怎么会在这里？"这句话，真珍和李春牛几乎是同时说出口的。

虽然年余不见，李春牛嘴唇周围和下巴已长出毛茸茸的细密胡须，脸晒黑了，人也瘦了，但真珍还是一眼认出他就是自己日思夜想的心上人。同样，李春牛也是瞬间就认出了真珍，尽管她还是一袭男装在身。

两双手像被磁铁吸住一样，紧紧地握在一起。真珍目不转睛盯着李春牛，激动得有些颤抖。

李春牛告诉真珍，自己本来一直随护在陆大人身边，今天之所以会来到这个地方，说起来还与文天祥有关。

就在幼帝赵昺刚刚登基的时候，收到了文天祥的一份表章。文天祥向朝廷报告了江西失利的情况，引咎自责，请求处分。同时，也对下一步的斗争方向提出建议。陆秀夫和张世杰商议后认为，江西虽败，但文天祥忠心耿耿，抗元意志坚定，不但不应处罚，还应予以奖誉。因此，他俩把意见上奏幼帝和杨太后，获准给予文天祥颁诏奖谕，并加封为信国公。其时，文天祥已经逃出江西，经过循州到达粤东，并在潮州收拾余部，扩充军队和地盘，力图给海上行朝更多的屏障和支援。这样，朝廷的诏令就得专人送往潮州。陆秀夫推荐李春牛担任护诏特使，春牛因而护随朝廷宣诏官来到了潮州。文天祥见他机灵勇敢，就借他在帐中听用。陈懿匪帮勾结元军，危害地方，宋军常常响应百姓的吁请出兵清剿。今天这一战，李春牛主动请缨领兵出击，歼灭了这一伙强盗，为民立了一功。预想不到的是，还顺便及时地救了真珍一命。

李春牛看到真珍还在惊讶，玩笑道："奇怪吧，想不到吧，这叫'世上无巧不成书'。"真珍身子一歪，慢慢靠近春牛，撒娇般地说："不，应该叫'千里有缘来相会'！"

此时此刻，面对朝思暮想的心上人，真珍心里五味杂陈，一年多来的思念和一路上的辛劳，一起涌了出来。她鼻子发酸，动情地说："不怕你笑话，我真珍这次千里迢迢，就是专程奔你而来。春牛哥哥，你可知道人家相思之苦？"

真珍这一番大胆表白，也是她的真情流露，说得李春牛脸红心跳，继而便热泪盈眶。是的，过去他曾经拒绝过真珍，但那是形势所迫，是不得已而为之的违心之举。真珍是个真诚纯情的好姑娘，他对她并非不爱。恶劣的战争环境，并未可知的个人前程，使得他不能爱、不敢爱。如今，面对千里而来的真珍，他纵然有再多的理由也显得苍白无力。真珍此行捧着一颗心而来，已容不得他再推辞了。李春牛动情地牵起真珍的手，一把将她揽入怀中，任泪水滴落在她的头上、脸上。真珍就势抱住他的腰，靠在他宽厚的肩膀上，幸福地笑了。

李春牛和真珍的故事，在军中传开了，自然也传到文天祥耳中。"奇事啊，好事啊！"文天祥哈哈笑开了。

文天祥本是风流才子、性情中人，最看重人间真情。真珍多情，李春牛重义，多好的一对年轻人！他决定成全他们。于是，在战火弥漫的前线，文天祥亲自主持，为李春牛和真珍举行了一场别具一格的军中婚礼。

有情人终成眷属。李春牛和真珍，这一对枫亭儿女，在远离家乡的那块陌生土地上，按江西老表的习俗和礼仪，拜堂成亲，结成了夫妻。

文天祥主持完毕这桩婚事，就又率领队伍出发了。因为他侦测到可靠情报，元军将分水陆两路进攻崖山，他必须尽快前去截击陆路的元军，在珠江口沿海地带筑起一道拱卫海上行朝的屏障。朝廷下诏奖谕，给了他极大的鼓舞。目前，保卫海上行朝是当务之急，在这关键时刻，他应该有所担当，哪怕能为幼帝和杨太后以及陆秀夫、张世杰减轻一点点压力也好。

李春牛和真珍跟随在文天祥的队伍中。夫妻俩并辔而行，真珍身上依然背着那个褡裢。本来，文天祥考虑到小夫妻的安全，安排他俩直接前往崖山行朝，但李春牛执意留在前线作战，真珍又想以其一技之长为军士们医病疗伤，所以双双留在了军中。

队伍大踏步向惠州方向挺进。马蹄踢踏着，发出有节奏的声响，宛如演奏一支雄壮的进行曲。行走在金戈铁马、旌旗猎猎的行列里，跟随在这些雄赳赳气昂昂的战士中间，真珍感到莫名的亢奋和激动，同时也为自己的好同窗、好朋友、好丈夫骄傲和自豪。因为她来到军中之后，亲眼看见了李春牛的军旅生涯和战斗经历，方知春牛哥确实已由谦谦书生锻炼成长为一名真正的战士和勇士。有这么一位英姿飒爽、威武逼人的青年军官做自己的郎君，她觉得此生有幸，觉得自己的选择没错。还有，昨天晚上，新婚之夜，春牛哥狂野奔放，蛮性十足，弄得她几乎招架不住，到现在身上还痛着呢！她怎么也想不到，这个一度压抑感情拒绝婚恋的老实男人，竟也是如此激情澎湃！真珍想到这些，不由得朝春牛投去敬慕和疼爱的目光。恰巧李春牛也朝她看来，那眼睛还狡黠地眨巴几下，分明在"说"着什么，真珍自己正想着那种事情，心中有"鬼"，脸上兀自红了起来。

自从江西战事失利而溃逃到广东之后，经过这几个月来在潮梅汕地区的聚集和休整，文天祥的队伍又发展壮大起来，拥有了好几千兵马，成为南宋在陆域地区与元军周旋的最大、最重要的一股力量。他们中，有邹㵀、刘子俊、赵孟溁等一批长期跟随文天祥转战江西、浙江、福建等地的老部下，更多的则是近期招募和自发投奔而来的新兵，其中包括谢乐田、谢乐毅、谢乐静、谢乐耕四兄弟从潮州募集来的一支几百人的"谢家军"。谢氏祖籍莆田涵江，父亲谢升一以家乡著名山峰壶公山作为自己的名号，曰"谢壶山"。谢壶山曾任潮州总管，统辖惠、潮、梅三州军事。他让自己这四个儿子投身抗元，追随文天祥转战闽、赣、粤。文天祥江西空坑兵败后，四兄弟迅速赶回潮州，散尽家财募集义兵，又拉起了这么一支队伍，充实了文天祥的力量。在国势日益萎靡的情况下，无论是旧部还是新军，尚能主动拢集在文天祥抗元的旗帜之下，并且义无反顾地奔赴前线，这是需要莫大的信心和勇气的。因为，他们不会不知道自己的使命悲壮而艰巨，也不会不知道自己最后的命运必然只有一死。显然，他们矢志上战场，慷慨赴国难，是抱着必死的信念来与入侵者做最后的抗争的。

"死，也要抓几个元军垫背！"这是文天祥队伍中流传最广的一句话。

果然，这支忠肝义胆、壮怀激烈的队伍，像一把出鞘利剑，猛然间给予了敌人沉重一击。

就在文天祥率军行进到海丰县莲花山地区之时，得到探子报告：大山北面发现有一大队元军，正自北而南往这边赶来，距离此地只有约三四十里路程。

"来得好快啊！"文天祥心里想，"不过也来得正好。"他知道这一带山区便于大包围打伏击，便决定在此地设伏，给元军一个措手不及。他马上召集邹渢、刘子俊等将领察看地形，研拟战法，摆兵布阵。

莲花山南麓山岭起伏，层峦叠嶂，云雾缭绕，加上森林密布，更显得阴阴森森。文天祥很快就布设好一个伏击圈，将士们严阵以待，只等元军来自投罗网了。

不多时，果然有一队元军出现了。起初只见几十个人，顺着山坡下的旱沟前进。这一地段两旁山坡陡峭，只有坡底下的小河沟比较平坦，因冬季干涸无水，变成了干沟，现在自然就成为元军进山的道路。这一伙人走走看看，指指点点，显然是探路的。渐渐地，元军越来越多，三曲六弯的山沟里充斥着兵士和车马，约莫有四五千人之数。

元军继续前进，已经有一大半人马走进了包围圈。

宋军将士又兴奋又紧张，只等敌人全部进入"口袋"，就可"封口"围歼了。

可是，元军突然不走了。除了那一队探路的人马继续向南边行进之外，其余的就地停下，一边休息，一边警戒，有的还从旱沟底下向高处的山岭上运动，紧紧张张地对四周进行搜索和观察。显然，他们对这个陌生的区域和复杂的环境不放心，所以显得特别谨慎。其实，元军这样做，也是兵家常识、兵家常事。

元军的举动，眼看着就要打乱文天祥的计划，文天祥和他的将士们一下子都把心提到了嗓子眼！因为大家知道，凭着元军的视觉、嗅觉，隐蔽在山里的好几千人的宋军队伍不可能不暴露。而他们一旦发现宋军，就会立即将后队变前队，迅速撤退，跳出宋军的包围圈，或者马上抢占高地，与宋军对峙，那样的话，这一仗也就难打了。

怎么办？兵贵神速，兵贵主动！邹渢、刘子俊、赵孟溁和谢氏兄弟等人都拿眼睛望着文天祥。

"打！"文天祥当机立断，下达了战斗命令。

随着一声炮响，宋军突然出击，冲向敌阵，一瞬间，刀枪飞舞，弓箭齐发，杀声震荡山谷。他们就着山沟里弯弯曲曲的地形，把进入伏击圈里的元军分段包围起来，就像把一条长蛇切成几段来打，使得它首尾不能相顾。这样，尽管元军快速反应，紧急应战，但仍是十分被动，多数被压制在旱沟里的士兵犹如瓮中之鳖，或抱头鼠窜，或缩成一团，只有挨打的份。而那些虽然还没有进入到伏击圈里的元军，却也被宋军的箭矢和炮火压制在另一片山谷里，使得他们无法前往救援。宋军还在狭窄的通道上燃放起熊熊烈火，阻断了山谷之间的联系，伏击圈外的元军动弹不得，只能眼睁睁地看着旱沟里头那三千多名同伴被包围、被歼灭。

这支遭受重创的元军队伍，是新任元军都统帅张弘范进攻崖山的先头部队。元世祖忽必烈视崖山赵宋行朝为心头之患，认为只要这个残宋政权还存在，各地民众便会心存幻想，以至不断起兵滋事，与元朝政权对抗。因此必须动用重兵合力围剿，力求一举消灭。他指派张弘范担任都统帅，统领李恒和阿里海牙等各路元军，分水陆两路向崖山大举进发。在张弘范强势督导之下，陆路南下的这支先头部队果然行动迅速，不过几日就推进到了海丰县莲花山，可他们不曾想到会在这里遭遇宋军，以至吃了大亏。

文天祥的队伍能来得这么快，并且能够如此凶狠有力地斜插一大杠，着实让张弘范吓了一跳。他知道文天祥，在临安皋亭山大营中曾经见过这个人，领教过他那无所畏惧、咄咄逼人的气势，这次又偏偏遇到了他。"嘻，真是倒了邪霉！"张弘范气呼呼叹道，又想，"他文天祥刚一张口，居然就吃掉了自己的陆路前锋好几千人马，说不定下一步还会给元军南征行动制造多少麻烦！如此看来，攻打崖山之前，必须首先解决掉文天祥才行。但是，怎样才能解决文天祥呢？张弘范不敢大意，马上找来弟弟张弘正，兄弟俩商议了半夜，终于想出了一个"妙招"。

十二月二十日，文天祥的部队以赵孟溁为先锋、邹沨殿后，转移到了海丰县城北面不远的五坡岭，并在此埋锅造饭，安营休息。

中午时分，文天祥正在五坡岭上吃午饭，见山岭下走来一些乡民模样的人，就问身边随从："那些人是干什么的？"李春牛看了看，回答说："大概是捕鹿的猎人。"他们谁也没有想到，这些人竟是张弘范派来抓捕文天祥的特遣队，而且竟能够轻易地找到宋军营地，并直扑中军腹地！

原来，正是那个土匪头子陈懿，因被文天祥多次追剿而怀恨在心，便引导张弘正和化装成乡民的二百多名元军，抄近路追赶宋军，并混入了文天祥的中军阵地。

敌人已疾急靠近，并且纷纷亮出武器冲过来了！文天祥大惊，急忙拔出宝剑应战。"是生是死，在此一战，绝不投降！"他一边大喊，一边挥剑砍向敌人，李春牛和十几名卫士紧紧护卫在文天祥周围，左冲右杀，奋力阻挡扑向文天祥的元军。可是任凭他们如何厮杀，也撂倒了几个敌人，但元军却越来越多，越围越紧。眼看突围无望，为了不当俘虏，文天祥举剑就要自刎，李春牛眼尖，一把将利剑夺了下来。文天祥又从怀中掏出冰片吞下去，想以此殉国，谁知这毒药藏得久了，药力大减，文天祥服药之后只是头晕目眩，瘫倒在地。元军一拥而上，趁机将他绑了，拉起来就跑。卫士们死伤殆尽，李春牛也已受伤倒地，但他看到主帅被擒，心如刀绞，硬撑着追了过去，要跟敌人拼命。眼看追上了一名元兵，他举刀便砍。可是那元兵回身一抖长枪，又把他刺倒了。

就在元军集中力量包围文天祥之时，在附近阵地上的刘子俊想把敌人吸引过来，便朝元军大喊："我就是文天祥，你们有种的就过来吧！"果然就有一帮元军士兵朝他扑去，刘子俊且战且退，企图以此缠住他们。但搏斗一阵之后，最终因体力不支，也成了敌人的俘虏，被元军也当作文天祥抓走了。说来这刘子俊是第二个"冒充"文天祥而牺牲的义士，上一次在江西空坑，通判官赵时赏也曾冒名顶替，将自己"送"给元军，成功地掩护文天祥突围脱险，结果自己惨遭李恒杀害。

得知中军主帅突遭偷袭，前阵与后阵的宋军赶紧跑过来增援，但是已经来不及了，敌人已经撤离远去了。邹洬痛责自己殿后失职，拔刀自刎，被部下救往深山，但终因伤口发作而亡故。

几天后，因伤口发作而身亡的还有李春牛。

李春牛身受重伤，引发高烧，以至昏迷不醒。真珍用各种方法为他治伤排毒，但均无效果。莲花山和五坡岭两战中受伤的军士不少，真珍这些天为他们治疗，早已把褡裢中的那点药品用光了。她还在山间就地采摘了许多三七、延胡索、大皂荚等理血祛瘀之类的中草药，捣烂取汁制膏，以应急需，只是这些药物化解不了李春牛的伤痛，瘀肿、溃烂反而愈见严重。她只得用嘴巴去吸那些脓液，好不容易才将几处伤口清理干净，让红肿稍稍消退了一些。

极度伤心和疲惫的真珍，坚持守在李春牛身旁。只是，她渐渐地也觉得头脑昏昏沉沉，全身滚烫，四肢酸软无力。她知道自己也已染上毒素了。

李春牛终于醒来，眼睛缓缓睁开。眼前的真珍蓬头垢面，眼圈黯黑，嘴唇苍白，身上满是尘土和血迹。他艰难地抬起一只手，在真珍脸颊上轻轻抚摸着，为她拭去点点污痕。

"真珍你……真傻，你本不该……来这广东啊！如今……连累了你，害得……你受苦了呀！"他断断续续说着，两行热泪夺眶而出。

真珍忙捂着李春牛的嘴，摇摇头，示意他别这么说。她凑近他，把脸贴着他的脸。李春牛就对着她的耳朵问："那么，你……不后悔吗？"

今生有缘，生死相随，我追随心上人，是本分，也是福分，岂是什么后悔不后悔！真珍心里想着，嘴里却说："我后悔！"她哽咽着："后悔来得太晚了……"

两个人的手又抓到一块儿。

"执子之手，与子同行；执子之手，与子同老。"真珍边吟唱、边哭泣，泪流满面。

两个人的泪水汇聚一起，在彼此的脸上流淌。

"春牛哥，我们就这么牵着手，一起回家吧。"

"回家……故乡……多好呀！枫亭，您等，等，我……"李春牛的声音越来越微弱，话没说完，嘴巴和眼睛就一起闭上了。

"春牛哥，你不能走啊，春牛哥！"撕心裂肺的呼喊，在山谷间回荡，刺痛了周围每个将士的心，也把满山的相思树震得哗哗直哭，那飘飘扬扬洒下的细长条金黄色树叶，就像是它哭丧的眼泪，又像是奉献给远行到另一个世界去的李春牛烈士的纸钱。

一阵哭天抢地的呼喊之后，忽然一切都回归于沉寂，连同真珍也毫无动静，悄然无声。原来，她已睡去，伏在李春牛身上，永远地睡去了。

真珍至死都紧紧抱住李春牛，展开双臂围绕着丈夫的腰，两只手在他的背后十指交叉，慢慢地僵硬了，竟变成了一个死扣。军士们既没办法也不忍心将其掰分开来，只得格外细心地收殓，含泪把两人同穴安葬了。

两人的坟茔是坐西南朝东北的，那正是他俩家乡枫亭的方向。原来这是军中有心人的安排，让他和她能够身在异地，魂归故里，正所谓"家山千里东北望，魂牵梦萦是故乡"。更巧合的是，人们为他俩选择的这安葬之地，原名就叫"望枫岗"。

真珍死后，人们在清理她的遗物时，发现裙裾的夹层里藏着一个牛皮袋，袋子封面上写着"陆丞相收"，里面是蔡荔娘抄录的朱淑真《减字木兰花》以及小陆钊画像。原来，真珍料想这两件东西应是陆秀夫最为思念之物，因此在决意出走广东之时，灵机一动，临时从蔡荔娘家里悄悄带了出来。她在袋子上面写了几个字，本想有朝一日亲手面呈陆丞相，那是想给陆大人一个惊喜的，她想亲眼看看陆大人高兴的样子。哪知天不遂人愿，如今竟成了遗物！

第十五章　崖山恶浪葬君臣

南海潮涨潮落，浪飞浪涌，云卷云舒。珠江口的波涛把宋军舟舰托着、摇着、晃荡着，整个海湾里的一千余艘舟舰，上上下下、起起伏伏，一刻也不消停。进驻崖山以来，赵宋小行朝的君臣们，也像这波涛和舟舰一样，从未平静和安宁。如今，文天祥又一次受挫甚而被俘，海上行朝的最后一道陆地屏障完全丧失，这特大的坏消息，更似汹涌澎湃的大海上又闹起了大地震，把赵昺幼帝、杨太后和陆秀夫、张世杰以及崖山所有人，都震得心慌意乱，坐立不安。时至今日，他们只得独自孤守崖山了，他们也只剩下这最后的一条路了。

宋祥兴二年（1279年），即元至元十六年。

这一年的春节照例如期地来到了人间。

只是，它并没有给大宋王朝带来春的温暖，春的气息。行朝上下忙于调兵遣将、征粮派役、修造武器、建筑防御工事，紧急备战代替了这个一年一度的、最大的传统节庆。宋代对春节也称元旦、端日、元日，无论宫廷、民间都很看重它，以各种方式隆重庆祝这个象征"一年伊始、万象更新"的节日，神宗时期的宰相王安石就曾写过《元日》一诗："爆竹声中一岁除，春风送暖入屠苏；千门万户曈曈日，总把新桃换旧符。"可是，如今大宋行朝所在的崖山，没有张灯结彩，没有歌舞笙笛，没有爆竹烟花，也没有新桃符。人们甚至都忘记了哪天是旧年除夕，哪天是正月初一。

夜深了，忙碌了一天的陆秀夫，此刻才有时间坐下来。他静静地端坐在昏暗的油灯下，一会儿吟读着荔娘手抄的《减字木兰花》，一会儿仔细端详小陆钊的画像。五坡岭文天祥遭袭被俘后，谢氏兄弟和赵孟溁等人赶紧收拢部队，紧急追赶偷袭文天祥的那支特遣队，企求把文天祥抢回来。追赶途中，却与随后赶来的元军大队遭遇上了，双方又打了一场恶战。在敌众我寡的情势下，宋军奋力杀开一条血路，终于侥幸突围。谢氏四兄弟分别移军河源、揭阳、潮阳，在粤东一带潜伏下来，而赵孟溁则撤到崖山。他带回了一支残部，也带来了真珍的遗物——蔡荔娘的这两件手迹。"烽火连三月，家书值千金"，这两件来自枫亭的出自荔娘之手且浸染了真珍心血的特殊物件，更是一份别样的家书，对陆秀夫而言自是弥足珍贵。他如获至宝，像明珠翠玉般捧在手心。

"独行独坐，独唱独酬还独卧""愁病相仍，剔尽寒灯梦不成"。陆秀夫知道，荔娘这是借朱淑真的词句传达着一种落寞和无奈，就连画像上儿子陆钊的眼神里也似乎隐藏着期盼和渴求。"荔娘和陆钊，你们母子俩是在怨恨我吗？是啊，身为人夫、身为人父，自己没能尽到责任，真是惭愧！"他喃喃说道："亲爱的娘子、亲爱的儿子，你们受苦了。是我连累了你们，对不住啊！"不觉之间，已是两眼泪花。

陆秀夫浮想联翩。活水亭里，洞房花烛；枫慈溪畔，鸳鸯戏情，一眨眼已两年多了。这期间自己虽也悄悄潜回了一趟枫亭，本想把荔娘接来军中，相伴相随，却是阴差阳错，扑了个空，成了一趟虚行。到如今，天各一方，遥遥相隔，空留无限思念、一腔惆怅。更令人忧心和难堪的是，宋室江山只剩下残砖片瓦，行朝已是穷途末路，一切奋斗和希望眼看着就都要终结了，自己是抱定必死的信念参与这最后一战。从今往后，荔娘母子俩的日子该怎么过？前路漫漫，风霜雨雪，你们能挺得过去吗？孤儿寡母，难免筚路蓝缕，陆秀夫不禁为之深深忧虑。他忽然发现自己仿佛做错了什么——是观音桥头的邂逅吗？是活水亭里的花烛吗？难道真的是错了——与蔡荔娘牵手结缘，一个美丽的错？他茫然不知对错，但心底里却实实在在地涌起了一丝丝遗憾和歉疚。

他又掏出那片枫叶。大概是什么时候被挤压的缘故，叶片出现了一些皱褶。陆秀夫小心地抚摸，想把它重新恢复原状，却发现有的边角已经折断和脱落了，原先的香味也消失殆尽。他叹了叹气："可惜一片奇异的丹心枫，如今香消叶皱，陆某之过也！"

张弘范现在可以集中全力对付崖山了。

春节刚过，张弘范统率水陆军两万，逼近崖山。他调集了五百多艘战船，并抓来大批船工，命他们为元军修船和驾船。他还把元军分成四队，分别扮演对立作战的双方，日夜操练海上攻防的技战术，做最后歼灭赵宋海上行朝的准备。

当时的两军态势是：宋军拥有舟船一千多艘，比元军多出一倍，其中有的还是高大的楼船；兵民总数达十几万人，除却皇室、宫廷人员和家眷之外，兵员尚有七八万之众，显然也比元军占优。但是，决定战争胜负的不只是兵力的对比，而是多种因素的综合作用，其中将帅的战略决策和组织指挥无疑是最大的关键。而恰恰在这个问题上，赵昺行朝和张世杰犯下了致命的错误。

其实，元军方面存在不少缺点：一是兵力不足，面对宋军庞大的舰队，以少打多，难度很大；二是士卒中相当部分是北方人，习惯于驰马平川，不适于海上作战；三是船工大都是南方人，原属于大宋子民，他们并不甘心为元军卖命，只要形势转变，遇有合适机会，他们就可能站到宋军这方面来。宋军完全可以利用敌人的这些缺点，以长击短，主动出击，克敌制胜。但张世杰采取的偏偏是守势，一味只作防御的准备。他将千余艘大船全部集中到海湾中，用联舟结垒的方法，每十船结成一横排，以铁链和绳索串联起来，下碇摆成一字阵。又将无数个横排再联结，形成了一座偌大的海上城堡，还在四周修起楼棚，搭建了一个个坚实牢固的箭垛，据以拒敌。他还奏请赵昺皇帝和杨太后移驾海上，将他们的龙舟安排在城堡中间，层层围护起来。宫廷人员和全体家眷也往海上迁移，粮秣等一切有用之物全部搬到船上。最后他下令将陆地上的行宫烧掉，断绝了自己的一切后路。

苏刘义和其他几位将领担心这种部署不妥，向张世杰建议："海口之地至关重要，倘若元军以水师扼守海口，则我不能进退。不如派兵防守，若能侥幸取胜，那是我大宋的福气；若不胜，还可撤走。"但张世杰担心，如果大军调动，士卒离散，军心纷乱，再也无力抗战，便慨然说："频年航海，何时得休？不如一决胜负。能胜是国家之福，不胜则同归于尽。"

"但是，如此一来，我们真的是只剩一条路了！"苏刘义还想再辩议，争取让张世杰改变部署，陆秀夫忙对他使眼色，悄悄说道："莫再说了，军令统一，听张将军的吧。"因为他了解张世杰的脾气和秉性，也看到他确实心意已决，不会更改了。

很明显，张世杰是下定了严防死守、孤注一掷的决心。

"将有必死之心，士无贪生之念"，这话没错。然而，破釜沉舟、孤注一掷固然能够逼人奋勇向前拼命死战，但是不一定都能"置之死地而后生"。事实很快证明，张世杰和宋军的这种做法是重大失策。

不久，张弘范果然派遣水师占据海口，断绝了宋军打柴运粮取水的补给线。崖山村民偷偷为宋军送水，但没过几天，送水船只就被元军半路截住。宋军中储备的淡水很快用完了，只得饮用海水，可海水一饮即吐，士卒病倒过半，个个疲乏无力，逐步丧失了水上作战的优势。

看到这种情况，大家都很着急。都统方兴、张达两人主动请缨，趁着夜晚天黑，各率一支船队去海口取水。但占据海口的元军早有防备，未等宋军船队靠岸就发现了他们，双方于是打了起来。一时间，两军的弓箭、火炮互相射击，黑暗中一场混战。好在方兴和张达两支船队左右夹击，压着元军狠狠地打，还用火箭放火，把元军的船只烧掉了十几艘。待到增援的元军船队赶到时，宋军已经撤出战斗，返回海上了。自此之后，由于元军加强了对海口的控制，宋军不敢再贸然出击，只得更加被动地固守。

而元军却没有闲着。张弘范先是派他弟弟张弘正率船队侵入海湾，一边侦测张世杰的部署，了解宋军动静，一边做试探性的进攻。张弘正的船队每天都会从不同方向攻击宋军，只是都占不到便宜。他还想出诸葛亮赤壁之战中"火攻"的办法，用小船装满茅草和油脂，乘风纵火冲向宋军船队。但张世杰对此早有防备，将船只涂上淤泥，起到阻火作用，又在船头上架设长长的"角刺"，抵挡元军纵火的船只，使之始终无法靠近。张弘正的"火攻"不但未能奏效，还白白损失了自己的不少战船。虽然如此，他还是连续不断地进攻、挑衅、骚扰，连续不断地对宋军保持着一种压力，使得宋军得不到片刻安宁。同时，张弘范兄弟也从这一连串试探性进攻中，仔细观察，反复摸索，审时度势，不断调整作战思路，寻找最佳的进攻方案，力求准确周密、稳操胜券。

这一天，张世杰正与陆秀夫在帅船大舱里议事，门外通报：韩忠虎求见。韩忠虎是张世杰的外甥，这名字还是小时候张世杰为他起的，希望他将来忠贞为国、勇猛如虎。张弘范知道这层关系，就抓住韩忠虎，派他来规劝张世杰弃宋投元，此前已经来过两次了。

韩忠虎上堂来刚说了一句"外甥给舅父请安"，就双膝一弯，扑通跪倒。

"你怎么又来了？"张世杰斜看一眼，不耐烦地问道。

"舅父您要救救我啊！"

"此话怎讲？"

"这次张弘范说，您要是投顺，他们保证让您在大元朝廷里有官可做；要是您不答应，他就要杀了我，还要杀我父母和全家！"

"混账，无耻！"张世杰拍案而起，"任他猖狂，我绝不投降！"

韩忠虎绝望地哭了，陆秀夫上前把他扶起。

张世杰看了看外甥，心里也有所不忍。韩忠虎的母亲是他的大姐，他小的时候，这位大姐像母亲一样照顾他、呵护他，姐弟俩感情很深。大姐只有韩忠虎一个儿子，没想到就落到了张弘范的控制之下，还被拿来做交易！他看了看韩忠虎可怜兮兮的样子，口气变得轻了，缓缓地对外甥说道："我知道投降可以活命，而且能够富贵，但我的忠义是不能改变的！"

"只是……只是我们全家的性命就难保了……"

"大宋被杀害的臣民千百万，何止你一家！"张世杰又激愤起来。

韩忠虎无奈地走了，张世杰依然余怒未消。"软骨头，这些软骨头！我就想不通，同样是大宋臣民，同样受朝廷恩泽，怎么就有那么多软骨头、贱骨头？"

"将军息怒！其实，你也不必怪你外甥。生命最宝贵，人生自珍惜，天下谁人不贪生？只是他们并不知生的意义、死的价值罢了。正如将军所言，这战争打了几十年，确实出现了许多软骨头、贱骨头。这蒙古人一面重兵相逼，穷追猛打；一面利益相诱，软硬兼施，他们这两手并用，确也屡屡奏效。你看看咱国朝文臣武将中，临阵脱逃、妥协投降，甚至卖身投靠、认贼作父的已是不计其数，近几年来更成了普遍现象。现在的元军队伍中，一半以上的将领都是汉人，有不少人，像刘整、高兴、吕文焕、范文虎之辈，原先还是大宋统领一方的主帅、大将啊！他们摇身一变，竟然成了向我大宋倒打一耙的急先锋！你说可恨不可恨？"

"我恨不得剥他们的皮，剐他们的肉！"张世杰豹眼圆睁，拳头捏得嘎嘎响。

"可是，流水落花春去也！我们已没有能力去算他们的账，只有留待后人评说了。"陆秀夫说着，规劝和安慰似的扶着他坐下。

"唉！"张世杰叹了一口气，重重地坐了下来。

令他俩愤懑和困惑的大宋朝众多文臣武将投降变节问题，也是里外上下许多人均为大惑不解的，就连忽必烈也心生疑窦。据说有一次，忽必烈曾当场询问吕文焕、留梦炎、范文虎等一帮投元的官员："你们为什么背弃宋朝？"这几个人回答是因为"贾似道狂妄跋扈、弄权陷害"。忽必烈其实是个十分了解中原文化传统的人，并且信用儒术，推崇忠孝节义，他对这帮人的回答自是不以为然，就又问道："就算贾似道对不起你们，可你们背叛的是宋朝天子啊！"一句话说得吕文焕们低头垂脸，哑口无言。可见问题的根子还在思想品德上。

"不过，人各有志。我大宋臣民中，更多的还是忠肝义胆之士。君不见那成千上万的英烈吗？"陆秀夫取出一条字幅，对张世杰说道："这件东西我一直带在身边。赵卯发通判夫妇感人至深哪！"

赵卯发曾任池州通判，德祐元年（1275年）二月元军打到池州之时，知州王起宗弃官逃去，赵卯发毅然挑起守城重担，聚集粮草，修筑工事，准备抗敌。可是都统张林却一心想投降，暗中与元军勾结。由于军队皆由张林统率，赵通判知道大事不济，于是在城防将破的那天早晨，写下了这个条幅，便与妻子雍氏双双吊死在衙堂上。

张世杰接过条幅，只见上面写着"国不可背，城不可降；夫妇同死，节义成双"十六个字。他轻轻读出声来，不由得眼睛湿润，视线渐渐模糊了。

陆秀夫又继续说道，赵通判临死之前，还给他兄弟写了一首诗："城池不高深，无财又无兵；唯有死报国，来生做弟兄。"

陆秀夫话音刚落，张世杰便击掌赞叹："宁死不屈，宁折不弯，恪守大节，秉持正气，好，好！这誓死不改报国之心、慷慨以身殉国的赵卯发通判，确是好样的！他是我们志同道合的好弟兄！"

"是啊，这样有骨气有血性的好弟兄，近些年来还有许多，比如，死守扬州的李庭芝和姜才、血战被捕并绝食而死的陈文龙、带领幕僚和全家集体自尽的湖南镇抚使李芾、伤臂断首尚握拳奋起的邕州知州马墍，以及百折不挠的信国公文天祥等许多英雄志士。再说眼前吧，即使到了今天这个境地，仍然还有这么多将士在崖山和我们一起坚守，他们也都是我们的好兄弟啊！"陆秀夫愈说愈感慨。

"只可惜，我们这么多人抛头颅、洒热血，坚持不懈地奋斗和牺牲，却依然是败多胜少，路子越走越窄，大宋复兴的希望越来越渺茫，真是愧对皇室，愧对万民！"

"天之将倾，狂澜既倒，虽天下英雄，亦无能为力，你我岂能真的扛得起复兴王朝的天下大任？东风无力百花残，只能怪天意难回，你我为大宋已经尽心尽力了，张将军不必太过自责。"

"我是于心不甘哪！他娘娘的！"张世杰眼睛里冒出火花，络腮胡子高高翘起。

让韩忠虎劝降不成，张弘范又想起了文天祥。文天祥被捕后，被元军押解到张弘范的大营中。张弘范亲自为他解下绳子，彬彬有礼地厚待他，妄图感化他，让他投降。可是文天祥软硬不吃，反而把这个认贼作父的"蒙古汉军都元帅"狠狠地骂了一通："张弘范，你也是汉人，如今却帮助元军攻打大宋，将来有何面目去见你的祖先！"挨骂的张弘范并不以为意，但他对文天祥也是毫无办法，既舍不得杀掉他，又怕他再次脱逃，只得将他囚禁在一条船上，一起带到崖山来了。现在，张弘范又想起文天祥，就是想利用他，让他写信去劝张世杰、陆秀夫等人投降。

然而，文天祥依然坚定不移。他说："我绝不会那么做的！这就像我自己不能保护父母，难道还能教别人背叛父母吗？"张弘范并不死心，把笔硬塞到文天祥手里，一再逼迫他动手写信，文天祥于是将此前几日乘船经过零丁洋时写下的一首七律诗抄录给他。

　　辛苦遭逢起一经，干戈寥落四周星。
　　山河破碎风飘絮，身世浮沉雨打萍。
　　惶恐滩头说惶恐，零丁洋里叹零丁。
　　人生自古谁无死？留取丹心照汗青。

张弘范接过一看，哪是什么劝降书？不过，他还是禁不住连声称赞："好人，好诗！好诗，好人！"

文天祥哈哈大笑起来。他昂头向天，心里涌起一股思潮：我是失败了，被俘了，抱恨哪！但如今看来，这里是又一个战场，一个捍卫理想、坚守清白的精神战场，张弘范你威逼利诱，纠缠不放，我也必须坚守自己的阵地，不能失败，不能做俘虏，不能损害朝廷！陆秀夫、张世杰，我的好同仁、好兄弟，你们奋勇努力啊，天祥的心与你们一起战斗，祝你们好运！

张弘范知道，在如此坚毅的文天祥面前再说什么也是徒劳的。面对同样死忠于赵宋皇室的张世杰、陆秀夫之辈，他"不战而屈人之兵"的企图无法实现了，他要对海上行朝发动最后的总攻了。

自正月十三日海上两军对垒之日起，双方攻防已经超过二十天，张弘范已经完全摸清了宋军的底细和海湾地理、潮汐流向、气候特点，对这一仗怎么打已经心中有数了。决战前夜，他把元军部队分成南北两军，令副帅李恒率北军从北面和西北向宋军发动进攻，自己率领最精锐的主力与其他将领攻打宋军的南面。他命令大家："宋军船队西泊崖山，潮水退时，必定东遁，北军即应乘潮进攻，不能让其逃窜。南军听到帅船奏乐，即向宋军全力攻击，违令者斩！"

二月初六，一大早就气象诡异：阴风怒号，乌云密布，天空一片昏黑，十分恐怖，预示着一场空前悲壮的决战和厮杀就要开始。到了辰时左右，早潮退去，水流由北而南。元军猛将李恒果然按照张弘范的部署，率领一支船队从北面顺流而下，向宋军发起猛攻。张世杰立即指挥部队迅速应战，全体将士同仇敌忾，英勇作战，用弓箭、机弩、火炮、石炮迎击敌人，待到元军的船只靠近了，许多士兵又奋不顾身跳向敌船，手持长枪和大刀与元军拼起了白刃战、肉搏战。元军也是个个勇悍，拼死搏斗。崖山海面，几万人在大搏杀、大决战，一时间炮火轰鸣，羽箭纷飞，硝烟弥漫，杀声震天。战斗持续了两个时辰，双方士卒都筋疲力尽，死伤惨重，但依然不分胜负，只得各自退却，暂且休战。

趁着作战间隙，陆秀夫前往各舟舰巡视。许多士兵东倒西歪躺在船舱里和甲板上休息，身上有伤的则在包扎伤口，也有人在搬运武器，补充箭矢、铁弹、石块、火药，有的则抓紧修船补漏。

"嘭，嘭，嘭嘭"，临近的一艘楼船上，有人挥举斧头在修补船板。陆秀夫抬眼看去，觉得那身影似乎熟悉，定睛一看正是范伯，只是已经苍老许多。他知道，老伯的儿子范海龙在跟随张达的船队夜袭海口元军时已经牺牲，他还知道，行朝从枫亭撤离时，从海上民军中挑选出来的三百多名随军南下的枫亭子弟，以及与范伯父子一起驾船"投奔"的那一批惠安、泉州、晋江的船户和渔民，在这两年多的历次战斗中，多数都像李春牛一样为国捐躯了。陆秀夫每每想到这些，心里都会生发出一阵阵剧痛，并且充满了对枫亭以至闽中父老乡亲的歉疚感。此时此地，在这战火纷飞之中，不期而遇范老伯，见到蔡荔娘的这位枫亭娘家人，他既感到亲切，但更觉得心酸难过。也许，这也将是最后一面了……他走过去，用力握着范伯的大手，不知道说什么好，两人无言以对。他轻轻地拍了拍老人家的肩膀，只说了声"保重"，就默然走开了。

战场上的片刻宁静马上又被打破了。

午后涨潮时，张弘范的帅船上突然鼓乐喧天。张世杰以为是元军在举行庆祝活动，颇为不屑，扬起手臂指着对方，狠狠骂道："狗崽子，神气什么，这仗还没打完呢！"

张世杰转过身来，看到自己的士兵们都疲倦地躺着、坐着，也有几个好奇地向对方帅船张望，他大手一挥，大声喊道："弟兄们，把鼓擂起来，把锣敲起来，把狗日的北兵压下去！"可是，没有动静，没有人响应。蓦然间，一个老人站起来，他手里拿了个一头大一头小的东西，是用鲨壳做成的喇叭筒，放在嘴边吆喝起来，那粗犷的声音便传播开了：

扒龙船啊，扒龙船呀，大桨摇啊，船似箭呀！

细浪来啊，大浪去呀，紧紧扒啊，有赏钱呀！

弟兄们啊，鼓起劲呀，紧紧扒啊，快向前呀……

躺着、坐着的士兵们站了起来，对敌营张望的士兵也回过头来，连张世杰也觉得心里一热，和大伙儿一起，随着范伯的《龙船调》，有节奏地击掌呼应。

突然，"砰"的一声，一颗铁弹打过来，打破了范伯手中的喇叭筒，又击中他的面颊，登时鲜血四溅。范伯猝不及防，轰然倒下。可惜这位倔强坚强的枫亭老汉，就此一命归天！将士们一拥而上，紧紧抱着他，哭成一团。

张世杰上当了，他哪里知道元军帅船的鼓乐是张弘范发出攻击的信号？因此他松懈了，连续二十余天的海战已耗尽他的心神，士兵们也都体力不支疲惫不堪，大家都对将要发生的战事失去了戒备，或者说已力不从心了。范伯之死，才让他们回过神来，但是已经来不及了。

转眼间，元军船队从南面顺着潮势蜂拥而来。张弘范亲率他的主力，气势汹汹，浩浩荡荡，炮火猛烈，声势逼人。宋军士兵们急忙奔向各自的战位，操枪弄炮，仓促迎战。

张弘范的这支船队与众不同。每条舰船的两舷都蒙着厚厚的布幛，士兵们手持盾牌，伏在布幛后面。宋军射来的火箭、打出的铁石炮弹，都被阻挡在布幛和船舷之外，根本伤不到人。而一旦与宋军的船只靠近，元军士兵便纷纷跃上宋船，与宋军短兵相接，杀成一团。宋军船只连成一片，正好给元军提供了方便，上了这条船就可以跨上另一条船，一路上杀将过去。不一会儿，宋军阵势就发生混乱，元军渐渐占了上风。

与此同时，李恒的船队再次从北面杀来，突火枪喷射出一条条火焰，发石机抛出一颗颗铁弹和石块，加上弓弩手整排整排射出的箭矢，一股脑儿全都倾泻到宋军的阵营中。宋军处于李恒和张弘范北南两面夹攻之中。士兵们竭尽全力抵抗，也无法扭转被动挨打的局面。都统张达一向骁勇善战，此时看到情况不妙，果断砍掉绳索，放开了几十条战船。他率领这一批可以机动的船只，左冲右突，主动进攻，灵活地打击敌人，扰乱了元军的阵形。张达的行动减轻了"海上城堡"大阵营的压力，大批元军被吸引了过来。元军副帅李恒紧急应对，亲自调集力量，很快就把这些"脱缰"的船只一个个围而歼之。张达，这位潮汕硬汉，也壮烈牺牲了。张达的岳父陈肇是福建路云霄县陈岱村人，曾任大宋朝的参知政事兼太尉，是他看中了忠勇双全的张达，并把女儿陈碧娘嫁给他的。两年前张达率军追随行朝离开南澳岛时，陈碧娘一路相送到钱澳的海洲，还写了《辞郎吟》赠别，鼓励夫君以江山社稷为重，英勇上阵杀敌，因此当地留下"辞郎洲"的地名。与张达一起参加崖山恶战的，还有他的两个小舅子，即陈碧娘的弟弟陈格和陈植，而陈格也在这一仗中与姐夫张达同时殉国了。

经过长时间的混战和苦战，宋军将士一个个都筋疲力尽，再也打不下去了。此时，一艘宋军战船的桅杆突然折断，旗帜哗啦啦降落下来，随之越来越多船只上的樯旗也纷纷倒下，标志着这些战船都已失去了战斗力——它们都已落到元军之手了。宋军阵势随之大乱，连久经考验的战将翟国秀、凌震都解甲投降了。张世杰见状，知道大势已去，赶紧下令其余船只"砍断绳索，集中兵力，拼死突围"！

于是，部分宋军船只脱离了"城堡"，各自夺路逃去。

天色已经昏暗，又是风雨交加，雾气弥漫，咫尺之间不复相辨。宋军阵营完全瓦解，舰船七零八落。渐渐地，战场上已没有了呐喊、厮杀，也没有了武器击打、碰撞的金铁交鸣之声，一切都趋于平静，战斗几近结束。

张世杰担心小皇帝赵昺，就派人到皇帝的座船——龙舟上来，要迎接小皇帝到帅船去一起突围。但一直随护在小皇帝身边的陆秀夫，担心来接应的船只太小、兵员太少，没有什么战斗力，无法平安穿越布满元军战船的海域。而且，大混战之后，来人身份真伪难辨，如果元军假冒张世杰派来的人骗走皇帝，则皇帝又要被俘受辱了，而自己不就成了历史的罪人？因此，他只得拒绝了来人的要求。接不到小皇帝，张世杰只好和大将苏刘义等人，保护着杨太后，夺路冲出重围。

龙舟船体巨大，又紧紧联系着其他船只，根本无法突围。而拒绝了张世杰的请求，等于断绝了最后的一线生机。眼看着赵㬎皇帝、谢太皇太后等人被掳被辱的故事又将在赵昺小皇帝身上重演，陆秀夫心如刀绞。"不行！士可杀不可辱，何况一国之君！就是死也不能让皇上死在敌人手里！"想到这里，他慨然拿定了主意，要与皇帝一起殉难。

陆秀夫把自己的决定告诉妻子赵氏。赵氏带着儿子七郎、八郎，此前与众多眷属一起转移到海上来，现在陆秀夫担心家人落入敌手，也让她和儿子投海尽忠。赵氏自然有千万个不舍，她大声哭叫着，一手挽着船边的栏杆，一手死死地护着两个儿子，哀求的眼睛看着丈夫。陆秀夫避开她的眼睛，张开双臂将赵氏和两个儿子紧紧地抱成一团，贴着他们的脸逐个亲了一遍，一家人的眼泪混合到了一起。敌人的船只越来越近了，陆秀夫猛地推开他们，"事已至此，不要迟疑了！"他着急地对妻子和儿子喊道："快，快，跳下去！你们先走一步，我马上就来！"

陆秀夫转身钻进船舱。赵昺小皇帝呆呆坐在龙椅上，怀中还抱着那个关着白鹇的金丝笼子。陆秀夫扑通一声朝幼帝跪下，哭着奏道："国事如此，陛下应当为国而死。德祐皇帝和太皇太后被俘后，已遭到极大的侮辱，陛下不可再遭侮辱！"说完，就把传国玉玺捆扎在幼帝腰间，又把他绑在自己的背上。

与此同时，海上城堡通往皇帝龙舟的舰桥上，有一个高个子士兵正急促地赶来。他还是那么黧黑消瘦，经过一场鏖战，显得十分疲惫，破旧的衣服上还沾着斑斑血迹。只见他挂着长缨枪当拐棍，一步一拐，一边走一边不停喊叫："陆大人，陆大人，你在哪里？"有人给他指了指龙舟的方向，他便从怀中掏出一个布包，加快脚步直奔而去。

陆秀夫隐隐约约听到有人呼喊，但他已无暇他顾。他专注、细致地把幼帝绑扎好，背稳了，然后站起身，步出中舱，跟跟跄跄走向船头。船舷下边就是泛着蓝光的海水，翻腾地扑打着船舷，激起一阵阵波涛和浪花，就像饿虎张开它那血盆大口，疯狂呼啸，贪婪地觊觎着它的猎物。

陆秀夫走到了船头，在甲板的最边缘，他站定了，捧着一段一尺多长的木头，从头到尾再仔仔细细看了一遍，还宝贝似的摸了又摸，接着便用力将它抛向海中，又合掌向空中拜了几拜。

幼帝看在眼里，觉得奇怪，怯懦问道："陆爱卿你这是做什么？"

"谨将心爱寄枫亭，一段情缘留人间。陛下，您年轻，您不懂哪！"

陆秀夫说完，又抬眼最后一次遥望东北，那是枫亭的方向。他用那留恋的眼神，默默地向那里的亲人道别：我走了，遗下你们留在枫亭，留在人间。前程必定艰难，你们要坚强地活下去。千万不要做元军的俘虏，切莫辜负了咱陆蔡两家的门庭。但愿你们母子平安，但愿陆家子嗣绵长。亲爱的娘子和钊儿，我苦难的亲人，永别了！

陆秀夫再一次紧了紧绑带，扭过头对肩上的小皇帝说："陛下，咱们走了！"未等幼帝开口答话，就纵身一跃，跳进了茫茫大海，跳进了冰冷的另一个世界。

顿时，海面波涛涌动，浪花激荡，像张羽煮海，像蛟龙入水，沸沸扬扬，翻腾不已。

那只白鹇凄然地肃立在船头的笼子里。它看到了这一切，嘴巴翕动着，不断发出呦呀呦呀的哀鸣。忽然，它奋击踯躅，使劲扑打着翅膀，似有飞跃腾空之意，无奈受笼子羁绊，并不能升腾而起，却与笼子一起翻倒在船头，滚了几滚，最后望着小皇帝和陆秀夫跳海落水之处，带着笼子一头扎了下去。

海面随之又归于沉寂。紧接着，就传出龙舟上宫女的呼喊：皇上和陆丞相跳海啦！救人啊，快救人啊！

宫女的呼喊声尖锐而凄厉，弥漫在阴霾和夜色中。

没有人来救，也没有人能救。只有成百上千个绝望的人，宫女、皇室禁卫、文武官员及其眷属，一个又一个，一群接一群，竞相往海里跳去，"扑通，扑通"，响成一片。

"不，不，我不跳！我不想死啊！"一个年幼的小宫女畏畏缩缩地往后退去，跪在甲板上尖声号叫，旁边的人马上把她拉起，边哭边说："走吧走吧，朝廷、军队和皇上通通都没有了，我们活着还有什么用……"

这些伴随赵昺小皇帝到最后一刻的男男女女们，也与战死的宋军将士们一样，全都葬身大海。他们以自己的方式，为赵昺小皇帝送行，为赵宋海上行朝送终。

高个子士兵亲眼看见了这壮烈悲凉的一幕，也并无例外地成了为国殉难的一员。在扑向大海的最后一刻，他解开布包，取出玉镯，朝陆秀夫跳海落水的方位奋力一掷。他是要把那珍贵之物托付陆秀夫，归还蔡荔娘……

一两天后，崖山广阔的海面上，陆续漂起了十几万具尸体。

元军在海上搜寻，发现一具身穿皇袍的孩童尸体，肤色白皙，面貌清秀，衣袋中藏有"诏书之宝"大玉玺。张弘范接到报告，据此断定他就是宋朝末代皇帝赵昺。他马上派人去接收，但再找却怎么也找不到了。

杨太后虽然在张世杰等人的保护下突出了重围，但她得知赵昺皇帝已经殉国，万分悲恸，号啕大哭，再也不肯走了。她边哭边诉："我苟安性命，历尽艰难，为的是扶持赵家这棵独苗，续延宗支，不致绝后。如今小皇帝也去了，我还有什么指望呢？"说罢，也跳入海中自尽了。

张世杰和苏刘义率领十六艘战船继续往西航行，四天后到达海陵山下。不巧又遇到飓风来袭，部下都劝他们登岸避风，稍作休息，再谋出路，张世杰并不同意，嘴里喃喃叹息，连声回绝道："无须，无须。"他相信上天有灵，便登上舵楼，向天祈祷："我为赵宋朝廷，也算鞠躬尽瘁了，一君亡，又立一君，今又亡。我尚未死，还望敌兵退后，再立赵氏后裔，保存宗祀。现在风涛这样大，想必是天意亡宋，不容我再活下去啊！如确系如此，苍天有灵，就把我这船只倾覆海底罢了！"祈祷甫毕，果然风浪越来越大，竟把张世杰的座船掀翻，船上众人皆落海溺亡。大宋王朝最后一任枢密使、越国公兼太傅张世杰，这位英勇、刚强的赫赫战将，就这样走完了他忠贞壮烈的人生。而另一位忠烈之士——殿前司苏刘义,则驾驶另一艘船漂出海洋,意欲再寻奋斗时机,但其部下已心灰意冷,认为再也没有什么"抗元复宋"的希望了,不愿追随他无休无止地苦熬,竟将其杀害。

至此,自临安陷落之后又流亡东南沿海坚持斗争三年之久的赵宋残余政权,也永远地消失了。大宋朝自太祖赵匡胤至端宗赵昰、末帝赵昺,共历十八主,合计三百二十年,正应了"宋朝廷,气数尽;三百二,天意定"的坊间传谣。

第十六章　枫江呜咽哭忠魂

二月里来大地回春，庭院里的草地已经泛青，桃树也吐出了花蕾。但依然时不时刮来阵阵阴冷的北风，春寒料峭。

蔡荔娘正在给儿子缝制新衣服。陆钊渐渐长高了，身上的衣服变小了，需要更新了。

陆钊头戴兔儿帽，脚穿虎头鞋，既像小兔子一般活泼可爱，又显得虎虎生威。这帽子和鞋子是外公、外婆送他的生日礼物，民间习俗认为兔儿帽、虎头鞋是驱妖避邪之物，可以保护婴幼儿健康平安。外婆手很巧，她用红玛瑙镶在帽子上，做成兔子的眼睛，鞋子上的虎头绣得栩栩如生，还特意画了一个"王"字，把这两样东西做得既别致又形象。

陆钊趴在母亲膝盖上，小脑袋往蔡荔娘的怀里钻，用帽子上那两个长长的兔耳朵来回摩挲着母亲的脸，不停地叫着"妈姆""妈姆"，又拉起妈妈的手，指向墙上的陆秀夫画像，嘴里喊着"爹爹""爹爹"，一声接一声叫个不停。蔡荔娘有意把陆大人的嘴巴画得微微张开，像微笑，又像是正在说话的样子，引得陆钊老是要跟父亲说说话儿。他已经会讲简单的话语了，妈姆、爹爹和阿公、阿嬷这几个词句，整天都挂在他那圆嘟嘟的小嘴上。

"好了好了，钊儿乖乖，不要叫了，再这么叫个不停，你父亲耳朵都该长老茧啰！"

陆钊愣了一会儿，又是叫起"爹"来。蔡荔娘轻轻拍着小家伙的脸，装成生气的样子，吓唬他："你要再叫，爹爹就不回来看你了！"这一招果然很灵，陆钊不叫了。前几天，荔娘刚刚带他去了太平渡头，告诉他：爹爹就是从这里走的，乘船去了很远很远的地方，以后也要乘船从这里回来。只要你听话，到那时妈姆一定带你再来这里，一起迎接爹爹回家。小陆钊记住了这话，心里头就盼着这一天，现在蔡荔娘一吓唬，他自然就不敢再叫唤"爹爹"。但接着，他又改口不停地叫唤"妈姆"了。

看到膝下小儿如此天真可爱，蔡荔娘心中充溢着甜蜜和欣慰。她想："陆郎啊，您什么时候回家来看看您的宝贝骨肉？我给您养的儿子，您可满意吗？"

蔡荔娘这么想着，就从怀中掏出那方丝帕来。丝帕上绣的那一对鸳鸯依然鲜艳、活泼，游在前面的那只偏着头，用嘴巴去触碰另一只的嘴巴，好像对它说着什么。陆大人写的"身伴心随"几个字，却有些模糊了，蔡荔娘知道，那是被自己的泪水浸润的缘故。每次面对这几个字，她都会感慨和感伤，任那止不住的泪水浸湿丝帕。"说什么'身伴心随'，陆郎啊，你我天各一方，都已经两年有半，您还记不记得我们母子俩？记不记得在这片大宋故土上还有您最亲最爱的人儿？"

就在蔡荔娘沉思遐想的当儿，小陆钊蹑手蹑脚地靠近妈姆，瞅准了空儿，偷偷地一把将丝帕抓了过去，小手指对着两只鸳鸯指指点点，嘴里数着"一只、一只、一只、一只"。蔡荔娘忍俊不禁，笑着纠正他说："儿子呀，应该是一只、两只，一加一是二呀！它们是两只，是一对嘛！"陆钊眼睛盯住妈姆看了一会儿，小脑袋像拨浪鼓似的摇了几摇，嘴里还连着说"不，不是的"。他并不理会妈姆的纠正，依然按照他自己的方法去数，只是改成了"这一只、那一只"，一遍又一遍叫唤个不停。看到儿子倔强而又傻气的样子，荔娘佯装生气，指着他的脑门说道："看你这个小傻瓜！"

陆钊闹了一会儿，似乎累了，躺在母亲怀里睡着了。

少了儿子的嬉闹，蔡荔娘耳边清静了，也渐渐有了睡意。恍恍惚惚间，耳边飘来了鼓乐之声，悠扬激昂，让人心旷神怡，心花怒放。接着，她就又看到活水亭内外熙熙攘攘，一番热闹景象：忙着布置洞房的李春牛，正爬上一架梯子，把大红灯笼高高挂起；真珍送来了绢丝扇，扇面上的那篇祝词《临江仙》墨汁未干；陆大人穿着绣花红袍，戴着金边红帽，帽子上插的两枝金花，一闪一闪的，多么耀眼灿烂！杨太后笑吟吟地前来主婚，手里还捧着那柄赵昰皇帝赐予的玉如意……这不正是大前年七月七日那个曼妙无比的洞房花烛之夜吗？蔡荔娘近来常常梦回从前，梦到那个吉日良辰，看到这些熟悉的情景。可是她哪里知道，物是人非，时过境迁，如今李春牛、真珍、陆大人和杨太后，这些人其实都已经不在人世了！

赵宋海上行朝战败灭亡和陆秀夫背负幼帝蹈海殉国的消息传到枫亭，是十多天以后的事情。

起初，还只是坊间传说，有去广东经商回来的街坊乡亲，把道听途说的消息告诉大家，但说得模模糊糊，也还特意瞒了蔡荔娘一家人。不久，仙游县达鲁花赤——元朝政权的地方长官，代表元朝政府贴出布告，正式宣谕此重大事件。不幸的消息被证实了！

闻知噩耗，蔡荔娘如遭霹雳轰顶：大宋朝廷啊，你就这么完了吗？多少百姓还盼望你卷土重来，恢复旧河山！我的陆郎啊，您就这么走了吗？我们都在盼望您回来，阖家团圆，共享天伦之乐呢！妾身天天倚门悬望，翘首以待，可是从今往后再也见不到您了！如今您回不来了，我该怎么办呀……她又哭又诉，顿觉天昏地暗，眼前一黑，晕倒在地。

不知过了多少时间，蔡荔娘醒来了。太阳已经下山，天渐渐黑了，周遭寂静无声。可是她仿佛听到一个声音："梧桐相待老，鸳鸯会双死""海枯石烂两鸳鸯，只合双飞便双死"！"是孟郊老夫子吗？是元好问先生吗？不对，都不对，这声音正是自己和陆相公当年活水亭前的吟咏之声！我俩不是艳羡那成双成对的鸳鸯吗？而今陆郎已经去了，我岂能独自偷生？再说，陆郎不在了，我没有了指望，活着还有什么意义……"

泪流满面的蔡荔娘，搬过一个凳子，踩了上去，又把白绫系到一条横梁上，打了一个结，形成圈套，然后踮起脚，慢慢地把头钻进圈子，脖子紧挨着白绫，缓缓地闭上眼睛。忽然，眼前绚丽明亮，她看到了漫天的彩霞，喜鹊云集，白鹤飞翔，一条彩虹从远处铺展而来，一头在天边，一头就在眼前。"陆相公已经在天的那一边了，我只要踏上这彩虹，顺着这七彩拱桥走过去，就可以见到他，见到我日思夜想的郎君！陆郎啊，我来了！我见您来了！"

蔡荔娘一脚踢开凳子，身体便悬在空中。

凳子倒地，"砰咚"一响，惊醒了熟睡的陆钊。小陆钊大哭起来，清脆嘹亮的哭闹声，一阵阵冲击蔡荔娘耳膜，飘悬空中的她猛然一怔，惊觉间朝摇篮望去一眼，她似乎也想多看一会儿、看清楚一点，但转瞬间就什么都看不到、听不到了……晕晕乎乎的她，不一会儿就失去了知觉。

　　陆钊的声音越哭越响，吵醒了外公。蔡曰忠忙着照料那惊闻噩耗而伤心生病的杨氏，刚刚把她安置停当，自身也疲惫不堪，这会儿才打了个盹，稍事休息。此时听到外孙的哭声怪异，马上冲进屋里，正一头撞着荔娘，赶紧把她解放下来，又是按压心脏，又是猛掐人中，又是吹气喂水，一阵抢救，将她从鬼门关前拉了回来。

　　蔡荔娘终于转回一口气，醒了过来，缓缓地睁开了眼睛。蔡曰忠把陆钊抱给她，让他挨着母亲的身边躺下。蔡荔娘把儿子紧紧搂在怀里，母子俩又哭成一团。蔡曰忠他老人家至此也是老泪纵横："女儿啊，你真是糊涂！你若一走，孩子怎么办？难道你忘了自己的责任、忘了陆大人的期待？"

　　蔡荔娘静静地听着，默不作声，也无力回答，但心里想：父亲说得对呀，死还不容易？可是使命和责任不允许自己去死。陆钊幼小，已经没有了爹爹，我岂能再逃脱，让他也没有了母亲？不，不，不能啊！陆大人在天有灵，也一定希望我把他的血脉抚养成人的。命运啊命运，是你注定了我蔡荔娘只能走那条比死还难的路！

　　国破家亡的巨大灾难，似尖刀利刃，深深地刺进蔡荔娘的心肝肺腑。一位不满二十岁的年轻女子，怎能经受如此沉重的打击！活过来的蔡荔娘，心还是一阵阵刀绞火烧般的痛。她压抑自己的哭泣，不让声音传播出去。低沉的悲鸣、震颤的泣诉，在院子里低低徘徊，让空气都凝固了。那片刚刚长出嫩芽的青青草，不知什么时候全都俯伏在地；几株原本茁壮挺拔的兰花耷拉着叶子，垂下了花朵；一群布谷鸟悄然飞了过来，静静地聚集在院墙根下，静静地瞅着蔡荔娘母子，不叫唤也不走动。树上的桃花一瓣一瓣地飘落，细雨也开始一滴一滴落下，都像是老天爷洒下的眼泪。是的，苍天有眼，也该落泪了！

　　"拟结百岁盟，忽成一场空，生离死别，情何以堪……陆大人您义无反顾地走了，走得飘然，走得壮烈……可是，您遗留给枫亭这块土地、遗留给我们母子的，却是这深刻的遗憾，深沉的眷恋，还有从今往后无穷无尽的哀思……"蔡荔娘就这么想着念着，哭着诉着，怎么都停不下来。

此时，在蔡荔娘的模糊泪眼里，往事却格外清晰，一幕又一幕地展现在眼前，万千思绪涌上心头——

自活水亭拜堂成亲、缔结姻缘，陆大人与自己相伴的日子，区区五十余天，而自太平渡头挥泪辞别，到陆大人捐躯殉国、离开人世，也仅短短两年又半。这不就是人们常说的"露水夫妻"吗？相公离开枫亭的告别之时，曾经与自己约定："请相信，我一定会回来看你的，我们一定会有相聚的那一天。"他还说过，有朝一日，一定要和我一起，在那九个仙人结枫为亭的地方抚琴歌唱，一起陪伴我们的孩子到会心书院读书学艺……可是如今，相公啊，您不能践行约定，没有兑现诺言，您没能回到我的身边，也没能回来陪伴儿子。再没有那么一天了，您已经远去了，永远地去了！太平港一别，竟成了永别！您不也说"海枯石烂两鸳鸯，只合双飞便双死"吗？可为什么这么快就一个人走了呀？您为什么把抚养儿子的责任全都留给了我，使得我想死也死不成？

蔡荔娘在家中设立了灵堂，把陆秀夫的生辰八字"戊戌、癸亥、己酉、丙寅"和殉难时间写在牌位上，燃起三炷香，点上长明灯。然后抱着陆钊，为郎君守灵。夜以继日，不忍离去，生怕灵灯的油脂熬干了。她是要让这长明灯更明亮一些，愿它能照亮天堂的路，让陆大人一路走好。每次添油，她都默默祷告，对着陆郎悄悄说些什么，免不了又是涕泗交流，悲情纵横。她又写了一首诗，与纸钱一起在灵堂前烧了，寄给陆大人。

> 灵堂灵灯守陆郎，阴阳两隔悲不已；
> 寒夜如磐最难熬，孤灯如豆更相思。
> 怅恨生死难相随，断魂弹泪君不知；
> 梦里三呼无回应，惟有风雨陪妾啼。

崖山海战结束后第十四天。蔡荔娘一家为陆秀夫设坛祭祀，俗称"做七"，按枫亭民间习俗祭奠陆大人亡灵。本来人死第七天应做"头七"，以后每隔七天哀祭一次，共做七个"七"，计七七四十九天。只是他们得悉陆大人殉难的消息时已过了七天之期，所以失去了做"头七"的机会。

枫慈溪畔，活水亭前，香火缭绕，三牲齐备。陆秀夫画像端端正正摆放在供桌上，两旁一副挽联，是会心书院的学子们用鲜血写成：一代真儒绍紫阳，千秋亮节光青史。

几幅挽幛悬挂在亭廊，一面白幡在寒风中索索抖动。

当年为陆秀夫和蔡荔娘成婚大典吹奏过《欢乐颂》《得胜令》的鼓乐班也来了，只是彼一时、此一时，现在他们吹奏的是低沉幽颤的哀乐，是摄人心魄的招魂曲。

蔡荔娘和陆钊披麻戴孝，跪倒在供桌前，面对着陆大人画像，一拜再拜，长跪不起。陆钊一口一声喊着"爹爹"，陆秀夫微笑地看着儿子和妻子，那张开的嘴唇也似乎微微嚅动，好像要说着什么。蔡荔娘一手扶着陆钊，也像是对郎君说话：陆郎您看，眼前跪着的这个清秀的小童子，就是您的钊儿，他天天念叨您，可是您至今还未曾见过他，也未曾抱过他呀……

蔡曰忠和夫人杨氏两位老人家，还有左邻右舍众乡亲，肃立在一旁。眼前的情景揪紧众人的心，大家都陪着荔娘母子俩掉泪，呜呜呜哭成一片。

午时三刻，正式献祭招魂。蔡荔娘强忍住哭泣，一字一句诵读祭文。可是，刚刚念了两句，就又止不住号啕，眼睛早已哭得红肿，视线变得朦朦胧胧。她只得不断地擦拭眼泪，边念边哭，又哭又诉，于是就形成了一篇独特的《诔相公辞》：

> 噫吁嚱！相公侍侧兮几多时？
> 噫吁嚱！纳余荐席兮父命之。
> 噫吁嚱！令勿随行兮君诏示，
> 噫吁嚱！相公入海兮驱妻子。
> 噫吁嚱！若许随行兮并驱余，
> 噫吁嚱！相公从王兮余曷追。
> 噫吁嚱！相公弃余兮余何为。
> 噫吁嚱！相公龙宫兮天子随。

噫吁嘻！余今何处兮接得归？

噫吁嘻！何难一死兮儿靡依。

噫吁嘻！引见夫主兮佛慈悲。

噫吁嘻！镇江家乡兮何壮丽。

噫吁嘻！登进士第兮世攸仪。

噫吁嘻！四十二岁兮永别离！

噫噫，噫噫！

留别枫亭之冠衣，

埋葬嵩山衍厥支，

嵩山护国识纲维。

诔以词，噫吁嘻！

魂兮，魂兮，归来噫！

蔡荔娘追忆着一件件往事，哭诉着自己的思念和无奈，声声血，字字泪，哀怨悲愤，在场所有的人，都被这一幕所感染，一个个悲伤不已，眉目低垂，喉头哽塞，心肝震颤，泪如泉涌。

随着一声"魂兮，魂兮，归来噫"，地面刮起一阵热风，在人们头上旋转，纸钱和灰烬也随风飘扬起来。枫江上空原本晴朗的天，倏忽之间阴暗下来，乌云汇集，不一会儿就淅淅沥沥下起了雨。雨点渐大渐密，连成了一条条、一串串的，打在地上和江面上，又溅出一簇簇水珠，发出呜呜的声响。人们说：老天爷哭了，枫江哭了，哭得多伤心，你看那泪珠和泪花，都是一串一串的啊！

大雨罕见地连续下了七天七夜，老天爷的眼泪涨满枫江。

大宋末代朝廷最终覆灭的那一日，文天祥是在元军战船上度过的。他被关押的这个船舱，可以看到海面上的战斗情形。可能这是张弘范的特意安排，让文天祥观战，叫他亲眼见证宋朝最后的灭亡，以便让他彻底死了"兴宋复国"的心。

看到自己为之奉献和奋斗的赵宋王朝如今灰飞烟灭，看到自己钟情热爱的大宋江山全部沦入敌手，看到自己情同手足的兄弟战友一个个壮烈殉国，文天祥心如刀绞，悲愤欲绝。面对着身边那些监视他的元军官兵，文天祥强忍着不让自己哭出声来，但止不住的泪水却湿透了长裳。他捋起长袖，提起笔来，含泪和歌，端端正正地写道：二月六日，海上大战，国事不济。孤臣天祥坐北舟中，向南恸哭，为之诗曰……

这里，他写下的是一首哀国悼友，同时亦是悲身伤己的叙事长诗。长诗回顾了自己这几年的苦斗历程，如实描绘了崖山血战的惨烈，更是抒发了亡军灭国的无尽痛楚：

> 长平一坑四十万，秦人欢欣赵人怨；
> 大风扬沙水不流，为楚者乐为汉愁。
> 兵家胜负常不一，纷纷干戈何时毕？
> 必有天吏将明威，不嗜杀人能一之。
> 我生之初尚无疢，我生之后遭阳九，
> 厥角稽首并二州，正气扫地山河羞！
> 身为大臣义当死，城下师盟愧牛耳。
> 间关归国洗日光，白麻重宣不敢当！
> 出师三年劳且苦，只尺长安不可睹！
> 非无虓虎士如林，一日不戈为人擒。
> 楼船千艘下天角，两雄相遭吐喷薄。
> 古来何代无战争，未有锋蝟交沧溟。
> 游兵日来复日往，相持一月为鹬蚌。
> 南人志欲扶昆仑，北人气欲黄河吞。
> 一朝天昏风雨恶，炮火雷飞箭星落。
> 谁雄谁雌顷刻分，流尸浮血洋水浑。
> 昨朝南船满崖海，今朝只有北船在。
> 昨夜两边桴鼓鸣，今朝船船鼾睡声。
> 北家去军八千里，椎牛酾酒人人喜。
> 唯有孤臣雨泪垂，冥冥不敢向人啼。

> 六龙杳霭知何处，大海茫茫隔烟雾。
> 我欲借剑斩佞臣，黄金横带为何人？

随后不久，文天祥又写下了吊唁陆秀夫的挽诗：

> 文彩珊瑚钩，淑气含公鼎；
> 炯炯一心在，天水相与永。

这首挽诗乃集唐代诗人张九龄、严武等人诗句而成，他还在前面写了序："君实文章英妙，自维扬幕入朝。京师陷，永嘉推戴有功。及驻崖山，兼丞相，凡朝廷事，皆秀夫润色纪纲之。崖山陷，与全家赴水死，哀哉。"

蔡荔娘看到这两篇文稿，已经是荔枝挂果的季节，距崖山海战三个月了。其时，文天祥已被押解北上，要送往大都交给忽必烈亲自处理。长诗《目击崖山》和悼念陆大人的诗文，是有心人暗中传抄，并给蔡荔娘送来的。这几个月来，她还陆续收到许多感人至深的哀悼诗词和缅怀文章，其中有——

钱塘人仇远的《挽陆丞相诗》：

> 乾坤哪可问，至痛老臣心；
> 甘抱白日没，不知沧海深。
> 忠魂随上下，义骨肯浮沉？
> 草木长淮泪，秋风起暮阴。

广西柳州人姚燧的《题陆秀夫抱幼帝入海图》：

> 身藏鱼腹不见水，手挽龙髯直上天；
> 板荡纯臣有如此，流芳千古更无前。

四川宇文叔简的《挽陆秀夫》：

> 景炎未久改祥兴，强欲持危力莫胜；
> 国悴人亡两俱尽，忠魂追悼泪沾襟。

侯克中是北方人，属元朝辖地上的子民，也写来《挽诗》：

宣公苗裔有余馨，耿耿丹心醉六经；
独立生难扶社稷，全家死不负朝廷。
世间民听犹天听，海底台星共地星；
岁月不销忠义气，崖山十倍向时青。

会心书院的刘勋先生得知崖山战败、大宋覆没和陆秀夫殉国的同时，也得到胞弟刘海已经牺牲的消息，几个噩耗叠加，又一次把他重重击倒了。他以泪调墨，抱病写下了《悼陆兄》，亲自给蔡荔娘送来。他写道：

天地无托足，海天同显光；
明知复何为，不忍坠三纲。
运去天莫留，力尽心弥强；
终不负吾主，名义天地长。

陆秀夫有位好友叫龚开，曾一起在李庭芝的淮东幕府中任幕僚。龚开十分了解陆秀夫的道德文章，因而敬重有加。为寄托哀思，他撰写了《陆君实传》，还把各地的挽诗辑录成集，并为之作序："呜呼，以英特伟杰之人，穷而自裁，时人哀之，尚无间于亲疏久近之别，而况舍生就义，为万世纲常立本，而绝无仅有者乎。是固大忠之道也，陆公君实其谓是矣！"龚开这序文说得好：世人哀悼、纪念陆秀夫，人不分亲疏，地不分远近，都是因为敬重他的忠义。陆秀夫确是名副其实的英杰和楷模！

从这大量诗文中，蔡荔娘既深切感受到人们对陆大人等殉国英烈的深情和崇敬，也进而更多地了解到那场大海战的惨烈和十几万军民牺牲的悲壮，不免热泪盈眶，荡气回肠。她还听说，陆大人在海上时，曾记述赵昰、赵昺二帝史事为一书，内容甚为详细，并授予礼部侍郎邓光荐，托付他"君若后死，幸传之"。而今此书安在？若不幸失传，陆大人的心愿何以了却？每当想到这些，蔡荔娘往往感慨系之，久久不能自已。现在，她所希望的，就是把陆大人的后事安排得圆满些，让他安心和安息。

陆秀夫离开枫亭时，留下了一些衣服鞋帽。蔡荔娘将其收拾完整，安葬在莆田醴泉里嵩山东坡的一片树林里。她还在小石碑上写了两句话："丞相衣冠是葬，相公毛裹攸关"，并署上"侧室蔡氏题"。这衣冠冢起初只是一座隐蔽的小冢，后人在小冢前方竖立一方高三尺六寸、宽约二尺的神道碑，上书"有宋檀越陆公墓道"。

落叶归根，入土为安。正如蔡荔娘在招魂时向陆大人所禀告的，这嵩山就是他的灵魂栖息之所。

嵩山是陆大人曾经登临考察和率军护驾驻扎过的地方，蔡荔娘是想让他旧地重游，魂归军营。

嵩山脚下几丈远就是浩瀚大海、滚滚波涛，蔡荔娘是想让他天天听涛看海，继续过上他这几年所熟悉的海国生涯。

蔡荔娘给小冢培上最后一抔土，又从怀中掏出两张纸条，压在冢头上，细致地梳向两边。那是她自己撰写的一副挽联：

云鹤失声一片赤心沉崖海
寒松有节千秋碧色驻嵩山

"陆郎啊，妾身为您作的这最后的安排，不知能否对上您的心思？"在小冢前，蔡荔娘指着这山、这海，悄悄问夫君。话音刚落，山中顿时回荡着一股清风，榕树上飘下两片金黄色的叶子，就像人们求签问卜时由上往下掷出的两片信杯。树叶轻轻掉落在蔡荔娘面前，正好一片叶面朝上、一片叶面朝下，构成了一副"胜杯"的形状，按民间说法，那是表示肯定或同意的意思。蔡荔娘看了，稍觉宽慰。她又举目望去，相思树、马尾松和翠柏在微风中摇曳，几丛杜鹃花正开得鲜艳。海面上翱翔着一群白鸥，时而飞到小冢前的岩石上歇息，一会儿又相继飞回海上。那涛声阵阵传来，像是有节奏的呼号，又似在独自吟唱着什么。

"现在，就由你们来陪伴我的陆郎了。"蔡荔娘环顾四周，悄悄在心里说。

安息吧，为国为民奋斗了半辈子、漂泊了千万里的英魂。

安息吧，尊敬的陆大人！

第十七章　荔娘遇险守坚贞

崖山赵宋行朝覆没之后，元朝政权占据了南宋的几乎全部领土，但并未就此坐稳了江山。许多前朝子民不满元朝统治，顽强开展抵抗斗争。各地起义连绵不断，特别是闽、浙、赣、粤地区，更是彼伏此起，风起云涌。

枫亭，这个与赵宋王朝渊源颇深、三百多年中深刻地浸染了大宋思想文化的地方，且又处于福建沿海南北交通要冲，自然不会风平浪静。朱惠民、朱惠国兄弟和陈献义等人已经牺牲，但他们驻守过的文子山寨和西明寺，这时又重新聚集了一批抗元义士，利用枫亭地区特殊的人文环境和地理位置，建立活动据点，组织民众抗捐抗税，偷袭官府，抢粮仓、劫囚牢，还暗杀了几个敲诈勒索、强暴民女的地方官吏，为百姓伸张正义。那个时候，元兵最乐意下乡搜查，因为有油水可捞。元朝政府害怕老百姓造反，规定一切兵器全部上缴，即使菜刀也是几户人家合用一把。元兵就在搜查中做手脚，看到哪家有钱财或有漂亮女人，便变戏法般将事先准备的刀、剑、火药等违禁物件，诬为该户百姓私藏之物，逼得人家"花钱消灾"给其送钱送物，或把女人交出来供其奸淫。义军战士针对元兵的无耻行径，展开了几次惩罚性的"定点拔除"行动，杀掉了几个"痞子头"，抑制了元兵的嚣张气焰，使得他们不得不有所忌惮、有所收敛。元朝官府和士兵把枫亭义军视为眼中钉肉中刺，但因义军行动迅捷，行踪飘忽，却也奈何不得，十分头疼。

一个没有月亮的夜晚，枫亭城外塔斗山脚下的一座老宅，沉浸在黑暗和静寂之中。老宅建在果林里，本来是加工和储藏果品的所在，因其隐蔽，又有高墙大院围护着，相对于枫亭小城西街尽头的那座蔡府，显然要安全一些，因此成了蔡家的临时住处。蔡曰忠一家早已经关门休息，蔡荔娘陪着小陆钊也睡着了。忽然，庭院外有人敲门，虽然声音不大，但蔡曰忠听到了，很快起身开了门,把来人引进屋里。蔡荔娘也惊醒了,她不用猜就知道来的是什么人,便把陆钊轻轻挪开,给他盖好被子,自己也来到小客厅参与议事。

这段时间里,无论是枫亭乡亲,还是外地"客人",都会习惯地以蔡家这个住处为落脚点,暗中来往联络。他们偷偷地在这里聚会,交流情报,策划抗元斗争的行动方案。可以说,这里已成为一个秘密的联络站。因为蔡荔娘所具有的特殊身份,乡亲们特别是义军队伍,自然对她寄予更多的期待和信任。而在蔡荔娘看来,这些事情都是责无旁贷的,自己应该为夫君报仇,陆秀夫没有做完的事,她当然要继续去做。实际上,只要有蔡家和蔡荔娘的参与,不少事情就变得简单易行,哪怕是最难办的筹款募粮。

来人果然是枫亭义军的两位首领。他们找蔡家父女,带来了一个重要消息:陈大举要组建海上抗元船队,已经委派许夫人到闽中湄洲湾一带筹款,很快就要到达我们这里了。

听到这个消息,蔡曰忠父女自是兴奋,大家你一言我一语地议论起来。

"有了海上船队,对付元兵就更有办法了!"

"是啊,到时候我们枫亭义军作战也就不孤单了。"

"说不定还可以大有作为呢!"

其时,在东南各省的反元队伍中,以闽南陈大举为首的畲汉义军力量最强,抗元也最坚决。陈大举俗称陈吊眼,早在景炎二年(1277年),他就接受张世杰的征召,协佐宋军攻打泉州叛臣蒲寿庚。南宋终亡后,陈大举的这支队伍仍然保存下来,并于崖山海战之后第二年的八月十五,在漳州发动了轰动全国的"吃月饼、杀鞑子"事件。元军猝不及防,"死者十之八九",就连万户府知事阙文兴、招讨使傅金和等长官都被杀死了。漳州中秋事件极大地鼓舞了深受民族压迫的南方民众,各地反元力量迅速聚集,陈大举的队伍达到了十万人,与闽北建宁人黄华领导的三万抗元队伍"头陀军"互相呼应。为了扩大活动地盘,增加回旋余地,义军决定到沿海发展队伍,组建海上抗元船队。

蔡曰忠、荔娘和义军首领经过一番商议,很快敲定了筹募经费、与许夫人接洽的各项部署。

义军首领悄悄地走了，蔡曰忠轻轻关紧大门，正要招呼荔娘回房休息，却发现夫人杨氏不知什么时候已经站在客厅里，只听她抖抖瑟瑟的声音："又有什么事了？可要小心啊！"

杨老太太担心丈夫和女儿的安全，每天都要虔诚地烧香拜菩萨，为丈夫和女儿祷祝平安。

蔡曰忠和荔娘并非不知道自己面临的危险。"树大招风"，抗元活动越是频繁，安全风险就会越大，更何况他们本来就是元朝官府重点关注的特殊人物。

杨老太太还是那颤抖的声音，接着说："你们，你们知道吗？谢枋得先生被他们抓走了！"今天白天她在会元禅寺烧香时听到了谢枋得的事，吓得赶紧跑回来，本来想马上告诉蔡曰忠父女，但又怕他们担心，便藏在心里。现在见到他们又要去做什么新的事情了，为了提醒丈夫和女儿注意，她才说了出来。

谢枋得是宝祐四年与文天祥、陆秀夫同科中的进士，也是一位坚决抗元的将领，曾任江东提刑、江西招谕使等职。大宋国朝灭亡之后，他流亡闽北建阳一带，以卖卜教书度日，表面上装作十分低调与平淡的样子，但暗地里仍与前朝人士和抗元力量保持联系。元地方政权害怕谢枋得在民间的影响，担心他引众滋事，就把他抓走了。后来又强制押往大都，企图用一官半职收买、拉拢，把他套牢，禁锢在他们的控制之下。当然谢枋得并不吃这一套，最后绝食而死。

谢枋得是蔡家有过交往的朋友，蔡曰忠也早知道他被抓的消息。他一边安慰夫人，一边对女儿说："荔娘啊，以后咱们是得更加小心了！"说着，充满怜爱地盯着女儿。在他的心里，不时会浮现出对女儿的一丝歉疚：当初是自己主张把荔娘嫁给陆大人的，尽管荔娘自身也是心意相同，尽管至今全家人谁也没有后悔，但每每看到女儿遭受的苦难，他都会心痛，也都会觉得内疚。毕竟自己作为父亲，没能让女儿幸福快乐，于心不安哪！但愿女儿从今往后平平安安，不能再有什么闪失了。

"至少以后做事要更加注意隐蔽，保证安全。"看到女儿沉默不语，蔡曰忠又补充着说了一句。他知道女儿的性格，这个时候让她脱离当前的抗元斗争实际，不再出去做事，是绝对不可能的，所以他只得这么叮咛。

蔡荔娘自然知晓父亲和母亲的心意。她不但想到全家的安全，还特别担心小陆钊的安危，因为那可是陆大人的血脉，是陆家的命根子啊！一旦有什么不测，连累到小陆钊，自己如何对得起陆大人的在天之灵！但是，眼睁睁看着敌人的残暴和百姓的苦难，以及面对义军和乡亲们的求助，她怎么能回避，怎么能袖手旁观呢？

斗争总是要继续的，而该来的也总是要来的。

果然不久，蔡荔娘就出了事。

蔡曰忠按照女儿的意见，将果园卖了。他把钱交给荔娘，让她尽快交到陈大举的义军手里。本来他是坚持要自己去做这件事的，哪知这时却病倒了。自崖山噩耗的打击之后，蔡曰忠和杨氏两位老人家的身体就大不如前，对出外闯荡奔波的事情，蔡曰忠已经力不从心。蔡荔娘本来就不忍心让父亲再去操劳，更何况现在父亲病了，与许夫人联络这等既重要又危险的事儿，她自然要亲身前往。

"哪怕是刀山火海，我也要硬着头皮去闯一闯。"蔡荔娘暗暗给自己鼓劲。

明天一早就要去和许夫人接头了，蔡荔娘已经做好了所有的准备。她把父亲卖果园的钱和乡亲们募集来的银两，都塞进几只鸡鸭的肚子里，然后将鸡鸭装入两个箩筐，搭上一把小扁担，明天挑着上路，就像去赶集做买卖的样子。与随护义军队员的配合方式也联系好了，连跟许夫人见面接头的识别暗号也都记得清清楚楚。

尽管该做的准备都已经做了，蔡荔娘还是翻来覆去睡不着。儿子陆钊就躺在身旁，安静地酣睡，均匀地呼吸着，还发出一声声轻微的鼾音。为了防止元兵和官府找麻烦，全家人决定明天就把小陆钊送往别处藏匿，因此今晚荔娘对他特别亲昵。借着窗户上透进来的月光，她一遍又一遍地端详儿子的小脸。陆钔三岁多了，长得也越来越像他父亲了。他皮肤白皙，脸型已现出"国"字的轮廓，鼻子笔挺，嘴阔唇厚，眉毛浓黑，眼睛晶亮有神，活脱脱一个小陆秀夫。蔡荔娘看着看着，心中感慨，眼睛渐渐模糊起来了……

月光如水，恰似枫慈溪平静的江面。蔡荔娘倚靠在活水亭围栏边，俯视江中那一对戏水的鸳鸯。忽然，平静如镜的清水中，出现了一张"国"字脸，浓眉大眼、高鼻梁、厚嘴唇，正温和地微笑着。啊，是陆郎！是陆郎站在自己的身后！蔡荔娘蓦然转过身来，捧住陆秀夫的脸就吻，哪知却扑了个空，身后并无什么人。不一会儿，蔡荔娘坐了下来，取出铜镜，梳妆打扮起来，镜子里又出现了那个"国"字脸，陆郎又站到自己的身后啦！蔡荔娘一把扔掉镜子，转身便抱，又扑空了。她着急了，大声叫道："陆郎您在哪里？不要跟妾身捉迷藏啦！"话音刚落，果然就看见陆大人出现在眼前，满怀怜爱地对她说："荔娘你累了，快快睡了吧。"蔡荔娘听了满心温暖，大声答应道："哎！"

这一声"哎"，倒把她自己惊醒了。蔡荔娘揉了揉眼睛，原来又是一个梦，但她分明听到一个声音在呼叫，催她睡觉呀！

蔡荔娘哪里知道，她梦中听到的那个声音，却原来是父亲的呼唤。蔡曰忠已在荔娘的房门外徘徊多时，听到女儿屋里扑扑簌簌的声音，知道她还没有睡着，他担心女儿的身体，而且明天还有重要的任务呢！因此，他朝屋里说道："荔娘你累了，快快睡了吧。"听到女儿"哎"的一声答应，这才放心地离开了。

许夫人是晋江仁和里许汉青的夫人。许汉青与范伯、刘海等人投奔海上行朝后，在战斗中不幸牺牲。许夫人继承先夫遗志，携巨额家资投入陈大举义军队伍，成为一名威震四方的女英豪。

那天早晨，蔡荔娘与许夫人的接洽地点就在浮山脚下的一个小庙旁。

浮山位于东沙村境内，是沿海小平原中的一座独立的小山，山下不远处就是大海。小山脚下有一片开阔地，被开辟成为一个大集市，附近村庄的乡民、渔民都到这里交易他们的产品，柴草木炭、蔬菜果品、牛羊鸡鸭、蟹蛤鱼虾及日用杂件等，应有尽有，集市内人来人往，熙熙攘攘，叫卖声混成一片。小庙就在集市旁边，离禽畜交易场所最近，庙后一条小路直通海边。接洽地点选在这里，既便于以禽畜交易作掩护，又方便撤离。

蔡荔娘刚刚把藏有钱票银两的几只鸡鸭与许夫人交接完毕，闻讯而来的元军探子就冲进了集市，并且发现了蔡荔娘。

蔡荔娘也同时发现了元军。"快快！"她一挥手，把许夫人和她的随行人员推向一边，让他们从小庙后面撤离，接着示意身边的义军战士守住小庙路口，挡住元军的去路。然后自己挺身而出，大叫着朝另一个方向跑去，故意把元军探子吸引到自己这边来，"调虎离山"。元军探子一看，果然急了，大声叫喊"快快！抓住她，别让她跑了！"几个元军士兵就呼啦啦朝蔡荔娘追赶过去。这样一来，留下来追捕许夫人的元军就不多了，而且他们又在小庙前遭遇枫亭义军战士的阻击。义军战士也都打扮成赶集的农民，这时他们挡住元军去路，双方好一阵厮杀。集市里的人们四散逃窜，混乱的人群也给元军士兵添加了不少麻烦。就在元军被阻挡在集市内的时候，许夫人和她的几名随从则趁机迅速逃离险境，携带着枫亭乡亲的厚礼和情意，安然出海而去。

然而，蔡荔娘被捕了。元军探子几下子把她捆了个结实，塞进马车，疾驰而去。

祸不单行，陆钊又失踪了。

蔡荔娘刚刚在浮山出了事，就有一大帮元军士兵来到枫亭，扑向塔斗山下密林里的那座老宅。他们是奉上峰命令，赶来抓捕蔡曰忠全家的。

蔡曰忠和夫人杨氏这时正巧刚把大门打开，一副着急要外出的样子，就被元军撞了个正着。"站住！往哪逃！"几个士兵一阵吆喝，把他俩包围起来。

"快把那个姓陆的小娃娃交出来！"士兵们搜遍了老宅的每一个角落，就是找不到陆钊。陆钊作为陆秀夫和蔡荔娘的儿子，早在官府里挂了号的，也是士兵们此行的主要目标，抓不到他，回去如何交差？因此，这帮士兵围住蔡曰忠和杨氏，又吼又叫，不停地逼问。

但，任凭元军吼叫，蔡曰忠夫妇俩都是三个字"不知道"！

陆钉到底在哪里？蔡曰忠老两口确实不知道。说来也怪，早晨他俩刚刚伺候陆钉吃了饭，一不留神，这小家伙就突然不见了。老两口起初以为淘气的小外孙故意藏在什么地方，跟自己捉迷藏，就耐心地呼唤着："陆钉你在哪里？""小乖乖快出来！"但叫了一遍又一遍，愣是没有半点回音。老人家急忙搬桌子、移柜子、翻草堆、揭水缸，院里屋外反复找了几茬，还是不见半点影子。这下，两人真的着急了。

"不对呀，这院子大门紧紧关闭，难道小陆钉他长翅膀飞了不成？"蔡曰忠疑疑惑惑说道。

"哦，对了，我早晨开了一次大门，向一位货郎买了一些香烛。也许是那会儿，他偷偷溜出去的吧！"

"不会的，这孩子听话，从来不乱跑乱动的。会不会与那卖香烛的货郎有关？"蔡曰忠提醒夫人。

"难道问题出在他身上？怪不得那人眼神溜溜转，手脚遮遮挡挡，不像个地道人呢！"杨老太太想起来了，"我记得那个货郎高高个子，长长的胡须，挑着两个新的箩筐……"

不等夫人说完，蔡曰忠急切说道："事不宜迟，咱们赶紧去找吧！"

两位老人打开大门，但不巧，这帮元军正好迎面而来，气势汹汹地堵住了门口。

"小娃娃真的不见了，你们让我们去找找吧！"

"不行！捆起来，带走！"

蔡曰忠夫妇俩被抓走了，但是，两位老人担心的不是自身的处境，他们满心牵挂的是荔娘和陆钉的安危：可怜荔娘母子俩，一个被捕，落入了虎口，一个失踪，不知生死，老两口还不能亲自去找寻，叫人如何不担心？他俩越想越揪心，顿时老泪纵横。

此时枫亭的义军人数太少，又不敢贸然暴露和擅自行动，只能眼睁睁看着蔡曰忠一家几口被捕。

元军把蔡荔娘押解到福州。可不知为什么，过了两天就又押回来送到泉州，交给了蒲天文。很快，有人把消息报告了蒲寿庚。

蒲寿庚这时不但还当着市舶司提举，而且又升了官。元朝政府把福建路改设为"行省"，原来的各州、府、军改称"路"，蒲寿庚当上了福建行省的参知政事，统管全省各"路"政府，权力更大了。不过，他清楚自己今天的这一切是怎么得来的，心中也常常在反省，对宋室、对陆秀夫，难免怀有一丝歉疚。现在他听说抓到了与陈大举、许夫人沟通的"逆党"竟是陆秀夫的侧室蔡荔娘，并且已被蒲天文悄悄带到涂门西小巷去了，他知道蒲天文这兔崽子对蔡荔娘仍然怀有歪念，便急忙赶了过去。

屋子里正在吵闹，只听蒲天文厉声喝道："蔡荔娘！你暗中勾结陈吊眼、许夫人，资助匪徒，扰乱地方，该当何罪！"训斥一阵之后，口气缓和了下来，说道："你知道我为什么花大价钱把你弄来泉州？我是要救你呀！"见蔡荔娘依然沉默不语，蒲天文停顿一会儿，又"哈哈"两声，嬉笑着说："嘿嘿，我看咱俩还是有缘分的嘛，上次请你不来，现在不还是在泉州见面了嘛！"突然，屋里响起一阵"砰砰"的声音，好像是桌子椅子倒地的声响。接着，又是蒲天文的声音："乖乖，别再躲避啦！过去的恩怨，以及勾结乱匪的事，我都不计较，如今你可以改邪归正，专心做我的侧室，这处房屋就是你的家，我蒲天文保证少不了你的吃穿玩乐。"

"休想！不知廉耻！"一个女子愤怒地叫喊。

"这兔崽子，真是不知廉耻！"蒲寿庚正好赶到，他气愤至极，一脚踢开了房门。蒲天文已经抱住蔡荔娘，扯下了她的衣服，正欲强行求欢。蔡荔娘拼命抵挡，朝蒲天文头上、脸上狠抓猛打。蒲寿庚急步冲进屋里，用力拉开蒲天文，把他推到一边去，大声吼道："还不快滚！"

眼睁睁看着到手的猎物又丢了，蒲天文恼怒万分。这次抓到蔡荔娘，重又勾起他的邪念。蔡荔娘这小美人，虽说已结婚生子，但风韵丝毫不减，依然是当年太平坝上初次见到的那样漂亮典雅、楚楚动人，毕竟她还只是二十岁刚出头嘛！比起自己那个蒙古女人乌日娜来，不仅年轻几岁，容貌、风度也还要胜出几分呢。今天眼看可以一亲芳泽，哪想又冒出一个老爷子，硬生生坏了我的好事！蒲天文想到这些，气急败坏，狠狠地瞪了瞪蒲寿庚，悻悻走了。

而此时，他几年前发过的那句誓言，却又重新在耳边响起——"蔡荔娘啊蔡荔娘，不把你搞到手，我死不罢休！"

蒲寿庚扶起蔡荔娘，说了几句安慰的话。他当即派人送蔡荔娘回枫亭，对她说："蔡家小姐，不，陆如夫人！你走吧，回家以后不要再去搞什么抗元斗争了，那只能是无谓的牺牲，识时务者为俊杰，如今天下大势已定，好好过日子吧。"

望着蔡荔娘逐渐远去的背影，蒲寿庚不由得又想起了陆秀夫。陆大人的威严正气让他至今十分敬畏，除非万不得已，他是不敢也不愿再去冒犯陆秀夫的在天之灵，因此今天心怀恻隐，放了蔡荔娘一马，使她免除了一难。

蒲寿庚心中感慨，嘴里冒出一句："这美貌女子，红颜薄命哪！"

庆幸的是，蔡荔娘返回枫亭不久，蔡曰忠、杨老太太也回到老宅。蔡曰忠夫妇被释放，也是蒲寿庚的主意。在蒲寿庚看来，抓捕蔡荔娘和她全家，其实就是为了警告蔡家并警示当地抵抗分子，而这个目的已经初步达到了，因为最近一段时间枫亭和兴化路一带平静多了。现在既然把蔡荔娘放了，他就要把人情做到底，留一个仁慈的好名声，因此他又去找人活动，把蔡曰忠老两口也给放了。元军头领开始并不愿意，蒲寿庚便开导说："陆秀夫的那个儿子是重要筹码，只要抓到他，就可以控制蔡荔娘一家以至牵制其他许多人，让他们不敢轻举妄动。这次既然没有抓到小娃娃，就暂且作罢，权当施放一条长线吧。"

当然，蒲寿庚也并非完全善意。老谋深算的蒲寿庚，把蔡荔娘、蔡曰忠一家人释放回去的同时，又紧接传播一些蔡荔娘已经悔过自新、归顺政府的风声，目的就是要诋毁蔡家，削弱其影响，打压义军士气和民众情绪。

蔡荔娘和父母亲劫后重逢，便赶紧寻找陆钊的下落。那天夜里，有人从蔡家门缝里塞进一封信。蔡曰忠早起看了，写的是："宝贝安然，匣中深藏；欲见真容，铜铃叮当。"

有了陆钊的信息，一家子高兴起来，顿时眉头舒展。

"菩萨慈悲！老天保佑！"杨老夫人双手合十，颤抖着向天空拜了几拜。

蔡曰忠用手压住胸口，止住了咳嗽，对夫人说："你知道吧，这是有心计的好人暗中保护咱小陆钋啊！"

杨老太太忙说道："是啊是啊，真感谢这位好人！"

"那么，咱们去接陆钋回家吧！"两位老人急欲看到小外孙。

"不行啊，陆钋暂且不能露面了！"蔡荔娘急忙阻止。她告诉父亲和母亲：官府其实对陆钋虎视眈眈，现在蔡家并不安全。如今之计，可按信中所示，悄悄找寻乡村里那个摇铜铃铛的货郎，通过他先了解陆钋情况，再观察外面动静，而后相机行事，千万不可轻易行动。

计议停当，一家人就分头去做。他们果然在"铜铃叮当"的引领下，找到那位暗中保护陆钋的好心人，蔡荔娘也得以见了陆钋一面。

这位颇有心机的好心人，留着长长的胡须，个头挺高，被乡亲们称呼"高人"——这么个称呼，大概还有比喻他心计多、心智高的寓意吧。

那天，蔡荔娘见到"高人"之时，当面就是俯身一拜，"高人"忙弯下腰去，扶起蔡荔娘，说："陆如夫人不必客气。你可知道，我为什么要救你们家陆钋呢？"

蔡荔娘摇摇头，不知如何回答。"高人"看她那愣住的样子，微微笑了。过了一会儿，才慢慢说道："我是本乡长坝村人，那年赵昰皇帝来到枫亭，驻跸锦屏山仁王院，村里乡亲争着要去瞧瞧小皇帝是什么模样，想沾点皇家的福气，大伙就在村里的仙公阁前计议，靠抓阄来决定谁有这个大幸运。我当时也是心意迫切，就偷偷在抓阄时耍了个小聪明，让所有人都没有机会，而把最后的幸运留给自己。哪知作弊手法被你父亲蔡曰忠识破，乡亲们也不依不饶。幸好，陆秀夫陆大人体谅我们这些乡下人的心情，为大伙写了通行文牒，给了众乡亲集体觐见小皇帝的机会。"

"高人"说到这里，略微停顿，似乎又回味起当时的情景。接着，他又动情地说："从此，我算是见识了陆大人心怀君国和体贴民意的情操，每每想起都深为感慨。不瞒你说，后来村里人把仙公阁改称'陆公寺'，也正是我的提议。也是从那时起，我就特别留意与陆大人有关的一切事情。那一天，当我得知荔娘你亲自出马去与许夫人接头的消息，颇觉不安，预感到这个行动一旦暴露，蔡家必定遭殃。我想：陆大人不是还有个遗孤吗？他的血脉可不能有什么三长两短哪！于是假装货郎，找到塔斗山你家门口去叫卖，趁机把小娃娃偷来，装进箩筐，赶在元军到来之前迅速逃离了老宅。因为乡村里也有官府的探子，我就把小娃娃巧妙地打扮成小菩萨，隐藏在仙公阁的神像背后，终于渡过了一难。"说完，他捋着胡子，有点得意地笑了。

"谢谢！多谢！"蔡荔娘一边聆听"高人"叙说，一边不停说着感激的话。"高人"提及陆大人，蔡荔娘心中自是泛起一阵波澜，不禁默默念叨：德哉陆郎！咱小陆钊平安无事，多亏了乡亲搭救，也多亏了你积的阴德啊！

"不过，你是怎么知道我要去会见许夫人的？"蔡荔娘脑子一激灵，这可是核心机密啊！因此她脱口而出，向"高人"问道。

"哦哦，这个我也说不清，大约一半是我猜测，一半也是神灵指点吧。"见蔡荔娘疑惑，"高人"继续说道："那天夜里，我在仙公阁里烧香磕头敬奉仙公，实际上是为义军和你们蔡家祈福。当时有些累了，就打了个盹，迷迷糊糊中感到身边有什么动静，睁眼一看，发现供桌上多了一张黄符，上面墨迹未干，写着两行字：奇女子有险终脱险，弱小儿有难应避难。我一惊，四顾并无半个人影，心想这分明是仙公显灵，指点我去救人嘛！"

"真有这等奇事？"蔡荔娘也感到惊讶。

"说奇也不奇，其实还是凡人所为。我事后仔细揣摩那几个字，发现原来是安空和尚的笔迹。他常在路头街尾写些疯疯癫癫的话，不过说得都很准呢！"

蔡荔娘听着，暗自思量："那么，安空和尚又是怎么知道的呢？这个神通广大的好心和尚！"嘴里说道："如此说来，这安空和尚的确也是用心良苦，荔娘也诚心感谢他！"

说话间就到了仙公阁——陆公寺。为了不被陆钊发觉，免得他吵闹要回家，蔡荔娘只能躲在暗处偷偷窥视。"高人"走近躲在供桌后面的陆钊，给他送些糕饼之类的食物，再次告诫他"只要有人来或者听到狗叫等任何动静你都要像木头人一动不动",说着就退到一旁。蔡荔娘看到陆钊的脸上涂着油彩,可能是流了眼泪又用手去摩擦的缘故,脸上呈现出一片花花绿绿,身上披了一件绣着花鸟、镶着花边的黄色外衣,头上还罩着一个大帽子。蔡荔娘心想:"如果这小家伙肃静不动,乍看上去还真像一个小菩萨呢!但不知'高人'给他扮的这个小菩萨是什么神仙、叫什么名字?当然,这是个什么菩萨都无所谓啦,只要宝贝儿子平安就好!"那陆钊只顾吃食,全然不知日思夜想的妈妈就在眼前。蔡荔娘眼睛紧紧盯着儿子,强忍着不敢叫出声,而眼泪早已扑簌簌流了出来。这幕情景,"高人"全看在眼里,这位刚毅果敢的七尺男儿,也禁不住鼻头一酸,两行热泪夺眶而出,泪水顺着长须,一滴滴落到地下。

蔡荔娘被捕又被泉州官府护送回家的消息很快在枫亭传开了。不多时,街坊上就有人议论:

"奇怪啊,黄鼠狼送鸡回家,这不冤家变亲家了?"

"听说她在泉州投降了,不再与当今官府作对了,所以才被释放回来。唉,这蔡荔娘终于还是和蒲家走到一块去了!"

"听说蒲家二公子还要纳她做小妾呢。"

"怎么又是小妾?敢情她天生就是当小妾的命?"

"自古红颜多薄命。如今看来,我蔡荔娘也难于逃出这宿命。年轻轻就失去了相亲相爱的郎君,时至今日,还被臭鼻公子盯上、缠上,真是命苦。而且,在泉州受到欺负凌辱不说,回到枫亭还被一些不明就里的街坊邻居们误解和嘲讽,最要命的是还被说成投降、变节!"想到这些,蔡荔娘内心痛苦极了,捧着陆相公的遗像又痛哭了一回。

"闲话莫听,误解也好,嘲讽也好,甚至有人造谣污蔑也罢,都由它去吧。眼前最重要的是全家的安全,特别是要保护好陆钊。他这次没有被元军抓去已是万幸,以后再不能让他有丝毫闪失了,不然如何对得起陆大人哪!"蔡荔娘知道,蔡家支持义军和参与资助许夫人的行动,深深触犯了元政权的神经,必定为他们所不容,这一抓一放也许隐藏着诡计,元军和蒲寿庚也并非真的就善罢甘休了,还有蒲天文那浪荡公子也少不了还要纠缠,事到如今,三十六计走为上,看来只有远走高飞了!

蔡荔娘先是安排父母亲去外地躲藏,可是蔡曰忠并不同意,他和夫人杨氏都要留下来,为荔娘做掩护。蔡曰忠认为,塔斗山老宅既然暴露了,元军必然继续关注。他紧紧拉着女儿的手,说:"荔娘你想想,我们全家都走了,老宅关门闭户的,他们不就更怀疑?再说,义军有事找不到我们商量和帮忙,对抗元大局也不利嘛!还是你带上陆钊快快走吧。"蔡荔娘怎么说都拗不过老人家,只好作罢。她搂着父母亲,三人默默地呆坐了一会儿。

趁着天黑,蔡荔娘到仙公阁接回陆钊,带着他走了。

就这样,蔡荔娘告别病中的父母,重又浪迹山野,再次过起了流浪和潜藏的生活。而与几年前有所不同的,则是小陆钊由肚子里怀着的胎儿,如今已经变成了蹦蹦跳跳的孩童。

蔡荔娘把儿子绑在背上,一手挽着包袱,一手拄着木棍子,连夜离开枫亭。母子俩沿着当年何氏九仙北行的路线,翻越梅岭头,渡过木兰溪,远远绕过仙游县城,经坝下、仙水桥,迂回曲折地逃往九鲤湖。

九鲤湖是闽中名胜,位于群山连绵的何岭之上,以湖、瀑、洞、石四奇著称,尤以九漈飞瀑为最,素有"九鲤飞瀑天下奇"之美誉,与武夷山、玉华洞并称"福建三绝"。更吸引人的是这里的"仙公送梦",灵验得令人叫绝。只是如今这蔡荔娘,既无心欣赏美景,也无意祈梦求仙。她专挑僻静的地方走,过了通仙桥,闪过九仙祠,来到一片悬崖峭壁前。

峭壁上刻有"天子万年"四个大字,乃隆兴元年(1163年)进士、兵部侍郎陈谠所书,寓意九鲤美景与赵宋皇朝一样万年永驻。蔡荔娘抬头朝题刻看了一眼,那四个朱红色的大字,依旧红艳,在黄昏的山石间骄傲地张扬着它的苍劲和雄浑,可她的心里却像被什么狠狠戳了一下,好一阵剧痛。蔡荔娘忍住了眼泪,心里想道:如今皇朝倾覆、江山易主,大宋子民惨遭蹂躏,就连自己和陆钊这样的朝廷大臣的遗眷,都要到处流浪躲藏,仓仓皇皇如丧家之犬、惊弓之鸟,还说什么"天子万年"?分明是天道无常,世事难料嘛!她满腔酸楚,化作了"嘿嘿"两声苦笑。随之,她警觉地环顾一下四周,便从峭壁下的缝隙之间钻入山洞。

几天以后,九鲤湖来了一批搜山的人马。果然,这正是蒲天文的手下。那天蔡荔娘被蒲老爷子送回枫亭后,蒲天文越想越不甘心,竟彻夜不眠。他是个从不服输的人,自己看上的美人儿得不到,他岂肯罢休!第二天,便又偷偷指派几名心腹北上跟踪,伺机抓人。他想,把事情做得隐秘一些,老爷子是不会知道的。

搜山的人马踏过一道道山梁,钻进一个个山洞,也把九仙祠里里外外翻了个遍,但他们并未找到要找的人。山上曾有砍柴的老汉见过一个老妇人模样的乞丐,沿着养气亭前的石阶往山下的深涧走去,但任凭那帮人如何逼问,这位老樵夫只是不停地摇着头、摆着手,装聋作哑,并不吐露半个字。

扮成老乞丐的蔡荔娘,带着陆钊早已经离开了九鲤湖,他们只在石洞中住了两天。第一个夜晚她太累了,一觉睡到天亮。第二天晚上她转移到另一个山洞歇息,就看到白发仙公走进洞里,对她说:"此处不留人,自有留人处。一百里外有蓬莱,可保你母子无虞。你快快走吧!"仙公伸手往东南方向挥去,露出掌心两个字"雌山"。荔娘早上醒来,回味夜间情景,知道仙公是指示她赶快逃往嵩山。因为据里人相传,壶公山的倒影映入东海,恰与嵩山的海中倒影相交接,合为雌雄。壶公山是雄性,"雌山"自然是指嵩山了。

仙公所示,与蔡荔娘不谋而合。

其实,蔡荔娘本来也是属意嵩山的。之所以来九鲤湖,正是声东击西。为了甩掉暗处的盯梢,她故意绕大圈子,由南而北再折向东南,绕山岭过海峡,遮人耳目罢了。只是仙公这么快就赶她走,则是她没有料到的。她知道情势不妙,只得乔装打扮,变成了一个流浪讨饭的老太婆,带一个小乞丐,换一条路下山去了。

九鲤湖的仙梦很灵,仙公有求必应,也是有求才应,所谓"心诚则灵"。可是,蔡荔娘并未祈梦,而为荔娘指路、引导她避凶趋吉的白发仙公,也并不是此处闻名的何氏大仙,其实乃安空和尚所扮。这位和尚说来确是个怪人,或者说是个不寻常的出家人。他立身佛门,却能够眼观六路、耳听八方，时刻注视尘世间风云变幻，并以其特有的神秘方式，给人们启迪和警示。不过，安空和尚的许多作为，似乎大都与蔡家有关，特别是对蔡荔娘，他曾经暗中出手解除了她的某些困厄。只是，在此之前他并不敢过多地出现在蔡荔娘周围，因为作为出家人，他怕引起人们不必要的误解。而如今，他得知蔡曰忠老弱多病，"老牛"已无力"护犊"了，为了蔡荔娘母子安全，已经到了他不得不直接出马的时候了。他想，自己应该去接替蔡曰忠老人家挑起这个担子了。因此，他一路悄悄地随护母子俩，并假扮仙人"显灵"为蔡荔娘指引前程，让她尽快脱离险境。当然，对于这些，蔡荔娘并不知情。

荔娘母子渐渐远离了九鲤湖，九漈瀑布雄浑的轰鸣也越来越轻了，就要听不见了。忽然，一阵歌谣传来，随风飘忽着。蔡荔娘细听，是成年男子的吟唱，她隐隐约约听到了几句：

颠颠倒倒倒倒颠，

翻翻覆覆覆覆翻；

风风雨雨无时尽，

山山海海变了天。

那吟唱之声虽然悲凉却又十分高亢，好像故意为了招呼或吸引什么，又像是为荔娘母子俩送行。蔡荔娘感激地向山上回望一眼，便加紧脚步赶路了。

第十八章　嵩山风物总关情

嵩山是湄洲湾畔醴泉半岛最高峰，山头小巧玲珑，西北面石崖陡峭，东南为斜坡，延伸入海，退潮时才有小路可登山。在这极度偏僻的地方，除了数座寺庙、几位僧尼以外，几乎无人来往，而现在因连年战乱，寺庙冷清，僧尼也大都逃散了。不过，唯其如此，才能安全。当初蔡荔娘把陆大人的衣冠冢设在这里，既是让他故地重游，让他回到熟悉的环境，聆听熟悉的涛声，而秘密不为人知、以保安全无虞，则更是她的主要考量。

蔡荔娘带着陆钊好不容易上了嵩山。北风呼啸，树木凋零，衣冠冢周围的藁草干枯了，发抖似的在风中摇晃。几只麻雀、喜鹊之类的小鸟在草丛里跳来跳去，觅食其间的草籽。正好有一只高高的白鹤，站立在那堆冢头之上，引颈张望天空。见到蔡荔娘慢慢走近，白鹤和小鸟们似乎并不惊慌，只是静静地退到一旁去，继续做它们的事情，山顶上依旧是一片冷清。触景生情，蔡荔娘免不了心生凄楚，伏在冢头上一阵痛哭。哭过之后，她就在旁边的背风之处，用树枝、茅草搭起一间小屋，作为自己和陆钊的栖身之所。她对陆大人说："相公呀，您不会寂寞了，从此以后，陪伴您的不只有闲云野鹤，还有我们母子俩。"

茅草房旁，几块石头支起的一口小铁锅里，熬着一点马齿苋、山薯叶、蒲公英、车前草之类的野菜。上山来已有一段时间了，随身带来的一点食物早已用完，蔡荔娘只能就地取材，到树林里、岩石间去寻找可以充饥的东西。起初还可以找到一些松仁、木耳和菌菇，运气好的时候还能捡到几个鸟蛋，只是这嵩山毕竟过于狭小，物产实在太少，如今不但稍有营养的东西难于寻觅了，就连野果和野菜也越来越稀少了。

蔡荔娘舀起一小碗野菜，把陆钊拉到身旁，一口一口喂着他吃。可能是野菜老了些，也可能是车前草的苦味太浓了，小家伙实在咽不下去，突然吐出一口，"噗"的一声掉到地上。蔡荔娘气急了，拍了陆钊一巴掌："傻孩子，你怎么能把它吐了呢？"一边说着，一边捡起来往自己嘴里塞。

陆钊的脸上冷不防被妈姆打了一巴掌，痛得"哇哇"哭了起来，直哭得一哆嗦一哆嗦的。蔡荔娘心软了，伸手把儿子揽在怀里，摸着他的小脸，说："乖乖，不哭了，不哭了！不是妈姆忍心打你，是你实在太不懂事了。儿子啊，你哪知道，这可是我们的救命粮草呀！"陆钊不哭了，似懂非懂地眨巴着眼睛，盯着妈姆看。他看到妈姆的脸上流淌着两行泪水，一点一点滴了下来。忽然，他竟然开口说出这样的话："妈姆不哭，我已经知道了。"

蔡荔娘惊讶："儿子你知道什么？"

"我知道这种菜是好东西，能吃的。如果不吃，会饿的。"小陆钊说完，用手指从碗里抓起两根野菜送进嘴里，又抓了几根递给母亲，说："妈姆你也吃。"

"妈妈不吃，留给宝宝吃。"

"不，我不让妈姆饿死！"

"妈姆不死，妈姆不会死。宝宝吃吧，宝宝还要长大呢！"

"妈姆也吃，妈姆也要长大。"

蔡荔娘听了一愣，随即紧紧抓起陆钊的小手，说："好，好，妈姆也吃，咱俩一起吃。"

看到陆钊这回把野菜咀嚼得津津有味，她微微地笑了，温暖而苦涩。

风寒地冷，缺衣少食，荒山野岛的清苦生活，不久就把母子俩撂倒了，蔡荔娘和陆钊都变得面黄肌瘦。小家伙又闹起了胃肠疾病，常常又拉又吐，夜里还会惊悸抽搐，已经变得皮包骨头。蔡荔娘找了些草药给他医治，但并无效果，眼看着命悬一线了。"老天爷呀，你可不能灭了陆氏这条根啊！"焦急、惊惶而无奈的蔡荔娘，只有向天哭诉。可是，在这几乎与世隔绝的地方，叫天天不应，叫地地不理，怎么办呢？

"千苦万苦，不要苦了孩子，更不能耽误了孩子！"蔡荔娘心里着急，想了半天，终于想到了一条路来。她背上陆钊，转移到了嵩山西北角。她想，那里有个寺院叫"嵩山护国院"，或许可以得到寺僧的帮助。果然，护国院新任住持不但仔仔细细为陆钊看了病，还送给母子俩一些粮食、蔬菜和药品。而蔡荔娘看到寺院冷落，僧衣破旧，知道他们也很困窘，就把身上仅有的一点银两都掏出来，投进大雄宝殿前的那个功德箱。

　　这新任住持是个不到三十岁的年轻和尚。他为什么如此热心相帮、细致照料？原来，他就是安空和尚。人们常说"破庙穷方丈"，安空和尚却不嫌此处贫困，托人找关系，费了许多周折才争取到了这个破落寺院的住持"宝座"，其实就是一念未了：抵近去帮助蔡荔娘，力保他们母子平安。

　　母子俩就在寺院附近的一个岩室里居住。这个岩室叫"仙姑岩"，据说是唐末五代时期的仙姑陈靖姑修道练功和煮药炼丹的地方，室内案台上还摆放着一尊她的樟木神像。陈靖姑生于福州下渡，嫁到古田，而祖籍也就是她父亲的家，就在嵩山北麓的竹林村，离此处不过几里路。陈靖姑同情百姓疾苦，立志为民除害，特别热心助产护胎，保育孩童，在莆田、福州、古田、罗源、温州等地做了许多善事、好事，死后被人们尊奉为神，专司人间生儿育女、传宗接代。太宗皇帝赵光义曾向陈靖姑求嗣，并在皇子赵恒出生时为仙姑岩赐额"顺懿"，还亲笔题联曰：揭石显危滩，行见利民舟楫；登堂怀旧德，以能保我子孙。后来皇子赵恒继位当了真宗皇帝，就又褒封陈靖姑为"太乙仙姑""注生娘娘"，同时也题写了联句：千家父母求子息，万户儿童保安康。

　　大宋皇帝希望陈靖姑保护赵宋皇室世代传承，希望其治下的黎民百姓千家万户延绵不绝，而现在，宋室忠臣陆秀夫的遗孀遗孤就栖身在仙姑岩里。蔡荔娘在太乙仙姑陈靖姑神像的脚边整理出一小块地方，垫上干草，作为母子俩的床铺。她仰头望着陈靖姑，心里默念：仁善慈悲的仙姑娘娘啊，但愿您能保佑我们母子平安无恙，保佑小陆钊健康成长！

　　转眼冬去春来，几场春雨过后，大地滋润，风儿也吹得温和多了。山崖上草木已经返青，衣冠冢前芳草萋萋，野花朵朵，红的杜鹃，白的茶花，还有那许多不知名的小花儿，竞相绽放，相生相伴地簇拥在一起。

紧接而来的就是清明节。细雨霏霏，雾霾弥漫，就像老天爷播撒着无边无际的忧愁，引发世人无限的惆怅和感慨。人们在这样的季节里纪念先祖和追思逝去的亲人，倍觉感伤，正所谓："魂断最是三月天，一齐弹泪过清明。"

蔡荔娘一手牵着陆钊，一手挽着竹篮，来到陆秀夫衣冠冢前。她把周遭的杂草拔除干净，腾出一块空地，摆上几盘果品、几碟小菜和一壶荔枝酒，还特意备了一碗炒米粉。这些东西，是她费了好大的劲儿从远处的村庄搞来的。现在陆大人有空了，她要让他慢慢享用，好好品尝。

虽然小冢中葬的只是一些衣冠，但蔡荔娘把它当作真正的坟茔，她确信自己郎君的魂灵，就在这小冢中安息。

几炷香飘着袅袅轻烟，金黄色的纸钱焚烧后渐渐变黑、变碎，化成了灰烬。

小陆钊跪在父亲衣冠冢前，紧紧盯着那块竖立的石碑，嘴里不断念叨："爹爹、爹爹，我还没见过您哪！我一直很乖的，您为什么不肯见我啊？快快出来吧，让我看一看嘛！"他头抵着地，小屁股撅得高高的，许久、许久。他认为石碑底下一定有房子，而这石碑就是房子的门；并且，他相信自己的父亲就住在石门下面的房子里，要不妈姆为什么会带自己来这里呢？

"傻孩子，你是见不到你父亲的……"蔡荔娘哽咽着，怜爱地将儿子扶起，一把搂在怀里。她又掏出那一幅丝帕，上面绣的那一对鸳鸯已经褪色，全然没有了当年栩栩如生的灵气。不过，一雌一雄前后相随、首尾相顾的亲昵样子依然清晰可见。蔡荔娘看着看着，眼睛里又充满了泪水，呜咽着轻声呢喃："说什么成双成对，说什么身伴心随，只是在那旦夕之间，这一切却统统化为乌有！老天爷啊，你竟是如此无情！"她现在忽然明白了，为什么那天小陆钊那么执拗，硬是要把两只鸳鸯拆开来数，却总是不肯把它们说成一对儿！难不成这小家伙有着某种灵通，或是他父亲给了他什么预示？小陆钊仰面看着妈姆，用小手为母亲擦去眼泪。看着他那天真无邪的模样，蔡荔娘心里一酸："我的苦命的孩子啊！"说罢，泪如泉涌，把儿子抱得更紧了。

269

母子俩搂在一起，悄无一言地蹲坐在小冢前，盯着那香火慢慢燃烧，静静地守候。一股思绪又像那袅袅烟雾，在蔡荔娘脑海里升腾起来，弥漫开去。

屈指算来，自从景炎元年（1276年）五月初五陆秀夫到枫亭宣谕《抚安闽民檄》，以及七月初七活水亭完成花烛之礼，至今已近五年光景了。"当时本来以为自己遇到了如意郎君，可以相守百年，哪知晓竟是昙花一现，露水滑过，过眼烟云而已！当年曾经有人说自己一个黄花闺女如此嫁人可惜了，那些话语至今还常常回旋在耳畔：'你看那新郎官，不仅年长许多，还漂泊无定，蔡荔娘这傻妮子呀，真真是无私的献身和奉献嘛。'不过，我蔡荔娘从不后悔，生逢乱世，能得一英雄为知己，足矣！为陆大人抱衾荐席、延续宗支，既是天命，也是人意，要说奉献、献身，自己心甘情愿！烽火连天地，生死共一场，郎君虽远逝，情义心中藏。我要永远记得陆大人的情、陆大人的爱，要把陆大人留下的骨肉好好养育，决不辜负他的心意。眼下是很苦，今后也会很苦，但再苦不能苦孩子，我就是拼个千辛万苦，也一定要把陆钊拉扯大，培养他长大成人。相公啊，您就放心吧！"蔡荔娘含泪对陆大人说，也对自己说。

自从蔡荔娘母子住进仙姑岩，岩石前不远处的小道上，偶尔会出现一个年轻和尚的身影，那身子骨并不厚实，一袭褪色的袈裟罩在他身上显得宽宽绰绰。不用说，他就是护国院住持安空和尚。这天，安空和尚去山外的村庄化缘，好心的施主送给他一袋黄豆，他便借机绕道经过仙姑岩。在一棵大树下，安空和尚把布袋从肩上卸下来，靠着大树歇歇脚。他站在树干后的隐蔽处，偷偷往仙姑岩看去，果然看见那个石屋里走出一个女子，在岩石旁忙碌着，那正是蔡荔娘。他再细看，原来蔡荔娘是在挖地种菜。只见她弯着腰，手握一把锄头，忽上忽下，不停地挥动着。一会儿，又见她拄着锄头直起身来，用手拢了拢额前的头发，用衣袖抹去脸上的汗水。安空和尚看了，鼻子里一阵发酸，心里想："荔娘啊，你那白白嫩嫩的纤细小手，怎么干得动这等粗活！"他真想走上前去，帮蔡荔娘一把。但他还是克制住了，转身走开了。临走之前，他把黄豆分出一半，用小袋子扎好，走近几步，用足劲朝仙姑岩抛了过去。

　　有了护国院寺僧的帮助，荔娘母子俩的生活虽然依旧十分清苦，但也渐渐稳定下来。她在岩石间开辟了几小畦土地，种上一些蔬菜、瓜果，多少也有一些收获，可以给儿子调剂伙食。看着陆钊身体逐渐恢复，蔡荔娘脸上也浮现出了一些笑容。

　　一天，蔡荔娘把陆钊哄得睡着了，正要歇息，忽见门外飞来两只雉鸟。雉鸟俗称山鸡，雄的体型大些，羽毛华丽，还拖着长长的尾巴，雌鸡体型较小，尾巴短促，全身呈砂褐色。这一雄一雌两只山鸡像捉迷藏似的奔跑追逐，长尾巴的那只老是围绕短尾巴转圈子，猛地一个扑腾，双爪就站到雌鸡的背上，就像剽悍的勇士骑上了战马，还得意地"呱呱呱"直叫唤，接着就用嘴巴去啄住对方的鼻、冠——那是为了保持身体平衡。蔡荔娘知道这家伙在做什么，因为小时候她见过家里一群公鸡母鸡的把戏，也曾听到邻居孩童偷偷唱的那些让人脸红心跳的儿歌："鸡啄鼻，狗交尾，阿叔阿婶面对面，满地蜗牛嘴咬嘴。"

　　蔡荔娘竟然饶有兴味地看着。那只雌鸡起初是紧紧夹着尾巴，尽量躲着不让长尾巴的雄鸡靠近，待到被骑上之后又用力挣扎，几下子就把雄鸡甩落下来。蔡荔娘不禁苦笑：小小山鸡，你这是为谁保守贞节嘛！

　　雄鸡被甩之后并不甘心，依然紧盯着对方，张开美丽的翅膀，长长的尾巴也高高翘起，随时准备发动新的进攻。雌鸡也依然谨慎防守，灵活地躲闪退避。一进一退之间，战场已转移到一片草丛，不想惊起了草丛间的一对野兔。兔子们显然正在做那"好事"，这时尾巴还挨着尾巴，惊惊慌慌地跑掉了。

　　触景生情，山鸡、野兔的嬉戏勾起了蔡荔娘的心绪。年轻的她不由得黯然神伤：尘世间再普通的生灵皆有生命和情欲，何况我一个活生生的人！只是，随着陆郎离去，自己恰似暴风中的花朵，过早枯萎凋零，几年来已经远离了那种情爱。但自身毕竟还是个女人，毕竟还属青春年少，少不了也有七情六欲啊！只是这情欲，只能属于陆相公一个人。如今陆郎不在了，这情欲也就不该……纵然有情，又该情归何处？唯有压抑和坚守了！

"唉，认命吧，这都是命啊！"蔡荔娘深深叹了口气。她又想起莫明为自己算命的事，心里想：我蔡荔娘这些年经历的何止"三灾四险"！一个丧夫亡家之人，如今还敢有什么奢求？她戚戚然转回屋里去，两颗泪珠早已在眼眶里打转。

这一夜，她梦见自己变成了那只小小的雌鸟，而伴在身旁的彩色长尾巴的华丽雄雉，正是陆郎化身。可是，让她醒来后还觉得奇怪的是，梦境中同时变成彩色雄性雉鸟的，竟然还有咄咄逼人的蒲天文、同窗好友李春牛和悄然隐去多年的莫明大哥。"这是怎么啦，荒诞的怪梦！"蔡荔娘苦笑着摇头。

世间之事变幻莫测，无奇不有。时隔不久，蔡荔娘听到了一个惊人的消息：陆大人没死，小皇帝赵昺也没死。他们跳进大海之后，被海浪卷出水面，一块船板托着他们，漂到了一个荒芜的小岛。他们就在岛上栖息下来，靠小鱼小虾和野菜草根度过了一些日子。待到人们发现之后，他们突然又不见了。几年来，广东、福建沿海一带不断有人传说看到这两个人，元朝官府闻讯也曾经寻访抓捕，但每次都是扑了个空……

这个消息，是蔡荔娘带陆钊去远处村庄找郎中治病之时，听一帮村民议论的。她十分惊讶，心里嘀咕："看这些村民都是纯朴诚实的人，并且也不可能得知我就是陆大人的侧室蔡荔娘，他们这么说，应该不是有意来哄骗我的吧？"路途中，她还听到有人传唱童谣，其中几句清清楚楚地飘进了她的耳朵："陆公不死，赵昺重生，风云聚散，自在缘中。"

这个做梦都想不到的好消息，自然在蔡荔娘心中激起阵阵波澜。她兴奋极了：赵昺小皇帝没死，宋室不就还有希望吗？陆大人还在，自己的相公还在，这不正是自己最大的梦想吗？本来，自从与陆郎太平港离别之后，自己就养成了动辄入梦的习惯，而崖山海战几年来，更是常常陷入幻想和梦境。多少个白天黑夜，我蔡荔娘都是在想他和梦他之中度过的，梦里梦外，已数不清见到他多少回了！然而，虚幻终归虚幻，每当清醒之时，面对的依旧是陆郎的遗像，和那孤零零的衣冠冢！如今，忽然冒出的这个消息，又到底是真是假？如果是真的，陆郎总有一天会回来找寻我们母子的！或许苍天有眼,让我们一家人真的有团聚的那一天,让陆钊这苦命的孩子,真的能见到他天天叫唤的爹爹!

蔡荔娘并不轻信,但又盼望奇迹出现……

她这么想着,就又多了一份念想,羸弱的身躯上,似乎也多了一些力量。

还有更奇怪的事:自此以后,蔡荔娘接收到的生活救济渐渐多了起来,仙姑岩旁,隔三岔五就会有人悄悄搁下一些米面糕饼和水果之类的食物。母子俩的日子好过了,小陆钊的营养也有了保障。蔡荔娘对此既感动,又百思不解:这是因为什么?莫非与赵昺皇帝和陆大人没死的那些传闻有关?难道人们真的相信救宋还有希望,因而关心起前朝故臣的遗眷?

俗话说"鸭蛋再密也有缝",还说"天下没有不透风的墙",蒲天文派出的心腹不断地明察暗访,终于打探到蔡荔娘藏匿在嵩山的秘密。

这几年,蒲家也发生了变化,蒲寿庚年老多病,已经渐渐不再管事,其政商大业管理也由大公子蒲师文接手了。蒲天文摆脱了老爷子的约束,兄长又管不了他,就更加自由自在、我行我素了,在蔡荔娘的事情上,也可以无所顾忌了。蔡荔娘这女子,是他的心愿,也是他的心病,他常常会想:我一个堂堂大男人,连一个小女子都搞不定,将来在泉州还怎么混?再说,自己当年不是发过"不把蔡荔娘搞到手死不罢休"的誓言吗?今生如若食言,是多没面子的事!大丈夫一言既出驷马难追,我就不信蔡家小女子能逃得出我的手掌心!

这一回,天生一副争强斗胜禀性的蒲天文,决定亲自出马了。

蒲天文带了几个随从士卒,乘船直抵湄洲湾内的嵩山脚下。

"快,快!"蒲天文指挥众人散开队形,从下而上搜索。

安空和尚在藏经楼上习惯地往山下和海边眺望,一眼望见一群人往山上急急走来。气势汹汹,来者不善啊!他马上赶到钟楼撞了三下大钟,又到鼓楼敲了三下大鼓。

钟鼓报警,这是护国院与蔡荔娘早已约定的。这个时候,蔡荔娘和陆钊正在树林里捡蘑菇挖野菜，听到三下钟声后又是三声鼓响，赶紧躲进大岩石下的一个洞穴里。洞穴的口部极小，周边杂草丛生，十分隐蔽，不明底里的人是很难找得到的。

蒲天文一行山下山上都找不到人，马上联想到那一阵奇怪的钟鼓声响：又不是早晨和傍晚，撞钟敲鼓做什么？因此，他们料定这个寺院与蔡荔娘有联系，就把寺院包围起来，要诸位僧侣供出蔡荔娘的下落。

安空和尚与僧人们只顾诵经，并不理睬他们。蒲天文急得大叫："你们听好了，我们是来抓乱贼的！蔡荔娘暗通匪寇、抗拒官府，现在肯定是被你们窝藏了，如果不交出来，我就烧了这寺院！"

蒲天文话音刚落，果然就有几个走卒动手点燃了火把。

嵩山护国院建于宋徽宗大观元年，并由朝廷赐额命名，已有一百七十多年历史，岂能毁于一旦？众僧侣顿时紧张起来，怎么办呢？

菩萨慈颜，魔鬼狰狞。在佛家眼里，蒲天文假公济私，为图自身淫欲，连落难之人都不放过，活脱脱就是一个恶魔。此刻，这恶魔张牙舞爪，耀武扬威，看样子是什么事情都做得出来的，一场灾难一触即发。

就在这时，安空和尚忽然心中掠过一个念头，踌躇了一会儿，终于还是拿定了主意。只听他开口说道："阿弥陀佛！施主且莫动怒。蔡荔娘已带儿子去湄洲岛求医，我可带你们前往寻找。"

"那好！若是找不到人，我就拿你是问！"蒲天文把安空和尚带上船，押着他向湄洲岛疾驶而去。

"住持此去，凶多吉少啊！"僧人们都为安空和尚捏着一把汗。

果然，船只行驶到砾屿门海面，就出现了变故。一阵狂风突然扑过来，在船头船尾盘旋，紧接着，一阵又一阵地刮得更猛，好像要把小船抓起来再往下砸。全船的人都趴倒在船舱里和甲板上，唯有安空和尚扶住桅杆，对着狂风大喊："人生一世间，忽若风吹尘；我欲借狂飙，三魂归太真！"喊了两遍，又仰天"哈哈哈"地大笑起来。蒲天文见状，急得大叫："你疯了！快快去把舵啊！"

风大浪急，船只摇晃了一阵，就快速倾斜，不多时就沉到海底去了。原来是安空和尚趁别人不注意，把船底弄破个洞，海水灌进船舱，加上海面风势加大，加速了船只下沉。

船上的人全都落到海里。蒲天文和他的随从士卒们在水里拼命扑腾，挣扎着要往砾屿岸边游去，但因风浪太大，他们根本游不动，只是在海面上浮浮沉沉。安空和尚事先在身上绑了一副充气皮囊，这时得以轻易地漂浮在水面上。他手里抓着一把船桨，看到有谁浮起身来，就对着他的脑袋狠砸几下，直到将其打沉下去，就这样接连打死了好几个蒲天文的士卒。蒲天文见状，憋足劲游过来与安空和尚搏斗，两人紧紧扭打成一团，终于一起沉入海底。

一个慈悲为怀的出家人，一向以救苦救难、普度众生为己任，如今却做出残害生命的举动，确也是迫不得已。可叹这位深明大义、豪放善良的年轻和尚，为了保护忠良遗眷，保全皇赐古寺，也与蒲天文这等淫恶之徒一起葬身鱼腹，同归于尽了！

蔡荔娘参加了嵩山护国院超度安空和尚的法事。

一位莆田广化寺特地前来主持法事的老僧，郑重地向大家介绍安空和尚的身世：安空和尚其实是一位书生。其父是盐茶巨贾，因遭人陷害致死，生意破产，家财散尽。书生年少时曾与一乡绅之女订立婚约，家道中落后母亲迫于无奈，欲向乡绅借钱度荒。哪想乡绅不念旧情，反而将女儿另嫁富豪。母亲气急攻心，不久即一命呜呼。孤苦无靠的年轻书生于是更加发愤攻书，于次年乡试得中举人。考取功名后，可能是出于礼节，也可能是为了炫耀，书生竟鬼使神差前往乡绅家拜访。哪知此时乡绅之女因新郎猝死已回归娘家，这乡绅即以少时婚约为名，说什么书生与其女儿才是真正的姻缘，逼迫他们成婚。对这等势利小人，书生岂肯服从！不想该女子恼羞交加竟然当场拔剪自尽，书生扑救不及，反而弄得血染双手及衣襟。乡绅立即报官，诬其杀人。此等蹊跷之事谁能说得清楚？书生自然慌了神，功名就别想再要了，三十六计走为上计，赶紧开溜吧。于是化装潜行，假以算命之名流浪躲藏，及至贫病交加，卧倒路途。幸得一恩公搭救，并结义成为螟蛉之子。书生来到恩公家中，见到恩公女儿才貌超群、品性高雅，十分羡慕，认为这才是自己心目中理想的另一半，但他深知以这位义妹的美貌和聪慧，日后必得婚配非凡之人，自己并无此福分和缘分，与她注定仅有义兄义妹的名分。他感叹于苍天造物弄人，十分沮丧，思想再三，决定不辞而别，出走远遁，意欲让距离告别思念，让时间冲淡烦恼。可是，离家出走一段时间之后，他发现自己不但放不下这份情感，反而陷入更大的痛苦之中。于是某一天，他来到寺中求问于佛，恰遇贫僧，贫僧我只得点拨他皈依佛门，斩绝万千烦恼丝。书生幡然领悟：六根清净，四大皆空，才能彻底断绝这个念想。同时，他也料定那位恩公的女儿逃不出"红颜薄命"的运数，她的气质与天赋注定她必将与某个非凡人物产生不寻常情缘，但也必将因此而给她带来三灾四险，出于感恩和对义妹的怜爱，他必须尽力保护她，而唯有出家，必要时或许更有可能相助一二。因此，他听从了贫僧的规劝，毅然转身走进佛门。那一日，书生就在广化寺剃度为僧。他经过一段时间的苦心修炼，并将面貌和形体作了一些修饰改变后，便以安空和尚之名云游四方扬法行善去了……只可惜，这安于空门的和尚，还是卷入了太多的尘世恩怨！

蔡荔娘越听越觉得奇特，越听越感到熟悉，忙打岔问道："这书生是不是就叫'莫明'啊？"

"正是，因为他深感家身飘零、世事无常，对人世间玄机奥妙看不清楚、弄不明白，故在被那位恩公搭救之后，就改称'莫明'。"

"啊，果真是莫明大哥！我怎么就没有认出他来？"蔡荔娘击掌叹息。不过，她想起来了：数年前自己初到护国院求助之时，安空和尚与自己相见的眼神似乎躲躲闪闪，给陆钊号脉诊病的手竟有些抖抖索索；再者，那次在九鲤湖养气亭经过的时候，曾经看到远处隐隐约约闪动一个和尚的身影；还有，赤岭村河边突然出现的那一根救命的木头，和仙公阁里那一张灵异的黄符……

老和尚继续说道："这卷入尘世恩怨的安空和尚啊，甚至不避忌讳。不知出于什么目的，他居然附和民间传闻，编织了一个善意的大谎言，说什么前朝皇帝和宰相都还活着！哦，你们看看！"老和尚从怀中取出一页纸张，一边说："这是老衲从山下一个村庄里捡到的。"众人一看，只见上面写着:"陆公不死,赵昺重生,风云聚散,自在缘中。"

蔡荔娘一眼认出,那果然是莫明的笔迹。至此,一切的一切,她全明白了!

"莫明大哥,我的好哥哥啊!"这一刻,蔡荔娘顾不得佛堂清静庄严,呜呜呜痛哭起来。思念、感恩、强烈的不舍、无尽的哀伤,化作滔滔泪泉,滚滚而出,飘飘洒洒……

元朝初期各地人民的反抗斗争持续了二十多年。陈大举、许夫人和闽北黄华等各路义军相继失败后,又发生了广东循州畲族钟明亮起义、浙东宁海杨镇龙起义、漳州陈机察起义和仙游县朱三五起义等事件,直到至元二十八年(1291年),福建行省还在不断组织兵力,对漳州境内的义军进行讨伐。

平定了各地的反抗力量后,元朝政权终于稳定下来。为了粉饰太平和扩大统治基础,朝廷大举招贤纳士,征集各方面有影响的人物。当然,他们也没有忘记名闻天下的宋朝忠烈陆秀夫。延祐元年(1314年),朝廷派遣宣抚使李文虎前来兴化路,寻访陆秀夫后裔,终于在枫亭探知到陆氏遗孀蔡荔娘和儿子陆钊的下落。

这一天,太阳刚刚从海面上露脸,李文虎等一干人等就来到了枫亭。找到陆氏后裔,令李文虎喜不自胜,他急忙忙找上门来,就是要按照朝廷旨意,录用陆钊入朝为官。这时陆钊已是三十多岁的青壮汉子,虽然幼年时流离颠沛,藏匿隐居,但由于有坚强刚毅的母亲的辛勤养育和悉心教导,却也长得一表人才,且精通诗书,通晓大义。蔡荔娘为他娶妻成家,一家人回到枫亭,安心耕读,日子倒也过得平静安和。如今元朝官府意图聘用陆钊,这件并不平常的大事体,也依然没有搅动他们的平静。

在蔡荔娘和陆钊居住的房舍前,李文虎一行吃了"闭门羹"。李宣抚使只得隔门喊话:"我们诚心登门求贤,机不可失啊!荣华富贵就在眼前,还望陆公子三思。"

接着,又有人凑近大门,对着屋里面娓娓劝说:"时势变了,天下已经大同,但请老夫人放眼四海,从长计议!"

任凭李文虎和他的随从们说尽好话，蔡荔娘和陆钊就是闭门不开，也并不答话。

李文虎们说得其实没错。此时的情况已经发生了很大的变化，好多人已经转变思想观念，接受了改朝换代的现实，不再与元朝政府为敌，并且习惯了做这个新王朝的子民，可以说是时过境迁，天地轮回，华夏大地各民族出现了新的融合之势。就是在枫亭，也有出仕当官和入朝为妃之人，例如：塔斗山北麓秀郊村学子林亨在贤母朱氏悉心培育下考取了状元，成为朝廷命官；塔斗山东麓后肖村姑娘肖丽蓉被选入宫中，当了元朝皇帝的妃子。而这两桩事，也应验了几十年前塔斗山上出现的"塔北状元妈、塔东帝皇妃"的预言。但是，正如"有人星夜赶科场，有人辞官归故里"一样，人各不同，人各有志。忠贞成性的荔娘母子俩，自有他们的心思。

陆钊与母亲面对面坐着，各自沉默不语。屋外，李文虎们似乎不达目的不罢休。如何应对？陆钊拿眼望着母亲。蔡荔娘紧闭的双眼突然睁开，似是自言自语，又像是询问儿子："乌鸦有反哺之义，羔羊有跪乳之恩；竹子有挺拔之节，寒梅有凌霜之志。作为大宋重臣陆秀夫的嫡亲后裔，能去躬身仕元吗？"

母亲的声音沉稳、轻细，而在陆钊听来却是那么铿锵有力，他心中本已有谱，现在听了母亲此言，便紧接着应答："不可，不可，儿子亦知此事自是不可！"

蔡荔娘点点头："是啊，受聘当官，固然可以富贵，但这显然有悖于前朝皇室恩典，也辜负了你父亲对后代的期望和他一生为之奋斗的理想，此事断不可为，决不能接受！"母子俩主意已决，坚持不见来使。

蔡荔娘和陆钊，这两位前朝大宋的子民，依然没有忘记过去。在他们的心灵深处，家仇和国恨久久未能消弭。元军带给他们的苦难，实在是太深、太重了。

李文虎一行人左等右等，就是见不到这母子俩。眼看着天黑了，忽然门缝里挤出一张纸来。李文虎急忙接过来，打开一看，是一首《却聘诗》。陆钊写的是：

>**却聘承母命，布衣自安平；丹枫照枯萱，活水依旧清。**

　　李文虎知道他们的心思，这母子俩还是不肯与元政权合作！但是，他也不便动用强求和强迫的办法，只是摇头叹息。

　　万般无奈的李宣抚使，空手而回。他只得以陆钊需要照顾年迈的母亲为由，回朝廷复命去了。

　　蔡荔娘确实老了，这一年她已满五十五岁，原本乌黑发亮的头发已有了些许花白，在鬓角处和高高盘起的发髻间，无可遮掩地显现出一丝丝银霜般的光华。坎坷跌宕的人生，风霜磨难的岁月，不可避免地销蚀了她的风华。但是，她依然精神矍铄，那双眼睛依旧放射出迷人的光芒，英豪之气不减当年。

　　蔡荔娘还是经常穿梭于枫亭和醴泉里嵩山之间。

　　她在枫亭蔡府老家居留，是为了相伴儿孙，共享天伦。其时父亲蔡曰忠和母亲杨氏两位老人已经去世，陆钊的儿子业已出生。她要像父母亲关爱自己一样继续把爱传承下去，要像早年教导儿子那样，用陆大人"光前裕后"的遗愿继续教导孙子，让陆家子嗣的血脉里永远流淌着正义和忠贞。小孙子既聪慧又听话，蔡荔娘看到他就喜滋滋的。她庆幸陆家又一代人在成长，庆幸自己没有辜负陆大人及杨太后的期望。想到这些，她都会欣慰万分。

　　蔡荔娘经常去嵩山，是去陪伴她的陆郎。她怕他寂寞，怕他冷清。她每次去陆秀夫衣冠冢前，都要把儿孙的每一步成长、每一段经历，原原本本、仔仔细细地告诉陆大人，好让他安心，让他宽慰。虽然陆大人身沉大海、永远漂泊于万顷波涛之中，但蔡荔娘相信他的魂灵永在，而且实实在在地就栖息在这嵩山之上、小冢之中。他泉下有知，是会听懂自己的倾诉的。因此，她每次面对小冢，都像与陆大人促膝谈心，轻声细语地把家事、心事娓娓道来。近几年，她曾经不止一次对陆大人坦露心迹，对他说："郎君殉国之后，妾身依然苟活于人世间，就是为了郎君的一脉子嗣。如今陆钊已成家立业，并且生儿育女，忠良后裔得以绵延不绝，冥冥苍天赋予我蔡荔娘今世今生的使命已经完成，吾愿足矣！"

近年来，蔡荔娘常常梦见父亲和母亲。

一天傍晚，红日刚落山，彩霞尚满天，蔡荔娘怀里搂着小孙子慢慢摇晃，嘴里轻轻哼着儿歌，把娃儿哄得睡着了，而她自己也有些困倦了。正当半睡半醒、迷迷糊糊之时，只见父亲笑吟吟走进屋里，在她面前坐了下来。

父亲蔡曰忠微微眯着双眼，仔细地对着女儿端详了好一会儿，方才开口说道："荔娘呀，你也老了！时间过得真快啊！几十年了，你还记得当年我们谈论孔子母亲的事吗？"

蔡荔娘回答："父亲您是说孔母颜征在夫人吗？"

"是的。颜征在十五岁时嫁给六十六岁的叔梁纥为妾，那时原本累世贵族的孔家已经没落、衰败了，孔子三岁又丧父，颜氏的日子更加艰难。但她无怨无悔，含辛茹苦把儿子抚养、教育，成就了一位大圣贤，也成就了孔家千年新气象，实在值得称道啊！"

"非颜女无以启孔宗，德哉圣母！"荔娘沉吟道。

"哦，对了荔娘，你当年也是说的这句话！父亲正是由此看出你的心思，所以提议让你嫁给陆大人的，呵呵呵！"蔡曰忠停住了笑，又说："女儿啊，你如今也是有功之人哦！"

"我怎能跟圣人之家相比？"

"你虽不比颜氏，但也不辱使命，为盐城陆家在枫亭开启了一支血脉，让忠良有后，懿德相传，不但是有功，且功莫大焉！"

听到父亲称赞，荔娘抿着嘴，轻轻笑出声来……这一笑，也从梦中醒了过来。回味父亲赞誉的话语，蔡荔娘心里涌起了一份甜蜜和满足，似乎几十年的苦难、辛酸、委屈，通通都化作一阵云烟，轻轻地飘去了。

"是的，只要陆钊和他的儿辈福寿平安，忠良之后枝繁叶茂，我就心满意足了！过去的那些岁月尽管不堪回首，但确实已经不算什么了。"蔡荔娘喃喃自语，仰天长长嘘了一口气。

人老了更爱思念和怀旧，更爱回想往事和怀念故友。这些时，少时女友真珍就常常闯进蔡荔娘的思绪中。自真珍出走之后，几十年来杳无音信。要是她还在，要是李春牛还活着，要是他们俩结婚成家，现在也该是像我蔡荔娘一样子孙绕膝了……蔡荔娘想着想着，重重地一声叹息。

时光飞逝，转眼又是几个寒暑。

又一个春暖花开的季节，蔡荔娘拄着拐杖再次上了嵩山。这一回，她的行动有些怪异。在先夫的衣冠冢前，她静静地抚着冢头，日坐夜卧，独自待了三天三夜，没有哭泣，没有眼泪，只是临离开之时才轻轻说着什么，似乎念念有词：六十一、八十二，阴阳相隔，不如归去；八十二、六十一，天堂相聚，慰我相思！

离开了衣冠冢，她还照旧去了护国院。晨钟暮鼓，经声佛号，再次唤起了蔡荔娘对无数往事的记忆。寺院里那些善心仁厚的僧侣们已经老态龙钟，当年他们曾经和莫明大哥——也就是安空和尚，一起给予蔡荔娘极大的帮助，使得他们母子躲过了搜查和侵扰，度过了那一段最艰难的岁月。如今又一次见到他们，蔡荔娘抑制不住感激之情，双手合十，连声道谢。

一位老和尚捧出半截子木头，对蔡荔娘说："阿弥陀佛！近日海上漂来这个物件，小沙弥把它捞回来，现在应该物归原主了。"

这是一段碗口粗细的木头，材质密实坚硬，似乎曾用桐油浸泡过，因长期被海水漂荡冲刷，已经磨去棱角，形状变得圆滑。但木头表面刀刻的文字尚可辨认，上面写的是：福建路兴安州仙游县枫亭蔡荔娘亲启。

"这是什么？"蔡荔娘十分诧异。她接在手里，却找不到开启的缝隙，只好用柴刀小心劈开。木头中间是空心，露出一卷油布纸封裹的东西。蔡荔娘小心翼翼地解下紧密缠绕的一层层油布纸，打开一看，竟是那片枫叶，还有过去写给陆大人的《寄相公杂咏》、陆钊出生时送给陆大人报喜的一撮毛发和曾经失落的陆钊周岁画像，以及自己抄录的朱淑真《减字木兰花》。此外，另有一纸是陆大人的笔迹，写着：

崖山已陷绝境，秀夫与妻、儿度不能脱。为国为民，虽死无憾。陆某耽念者乃娘子、陆钊。你我相聚一场，恍若一梦，连累诸多，愧疚难当。所幸者，你并未随行军中，与钊儿得以保全性命！今我去了，惟遗下你们长留枫亭，望善自珍重，延益百年。感谢你的枫叶，伴我两年有余，解我多少离愁别绪！今将此等信物托付海神，如蒙送达，亦当你我最后一面。未尽之处，容当来生再叙。

"啊！"蔡荔娘惊呆了：真是苍天有眼、海神有灵！故人早亡，旧物依然，这几十年前的东西，不知历经了多少漂泊，竟然还能够回到自己手中，陆大人信中这些当年的话语，今天还是如此真真切切，就像面对面倾诉衷肠——而且这是在自己已经决意辞世、行将上路去追寻陆大人的时候。这不是奇迹吗？

蔡荔娘既感慨，又感动，不禁又泪流满面。她仰望长空，自言自语：

"老天爷啊，莫不是你也要招我去天国？

"陆郎啊，莫不是您也想念我了？

"难道是天人感应？难道是心有灵犀？"

一滴滴泪珠洒落在残缺不全的枫叶上，叶片湿润了，浮现出一道一道细细的笔痕。蔡荔娘仔细一看，八个字依稀可辨：红情眷世，丹心忧天。

"啊！"蔡荔娘不禁又是一声惊叫。她知道陆大人至死依然眷恋这份情感，眷恋着人世，但理想与责任又驱使他去献身、去殉国，在生命的最后时刻，陆郎您该是经历了何等艰难的抉择和挣扎？蔡荔娘这样想着，心里痛苦极了，猛然间一阵抽搐。待要再看，字迹却又模糊了。大概由于泪水的浸透，这时叶片上泛出了点点红斑，继而整片叶子都呈现出淡淡的红色，而那叶片的中心，居然还有一点血样的殷红。

蔡荔娘讶异至极，神情也愈发肃然凝重。她把枫叶残片插在发髻上，双手捧着那半截子木头，迈开沉重的脚步，抖抖索索、跌跌撞撞地扑向大雄宝殿。

大雄宝殿庄重肃穆，高大的菩萨塑像慈眉善目，妙相庄严，仿佛在俯视人间万象，随时准备向需要帮助的人们伸出那万能的援助之手。佛是慈悲的，只要潜心向善，只要诚心向佛，自然就与佛有缘，正所谓"法不孤起，仗境方生；道不虚行，遇缘即应"。菩萨有灵，会庇佑芸芸众生，菩萨有灵，更是会扶助良善的。

蔡荔娘跪在莲花座上，俯身叩拜，心中默默地祝祷。她应该是在感谢苍天大地冥冥之中对自己的惠顾，应该是在祈愿陆大人在天之灵安宁快乐，应该是在祈求菩萨广发善心，继续保佑陆钲和他的儿子，护佑忠良之后子孙昌盛、安康瑞祥、忠孝传家、节义永存。

"哐，哐，哐"，寺院清晨的钟声响起，回荡在嵩山之巅，回荡在大雄宝殿，也回荡在蔡荔娘耳畔，但是她已经听不见了。就在这莲花座上，蔡荔娘一夜长跪，一跪不起，溘然长逝，驾鹤归去，享年六十一岁。

这一年，也是陆秀夫诞生的第八十二个年头。

终章　枫亭年年唱"留春"

时代转红轮，朝阳日日新。

历史的脚步已经进入了二十一世纪，中华大地万里江山也早已改变了模样。

只是，东海之滨的塔斗山上，天中万寿塔依然耸立山巅，会元禅寺的晨钟暮鼓依然低沉而雄浑，会心书院虽然不再是教学之地，但它的灰墙红瓦也依然弥漫着书香气息。

塔斗山北麓的那块大石头旁，曾是九位仙人折枫为亭的地方。记得当年安空和尚教给几位牧童的歌谣："何氏飘然已成仙，空留枫亭在梦间；巍峨新筑几时有？再等七百三十年。"大约七百三十年之后的2006年，恰恰就在此处，果然建起了巍峨新亭。这是一个高约三丈的仿古九角九柱石亭，九片心形枫叶各挂一角，亭的顶端另有一组枫叶构成万寿塔形状，整座建筑大写意般突出"红枫之亭""枫叶之亭"的意境和韵味。亭名"枫亭"二字采自蔡襄手迹；石柱上楹联写着"枫美叶丹八正和风蔚，亭新貌古九何芳躅涵"，乃当代大书法家启功先生所书。新亭高昂，古貌悠然，掩映在枫林松涛之间，默默地环顾四面八方，喃喃地诉说着这个亭、这座山、这一方土地的沧桑故事。

阳春时节的农历三月，蝶翻花红，莺飞草长。这个月的最后一日，是枫亭人的特有节日——"留春节"。这个节日是为纪念陆秀夫和蔡荔娘而专门设立的，人们希望他和她的忠烈之风和忠贞的爱情，像美好的春天一样永远留驻人间。

留春节也叫"开鼓厅"，大概与当年陆秀夫在此擂鼓聚兵有关。

时至今日，留春节已经延续了几百年。每年的这一天，枫亭乡亲都要早早起身,盛装打扮,男女老幼提着灯笼,打着旗幡,敲锣打鼓,吹奏着十音八乐,游走在枫慈溪畔、塔斗山下的乡村街巷,沿着当年陆秀夫在枫亭活动的足迹,追寻他奔走呼号、救国救民的身影。乡亲们用保留了中原古韵的当地方言,吟诵着幽婉动人的《留春曲》,尽情歌唱陆秀夫与蔡荔娘的爱情,尽情歌唱那千古不朽的传奇——

  唱留春,说良缘,
  秀夫荔娘手牵手,
  活水亭里笑开颜;

  唱留春,望东海,
  壮士一去不复返,
  塔山还等故人来;

  唱留春,祭英雄,
  秀夫荔娘音容在,
  枫江牢记一段情;

  唱留春,慰忠魂,
  英灵不泯人人敬,
  千秋大爱遗枫亭!
  …………

附录　陆秀夫与蔡荔娘相关史料

《福建通志》载：

公（陆秀夫）次室蔡夫人，生钊。崖山之难，丞相殉国，蔡夫人痛不欲生。以丞相别时衣冠，葬于莆田之嵩山。

明代《仙游县志》载"陆钊传"：

陆钊，字二思，丞相秀夫子。端王没，秀夫与张世杰、陈宜中等，立卫王为帝，奉驾至枫亭。蔡曰忠感异梦，以女荔娘为之次室。蔡氏孕，遂留枫。生男报闻，名之曰钊。秀夫偕太后航海，崖山之难，秀夫驱妻、子入海，负帝殉国。蔡氏闻之，以秀夫别时衣冠，招魂葬于莆之嵩山。钊幼随母氏迁徙藏匿，备历险艰，后卒成立。元元贞二年（1296年）八月，命宣抚李文虎访秀夫子录用。钊却聘以诗谢。文虎叹曰："孝子出于忠节之门，无容强也！"初迁莆，后居枫亭。遗命子孙不得仕元；竟元之世，其子孙无有读书仕宦者。明初有名昭者，公之诸孙也。

明代《仙游县志》载"陆昭传"：

陆昭，字孔明，钊之元孙也。洪武十二年（1379年），以孝行人才膺荐，辟授御史，后迁户部主事。请于朝，乞封始祖秀夫衣冠墓，及蔡夫人墓。奉旨给假归乡焚黄，里人以为孝。复荐莆田友人郑文华于朝，疏言：臣刚介性成，落落交罕；唯友人郑文华学行文章，卓然可举。后成化间，岳正为昭重门生，出守兴郡，率郡僚属以文祭墓。

按：此公之后裔在仙游者，他书多不见记载。第不知蔡父所梦为何？岂彼苍刻意安排，以裕其后乎？

清代《盐城县志》转《福建通志》载：

张世杰等奉卫王至枫亭，蔡曰忠感异梦，一女为丞相次室，而生钊。崖山之难，丞相殉国，蔡夫人痛不欲生。以丞相别时衣冠，葬于莆田之嵩山。

民国版虞汝扬编著《宋陆丞相秀夫年谱》载：

是年，仙游人蔡曰忠以女荔娘为公之侧室。据《仙游县志》载："陆秀夫从帝南渡，太后命娶蔡曰忠女为妾，婚于活水亭。"又云："蔡荔娘为枫亭蔡曰忠女，幼孝而慧，父母甚爱之。当二王在枫亭时，曰：忠有异梦，期以荔娘配秀夫。引孔母颜氏事问荔娘。对曰：非颜氏无以启孔宗，遂配秀夫。"婚娶的时间约在景炎元年（1276年）九月，到了十一月末或十二月初，秀夫护王入泉州，荔娘身已怀孕，奉太后旨留枫亭，后生男，赐名钊。崖山之难，秀夫殉节，荔娘闻耗，痛不欲生。患难夫妻，牺牲国事，实为南宋亡国时一段哀艳史迹……

荔娘子陆钊，字二思，幼时随母到处迁徙藏匿，幸得长成。元元贞二年（1296年），元帝命宣抚使李文虎访秀夫后代，将授予官职。钊遵母训，不做元朝的官，写诗以谢。文虎感叹，谓忠节集于一家，未予强迫。钊幼时跟荔娘居莆，后返枫亭，遗命子孙不得仕元。竟元之世，其子孙无有读书仕宦者。明洪武十二年（1379年），荔娘四世孙陆昭（字孔明），以孝行获荐授御史，迁户部主事。乃奏请于朝，追封秀夫丞相衣冠葬，并营建蔡夫人墓，奉旨给假返乡祭奠。时隔百年，忠烈之后，获此殊荣，荔娘之功，诚不可没。

陆丞相衣冠冢在莆田醴泉里嵩山护国院。蔡荔娘墓在仙游连江里南岭山后，陆钊墓在仙游连江里锦屏山麓。

2000年版《仙游县志》"大事记"载：

德祐二年（1276年）

闰三月，礼部侍郎陆秀夫奉旨入闽抚民，驻枫亭驿。发布《抚安闽民檄》，招兵勤王。

五月一日，宋益王赵昰在福州即位，升兴化军为兴安州，仙游县属之。

七月，宋少帝赵昰和遗臣南航，驻枫亭莫厝埔，在天王寺招兵、筹船抗元。

八月，元军入闽，宋军南航。

景炎二年（1277年）

十月十五日，元兵攻陷兴化军，下令屠城。莆田城内居民被杀3万多人。莆田、仙游、兴化等三县被杀戮的还有3000余家。仙游归元。

其"文物篇"又载：

活水亭遗址位于枫亭兰友街。亭建于宋末。清乾隆《仙游县志》载："活水亭在枫亭印石东，陆氏之亭也。宋丞相陆秀夫从帝南渡，太后命娶蔡曰忠女荔娘，婚于活水亭，即此。后其子钔却元聘，隐此。"亭原为木架结构，年久倾圮，遗址尚存。1980年9月列为县级文物保护单位。

1999年版《枫亭志》"大事记"载：

德祐二年（1276年）

闰三月，礼部侍郎陆秀夫奉旨入闽抚民，驻枫亭驿，发布《抚安闽民檄》，招兵勤王。

五月初一，南宋益王赵昰在福州即位，升兴化军为兴安州，枫亭属之。

七月，南宋少帝和遗臣南航，驻枫亭莫厝铺（今塔斗山北部至麟山一带），在天王寺招兵、筹船抗元。

七月，枫亭蔡曰忠17岁女儿蔡荔娘由杨太后赐婚，嫁给陆秀夫。

八月，元军入闽。宋军集于太平港南航，枫亭人随军而去者无一生还。

其"文物·古遗址"篇记载：

活水亭位于兰友街枫慈溪畔，水渠与枫慈溪相通，可自流出入，故名活水亭。亭为木架结构，四周有柳树和荔枝。宋丞相陆秀夫随帝昰到枫亭，枫人蔡曰忠以17岁女儿蔡荔娘许配陆秀夫为妻，结婚于活水亭。婚后不久，蔡荔娘有孕在身，陆秀夫在崖山背幼主帝昺跳海身亡。亭在明中叶毁坏，遗址尚存。

2004年版《郊尾镇志》"人物传"记载：

陆昭，字孔明，香田里新窑（今郊尾新窑村）人，是陆秀夫的玄孙。明洪武十二年（1379年），以孝行荐授御史，后迁为户部主事。他奏请明廷封给始祖陆秀夫衣冠墓及蔡荔娘墓葬，朝廷准奏。陆昭奉旨归乡埋葬。

2010年版《莆田市姓氏志》第五十九章第三节"陆姓"记载：

莆田陆姓多为南宋大臣陆秀夫后裔……陆秀夫殉难后，蔡荔娘生下一子叫陆剑，母子隐居于枫亭、醴泉里嵩山。陆剑长大后传二子：玖三、玖五。玖三居枫亭，玖五居醴泉里（今东庄）。其后子孙散居秀屿、白山、石塘、灵川青山、仙游县前、盖尾、盖南、杉尾、枫亭、仙游城关、赖店等地。

（注：上述陆剑应为陆钊）

后记　关于本书的创作

陆秀夫和蔡荔娘的故事，广泛流传于各地民间，普遍记载于各种史籍。只是，民间传说有些失之无据，史籍记载又并非完整系统，有的还很不一致，在一些事件的时间、地点上存有诸多矛盾之处。比如：1276年5月在福州即位的宋端宗赵昰与1278年4月在广东硇洲岛称帝的赵昺，在许多民间传说和史籍记载中常常混淆不清，甚至被笼统地当成了"末帝"一个人。再如：元军入闽时间和福州宋军南撤日期、路线等也有多种说法。好在文学创作不同于史学考证，不必拘泥于历史上某些具体人物、事件的完全真实和绝对准确。因此，本人得以将史料记载和民间传说相糅合，吸取其较为合理、较为可能的成分，以主要历史事实为梗概，加以铺排创作，写成了这部长篇小说。初稿完成后，曾以《遗爱枫亭》为书名在"枫亭文化研究丛书"的框架内印制赠阅，也曾以《丹枫谣》为篇名在《莆田晚报》选载部分章节，均受读者欢迎，并获得地方志史、文学艺术等各界人士的认可。《福建日报》《湄洲日报》等媒体也作了报道。总的看，本书虽属传奇小说，却是基于真人真事的文学创作，大部分人物、事件和故事情节都可以在文献记载中找到依据或线索，所以在一定程度上具有了某种"纪实"的成分，提升了本书的真实性。

本书在创作过程中，除了参阅《宋史》《福建通史》《仙游县志》《枫亭镇志》等典籍资料外，还参考和引用了盐城市陆秀夫研究会、陆秀夫纪念馆合编的《陆秀夫史料与研究》，以及盐城师范学院学报和枫亭文化研究会专刊等相关资讯；也得到了社会各界许多朋友的支持和帮助，福建省作协副主席、厦门市作协主席、厦门市文联专职副主席陈元麟先生，厦门资深作家庄维明先生，莆田市作协副主席、仙游县作协主席、枫亭文化研究会会长郑清为先生曾经给予了具体指导。此次出版，我在部队工作时的两位老领导俞林森将军、何春喜将军还热心撰写序言，相关编辑老师也做了大量细致工作。在此，谨一并致以谢忱！

为了写作这本书，笔者刻意探寻了陆秀夫、蔡荔娘当年生活和接触过的一些古迹。在枫慈溪畔的繁密民居中，朴实的民妇都能清楚地指认出活水亭遗址；在遗址旁遗留的一对石柱上，保留一副楹联"屋外屏山青环藜阁，源头活水翠挹蕉谿"；遗址附近还有一座名曰"刘宅"的古厝，系建于清末民初的大宅院，门口的旧时石刻对联清晰可辨，"陆相旧池仍活水，刘郎新阁复燃藜"……身临其境，真的会让人生出许多感慨：斗转星移，人去楼空，前朝风流事，依稀旧貌中！

2024 年 12 月